A Rainha Vermelha

Obras da autora publicadas pela Editora Record

Série *Tudors*

A irmã de Ana Bolena

O amante da virgem

A princesa leal

A herança de Ana Bolena

O bobo da rainha

A outra rainha

A rainha domada

Três irmãs, três rainhas

A última Tudor

Série *Guerra dos Primos*

A rainha branca

A rainha vermelha

A senhora das águas

A filha do Fazedor de Reis

A princesa branca

A maldição do rei

Série *Fairmile*

Terra das marés

Terra virgem

PHILIPPA GREGORY

A Rainha Vermelha

Tradução de
ANA LUIZA BORGES

6ª edição

EDITORA RECORD
RIO DE JANEIRO • SÃO PAULO
2025

CIP-BRASIL. CATALOGAÇÃO NA FONTE
SINDICATO NACIONAL DOS EDITORES DE LIVROS, RJ

G833r Gregory, Philippa, 1954-
6ª ed. A rainha vermelha / Philippa Gregory; [tradução de Ana Luiza Dantas Borges]. – 6ª ed. – Rio de Janeiro: Record, 2025.

Tradução de: The Red Queen
ISBN 978-85-01-09315-8

1. Rainhas – Grã-Bretanha – Ficção. 2. Romance inglês. I. Borges, Ana Luiza. II. Título

13-4702 CDD: 823
CDU: 821.111-3

TÍTULO ORIGINAL EM INGLÊS:
The Red Queen

Texto revisado segundo o novo Acordo Ortográfico da Língua Portuguesa.

Editoração eletrônica: Abreu's System

Direitos exclusivos de publicação em língua portuguesa somente para o Brasil adquiridos pela
EDITORA RECORD LTDA.
Rua Argentina 171 – Rio de Janeiro, RJ – 20921-380 – Tel.: (21) 2585-2000,
que se reserva a propriedade literária desta tradução.

Impresso no Brasil

ISBN 978-85-01-09315-8

Para Anthony

Batalhas da Guerra dos Primos
Vitórias dos Lancaster
Vitórias dos York
Skye
Inverness
Aberdeen
Dundee
Stirling
Glasgow
Edimburgo
Hedgeley Moor 1464
Carlisle
Mar do Norte
Hexham 1464
Ilha de Man
Lancaster
Towton 1461
York
Preston
Wakefield 1460
Ferrybridge 1461
Chester
Lincoln
Caernarfon
Blore Heath 1459
Mar da Irlanda
Shrewsbury
Losecote Field 1470
Bosworth 1485
Aberystwyth
Ludford Bridge 1459
Northampton 1460
Mortimer's Cross 1461
Edgecote Moor 1469
St. Albans 1455, 1461
Ipswich
Fishguard
Swansea
Cardiff
Tewkesbury 1471
Barnet 1471
LONDRES
Dover
Bristol
Winchester
Calais
Taunton
Southampton
Lewes
Hastings
Exeter
Chichester
Plymouth
Dorchester
FRANÇA
Canal da Mancha
Penzance

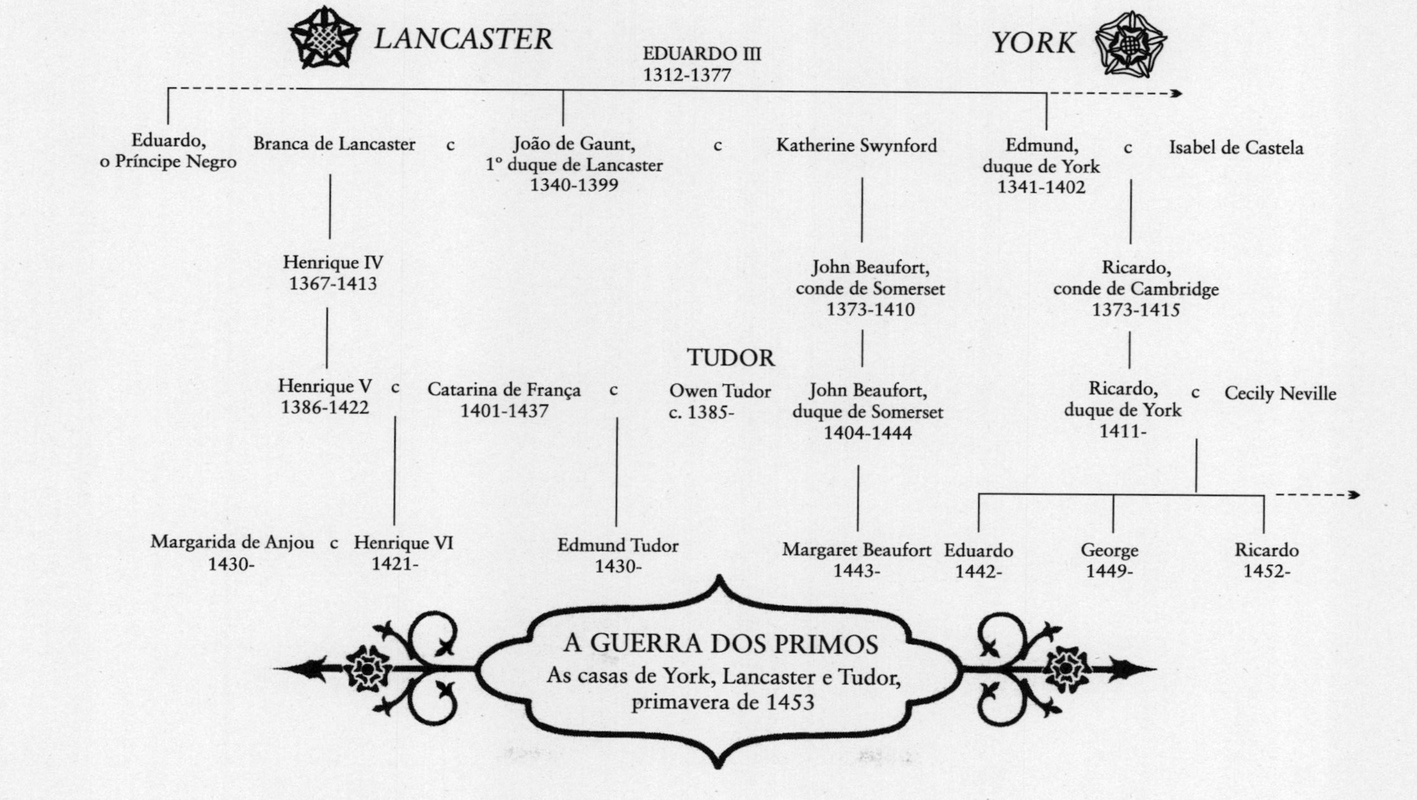

LANCASTER
EDUARDO III
1312-1377
YORK
Eduardo,
o Príncipe Negro
Branca de Lancaster
c
João de Gaunt,
1º duque de Lancaster
1340-1399
c
Katherine Swynford
Edmund,
duque de York
1341-1402
c
Isabel de Castela
Henrique IV
1367-1413
John Beaufort,
conde de Somerset
1373-1410
Ricardo,
conde de Cambridge
1373-1415
TUDOR
Henrique V
1386-1422
c
Catarina de França
1401-1437
c
Owen Tudor
c. 1385-
John Beaufort,
duque de Somerset
1404-1444
Ricardo,
duque de York
1411-
c
Cecily Neville
Margarida de Anjou
1430-
c
Henrique VI
1421-
Edmund Tudor
1430-
Margaret Beaufort
1443-
Eduardo
1442-
George
1449-
Ricardo
1452-
A GUERRA DOS PRIMOS
As casas de York, Lancaster e Tudor,
primavera de 1453

Primavera de 1453

A luz do céu claro brilha intensamente depois da escuridão das celas. Pestanejo e ouço o som de várias vozes. Mas não é o meu exército chamando por mim; esse murmúrio que aumenta e se torna um estrondo não é o bramido de ataque, mas de suas espadas batendo nos escudos. O ruído do linho ondulando ao vento não é o dos meus anjos e lírios bordados contra o céu, mas dos malditos estandartes ingleses na brisa triunfante de maio. É um modo diferente de cantar nossos hinos; esse é o grito uníssono de pessoas ávidas de morte: a minha morte.

Quando atravesso o limiar da porta de minha prisão para a praça da cidade, encontro meu destino à frente, elevando-se sobre mim: uma pilha de lenha com uma escada de varas toscas encostada nela. Sussurro: "Uma cruz. Quero uma cruz." E repito mais alto: "Uma cruz! Preciso de uma cruz!" Um homem, um estranho, inimigo, inglês, um daqueles que chamamos de "maldito" por suas blasfêmias intermináveis, estende um rústico crucifixo de madeira que arranco, sem orgulho, de sua mão suja. Agarro-o quando me empurram para a pilha de lenha e me forçam a subir a escada, meus pés se arranhando nos toscos degraus, enquanto subo, além de minha altura, até alcançar a plataforma instável colocada no alto da fogueira; giram-me então rudemente e amarram minhas mãos na estaca atrás de mim.

Então tudo se desenrola tão lentamente que tenho a impressão de que o próprio tempo foi paralisado e os anjos parecem descer para me buscar. Coisas mais estranhas já aconteceram. Os anjos não vieram a mim quando estava pastoreando? Não me chamaram pelo nome? Não liderei um exército para a libertação de Orléans? Não coroei o delfim e expulsei os ingleses? Sozinha? Uma garota de Domrémy guiada pelos anjos?

Os gravetos são acesos na base da fogueira, e a fumaça rodopia e se eleva na brisa. Então o fogo se inflama e uma nuvem quente me envolve e me faz tossir, pestanejar, lacrimejar. Meus pés descalços já estão queimando. Insensata, procuro alterná-los, como se esperasse atenuar o desconforto, e perscruto através da fumaça, ansiando que apareça alguém correndo com baldes de água para dizer que o rei que eu coroei deu ordens para interromper tudo aquilo. Ou que os ingleses, que me compraram de um soldado, se deram conta de que não pertenço a eles e de que não podem me matar, ou que minha igreja reconheceu que sou uma boa menina, uma boa mulher, inocente de tudo, apenas servindo a Deus com um propósito fervoroso.

Não há nenhum salvador em meio à multidão que se acotovela. O murmúrio aumenta e se transforma em gritos estridentes ensurdecedores: uma mistura de bênçãos e maldições, preces e obscenidades. Ergo meu olhar para o céu azul, para os anjos que descem, e um tronco cede na pira abaixo de mim. A estaca balança, e as primeiras faíscas ascendem e chamuscam minhas roupas. Vejo-as pousar e refulgir como vaga-lumes na manga de minha veste e sinto a secura arranhando minha garganta; a fumaça me faz tossir e murmuro, indefesa: "Meu Deus, salve-me! Salve a Sua filha! Meu Deus, estenda Sua mão para mim. Meu Deus, salve-me! Salve Sua serva..."

~

Sinto um golpe em minha cabeça e me percebo sentada, confusa, no chão de meu quarto, minha mão em minha orelha machucada, olhando em volta, tonta sem nada ver. Minha dama de companhia abre a porta de meu quarto e, ao me ver atordoada, o banquinho de orações virado, determina, irritada:

— Lady Margaret, vá para a cama. Já passou há muito sua hora de dormir. Nossa Senhora não aceita preces de meninas desobedientes. Não há nenhum mérito no exagero. Sua mãe quer que se levante cedo pela manhã. Não pode passar a noite toda rezando, é insano.

Ela bate a porta, e eu a ouço falar às criadas, determinando que uma delas me ponha na cama e permaneça a meu lado para se certificar de que não me levantarei à meia-noite para mais uma sessão de orações. Elas não concordam que eu obedeça às horas da igreja, interpõem-se entre mim e a vida de santidade, afirmando que sou jovem demais e que o sono me faz falta. Atrevem-se a insinuar que eu quero me exibir, que eu esteja fingindo uma devoção religiosa, quando sei que Deus me chamou e que é meu dever, meu sublime dever, a Ele obedecer.

Ainda que eu passe a noite toda rezando, entretanto, não seria capaz de recapturar a visão tão vívida de apenas um momento atrás. Desapareceu. Por um instante, por um bendito instante, estive lá: fui a Donzela de Orléans, a santa Joana de França. Compreendi o que uma menina poderia fazer, o que uma mulher poderia ser. Então me arrastaram de volta à terra, repreenderam-me como se eu fosse uma menina comum e estragaram tudo.

"Nossa Senhora, me guie, anjos, voltem para mim", sussurro, tentando retornar à praça, à multidão que assiste ao momento de intensa excitação. Tudo, porém, desapareceu. Tenho de me arrastar até a cama para me levantar. Estou tonta devido às muitas horas de jejum e orações; esfrego o joelho dolorido devido à queda. Há uma aspereza maravilhosa na pele. Desço mais a mão e suspendo a camisola para examinar os dois joelhos: estão ambos ásperos e vermelhos. Joelhos de santa! Louvado seja Deus; tenho joelhos de santa. Tenho rezado tanto e sobre chãos tão duros que a pele de meus joelhos está se tornando rija, como o calo no dedo do arqueiro inglês. Ainda não completei 10 anos, mas já tenho joelhos de santa. Isso tem de contar para alguma coisa, independentemente do que minha velha governanta possa dizer a minha mãe sobre a devoção excessiva e teatral.

Tenho joelhos de santa. Arranhei a pele de meus joelhos com oração contínua. Este é meu estigma: joelhos de santa. Queira Deus que eu possa cumprir o desafio que me impõe e ter também uma morte de santa.

Deito-me, como mandaram, pois a obediência, mesmo a mulheres do povo e tolas, é uma virtude. Embora eu seja filha de um homem que foi um dos maiores comandantes ingleses na França, membro da eminente família Beaufort, e portanto herdeira do trono de Henrique VI da Inglaterra, ainda assim tenho de obedecer a minha governanta e a minha mãe, como se fosse uma menina qualquer. Tenho uma posição alta no reino, prima do próprio rei — embora seja terrivelmente desconsiderada em casa, tendo de fazer o que manda uma velha estúpida que dorme durante a homilia do padre e mastiga ameixa cristalizada durante a ação de graças. Eu a considero uma cruz que devo carregar e peço por ela em minhas preces.

Essas preces vão salvar a sua alma imortal — apesar de seus poucos merecimentos —, pois, por acaso, elas são especialmente abençoadas. Desde bem pequena, com 5 anos talvez, sei que sou uma criança especial aos olhos de Deus. Durante anos pensei que se tratasse de um dom singular — às vezes sinto a presença de Deus perto de mim, às vezes sinto a bênção de Nossa Senhora. Então, no ano passado, um dos soldados veteranos da França, mendigando em seu caminho de volta a sua paróquia, veio à porta da cozinha quando eu estava extraindo natas de leite e o ouvi pedir à criada que ordenha as vacas algo para comer, pois era um soldado que presenciara milagres: tinha visto a garota que chamavam de Donzela de Orléans.

— Deixe-o entrar! — ordenei, descendo apressada de meu banco.

— Ele está sujo — replicou ela. — Não passe do degrau de entrada!

Ele arrastou os pés até a entrada e pousou no chão seu alforje.

— Pode-me oferecer um pouco de leite, pequena lady? — choramingou ele. — E talvez uma côdea de pão para um pobre homem, um soldado de seu senhor e seu país...

— O que disse sobre a Donzela de Orléans? — interrompi. — E milagres?

A criada, atrás de mim, resmungou em voz baixa, ergueu os olhos, cortou um pedaço de pão preto e encheu de leite uma caneca de barro, que o homem quase arrancou de sua mão, bebendo de um só gole. Procurou mais.

— Diga-me — ordenei.

A um gesto de cabeça da criada para me obedecer, ele se virou e fez uma mesura.

— Eu estava servindo com o duque de Bedford, na França, quando ouvimos falar de uma jovem que estava com os franceses — relatou então. — Alguns a consideravam bruxa, outros achavam que ela tinha feito pacto com o diabo, mas a minha aman... — A criada estalou os dedos, e ele engoliu a palavra. — ... Uma jovem que conheci casualmente, uma moça francesa, me disse que essa garota, Joana, de Domrémy, tinha falado com anjos e prometera colocar o príncipe francês coroado no trono da França. Era uma serva, uma menina do campo, mas dizia que anjos falaram com ela e a chamaram para salvar seu país de nós.

— Anjos falaram com ela? — Eu estava em êxtase.

— Sim, pequena lady. — Ele sorriu, insinuante. — Quando era uma menina não muito mais velha que você.

— E como ela conseguiu obter a atenção das pessoas? O que fez para mostrar que era especial?

— Ah, ela montou um grande cavalo branco e se vestiu como um homem, até armadura usou. Carregava um estandarte com lírios e anjos, e, quando a levaram ao príncipe francês, ela o reconheceu em meio a toda a corte.

— Ela usou armadura? — Eu apenas sussurrava, abismada. Parecia que minha vida estava se desenrolando diante de mim, e não a história de uma menina francesa desconhecida. O que eu poderia me tornar, caso as pessoas se dessem conta de que os anjos falaram comigo, exatamente como fizeram com essa Joana?

— Sim, usou. E liderou seus soldados na batalha — confirmou. — Eu a vi.

Chamei a criada.

— Traga um pouco de carne e cerveja para o estranho — ordenei. — Enquanto ela corria até a despensa, eu o acompanhei até o pátio, onde ele se deixou cair em um banco de pedra ao lado da porta da cozinha. Permaneci de pé, observando a criada voltar com uma travessa e colocá-la junto dele. Enchendo a boca, ele comeu como um cachorro esfomeado, sem dignidade; quando acabou e bebeu toda a cerveja da caneca, retomei o interrogatório.

— Onde a viu pela primeira vez?

— Ah. — Ele limpou a boca na manga da camisa. — Nós nos preparamos para um cerco a uma cidade francesa chamada Orléans, certos da vitória. Antes dela, sempre vencíamos. Tínhamos o arco longo de madeira, e eles não. Simplesmente os arrasávamos; era como tiro ao alvo. Eu era arqueiro. — Ele fez uma pausa e, envergonhado por florear a verdade, se corrigiu. — Eu fazia flechas. Sim, eu só fazia as flechas, na verdade, mas nossos arqueiros venciam todas as batalhas.

— Tudo bem; fale sobre Joana.

— É dela que estou falando, mas tem de entender que eles não tinham a menor chance de vencer. Por mais experientes e capazes que fossem, estavam perdidos. Perdiam todas as batalhas.

— E ela? — sussurrei.

— Dizia que ouvia vozes de anjos, que eles a mandaram se apresentar ao príncipe francês, um tolo insignificante... que ela o procurasse e o fizesse assumir seu trono como rei, e, então, nos expulsasse de nossas terras na França. Ela conseguiu aproximar-se dele e lhe disse que devia assumir seu trono e autorizá-la a liderar seu exército. Ele supôs que talvez ela tivesse o dom da profecia; não se sentia muito seguro, mas nada tinha a perder. Os homens acreditavam nela. Era apenas uma camponesa, mas se vestiu como soldado e segurava um estandarte com lírios e anjos bordados. Enviou um mensageiro a uma igreja, e lá ele encontrou uma antiga espada de um cruzado, exatamente onde ela disse que estaria, escondida há anos.

— Verdade?

Ele riu, tossiu e escarrou.

— Quem pode saber? Talvez seja em parte verdade. Minha aman... minha amiga acreditava que Joana era uma santa, convocada por Deus para salvar a França de nós, os ingleses; e que ela não poderia ser atingida por uma espada porque era um anjinho.

— E como ela era?

— Uma menina, como você. Pequena, os olhos vivos, cheia de si.

Meu coração ficou envaidecido.

— Como eu?

— Exatamente como você.

— As pessoas diziam a ela o que fazer o tempo todo? Diziam que ela nada sabia?

Ele balançou a cabeça, negando.

— Não, não! Ela era o comandante. Obedecia a suas visões. Liderou um exército de mais de 4 mil homens e nos atacou quando estávamos acampados junto dos muros de Orléans. Nossos lordes não conseguiram fazer seus soldados avançarem para combatê-la. Ficamos aterrorizados só em vê-la. Ninguém levantaria a espada contra ela. Todos a considerávamos invencível. Prosseguimos para Jargeau, e ela nos perseguiu, atacando; sempre no ataque. Estávamos todos atemorizados. Jurávamos que se tratava de uma bruxa.

— Bruxa? Ou guiada pelos anjos? — questionei.

— Eu a vi em Paris. — Ele sorriu. — Nada havia de malévolo nela. Parecia que Deus em pessoa a estava segurando naquele cavalo grande. Meu senhor se referia a ela como uma flor de bravura. E era mesmo.

— Bela? — arrisquei num sussurro. Eu mesma não sou uma menina bonita, para grande decepção de minha mãe; mas não para mim, pois estou acima da vaidade.

O soldado disse exatamente o que eu desejava ouvir.

— Não, bonita não era; não do tipo bonitinha, feminina; mas ela irradiava uma luz.

Assenti, compreendendo. Penso que naquele momento compreendi... tudo.

— Ela continua a lutar?

— Que Deus a abençoe, tolinha! Não; ela está morta... há mais ou menos vinte anos.

— Morta?

— Depois de Paris a maré virou contra ela. Nós a rechaçamos dos muros da cidade, mas foi por um triz! Imagine, ela quase tomou Paris! Um soldado da Borgonha a empurrou de seu cavalo branco em uma batalha — relatou o pobre pedinte com naturalidade. — Cobrou-nos pelo resgate, e nós a executamos, queimando-a por heresia.

— Mas você disse que ela era guiada pelos anjos! — questionei, horrorizada.

— Ela obedeceu às vozes que ouvia até a morte — reiterou simplesmente. — Eles a examinaram e confirmaram sua virgindade. Era de fato Joana, a quem chamavam de Donzela de Orléans. E ela previra a verdade quando acreditou que seríamos derrotados na França. Agora sei que perdemos. Ela fez de seu rei um homem e formou um exército com seus soldados. Não era uma menina comum. Não acredito que vá haver outra igual. Ela ardia antes de ser colocada na pira, flamejante, repleta do Espírito Santo.

— Eu também sou assim — murmurei depois de respirar profundamente.

Olhando para meu rosto extasiado, ele sorriu.

— Ora, essas histórias são antigas — replicou. — Nada têm a ver com uma menina como você. Ela está morta e logo será esquecida. Suas cinzas foram espalhadas para que ninguém lhe erguesse um santuário.

— Mas Deus falou com ela, uma jovem — argumentei num murmúrio. — Ele não falou com o rei ou com um menino; Ele a escolheu.

O velho soldado assentiu com um movimento da cabeça.

— Não duvido de que ela tivesse certeza disso. — Não duvido de que ela ouvisse vozes de anjos. Sim, deve ter ouvido de fato ou não teria feito o que fez.

Ao escutar o grito estridente de minha ama me chamando da porta da frente da casa, virei minha cabeça por um momento enquanto o soldado jogava seu alforje nas costas.

— Mas tudo isso é verdade? — perguntei com súbita urgência quando ele se pôs a andar com seu passo largo, em direção ao pátio das cavalariças e ao portão, a fim de retornar à estrada.

— Histórias de soldados — respondeu, indiferente. — Pode esquecê-las e pode esquecer Joana. De mim, Deus bem sabe, ninguém vai se lembrar.

Deixei-o ir, mas não me esqueci nem jamais me esquecerei de Joana. Rezo para ela pedindo orientação; fecho os olhos e tento visualizá-la. Desse dia em diante, todo soldado que pede comida em Bletsoe é orientado a aguardar, pois a pequena Lady Margaret certamente gostaria de vê-los. Sempre lhes pergunto se estiveram em Les Augustins, em Les Tourelles, em Orléans, em Jargeau, em Beaugency, em Patay, em Paris. Sei de cor todas as vitórias de Joana, tal como sei o nome de nossas aldeias vizinhas, em Bedfordshire. Alguns soldados estiveram nessas batalhas, alguns a viram. Todos falam de uma jovem magra em um cavalo grande, com seu estandarte erguido, entrevista sempre onde o combate era mais violento; uma jovem que parecia um príncipe, que jurou trazer a paz e a vitória a seu país, devotando-se a servir a Deus. Não mais do que uma menina; uma menina, como eu: mas uma heroína.

~

Na manhã seguinte, durante o desjejum, compreendo por que fui proibida de passar a noite rezando. Minha mãe ordena que eu me prepare para uma viagem, uma longa viagem.

— Vamos a Londres — diz ela calmamente. — Para a corte.

Embora animada pela perspectiva de uma viagem a Londres, controlo-me para não exultar, como uma menina fútil, arrogante. Curvo a cabeça e sussurro:

— Como quiser, milady mãe. — Isso é a melhor coisa que poderia acontecer. Minha casa em Bletsoe, no coração do condado de Bedfordshire, é tão silenciosa e maçante que não corro o risco de sucumbir aos perigos mundanos. Não há tentações a superar, e ninguém me vê a não ser os criados e meus meios-irmãos e meias-irmãs, todos bem mais velhos do que eu — e todos, sem exceção, me consideram uma criança sem qualquer importância. Tento pensar em Joana, conduzindo o rebanho de carneiros de seu pai, em Domrémy, enterrada, como eu, na vastidão de campos lamacentos. Sem se queixar por se entediar no campo, ela esperava e escutava as vozes que a chamavam para a glória. Devo agir da mesma forma.

Eu me pergunto se essa ordem para ir a Londres seria a voz que tenho esperado, que me chamará para a glória. Iremos para a corte do bom rei Henrique VI, que deve me receber como seu parente mais próximo; afinal, sou sua prima. O avô dele e o meu eram meios-irmãos, o que é uma relação muito próxima quando um é rei e o outro não, e o próprio rei promulgou uma lei reconhecendo a legitimidade, embora não a realeza de minha família, os Beaufort. Com certeza ele verá em mim a luz da santidade que todos dizem haver nele. Irá me aclamar por parentesco e afinidade. E se ele determinar que devo permanecer na corte? Por que não? E se ele quiser fazer-me sua conselheira, como o delfim fez com Joana d'Arc? Sou sua prima em segundo grau, e quase sou capaz de ter visões de santos. Tenho apenas 9 anos, mas ouço vozes de anjos e rezo a noite toda quando não sou importunada. Se eu tivesse nascido menino, seria agora o príncipe de Gales. Às vezes me pergunto se não teriam desejado que eu tivesse nascido menino e se essa frustração é o que os torna cegos à luz que brilha dentro de mim. Será que todos em nossa casa são tão cheios do pecado do orgulho, que, tendo desejado que eu fosse um menino, ignoram minha grandeza como uma menina santa?

— Não parece muito entusiasmada — observa ela. — Não quer saber por que estamos indo?

Desesperadamente.

— Sim, por favor.

— Lamento informar que seu noivado com John de la Pole tem de ser rompido. Parecia ser um bom casamento na época em que foi acertado quando você tinha 6 anos; agora, porém, você terá que discordar disso.

Enfrentará um grupo de juízes que vai lhe perguntar se quer que seu noivado seja rompido, e você vai responder que sim. Entendeu?

Isso parece muito alarmante.

— Não saberei o que dizer.

— Simplesmente consentirá no fim de seu noivado. Vai dizer apenas sim.

— E se me perguntarem se acredito que essa é a vontade de Deus? E se me perguntarem se essa é a resposta a minhas preces?

Ela suspira, como se eu a entediasse.

— Não vão lhe perguntar isso.

— E depois? O que vai acontecer?

— Sua Graça, o rei, designará um novo guardião e, em troca, ele a dará em casamento a um homem de sua escolha.

— Outro noivado?

— Sim.

— Não posso ir para um convento? — pergunto baixinho, embora já saiba a resposta. Ninguém respeita meus dons espirituais. — Quando estiver liberada desse noivado, eu não poderei ir?

— É claro que não poderá ir para um convento, Margaret. Não banque a idiota. Seu dever é gerar um filho e herdeiro, um menino de nossa família, os Beaufort, um jovem parente para o rei da Inglaterra, um menino para a Casa de Lancaster. Deus sabe como há homens de sobra na Casa de York. Precisamos de um nosso. Você nos dará um.

— Mas acho que fui chamada...

— Foi chamada a ser mãe do novo herdeiro Lancaster — interrompe ela de forma brusca. — É ambição suficientemente grande para qualquer menina. Agora vá se aprontar para partir. Suas criadas já fizeram suas malas. Você só precisa pegar sua boneca para a viagem.

Além de minha boneca, pego também meu livro de orações, cuidadosamente copiado. Sei ler francês, evidentemente, e também inglês, mas não entendo latim nem grego, e minha mãe não me permite ter um preceptor. Não vale a pena educar uma menina, argumenta. Gostaria de poder ler os evangelhos e as orações em latim, mas não posso, e as cópias manuscritas em inglês são raras e preciosas. Meninos aprendem latim e grego, além de outras disciplinas, mas as meninas só são capazes de ler e escrever, costurar, fazer a contabilidade doméstica, compor música e desfrutar a poesia. Se eu fosse uma abadessa, teria acesso a uma grande biblioteca e teria escrivães para copiar todos os textos que eu quisesse ler. Mandaria as noviças lerem para mim o dia inteiro. Seria uma mulher erudita, em vez de uma menina sem instrução, tão ignorante quanto qualquer menina comum.

Se meu pai estivesse vivo, talvez me ensinasse latim. Ele foi um grande leitor e um grande escritor. Pelo menos isso eu sei sobre ele. Passou anos no cativeiro na França e estudava diariamente. Morreu, entretanto, alguns dias antes de meu primeiro aniversário. Meu nascimento foi insignificante para ele, que estava na França em campanha, tentando restaurar sua fortuna, quando minha mãe entrou em trabalho de parto. Ele só voltou para casa pouco antes de meu primeiro aniversário, morrendo logo em seguida. Não me conheceu, tampouco meus dons.

Levaremos três dias para chegar a Londres. Minha mãe montará seu próprio cavalo, mas eu terei de ir na garupa de um dos estribeiros, Wat, que se acha o grande sedutor das cavalariças e da cozinha. Ele pisca para mim como se eu pudesse ser amiga de um homem como ele, e faço uma expressão séria para lembrá-lo de que sou uma Beaufort, e ele, um pobre-diabo. Sento-me atrás dele e tenho de segurar firme em seu cinto de couro. Quando ele me pergunta: "Está bem firme? Bem firme?", confirmo friamente com um gesto de cabeça, insinuando que não quero que converse comigo ao longo do caminho até Ampthill.

Então, ele canta, o que não é melhor. Canta músicas de amor e do folclore com vibrante voz de tenor, e os homens que cavalgam conosco para nos proteger de bandos armados que estão por toda parte da Inglaterra atualmente, lhe fazem coro. Gostaria que minha mãe ordenasse silêncio ou, pelo menos, que eles cantassem salmos. Ela, porém, está feliz, cavalgando sob o sol quente da primavera, e se aproxima de mim, sorridente.

— Não estamos longe, Margaret. Passaremos a noite em Abbots Langley e prosseguiremos para Londres amanhã. Não está cansada?

~

Sou tão despreparada por aqueles que deveriam cuidar de mim, que nem mesmo sei montar, e não terei permissão para sentar-me em um cavalo só meu quando chegarmos a Londres e centenas de pessoas nas ruas, mercados e lojas observarem embasbacadas o desfile dos cinquenta membros de nosso cortejo. Como poderei parecer a heroína que salvará a Inglaterra se tenho de sacolejar na garupa de Wat, minha mão em seu cinto, como uma camponesa maltrapilha indo a uma feira de gansos? Em nada pareço uma herdeira da Casa de Lancaster. Ficamos em uma hospedaria, nem mesmo na corte, pois o duque de Suffolk, meu tutor, caiu em desgraça e agora está morto, de modo que não podemos nos acomodar em seu palácio. Entrego nas mãos de Nossa Senhora o fato de não termos uma boa casa em Londres que seja só nossa e penso que também ela teve de se satisfazer com uma modesta estalagem em Belém, quando certamente Herodes tinha quartos sobrando em seu palácio. Haveria com certeza acomodações mais apropriadas do que um estábulo, considerando-se quem ela era. Então, disponho-me a me resignar, seguindo seu exemplo.

Pelo menos terei roupas apropriadas para usar em Londres antes de irmos à corte para eu renunciar a meu noivado. Milady mãe chama os alfaiates e costureiras a nossa hospedaria, e eles tiram minhas medidas para um vestido maravilhoso. Dizem que as damas da corte estão usando toucados altos e cônicos, tão altos que elas têm de inclinar a cabeça ao passar sob pórticos de pouco mais de 2 metros. A rainha, Margarida de Anjou, adora roupas bonitas e tem usado um tom de vermelho rubi feito com um novo pigmento. Dizem que é tão vermelho quanto sangue. Minha mãe encomenda para mim um vestido branco angelical, para contrastar, e manda que seja enfeitado com as rosas vermelhas de Lancaster, lembrando a todos que, apesar de eu só ter 9 anos, sou a herdeira de nossa casa. Só quando as roupas ficam prontas é que tomamos um barco para descer o rio, a fim de eu declarar que retiro meu consentimento ao noivado e ser apresentada à corte.

Minha audiência é uma enorme decepção. Espero que me interroguem e que eu, embora tímida diante deles, possa falar claramente que sei pelo próprio Deus que John de la Pole não deve ser meu marido. Imagino-me diante de um tribunal de juízes, surpreendendo-os como o Menino Jesus na sinagoga. Suponho até que lhes diria ter tido um sonho que me mostrava que eu não deveria me casar com ele, pois meu destino é mais nobre: fui escolhida por Deus para salvar a Inglaterra! Serei rainha da Inglaterra e assinarei *Margaret Regina*: *Margaret R*. Não tenho, porém, oportunidade de dirigir-me a eles, de brilhar. Tudo já estava escrito antes de chegarmos, e o máximo que tenho permissão para dizer é "Retiro o compromisso". Assino meu nome, que é apenas Margaret Beaufort. Nada mais. Ninguém pede minha opinião sobre a questão.

Esperamos do lado de fora da câmara de audiências, e então um dos membros da criadagem real aparece e grita: "Lady Margaret Beaufort!" E todo mundo olha em volta e me vê. Durante um breve, mas maravilhoso momento, sinto todos olhando para mim; lembro-me então de baixar os olhos e desprezar a vaidade mundana. Minha mãe se adianta e entra na câmara de audiências do rei.

O rei ocupa o grande trono, com as cortinas do dossel suspensas sobre o assento. Em outro trono, quase igual ao seu está a rainha. Ela tem cabelos louros e olhos castanhos, rosto redondo como a lua cheia e nariz reto. Parece-me bela e afetada, e o rei a seu lado, bonito e pálido. À primeira vista não posso afirmar que vejo nele alguma luz de santidade. Ele parece normal. Sorri para mim quando faço uma reverência; a rainha, contudo, examina desde as rosas vermelhas na bainha de meu vestido até a pequena coroa que segura meu véu, e então desvia o olhar, como se não me desse muita atenção. Suponho que, sendo francesa, ela não entenda quem eu sou. Deviam ter-lhe dito que, se ela não tiver um bebê, precisarão encontrar outro menino para ser seu herdeiro da Casa de Lancaster — e esse menino pode muito bem ser o meu. Se tivesse essa informação, ela certamente prestaria mais atenção em mim. Ela, porém, é mundana. Os franceses, aliás, são terrivelmente mundanos. Tenho observado isso em minhas leituras. Com certeza ela nem teria percebido a luz em Joana, a serva. Não me surpreende, portanto, que não me admire.

A seu lado está a mulher mais bela que já vi. Usa um vestido azul perpassado por um fio prateado que o faz cintilar como água. A impressão é de que ela tem escamas, como os peixes. Ao perceber que a observo, ela sorri para mim, o que faz seu rosto se iluminar em calorosa beleza, como a luz do sol refletida na água em um dia de verão.

— Quem é ela? — sussurro a minha mãe, que belisca meu braço para lembrar-me de permanecer calada.

— Jacquetta Rivers. Pare de olhar — diz minha mãe, beliscando meu braço outra vez para trazer-me à realidade. Faço uma reverência profunda e sorrio para o rei.

— Coloco sua filha sob a tutela de meus mui queridos meios-irmãos, Edmund e Jasper Tudor — informa o rei. — Ela pode viver com você até a época de se casar.

Virando-se, a rainha sussurra alguma coisa para Jacquetta, que para escutá-la melhor se inclina para a frente como um salgueiro à margem de um córrego, o véu ondulando ao redor de seu alto toucado. A rainha não parece muito satisfeita com a notícia, e eu estou aturdida. Espero alguém pedir meu consentimento, a oportunidade de explicar que estou destinada a uma vida de santidade. Minha mãe, entretanto, meramente faz uma reverência e recua; alguém avança, e tudo parece terminado. O rei mal olhou para mim, não sabe nada a meu respeito, não mais do que sabia antes de eu entrar na sala, e, ainda assim, me atribuiu a um novo tutor, entregou-me a outro estranho. Como ele não percebe que sou uma criança de santidade especial, como ele foi? Não terei a chance de lhe contar sobre meus joelhos de santa?

— Posso falar? — sussurro para minha mãe.

— É claro que não.

Então como o rei saberá quem eu sou se Deus não se apressar em dizer a ele?

— E agora, o que acontece?

— Esperamos até os outros requerentes terem visto o rei, e vamos jantar.

— Quero dizer, o que vai acontecer comigo?

Ela olha para mim como se eu fosse uma tola por não entender.

— Você ficará noiva mais uma vez. Não ouviu, Margaret? Gostaria que prestasse atenção. É um partido ainda mais importante para você. Primeiro será pupila e, depois, a esposa de Edmund Tudor, o meio-irmão do rei. Os rapazes Tudor são filhos da rainha Catarina de Valois, mãe do rei, em seu segundo casamento, com Owen Tudor. Há dois irmãos Tudor, ambos grandes favoritos do rei, Edmund e Jasper. Ambos com meia realeza, ambos favorecidos. Você se casará com o mais velho.

— Ele não vai querer me conhecer antes?

— Por que iria querer?

— Para ver se gosta de mim.

— Não é você que eles querem — replica depois de balançar a cabeça. — É o filho que você gerar.

— Mas eu só tenho 9 anos.

— Ele pode esperar até você ter 12.

— E então me casarei?

— É claro. — Ela fica impaciente com minha tolice.

— E quantos anos ele terá?

Ela reflete por um instante.

— Vinte e cinco.

Assusto-me.

— Onde ele vai dormir? — preocupo-me pensando na nossa propriedade em Bletsoe, que não tem aposentos vazios para um rapaz e seu séquito, nem para seu irmão mais novo.

Ela ri.

— Oh, Margaret. Você não ficará comigo. Vai viver com ele e seu irmão no Palácio de Lamphey, em Gales.

Mais uma vez, assusto-me.

— Milady mãe, a senhora permitirá que eu viva com dois homens adultos, sozinha, com 12 anos?

Ela dá de ombros, como se lamentasse, mas nada pudesse fazer a respeito.

— É um bom casamento. Sangue azul dos dois lados. Se você tiver um menino, seu direito ao trono se fortalecerá. Você é prima do rei, e seu marido será o meio-irmão do rei. Se tiver um menino, manterá Ricardo de York à distância para sempre. Pense nisso, em nada mais.

Agosto de 1453

Minha mãe me diz que o tempo vai passar rápido, mas é claro que não passa. Os dias se sucedem sem fim, e nada acontece. Meus meios-irmãos e meias-irmãs, do primeiro casamento de minha mãe na família St. John, não demonstram mais respeito por mim agora que vou me casar com um Tudor do que quando eu estava noiva de John de la Pole. Na verdade, agora riem de mim por eu ter de ir morar em Gales, um lugar, eles me dizem, habitado por dragões e bruxas, onde não existem estradas, mas apenas castelos imensos em florestas escuras. Lá, as feiticeiras se erguem das nascentes e seduzem homens mortais, e lobos rondam em grandes bandos devoradores de homens. Absolutamente nada muda até uma noite, na hora das orações em família, em que minha mãe cita o nome do rei com mais devoção do que o habitual, e todos temos de ficar de joelhos durante meia hora extra de preces pela saúde do rei Henrique VI neste momento difícil e pedir a Nossa Senhora que o bebê, agora no ventre da rainha, seja um menino, um novo príncipe para Lancaster.

Não digo "Amém" na prece pela saúde da rainha, pois não a achei particularmente simpática comigo, e qualquer filho que ela tenha ocupará meu lugar como o próximo herdeiro Lancaster. Não rezo pela morte do bebê, pois isso seria desejar o mal, além do pecado de inveja. Minha falta de entusiasmo nas orações, tenho certeza, será entendida por Nossa Senhora, que é a Rainha do Paraíso e compreende tudo sobre herança. Ela sabe como é difícil estar na condição de herdeiro do trono sendo uma mulher. Independentemente do que vier a acontecer, jamais poderei ser rainha. Ninguém aceitaria isso. Se, entretanto, eu tiver um filho, ele terá direito a ser rei. A própria Nossa Senhora teve um menino, o que, obviamente, era o que todo mundo desejava, e, assim, se tornou Nossa Senhora Rainha do Paraíso e pôde assinar *Maria Regina*: *Maria R*.

Deixo que meus meios-irmãos e meias-irmãs sigam na frente, com pressa de jantar, e espero até que eles se afastem para perguntar a minha mãe por que estamos rezando tão fervorosamente pela saúde do rei e o que ela quis dizer exatamente com "momento difícil". Seu rosto está tenso de preocupação.

— Recebi hoje uma carta de seu novo tutor, Edmund Tudor, informando-me de que o rei entrou em uma espécie de transe. Não fala, deixa-se ficar sentado, imóvel, o olhar voltado para o chão, e nada o desperta.

— Deus está falando com ele?

Ela funga, irritada.

— Bem, quem sabe? Quem pode saber? Estou certa de que sua devoção é um mérito, Margaret. Mas, se Deus está falando com o rei, Ele não escolheu o melhor momento para essa conversa. Se o rei demonstrar o mais leve sinal de fraqueza, o duque de York fatalmente se aproveitará da oportunidade para tomar o poder. A rainha foi ao Parlamento a fim de reivindicar todo o poder do rei para si mesma, mas eles jamais confiarão nela. Designarão Ricardo, duque de York, como regente, não ela. Com certeza. Passaremos então a ser governados pelos York, e você verá nossa sorte mudar para pior.

— Mudar em que sentido?

— Se o rei não se recuperar, seremos governados por Ricardo de York, que desfrutará, com sua família, de uma longa regência, até que o bebê da rainha se torne um homem. Terão anos para se colocar nos melhores postos na Igreja, na França e na Inglaterra. — Ela me ultrapassa e se adianta em direção ao salão, impelida pela irritação. — Posso esperar que me procurem, a fim de anular seu noivado. Não deixarão que você se comprometa com um Tudor de Lancaster. Vão querer que você se case com um deles, de modo que seu filho seja herdeiro deles, e eu terei de desafiá-los para dar continuidade à Casa de Lancaster por seu intermédio. E isso fará Ricardo de York se voltar contra mim, o que significará anos de problemas.

— Mas por que isso é tão importante? — pergunto, quase correndo para acompanhá-la pelo longo corredor. — Somos todos da realeza. Por que temos de ser rivais? Somos todos Plantageneta, descendemos todos de Eduardo III. Somos todos primos. Ricardo, duque de York, é primo do rei, assim como eu.

Ela se volta para mim, seu vestido exalando perfume de lavanda, como se estivesse varrendo ervas espalhadas no chão.

— Sim, somos todos da mesma família e justamente por isso não somos amigos, pois disputamos o trono. Que brigas são piores do que as brigas em família? Embora sejamos todos primos, eles são da Casa de York, e nós, da Casa de Lancaster. Nunca se esqueça disso. Nós, de Lancaster, somos a linhagem que descende diretamente de Eduardo III, por seu filho, João de Gaunt. Descendentes diretos! A linhagem dos York remonta ao irmão mais novo de João de Gaunt, Edmund. São uma estirpe mais nova: não descendem do herdeiro de Eduardo. Só podem herdar o trono da Inglaterra se não restar nenhum menino Lancaster. Por isso, reflita, Margaret! O que acha que esperam quando o rei da Inglaterra entra em transe e seu filho ainda não nasceu? O que eles imaginam? Você é uma herdeira Lancaster, mas apenas uma menina, que ainda nem está casada. Muito menos deu à luz um filho homem.

— Vão querer casar-me com um deles? — pergunto, aturdida com a ideia de mais um noivado.

Ela ri abruptamente.

— Sim... ou, para dizer a verdade, vão preferir vê-la morta.

Essas palavras me calam. Que toda a família, uma grande casa como a de York, deseje minha morte é um pensamento assustador.

— Mas certamente o rei vai despertar, não? — continuou minha mãe. — E tudo ficará bem, e seu bebê pode vir a ser um menino. Será o herdeiro Lancaster, e estará tudo resolvido.

— Queira Deus que o rei desperte logo — murmura ela. — Mas reze para não haver nenhum bebê que tome o seu lugar. E reze a Deus para se casar e dar à luz logo, pois ninguém está a salvo das ambições da Casa de York.

Outubro de 1453

Sorrindo, o rei continua a sonhar em seu sono acordado. Sozinha em meu quarto, tento sentar-me, como ele, e encarar o assoalho para o caso de Deus aparecer a mim como apareceu ao rei. Tento ficar surda aos ruídos do pátio das cavalariças do lado de fora da minha janela e da lavanderia, onde alguém canta acompanhando o esfregar da roupa molhada na tábua. Tento deixar minha alma ser levada a Deus e sentir a paz inebriante que deve banhar a alma do rei, a ponto de ele não ver o semblante preocupado de seus conselheiros e continuar cego até mesmo à sua mulher, quando ela põe seu menino recém-nascido em seus braços e lhe diz para acordar e saudar o pequeno príncipe Eduardo, herdeiro do trono da Inglaterra, ou quando, descontrolada, ela lhe implora, aos gritos, que acorde, pois, caso contrário, a Casa de Lancaster será destruída.

Tento ser arrebatada por Deus, tal como foi o rei, mas alguém sempre aparece, bate na minha porta ou me chama do vestíbulo para eu fazer alguma tarefa, e desperto, arrastada de volta ao mundo comum do pecado. O grande mistério para a Inglaterra é que o rei não desperta e, enquanto permanece sentado, só ouvindo as palavras dos anjos, o homem que se fez regente da Inglaterra, Ricardo, duque de York, toma as rédeas do governo, começa a agir como rei, obrigando Margarida, a rainha, a recrutar seus amigos e avisá-los de que talvez precise de sua ajuda para defender seu bebê. O simples aviso é suficiente para gerar inquietação. Em toda a Inglaterra os homens começam a reunir suas forças e considerar se ficarão melhor sob o governo de uma rainha francesa odiada, com um legítimo príncipe bebê em seus braços, ou se devem seguir o belo e amado inglês Ricardo de York, aonde quer que sua ambição o leve.

Verão de 1455

É finalmente o dia de meu casamento. Fico à porta da igreja em meu melhor vestido, o cinto alto me apertando o tórax, e as mangas, absurdamente amplas, engolindo meus braços finos e mãos pequenas. O toucado em minha cabeça é tão pesado que me curvo sob a armação de arame, cônica e exageradamente alta. O movimento do véu preso no vértice encobre meu ressentimento abatido. Minha mãe está a meu lado para me escoltar até meu tutor Edmund Tudor, que decidiu — como, aliás, faria qualquer tutor sensato, sem dúvida — que meus melhores interesses seriam satisfeitos pelo casamento com ele: ele é sua melhor escolha como protetor de meu bem-estar.

— Estou com medo — cochicho para a minha mãe, que me olha. Minha cabeça bate em seu ombro. Tenho 12 anos, mas ainda sou criança; meu peito é liso como tábua, e, sob as espessas camadas do rico vestido, meu corpo não tem pelos. Tiveram de encher de pano meu corpete para dar a impressão de seios. Sou uma menina que deve cumprir um dever de mulher.

— Não há nada a temer.

— Sempre pensei que seria uma virgem como Joana d'Arc. — Tento outra vez. Puxo sua manga para que preste atenção no que falo. — A senhora sabe que esse sempre foi o meu desejo. Queria ir para um convento.

Ainda quero. Talvez eu seja chamada. Talvez seja a vontade de Deus. Devíamos nos aconselhar. Podemos perguntar ao padre agora, antes que seja tarde demais. E se Deus me quiser só para Ele? Nesse caso, meu casamento será uma blasfêmia.

Virando-se para mim, ela segura minhas mãos frias.

— Margaret — diz, muito séria —, você já sabe que nunca poderá escolher o rumo de sua vida. Você é uma menina, e meninas não escolhem. Jamais poderá escolher seu marido: você é da família real, seu marido sempre será escolhido. É proibido para alguém de sangue azul casar-se por sua livre escolha. Isso você também já sabe. E, finalmente, você é da Casa de Lancaster; não pode escolher sua lealdade. Tem de servir a sua casa, a sua família e a seu marido. Tenho permitido que sonhe, permiti que lesse. Agora, entretanto, é hora de pôr de lado histórias e sonhos frívolos e cumprir seu dever. Não pense que poderá ser como seu pai e fugir de sua obrigação. Ele optou pela conduta covarde: você não pode fazer isso.

A súbita referência a meu pai me choca. Ela nunca fala de seu segundo marido, meu pai, exceto em termos muito vagos e gerais. Estou prestes a perguntar como ele fugiu e qual foi sua atitude covarde quando as portas da igreja se abrem e tenho de avançar, segurar a mão de meu marido, e jurar diante de um padre ser uma boa esposa. Sinto sua mão grande envolvendo a minha e ouço a sua voz sonora responder às perguntas, enquanto eu apenas murmuro. Ele desliza um pesado anel de ouro galês em meu dedo, e tenho de manter os dedos juntos, como uma pequena pata, para que o anel não escorregue. É muito grande para mim. Olho para meu noivo, intrigada, sem entender como ele supõe que um casamento como esse possa seguir adiante, quando o anel é grande demais para a minha mão. Tenho apenas 12 anos, e ele tem mais do que o dobro da minha idade: um homem forjado pela luta e cheio de ambição. É um homem duro de uma família que só pensa no poder. E eu ainda sou uma criança que anseia por uma vida espiritual e reza para que as pessoas percebam que sou especial — algo pelo qual ninguém parece se interessar, exceto eu.

~

Começo a vida de casada no Palácio de Lamphey, Pembrokeshire, que fica no coração do horrível Gales. Nos primeiros meses, não tenho tempo para sentir saudades de minha mãe e de minha família, pois tudo é tão diferente que tenho de aprender maneiras completamente novas. Passo a maior parte do tempo com os criados e criadas do castelo. Meu marido e seu irmão entram e saem com furor, como a chuva. Minha governanta e minha criada pessoal vieram comigo; os demais são estranhos. Todos falam galês e me olham surpresos quando peço um copo de cerveja rala ou um cântaro de água para me lavar. Sinto tanta falta de um rosto amigo que ficaria feliz até mesmo em ver Wat, o cavalariço.

O castelo fica em uma área rural desolada. Em volta não existe nada a não ser montanhas altas e céu. Vejo as nuvens de chuva se aproximando como uma cortina molhada, meia hora antes que se derramem sobre os telhados de ardósia cinza e escorram pelos muros. A capela é uma construção fria e negligenciada, e o padre, muito insatisfatório: nem percebe minha excepcional devoção. Vou lá com frequência para rezar, e a luz, entrando pela janela a oeste, se irradia sobre minha cabeça baixa, mas ninguém repara. Londres fica a nove dias de viagem exaustiva, minha antiga casa é tão longe quanto. Uma carta de minha mãe pode levar dez dias para chegar, e ela raramente escreve para mim. Às vezes, sinto-me como se tivesse sido sequestrada de um campo de batalha e aguardasse resgate na terra inimiga, como meu pai. Certamente eu não poderia me sentir mais estrangeira e solitária.

O pior de tudo é não ter tido nenhuma visão desde minha noite de núpcias. Passo as tardes de joelhos, quando me fecho em meus aposentos privados e finjo estar costurando. Passo o entardecer na capela úmida, mas nada me aparece. Nenhuma visão das estacas nem de batalhas, nem mesmo o tremular de um estandarte de anjos e lírios. Peço a Nossa Senhora uma visão de Joana, a donzela, mas ela não me concede nada e, afinal, sentada sobre os calcanhares, começo a recear só ter sido santa enquanto era virgem. Não sou nada especial como esposa.

Nada no mundo poderia me compensar dessa perda. Fui criada para me reconhecer como a filha de um grande homem e herdeira da família real, mas minha glória pessoal era saber que Deus falava comigo, falava diretamente a mim, e que Ele me enviou a visão de Joana, a donzela. Enviou-me depois um anjo disfarçado de mendigo para falar comigo sobre ela. Designou William de la Pole para ser meu tutor, de modo que ele, tendo visto Joana, reconhecesse em mim igual santidade. Por alguma razão, entretanto, Deus esqueceu tudo sobre esse plano sensível e me entregou à tutela de um marido sem o menor interesse em minha santidade e que, consumando grosseiramente os votos matrimoniais, levou minha virgindade e visões em uma única e horrível noite. Por que fui eleita por Deus e depois negligenciada por Ele, não consigo entender. Não me cabe questionar a vontade divina, mas me pergunto: por que, primeiro, Ele teria me escolhido para depois me abandonar em Gales? Se Ele não fosse Deus, esse seria um plano muito mal-arquitetado. Não parece que eu tenha algo a fazer aqui, e certamente ninguém me vê como uma luz. É bem pior do que em Bletsoe, onde pelo menos as pessoas se queixavam de minha excessiva santidade. Aqui nem mesmo notam, e tenho medo de meus dons estarem ocultos e não haver nada que eu possa fazer para me revelar como um farol para o mundo.

Meu marido é belo e, suponho, valente. Mal o vejo, ou seu irmão, durante o dia, já que ambos ficam constantemente fora para proteger a paz do rei contra dezenas de insurreições locais. Edmund está sempre no comando, Jasper, a seu lado como uma sombra. Andam no mesmo ritmo — Edmund, em largas passadas, na frente, Jasper logo atrás. Só têm um ano de diferença de idade. Achei que eram gêmeos quando os vi pela primeira vez. Ambos têm o infeliz cabelo ruivo e nariz comprido e fino. Os dois são altos e magros, mas me parece que engordarão muito quando ficarem mais velhos, o que acontecerá em breve. Quando conversam, são capazes de concluir as frases um do outro e passam o tempo todo rindo de piadas que só eles entendem. Mal falam comigo e nunca me contam o que é supostamente tão engraçado. São absolutamente fascinados por armas e capazes de passar toda uma noite falando sobre cordas de arcos. Não consigo entender o papel de nenhum dos dois nos planos de Deus.

O castelo se mantém em constante estado de alerta porque facções rivais, milícias de soldados armados e descontentes, passam sempre por aqui e atacam as aldeias vizinhas. Há inquietação por toda parte, exatamente como minha mãe temeu quando o rei entrou em transe. E pior aqui do que em qualquer outro lugar, é claro, uma vez que a região é praticamente selvagem. E não houve qualquer diferença quando o rei se recuperou, embora as pessoas comuns fossem encorajadas a se alegrar, pois ele logo adoeceu de novo, e dizem por aí que será sempre assim: viveremos com um rei que não nos dará garantias de que se manterá consciente. O que é obviamente uma desvantagem. Até eu sou capaz de ver isso.

Há homens pegando em armas contra o governo do rei, primeiro para protestar contra o aumento de impostos destinados a manter os eternos conflitos na França, mas agora para se queixar de que esses conflitos terminaram. Perdemos tudo o que havíamos conquistado nos governos do pai e do avô do rei, ambos mais corajosos do que ele. Todo mundo odeia a rainha, que é francesa, evidentemente, e todo mundo cochicha que o rei é um fantoche nesse casamento, e que uma mulher francesa governa o país e que seria melhor sermos governados pelo duque de York.

Quem tem queixas contra o vizinho aproveita a oportunidade para derrubar suas cercas, roubar-lhe caça ou madeira, provocando disputas que exigiam a presença de Edmund para fazer uma justiça precipitada. As estradas se tornaram perigosas porque companhias de soldados formadas na França que vagueiam por nosso território adquiriram agora o hábito de saquear e sequestrar. Quando, acompanhada de um criado, vou a cavalo ao povoado que se dispõe ao redor dos muros do castelo, tenho de levar uma guarda armada. Vejo então rostos pálidos e olhos encovados de fome, e ninguém sorri para mim, embora se imagine que devessem se alegrar pelo fato de a nova senhora do palácio se interessar por eles. Pois quem intercederá por eles na terra e no céu senão eu? Não posso entender, porém, o que me dizem, pois todos falam galês, e, caso se aproximem demais, os guardas baixarão suas lanças e ordenarão que recuem. Decididamente, não sou uma luz para o povo comum da aldeia, não mais do que no palácio. Tenho 12 anos — se as pessoas não podem ver agora que sou uma luz no mundo escuro, quando verão? Como, porém, alguém verá alguma coisa aqui, neste miserável Gales, onde só há lama?

O irmão de Edmund, Jasper, mora supostamente a algumas milhas, no Castelo de Pembroke, mas é raro encontrá-lo lá, pois ou ele está na corte real, tentando manter o pacto irritante entre a família York e o rei em prol da paz na Inglaterra, ou conosco. Quer esteja indo visitar o rei ou voltando para casa, a expressão grave de preocupação por Henrique VI ter entrado de novo em transe, Jasper sempre encontra algum atalho que o traz a Lamphey e a nossa mesa para jantar.

Às refeições, meu marido Edmund só conversa com o irmão. Nenhum dos dois me dirige mais do que uma palavra, mas tenho de ouvir a preocupação deles com o fato de que Ricardo, duque de York, reivindicará o trono para si. Ele é aconselhado por Richard Neville, conde de Warwick, e ambos, Warwick e York, são homens ambiciosos demais para obedecer a um rei apático. Muitos dizem que o país não está seguro nas mãos de um regente e que, se o rei não desperta, a Inglaterra não sobreviverá aos anos necessários para que seu filho tenha idade suficiente para governar. Alguém terá de assumir o trono, não podemos ser governados por um rei fora de si e um bebê.

— Não suportaremos uma longa regência. Precisamos de um rei — diz Jasper. — Oh, céus, se você tivesse se casado e se deitado com ela há alguns anos, estaríamos agora em posição mais vantajosa.

Enrubesço e baixo o olhar para meu prato, com vários pedaços de carne excessivamente cozidos e irreconhecíveis. Em Gales, caçam melhor do que plantam, e toda refeição inclui alguma ave ou outra caça. Anseio por dias de jejum, em que só comemos peixe, e imponho a mim mesma dias extras de privação para escapar das repugnantes refeições. Todos trespassam com suas adagas os pedaços escolhidos de uma travessa comum, e embebem nacos de pão no caldo ralo. Enxugam as mãos em seus calções, e a boca no punho do casaco. Até em nossa mesa particular nos servem carne sobre pedaços de pão devorados no fim da refeição. Não há pratos na mesa. Guardanapos são, obviamente, franceses demais. Todos consideram um dever patriótico limpar a boca na manga e todos levam sua própria colher, como se fosse uma peça valiosa, enfiada na bota.

Pego um pedacinho de carne e o mordisco. O cheiro de gordura contrai meu estômago. Agora estão falando na minha frente, como se eu fosse surda, sobre minha fertilidade e a possibilidade de a rainha ser forçada a sair da Inglaterra ou de seu bebê morrer, situação que fará de meu filho um dos prováveis herdeiros do rei.

— Você acha que a rainha vai deixar isso acontecer? Que Margarida de Anjou não lutará pela Inglaterra? Ela conhece seu dever. — Edmund complementa sua fala com uma risada. — Há mesmo quem afirme que ela é determinada demais para se deixar deter por um marido apático. Dizem que teve o bebê sem o rei, preferindo entregar-se a qualquer jovem das cavalariças a deixar o berço real vazio e seu marido sonhando.

Ponho as mãos em minhas faces quentes. Aquilo é insuportável, mas ninguém percebe meu embaraço.

— Nem mais uma palavra — reage Jasper. — Ela é uma grande dama, e temo por ela e seu filho. Faça um herdeiro seu e não repita comentários maldosos. A confiança de York em seu arsenal de quatro filhos cresce a cada dia. Precisamos mostrar que existe um herdeiro Lancaster legítimo. Os Stafford e os Holland já têm herdeiros. Onde está o menino Tudor-Beaufort?

Edmund ri e estende a mão para se servir de mais vinho.

— Tento todas as noites — retruca ele. — Acredite, não me esquivo de meu dever. Ela pode ser pouco mais do que uma criança, sem gosto pelo ato, mas eu faço o que tenho de fazer.

Pela primeira vez, Jasper pousa os olhos em mim, como se avaliasse o que penso dessa fria descrição da vida de casada. Encaro-o abertamente, meus dentes trincados. Não quero sua simpatia. Este é o meu martírio:

o casamento com seu irmão neste castelo rústico no horrível Gales. Ofereço a Deus o sacrifício e sei que Ele me recompensará.

~

Edmund não disse ao irmão senão a verdade. De fato, todas as noites ele vem ao meu quarto, levemente trôpego devido ao vinho que tomou no jantar, entornado goela abaixo, como um beberrão. Todas as noites, ele vem até minha cama, agarra a barra de minha camisola como se não fosse guarnecida da melhor renda valenciana e a suspende de modo a poder penetrar. Noite após noite, trinco os dentes e não digo uma palavra sequer de protesto, nem deixo escapar qualquer gemido de dor quando ele me possui sem delicadeza ou polidez. E a cada noite, instantes depois, ele se levanta de minha cama, veste o robe e sai sem uma palavra de agradecimento ou despedida. Eu não falo nada, nem uma única palavra que seja, do começo ao fim, nem ele, aliás. Se fosse permitido a uma mulher odiar seu marido, eu o odiaria como um estuprador. O ódio, porém, faria o bebê nascer deformado; portanto, faço questão de não o odiar, nem mesmo em segredo. Em vez disso, escorrego da cama assim que ele desaparece, ajoelho-me, ainda cheirando ao suor rançoso dele, ainda sentindo a dor arder entre minhas pernas, e rezo a Nossa Senhora, que teve a boa sorte de ser poupada de tudo isso pela visita bondosa do Espírito Santo. Rezo para que Ela perdoe Edmund Tudor, o torturador de sua filha especialmente favorecida por Deus — eu, que não tenho pecado nem, certamente, luxúria. Depois de meses de casamento, permaneço tão distante do desejo quanto antes. Parece, aliás, que não há nada mais eficaz para curar uma mulher do pecado da luxúria do que o casamento. Agora entendo o que o santo quis dizer com ser melhor se casar do que arder de paixão. Na minha experiência, casar-se certamente significa não arder de paixão.

Verão de 1456

Um longo ano de solidão, desgosto e dor, agora com mais um fardo a carregar. A antiga ama de Edmund, impaciente por mais um menino Tudor, me pergunta mensalmente se estou sangrando, como se eu fosse a égua favorita para reprodução. Anseia que eu responda não, a fim de que possa então contar os meses em seus dedos gordos, alegrando-se por seu menino precioso ter cumprido o dever. Durante meses eu a decepciono e vejo seu velho rosto murcho se consternar. No fim de junho, entretanto, posso lhe dizer que não sangrei, e ela se ajoelha em meus aposentos privados e agradece a Deus e a Virgem Maria o fato de a Casa de Tudor ter um herdeiro e a Inglaterra ser salva para a Casa de Lancaster.

A princípio a julgo louca. Porém, depois que ela sai correndo para contar a meu marido Edmund e a seu irmão Jasper e os dois vêm me ver como um par de gêmeos agitados, gritando os melhores votos e me perguntando se eu gostaria de alguma coisa especial para comer ou se deviam mandar buscar minha mãe ou se eu gostaria de caminhar no pátio ou repousar, percebo que, para eles, essa concepção é realmente o primeiro passo para a grandeza e que pode ser a salvação de nossa casa.

Nessa noite, quando me ajoelho para rezar, finalmente tenho uma visão. Uma visão tão clara como se estivesse em vigília. Nela o sol não se apresenta cinzento, galês, mas brilha tão intensamente quanto na França. Não é uma visão de Joana indo para o cadafalso, mas uma prodigiosa visão de Joana sendo chamada para a glória. Estou com ela nos campos perto de sua casa. Sinto a maciez da relva sob meus pés e me mostro deslumbrada com o brilho do céu. Ouço os sinos repicarem o Angelus e ressoarem em minha cabeça como vozes. Ouço o cântico celestial e, então, vejo a luz bruxuleante. Deixo a cabeça pender sobre a bela colcha de minha cama, e a luz fulgurante arde no interior de minhas pálpebras. Sou tomada pela convicção de que a estou vendo ser chamada e de que eu também estou sendo convocada por Deus. Ele quis que Joana o servisse, e agora me quer. Minha hora chegou e minha heroína mostrou o caminho. Estremeço de desejo pela santidade, e a queimação sob meus olhos se espalha por todo o meu corpo e, tenho certeza, toma conta de meu ventre, onde o bebê cresce para a luz da vida e seu espírito se forma.

Não sei por quanto tempo fico de joelhos, rezando sem que ninguém me interrompa. Sinto-me como se tivesse permanecido envolvida por aquela luz sagrada por todo um ano quando finalmente abro os olhos, admirada, e pestanejo diante das chamas oscilantes da vela. Levanto-me devagar, apoiando-me na coluna da cama, os joelhos fragilizados pela sensação do divino. Sento-me na cama espantada e perplexa diante da natureza de meu chamado. Joana foi escolhida para salvar a França da guerra e colocar o legítimo rei da França em seu trono. Deve haver alguma razão para eu ter-me visto em seus campos, para eu ter passado minha vida sonhando com a dela. Nossos caminhos devem seguir no mesmo ritmo. Sua história deve se reportar à minha. Também eu devo ter sido chamada para salvar meu país, como Joana o foi. Fui escolhida para livrar a Inglaterra do perigo, da incerteza, da própria guerra, e colocar o legítimo rei em seu trono. Quando Henrique, o rei, morrer, mesmo que seu filho sobreviva, será o bebê que se desenvolve em meu ventre que herdará. Eu sei. Esse bebê é um menino — é isso o que a visão me diz. Meu filho herdará o trono da Inglaterra, e seu reinado porá fim ao horror da guerra com a França. A inquietação em nosso país será transformada em paz por meu filho. Eu o trarei ao mundo e o colocarei no trono, e o guiarei no caminho de Deus, que eu lhe ensinarei. Este é o meu destino: colocar meu filho no trono da Inglaterra, e aqueles que zombaram de minhas visões e duvidaram de minha vocação vão me chamar de Milady, a Mãe do Rei. E assinarei *Margaret Regina*: Margaret, a rainha.

Ponho a mão na barriga, ainda completamente plana.

— Rei — digo baixinho —, você será rei da Inglaterra. — E sei que o bebê me ouve e compreende que o seu destino e o de toda a Inglaterra me foram dados por Deus, e está sob minha custódia.

~

O fato de saber que o bebê em meu ventre será rei e que todo mundo fará reverência diante de mim me sustenta nos primeiros meses, apesar do enjoo todas as manhãs e do cansaço extremo. Está quente, e Edmund tem de percorrer os campos, em que os homens preparam o feno, a fim de perseguir e capturar nossos inimigos. William Herbert, feroz partidário yorkista, pensa em se apropriar de Gales enquanto houver um rei apático e ninguém a quem prestar contas. Conduz seus homens por nossas terras e coleta nossos impostos sob o pretexto de estar governando Gales para a regência de York. Na verdade, foi designado por seu bom amigo conde de Warwick para governar Gales, mas, muito antes disso, nós, os Tudor, fomos colocados aqui pelo rei e aqui permanecemos cumprindo nosso dever, esteja nosso rei consciente ou não. Tanto Herbert quanto nós, os Tudor, acreditamos ser governantes legítimos de Gales, corretamente designados. A diferença é que nós temos razão, e eles, não. E Deus sempre sorri para mim, é claro.

Edmund e Jasper estão em permanente estado de fúria emudecida em relação às incursões de Herbert e dos yorkistas, escrevendo a seu pai, Owen, que por sua vez está fora com seus homens, atacando terras dos York e planejando uma campanha em conjunto com seus filhos. Tudo acontece como minha mãe previra. O rei, da Casa de Lancaster, está em transe intermitente. O regente é da Casa de York, e está muito desperto. Jasper fica longe grande parte do tempo, observando o rei Henrique, que parece uma pobre galinha chocando ovos podres. Segundo Jasper, a rainha quase abandonou seu marido em busca de mais segurança na cidade fortificada de Coventry de onde imagina poder resistir a um exército e supõe ter de governar a Inglaterra, furtando-se, assim, da traição de Londres. Ele informa que os mercadores da cidade e metade dos condados do sul estão todos do lado York porque desejam tempos de paz para ganhar dinheiro, pouco se importando com a legitimidade do rei e a vontade de Deus.

Nesse meio-tempo, todos os lordes preparam seus homens e escolhem seu lado; Jasper e Edmund só esperam acabar o preparo da forragem para reunir os homens com suas segadeiras e podadeiras e marchar ao encontro de William Herbert para lhe mostrar a quem de fato pertence Gales.

Desço até o portão do castelo a fim de acenar para eles e lhes desejar boa sorte. Jasper me garante que eles derrotarão Herbert em dois dias e resgatarão o Castelo de Carmarthen, e que posso esperá-los de volta a tempo da colheita. No entanto, dois dias se passam e não temos notícias deles.

Devo repousar toda a tarde, e minha ama recebe ordens de minha mãe para redobrar o cuidado com minha saúde, agora que estou carregando um bebê que pode ser um herdeiro real. Ela permanece em meus aposentos, sentada em meio à penumbra, a fim de garantir que eu não leia à luz de uma vela furtiva, nem que me ajoelhe para rezar. Tenho de ficar deitada na cama, pensando em coisas agradáveis para que o bebê cresça forte e alegre. Ciente de que estou gerando o próximo rei, obedeço e tento pensar em cavalos vigorosos, em belas roupas, na magia da justa, na corte do rei, e na rainha em seu vestido cor de rubi. Uma tarde, porém, ouço alguém batendo na porta; sento-me na cama e olho para minha ama, que, em vez de velar a criatura que se prepara para dar à luz o próximo rei, adormeceu em sua cadeira. Levanto-me e vou até a porta, abrindo-a eu mesma. Deparo-me com nossa criada Gwyneth, lívida, com uma carta na mão.

— Não podemos ler — informa ela. — É uma carta que nenhuma de nós pode ler.

— Minha ama está dormindo. Dê-me a carta.

Estupidamente, ela a estende, embora esteja endereçada a minha governanta com recomendações para que apenas ela a lesse. Rompo o lacre de Jasper Tudor e a abro. Ele escreveu do Castelo de Pembroke.

Edmund foi ferido e capturado por William Herbert. É prisioneiro em Carmarthen. Preparem-se como puderem para o ataque enquanto vou resgatá-lo. Não deixem nenhum estranho entrar, há peste.

Gwyneth fixa os olhos em mim.

— O que diz? — pergunta ela.

— Nada — replico. A mentira vem a minha boca tão prontamente que deve ter sido colocada por Deus para me ajudar e, portanto, não pode ser, de jeito nenhum, considerada de fato mentira. — Vão ficar alguns dias no Castelo de Pembroke. Retornarão mais tarde.

Fecho a porta e volto para a cama, deito-me e pouso a mão em minha barriga, agora já se arredondando sob meu vestido. Darei a notícia hoje à noite a todos, penso. Mas antes tenho de decidir o que dizer e o que fazer.

Como sempre, tento imaginar o que Joana d'Arc faria se estivesse no meu lugar. O mais importante é garantir a segurança do futuro rei. Edmund e Jasper podem cuidar de si mesmos. Para mim, não há nada mais importante do que garantir que meu filho esteja a salvo atrás dos muros de defesa, de modo que, quando "Black Herbert" vier saquear as terras Tudor, pelo menos possamos manter meu bebê em segurança.

Ao pensar em William Herbert conduzindo seu exército contra nós, deslizo para fora da cama e me ajoelho para rezar.

— O que devo fazer? — pergunto em um murmúrio a Nossa Senhora e nunca em toda a minha vida eu ficaria mais feliz com uma resposta clara. — Não podemos nos defender aqui, não há sequer uma muralha que circunde o castelo e não temos guerreiros. Não posso ir a Pembroke se há peste lá e, de qualquer maneira, nem sei onde se localiza. Mas, se Herbert nos atacar aqui, não temos como nos defender. E se ele me sequestrar e pedir resgate? E se tentarmos chegar a Pembroke e eu passar mal na estrada? E se viajar fizer mal ao bebê?

Nada a não ser silêncio.

— Nossa Senhora? Virgem Maria?

Um silêncio muito desagradável. Suspiro. "O que Joana faria?", penso. "Se ela tivesse de fazer uma escolha perigosa, qual seria? Se eu fosse Joana, com toda a sua coragem, o que faria?"

Cansada, levanto-me. Caminho até minha governanta e tenho o prazer de acordá-la sacudindo-a.

— Levante-se. Tem trabalho a fazer. Vamos para o Castelo de Pembroke.

Outono de 1456

Edmund não volta para casa. William Herbert nem mesmo pede um resgate por ele, pelo herdeiro do nome Tudor e pai de meu bebê. Nesses tempos incertos, ninguém pode afirmar qual é o valor de Edmund; além do mais, disseram-me que ele está doente. É mantido no Castelo de Carmarthen, prisioneiro dos Herbert, e não me escreve. Ele não tem nada a dizer a uma esposa que é pouco mais do que uma criança; de minha parte, também não escrevo para ele e nada tenho a dizer tampouco.

Espero sozinha no Castelo de Pembroke, preparando-o para um cerco, sem deixar ninguém da cidade entrar, temendo a peste. Sei que talvez tenha de defender este castelo de nossos inimigos, mas não tenho onde buscar ajuda, pois Jasper está constantemente em viagem. Temos comida, armas e água. Durmo com a chave da ponte levadiça e da grade sob o travesseiro, mas não posso dizer que sei o que fazer além disso. Espero que meu marido me diga, mas não recebo notícias dele. Espero a chegada de seu irmão. Gostaria que o pai deles viesse me salvar, mas é como se eu tivesse me encerrado aqui e sido esquecida. Rezo por uma orientação de Nossa Senhora, que também enfrentou tempos conturbados quando estava grávida, mas nenhum Espírito Santo aparece para anunciar ao mundo que sou o receptáculo do Senhor. Aparentemente não haverá nenhuma anunciação para mim. Na verdade, os criados, o padre e até minha governanta estão absortos em seus próprios infortúnios e preocupações, enquanto a notícia do estranho torpor do rei e a luta pelo poder entre sua rainha e o regente do país alertam cada vigarista para a oportunidade de ganhos fáceis em um país sem governo. Os amigos de Herbert, em Gales, sabem que os Tudor estão fugindo, seu herdeiro está cativo, seu irmão, desaparecido, e sua mulher, sozinha no Castelo de Pembroke, morrendo de medo.

Então, em novembro, chega uma carta dirigida a mim, Lady Margaret Tudor, de meu cunhado, Jasper. É a primeira vez que ele me escreve, e abro a carta com as mãos trêmulas. Ele não desperdiça palavras.

Lamento dizer que seu marido, meu amado irmão Edmund, morreu, vítima da peste. Defenda o castelo a todo custo. Estou chegando.

Recebo Jasper no portão do castelo e imediatamente reparo o quanto está diferente. Perdeu seu gêmeo, seu irmão, o grande amor de sua vida. Ele desmonta com um salto, dotado da mesma elegância de Edmund, mas agora se ouve o som metálico de apenas um par de botas ressoando na pedra. Pelo resto de sua vida, ele ficará atento ao ruído de seu irmão e nada ouvirá. Sua expressão é austera, seus olhos, encovados de tristeza. Ele toma minha mão como se eu fosse adulta, ajoelha-se e faz um gesto de oração como se jurasse fidelidade.

— Perdi meu irmão, e você, seu marido. Juro que, se você tiver um menino, cuidarei dele como se fosse meu próprio filho. Eu o protegerei com minha vida. Eu o manterei em segurança. Eu o conduzirei ao trono da Inglaterra, por meu irmão.

Seus olhos estão cheios de lágrimas e me sinto constrangida de ter esse homem adulto, grande, de joelhos diante de mim.

— Obrigada — replico. Confusa, olho em volta, mas não há ninguém que me diga como erguer Jasper. Não sei o que devo dizer. Dou-me conta de que ele nada me promete se eu tiver uma menina. Em meio a um profundo suspiro, aperto suas mãos, como ele parece esperar que eu faça. Não fosse por Joana d'Arc, eu poderia supor que meninas são completamente inúteis.

Janeiro de 1457

Fico em confinamento a partir do começo do mês. Colocam postigos nas janelas de meu quarto a fim de barrar a luz cinza do inverno. Não consigo imaginar que um céu que nunca está azul e um sol que nunca brilha possam ser considerados tão perturbadores a ponto de uma mulher prestes a dar à luz ter de ser protegida deles. A parteira, todavia, insiste que eu devo ficar no escuro um mês antes do parto, como manda a tradição, e Jasper, abatido de preocupação, considera que tudo deve ser feito para manter a criança bem.

A parteira acredita que o bebê vai chegar antes do tempo. Ela apalpa minha barriga e diz que ele está na posição errada, mas que pode virar a tempo. Às vezes, ela afirma, os bebês se viram muito tarde. É importante que a cabeça saia primeiro, não sei por quê. Ela não menciona detalhes a Jasper, mas sei que ele fica de lá para cá do lado de fora de meus aposentos. Ouço as tábuas do piso rangendo sob seu peso enquanto ele anda de um lado para outro, apreensivo como um marido amoroso. Estando em confinamento, não posso ver homem algum, o que é um grande alívio. Gostaria, porém, de poder sair para ir à igreja. O padre William, aqui em Pembroke, se comoveu às lágrimas com minha primeira confissão. Disse que jamais conhecera jovem tão devota. Fiquei feliz por finalmente encontrar alguém que me compreende. Ele tem permissão para rezar comigo se nos sentarmos cada um de um lado da tela, o que, entretanto, não é inspirador como orar diante de toda uma congregação, com todos podendo me ver.

Uma semana depois começo a sentir uma terrível dor nos ossos quando ando no espaço exíguo de meu quarto. Nan, a parteira, e sua velha ajudante, cujo nome soa como um grasnido e que não fala inglês, concordam que é melhor eu ficar na cama e não andar mais, nem mesmo ficar de pé. A dor é tão forte que meus ossos parecem se rachar dentro de mim. Claramente, algo está errado, mas ninguém sabe o que é. Perguntam ao médico; como, porém, ele não pode pôr a mão em mim nem fazer mais do que me perguntar o que imagino ser o problema, não realizamos nenhum progresso. Tenho 13 anos e sou pequena para a minha idade. Como poderia saber o que está errado com o bebê em meu corpo? Insistem em me perguntar se a sensação é realmente a de que meus ossos estão se quebrando dentro de mim. E, quando respondo que sim, se entreolham como se temessem ser verdade. Não consigo, no entanto, acreditar que eu vá morrer no parto. Não acredito que Deus tenha tido todo o trabalho de me trazer para Gales, colocar um bebê em meu ventre que pode vir a ser rei, para me deixar morrer antes de ele nascer.

Falam em mandar chamar minha mãe, mas ela está tão longe e as estradas são tão perigosas agora, que ela não poderia vir; além disso, ela não estaria mais bem-informada do que eles. Ninguém sabe o que há de errado comigo e agora observam que sou jovem demais e pequena demais para estar grávida, o que constitui uma conclusão tardia e desconfortável para mim em um momento tão próximo ao parto. Não me atrevi a perguntar como o bebê vai sair de minha barriga. Tenho muito medo de me rachar, como uma vagem pequena que contém uma grande semente, e nesse caso tenho certeza de que sangrarei até morrer.

Imaginei que a dor da espera fosse a pior que eu sofreria, mas isso só até a noite em que acordei em agonia, sentindo minha barriga se dilatar e se contrair. Em absoluto choque, grito, e as duas mulheres se levantam de um pulo de seus catres. Minha governanta vem correndo com minha criada, e em instantes o quarto se enche de velas e de pessoas trazendo água quente e lenha. Ninguém sequer olha para mim, embora eu possa sentir um fluxo repentino transbordar do meu corpo, e tenho certeza de que é sangue e de que vou sangrar até a morte.

Dão-me uma toalha para eu morder e uma faixa benta para ser amarrada ao redor de minha barriga. O padre William enviou o ostensório com a hóstia da capela e o colocaram em meu genuflexório, de modo que eu possa fixar meu olhar no corpo do Senhor. Tenho de admitir que a crucificação me impressiona muito menos agora que estou dando à luz. Parece-me de fato impossível que algo possa doer mais do que isso. Aflige-me o sofrimento de Nosso Senhor, é claro, mas, se Ele experimentasse um parto difícil, saberia então o que é dor.

Seguram-me na cama, mas permitem que eu me erga um pouco e me agarre a uma corda quando as dores começam. Desmaio uma vez, e me dão uma bebida forte, que me provoca tontura e enjoo; nada, porém, consegue me livrar do mal que se apoderou de minha barriga e que a está rasgando. Isso prossegue ao longo de horas, do amanhecer até o anoitecer, e então eu as ouço murmurar uma para a outra que há algo errado, que o bebê está demorando demais. Uma das parteiras me informa que lamenta, mas que terão de me jogar para cima em uma manta para fazer o bebê sair.

— O quê? — murmuro, tão aturdida por causa da dor que não entendo o que aquilo significa. Tampouco entendo o que estão fazendo quando me ajudam a me levantar da cama e me pedem para deitar em uma manta no chão. Penso que talvez seja algo para aliviar a dor terrível que me faz gritar e que, parece-me, não vou suportar. Portanto, deito-me, obediente às mãos que me arrastam com força, e então seis delas erguem a manta esticada. Sou suspensa como um fardo e, em seguida, me jogam para cima e caio de novo. Sendo pequena para meus 13 anos, elas podem me atirar para o alto com facilidade e tenho a sensação de voar e cair, e depois, a agonia da aterrissagem. Então, jogam-me para cima de novo. Fazem isso dez vezes, enquanto grito e peço que parem. Erguem-me e me põem na cama, olhando-me como se esperassem que eu estivesse muito melhor. Eu me debruço sobre a beirada da cama e vomito entre soluços.

Deito-me e, por um momento abençoado, o pior cessa. No silêncio repentino ouço minha governanta dizer claramente.

— As ordens são para salvar o bebê, se tivermos que escolher. Especialmente se for um menino.

Fico tão furiosa com a ideia de Jasper dar ordens a minha própria governanta, de instruí-la a orientar as parteiras a me deixar morrer caso tenham de escolher entre a minha vida e a de seu sobrinho, que cuspo no chão e grito:

— Quem deu essa ordem? Sou Lady Margaret Beaufort da Casa de Lancaster... — Mas elas não me ouvem, nem se viram para me escutar.

— É o correto — concorda Nan —, mas dá pena da menina...

— Ordem da mãe dela — esclarece minha governanta, e perco imediatamente a vontade de gritar com elas. Minha mãe? Minha própria mãe disse a minha governanta que salvassem o bebê se ele e eu estivéssemos em perigo?

— Pobre menina. Pobrezinha — murmura Nan, e penso num primeiro momento que ela se refere ao bebê. Talvez, afinal, seja uma menina. Em seguida, porém, dou-me conta de que está falando de mim, de uma menina de 13 anos, cuja própria mãe determinou que poderiam deixar morrer, contanto que dela nascesse um menino e herdeiro.

~

Depois de dois dias e duas noites o bebê conseguiu sair de mim, sem que eu morresse, apesar das várias longas horas em que eu teria acolhido a morte de bom grado para escapar à dor. Mostram-me meu filho quando estou adormecendo, imersa na dor. Ele tem o cabelo castanho, parece-me, e as mãozinhas minúsculas. Faço menção de tocá-lo, porém, a bebida, a dor e a exaustão me inundam como a escuridão e desfaleço.

Quando desperto, é manhã, e um dos postigos foi retirado. O sol amarelo do inverno brilha nos pequenos quadrados de vidro da janela, e o fogo, refulgindo na lareira, aquece confortavelmente o aposento. O bebê está no berço, bem-enfaixado em uma tábua. Quando a ama me entrega meu filho, não consigo sentir seu corpo, tão envolvido ele está, em faixas que mais parecem ataduras dos pés à cabeça. Ela informa que ele tem de ficar preso à tábua para que seus braços e as pernas não se movam, a fim de que seus ossos cresçam na posição certa. Poderei ver seus pés, suas mãos e o restante de seu corpinho quando retirarem as faixas para trocar a fralda, o que farão ao meio-dia. Até então, poderei segurá-lo enquanto dorme, como uma bonequinha dura. A faixa envolve sua cabeça e o queixo, mantendo, assim, o pescoço reto, e termina com um laço no alto da cabeça. As mulheres pobres usam esse laço para suspender seus bebês na viga do telhado quando estão cozinhando ou fazendo outro trabalho doméstico; esse menino, porém, é o bebê mais novo na Casa de Lancaster e será embalado e carregado por muitas amas-secas.

Deito-o na cama a meu lado e fico olhando seu rostinho miúdo, seu narizinho e as curvas tranquilas de suas pálpebras rosadas. Não parece algo vivo, mas uma pequena pedra entalhada na forma de bebê, como vemos nos altares da igreja, colocado do lado de sua mãe, absolutamente inanimado. É um milagre, penso, que algo assim foi feito, desenvolveu-se, veio ao mundo. Que eu o fiz, quase inteiramente sozinha (pois não conto os esforços físicos de Edmund bêbado). Esse objeto minúsculo, esse ser em miniatura é osso de meu osso e carne de minha carne, e é obra minha, só minha.

Após algum tempo, ele acorda e começa a chorar. Para um ser tão pequeno, o choro é incrivelmente alto, e fico feliz quando a ama entra correndo e o leva do quarto para a ama de leite. Meus seios pequenos doem, ansiosos por amamentá-los, mas estou tão enfaixada quanto meu bebê. Estamos ambos atados fortemente a nosso dever: um bebê que deverá crescer com os membros retos e uma jovem mãe que não pode alimentar seu filho. A ama de leite deixou em casa seu próprio filho para ocupar seu lugar no castelo. Ela vai comer melhor do que nunca em sua vida e terá permissão para uma boa cota de cerveja. Ela não precisa cuidar de meu bebê, basta que produza leite para ele, como se fosse uma vaca leiteira. Ele é levado até ela quando precisa ser alimentado, e no resto do tempo é cuidado pelas amas-secas. Ela se ocupa também das roupinhas dele e ajuda na manutenção de seus aposentos. Não o segura no colo, a não ser na hora de amamentá-lo. Há outras mulheres para isso: meu bebê tem uma criada para balançá-lo no berço quando dorme, duas amas para servi-lo e o próprio médico, que vem uma vez por semana. As parteiras ficarão conosco até eu ir à igreja para a missa depois do resguardo e ele ser batizado. Seu séquito é maior do que o meu e, de repente, me dou conta de que isso se deve ao fato de ele ser mais importante do que eu. Sou Lady Margaret Tudor, nascida Beaufort, da Casa de Lancaster, prima de um apático rei da Inglaterra. Mas ele é tanto Beaufort quanto Tudor. Tem sangue azul dos dois lados. É conde de Richmond, da Casa de Lancaster, e tem direito legítimo, imediatamente depois do filho do rei, o príncipe Eduardo, ao trono da Inglaterra.

Minha governanta entra no quarto.

— Seu cunhado Jasper pergunta se concorda com o nome que escolheu para o bebê. Ele está escrevendo para o rei e para sua mãe, informando que vai chamá-lo de Edmund Owen, nome de seu pai e de seu avô Tudor.

— Não — replico. Não vou dar a meu bebê, que me custou tanto sofrimento, o nome do homem que só me causou dor. Ou o do idiota do pai dele. — Não! Não vou chamá-lo de Edmund.

— Não pode lhe dar o nome de Eduardo — observa ela. — O filho do rei é o príncipe Eduardo.

— Vou lhe dar o nome de Henrique — declaro, pensando no rei. Talvez ele saia da inércia ao saber que há um menino da Casa de Lancaster chamado Henrique, embora não o tenha feito no nascimento do príncipe Eduardo. — Henrique é um nome real para a Inglaterra; alguns de nossos melhores, e mais valentes reis, se chamavam assim. Este menino se chamará Henrique Tudor. — Repito o nome com orgulho: — Henrique Tudor.

— E então penso que, quando o inconsciente rei Henrique VI estiver morto, esse bebê será Henrique VII.

— Ele disse Edmund Owen — repete ela, como se eu fosse surda ou idiota.

— E eu digo Henrique. Já o chamo assim, e esse é seu nome. Está decidido. Eu já o chamei assim em minhas preces. Só falta agora batizá-lo Henrique.

Ela ergue as sobrancelhas diante de minha ênfase inflexível.

— Eles não vão gostar disso — retruca, saindo de meus aposentos para dizer a meu cunhado Jasper que a menina está sendo teimosa e não dará o nome de seu falecido marido ao filho, mas que escolheu outro nome e não será dissuadida.

Volto a me deitar nos travesseiros e fecho os olhos. Meu filho será Henrique Tudor, não importa o que digam.

Primavera de 1457

Tenho de permanecer em meus aposentos durante seis semanas depois do nascimento de meu filho; após esse período, poderei ir à capela para ser purgada do pecado do parto. Os postigos e as cortinas escuras foram retirados. Há jarras de vinho e pratos com bolinhos, e Jasper vem me visitar e me parabenizar. As amas me dizem que ele visita o bebê todos os dias, como um pai devotado. Quando o bebê está dormindo, ele se senta ao lado do berço, toca sua bochecha com o dedo, sustenta em suas mãos grandes a cabecinha bem-envolvida pelas faixas. Quando o bebê está acordado, Jasper o observa ser alimentado ou fica atento quando o desenfaixam e admira as pernas retas e os braços fortes. Elas me contaram também que Jasper pede que o deixem sem a faixa um pouco mais para que possa ver seus pequenos punhos cerrados e os pezinhos roliços. Elas julgam essa atitude imprópria para um homem e eu concordo; os Tudor, porém, todos eles, só fazem o que querem.

Ele sorri para mim, hesitante, e retribuo o sorriso.

— Está bem, irmã? — pergunta ele.

— Sim.

— Disseram-me que foi um parto difícil.

— Foi.

Ele faz um movimento com a cabeça.

— Tenho uma carta de sua mãe para você, e ela também escreveu para mim.

Jasper me entrega uma folha de papel, dobrada e lacrada com o timbre Beaufort de minha mãe. Quebro cuidadosamente o lacre e leio a carta. Ela escreveu em francês e manda que eu a encontre em Greenfield House, em Newport, Gwent. Isso é tudo. Não me dirige uma palavra afetuosa que seja nem pergunta sobre meu filho, seu neto. Lembro-me então de que ela determinou que, se tivessem de escolher entre mim e a criança, deveriam me deixar morrer; ignoro sua frieza e me viro para Jasper.

— Ela lhe disse por que tenho de ir a Newport? Não se deu ao trabalho de me explicar.

— Sim. Devo levá-la com uma escolta armada, mas seu bebê ficará aqui. Você vai conhecer Humphrey, o duque de Buckingham. A casa é dele.

— Por que devo vê-lo? — pergunto. Lembro-me vagamente do duque, que é o chefe de uma das mais eminentes e ricas famílias do reino. Somos primos em algum grau. — Ele será meu novo tutor? Não vai ser você, Jasper?

Ele desvia o olhar.

— Não, não se trata disso. — Ele se empenha em sorrir, mas seus olhos estão cheios de dó. — Você vai casar outra vez, minha irmã. Com o filho do duque de Buckingham, assim que seu ano de luto terminar. O contrato de casamento e o noivado, porém, vão acontecer agora. O filho do duque é Sir Henry Stafford.

Olho para ele e sei que minha expressão é de horror.

— Tenho de me casar outra vez? — falo precipitadamente, pensando na agonia do parto e na possibilidade de morrer na próxima vez. — Jasper, posso me recusar a ir? Posso ficar aqui com você?

Ele balança a cabeça.

— Receio que não.

Março de 1457

Um pacote — levado de um lugar para outro, entregue a um dono e a outro, desembrulhado e embrulhado à vontade —, isso é tudo o que sou. Um recipiente para conceber filhos homens, de um nobre e de outro — não importa quem. Ninguém me vê pelo que sou: uma jovem de família importante que tem ligações com a realeza, uma jovem de devoção excepcional que merece — certamente para Deus! — algum reconhecimento. Mas não! Após ter sido despachada para o Castelo de Lamphey em uma liteira, sigo para Newport em um cavalo robusto, na garupa de um criado, sem nada poder ver da estrada a minha frente, só vislumbrando campos enlameados e pastos esmaecidos por entre as fileiras de soldados. Estão armados com lanças e clavas, e usam a insígnia do escudo Tudor em suas golas. Jasper vai à frente em seu cavalo de guerra, e alertou seus guerreiros para que eles se mantivessem preparados para uma emboscada dos homens de Herbert ou para problemas com bandos de assaltantes de estradas. Quando nos aproximamos do mar, acrescenta-se o perigo de um saque por piratas. E assim sou protegida. Assim é o país em que vivo. Isso é o que um bom rei, um rei forte, impediria.

Passamos pela grade no final da ponte levadiça de Greenfield House, que é fechada com um estrondo atrás de nós. Desmontamos no pátio diante da casa, e minha mãe vem me receber. Não a vejo há quase dois anos, desde o dia de meu casamento, quando ela me disse que não havia o que temer. Agora, quando vem a mim e eu me ajoelho para receber sua bênção, entendo que verá em meu rosto que sei que mentiu naquele dia, pois enfrentei o medo da própria morte e soube que ela havia determinado meu sacrifício em prol de seu neto. Da parte dela, nada havia a temer — nisso minha mãe estava coberta de razão. De minha parte, porém, havia muito a temer.

— Margaret — diz ela baixinho, pousando a mão em minha cabeça para me abençoar. Depois, ergue-me e me beija nas faces. — Como cresceu! E parece muito bem!

Gostaria que me abraçasse e dissesse que sentiu minha falta, mas isso seria desejar ter uma mãe diferente, e então eu seria uma menina diferente. Em vez disso, ela me encara com fria aprovação e se vira quando a porta da casa se abre e o duque vem ao nosso encontro.

— Esta é minha filha — diz ela. — Lady Margaret Tudor. Margaret, este é seu parente, o duque de Buckingham.

Faço uma reverência profunda. Esse é um duque muito particular em relação à sua posição: dizem que se aproveitou de sua ordem de precedência no Parlamento para determinar quem deveria andar sempre um passo atrás dele.

— Seja bem-vinda. — Ele me ergue e me beija nas faces. — Deve estar com frio e cansada da viagem. Entre.

A casa é mobiliada com um luxo do qual eu quase já me tinha esquecido, após os anos passados no exílio em Lamphey e Pembroke. Grossas tapeçarias aquecem as paredes de pedra, e as vigas de madeira no teto estão pintadas de dourado e cores vivas. Por toda a parte o timbre do duque é realçado em ouro. Os juncos no piso são frescos e agradáveis, de modo que todos os cômodos exalam um leve perfume de ervas e lavanda, e todas as grandes lareiras de pedra são permanentemente alimentadas por um garoto que carrega uma cesta cheia de lenhas. Até esse garoto usa o libré do duque, que, dizem, tem um pequeno exército sempre de prontidão e armado. O menino também calça botas. Penso nos desleixados descalços na casa de meu marido, e me sinto um pouco melhor em relação a esse noivado, uma vez que ele vai me levar a uma casa que é mantida limpa, com criados vestidos apropriadamente.

Para me aquecer do frio da viagem, o duque me oferece um copo de cerveja quente com açúcar, que estou bebericando quando Jasper entra na sala com um homem mais velho, o cabelo grisalho nas têmporas, rugas no rosto. Deve ter uns 40 anos. Olho para Jasper na expectativa de que me apresente o estranho e, vendo sua expressão grave, com um sutil arfar provocado pelo choque, compreendo que esse homem velho é Henry Stafford e que estou diante de meu novo marido. Não é um garoto da minha idade, como John de la Pole, meu primeiro noivo. Não é um rapaz como Edmund — e só Deus sabe como ele era velho demais e desagradável demais para mim. Não, dessa vez escolheram um homem com idade para ser meu pai, com idade bastante para ser meu avô, meu ancestral. Tem 40 anos, 50, talvez 60. Dou-me conta de que, assustada, me esqueci de fazer uma reverência. Na verdade só me dei conta ao ouvir minha mãe dizer, ríspida, "Margaret!". Murmuro então "Desculpe" e me curvo, em um gesto de humildade para mais um homem que me fará viver com ele onde quiser e que fará em mim mais um herdeiro para a linhagem Lancaster, queira eu ou não.

Percebo que Jasper tem o cenho franzido e o rosto voltado para o chão, mas logo levanta a cabeça para cumprimentar minha mãe com sua cortesia usual e faz uma reverência ao duque.

— Vejo que manteve minha filha a salvo durante estes tempos conturbados.

— Eu manteria todo o principado a salvo, se pudesse. Pelo menos parece que estamos ganhando terreno. Recapturei os castelos que os York tomaram, e William Herbert fugiu, está escondido. Se estiver em Gales, eu o pegarei. Nós, os Tudor, somos amados aqui, e alguém vai entregá-lo.

— E depois? — pergunta o duque de Buckingham. — O que vai acontecer?

Jasper dá de ombros. Sabe que não se trata do destino de William Herbert, nem mesmo de Gales, mas da pergunta que todo inglês se faz no tempo atual: o que vai acontecer depois? Como podemos continuar com uma corte tão impopular que nem mesmo ousa morar em Londres? Como podemos continuar com um rei que, sem qualquer aviso, foge para um estranho devaneio e deixa para trás uma rainha odiada por tantos? Como podemos enfrentar o futuro quando o herdeiro é apenas um menino fraco? Como podemos estar seguros quando o reino passa para a guarda de nossos inimigos, a Casa de York?

— Tentei ponderar com Ricardo de York e seu conselheiro, o conde de Warwick — informa Jasper. — Sabe como tentei persuadi-los a agir junto com a rainha. Tive também longas conversas com ela, que, no entanto, está aterrorizada, temerosa de que a ataquem, e a seu filho, caso o rei continue doente. Eles, por sua vez, temem que ela os destrua quando o rei estiver bem o suficiente para fazer o que ela mandar. Não vejo solução.

— E se eles fossem mandados para fora do país? — sugere Buckingham. — Se um deles fosse enviado para Calais? Quem sabe pudéssemos mandar York para Dublin?

— Eu não dormiria tranquilo à noite sabendo que estariam em nosso litoral com seus próprios exércitos — retruca Jasper. — De Calais, comandam os estreitos. Nenhum porto ao sul estaria seguro. De Dublin, Ricardo poderia sublevar um exército e nos atacar. E os irlandeses amam York como se ele já fosse rei.

— Talvez o rei fique bom dessa vez — sugere minha mãe, esperançosa.

Percebo o quão gravemente doente está Sua Graça pelo silêncio constrangido que se seguiu às suas palavras.

— Talvez. — O duque suspira.

~

Não perdem tempo oferecendo a mim e a Henry Stafford um período em que ele me faça o corte. Não perdem tempo dando-nos pelo menos um momento para nos conhecermos. Por que deveriam? Nosso casamento é uma questão para os advogados e funcionários que administram nossos bens. Não teria a menor importância se eu e Henry Stafford nos odiássemos à primeira vista. Não tem a menor importância eu não querer me casar. Não importa se eu tenho medo do casamento, de consumá-lo, do parto, de tudo relacionado ao papel de esposa. Ninguém nem mesmo pergunta se perdi minha vocação de infância, se ainda quero ser freira. Ninguém definitivamente se importa com o que penso. Tratam-me como uma jovem comum, criada para o casamento e a reprodução, e como não me perguntam o que acho nem respeitam o que sinto não há absolutamente nada que possa detê-los.

Redigem os contratos e os assinamos. Vamos à capela e, diante de testemunhas e do padre, juramos nos casar em janeiro, de modo que eu tenha um ano de luto do meu primeiro casamento, que me deu tão poucas alegrias e acabou tão cedo. Completarei 14 anos, e ele não terá chegado aos 40 — embora continue a ser um velho para mim: 33 anos.

Depois do noivado, retornamos à casa, e minha mãe e eu nos sentamos na sala íntima do castelo, onde uma lareira está acesa, com as damas de companhia ao nosso redor, escutando os músicos tocarem. Aproximo meu banco do dela para podermos falar em particular, por uma única vez.

— Lembra-se do que me disse antes de eu me casar com Edmund Tudor?

Ela balança a cabeça e desvia o olhar, como se quisesse evitar essa conversa. Tenho certeza de que não quer ser criticada por me dizer que não havia o que temer, por instruir minha própria ama a me deixar morrer.

— Não, não me lembro... Parece que foi há muitos anos.

— A senhora disse que eu não podia optar pela saída covarde, a saída de meu pai.

Ela se retrai à menção do homem que está há tanto tempo no silêncio do túmulo.

— Eu disse isso?

— Sim.

— Não consigo imaginar em que estava pensando.

— Então, o que ele fez?

Ela se vira para o outro lado em meio a uma risada que soa absolutamente falsa.

— Esperou esse tempo todo para pedir que eu explicasse uma tolice que eu disse à porta da igreja?

— Sim.

— Ah, Margaret, você é tão... — Ela se interrompe e espero ouvir o que eu sou que a faz jogar a cabeça para trás dessa maneira e franzir o cenho. — Você é tão séria.

— Sim. — É verdade. — Sou muito séria, milady mãe. Supus que, a esta altura, já tivesse percebido. Sempre fui uma pessoa séria, estudiosa. E você disse algo sobre meu pai que, me parece, tenho o direito de entender. Levei isso a sério.

Ela se levanta e vai até a janela, olhando para fora, como se admirando a noite escura. Encolhe-se diante da falta de jeito de sua filha, sua única filha Beaufort. Sua dama de companhia ergue o olhar para ela, para o caso de precisar de algo, e percebo a troca furtiva de olhares entre as duas. É como se eu fosse considerada uma menina difícil, e, constrangida, enrubesço.

— Ah, faz tanto tempo. — Minha mãe suspira. — Com quantos anos está agora... 13? Pelo amor de Deus, isso aconteceu há 12 anos.

— Então pode me contar. Tenho idade suficiente para saber. E, se não me contar, alguém vai acabar fazendo isso. Certamente não vai querer que eu pergunte aos criados, vai?

O rubor que sobe ao seu rosto me diz que não quer que eu pergunte aos criados, todos instruídos a nunca discutir esse assunto comigo. Algo aconteceu há 12 anos, algo que ela quer esquecer, que gostaria de nunca ter sabido. Algo certamente vergonhoso.

— Como ele morreu?

— Pelas próprias mãos. — Sua resposta é imediata e em tom baixo. — Você deve saber. Se insiste em conhecer sua atitude vergonhosa, ele a abandonou e me abandonou, e morreu pelas próprias mãos. Eu estava grávida e, devido ao choque e à tristeza, perdi o bebê, um bebê que poderia ter sido um filho para a Casa de Lancaster. Ele, porém, não pensou nisso. Foi dias antes de seu primeiro aniversário; ele não gostava o bastante de nenhuma de nós duas, nem mesmo para ver seu segundo ano de vida. Por isso eu sempre lhe disse, Margaret, que seu futuro está em seu filho. Um marido vem e vai; pode ir à guerra, adoecer ou se matar. Um filho, entretanto, um filho seu, de sua própria criação, traz segurança. Um menino é seu guardião. Se você fosse um menino, minha vida correria em suas veias. Você seria o meu destino.

— Mas, como sou uma menina, você não me amou, e ele não esperou meu aniversário?

Ela me olha francamente e repete as palavras terríveis.

— Como você é uma menina, só poderá ser uma ponte para a próxima geração, nada além de um meio pelo qual nossa família poderá ter um menino.

Há um breve silêncio enquanto absorvo a convicção de minha mãe a respeito de minha insignificância.

— Entendo. Entendo. Tenho sorte de ser valorizada por Deus, já que não sou por você. Já que não fui valorizada por meu pai.

Ela balança a cabeça como se isso não tivesse muita importância. Mais uma vez, ela não me compreende. Jamais me compreenderá nem pensará que valho o esforço da compreensão. Para ela, como tão francamente admite, sou uma ponte.

— Por que meu pai se matou? — Volto à sua primeira revelação. — Por que ele faria isso? Sua alma iria para o inferno. Devem ter contado um monte de mentiras para conseguir enterrá-lo em solo sagrado. — Corrijo-me. — Você deve ter dito um monte de mentiras.

Minha mãe volta a se sentar no banco ao lado do fogo.

— Fiz o que pude para proteger nosso bom nome. O que qualquer um com um nome importante faria. Seu pai voltou da França com histórias de vitória, mas logo as pessoas começaram a comentar. Diziam que ele nada tinha feito de valor; que, na verdade, tinha ficado com os soldados e o dinheiro que seu comandante, Ricardo de York, o grande herói, precisava para sujeitar a França ao domínio da Inglaterra. Ricardo estava fazendo progressos, mas seu pai o fez retroceder. Seu pai sitiou uma cidade, mas foi a cidade errada, que pertencia ao duque da Bretanha, e teve de devolvê-la. Quase perdemos a aliança com a Bretanha devido a sua insensatez. O que custaria caro ao país, mas ele não pensou nisso. Estabeleceu um imposto para arrecadar dinheiro nas áreas derrotadas da França, o que era ilegal, e, pior ainda, ficou com toda a renda. Dizia que tinha planos para uma grande campanha, mas conduziu seus homens em círculos, depois os trouxe de volta sem vitória nem butim; ressentidos, eles o declararam um senhor falso. Era muito amado por nosso rei, mas nem mesmo o rei pôde fingir que ele agira corretamente. Haveria um inquérito em Londres sobre sua conduta. Só escapou dessa vergonha pela morte. Seria até excomungado pelo papa; seria preso e acusado de traição. Ele pagaria com a vida no cadafalso, e você perderia sua fortuna; ficaríamos desonradas e arruinadas. Ele nos poupou disso, mas só fugindo para a morte.

— Excomungado? — Isso é o que mais me horroriza.

— Cantigas foram escritas sobre ele — prossegue com amargura. — As pessoas riam de sua estupidez e se admiravam de nossa desonra. Você não imagina a vergonha que foi. Eu a protegi da vergonha que ele causou e não recebi nenhum agradecimento. Você é tão criança que não sabe que ele é tido como o melhor exemplo da mudança de sorte, da crueldade da roda da fortuna. Ele não poderia ter nascido com melhores perspectivas e oportunidades. Mas era desafortunado, fatalmente desafortunado. Em sua primeira batalha, na França, menino ainda, foi capturado e permaneceu no cativeiro durante 17 anos. Isso partiu seu coração. Supôs que ninguém se importava com ele o bastante para pagar o resgate. Talvez fosse essa a lição que eu deveria ter ensinado a você. Seus estudos não têm qualquer importância, suas solicitações de livros, preceptor, aulas de latim. Eu deveria ter lhe ensinado a nunca ser desventurada; a não ser desventurada como seu pai.

— Todo mundo sabe? — pergunto. Estou consternada com a vergonha que herdei sem saber. — Jasper, por exemplo? Jasper sabe que sou filha de um covarde?

Minha mãe dá de ombros.

— Todo mundo. Dissemos que ele ficou esgotado com as campanhas e morreu a serviço de seu rei, mas o povo sempre faz mexericos sobre seus superiores.

— E somos uma família desafortunada? Acredita que herdei sua má sorte?

Ela não me responde. Levanta-se e alisa a saia do vestido, mas não sei se para remover a fuligem da lareira ou afastar a má sorte.

— Somos desafortunados milady mãe? — insisto.

— Bem, eu não sou — defende-se ela. — Nasci Beauchamp e, depois da morte de seu pai, me casei outra vez e mudei meu nome. Agora sou uma Welles. Você talvez seja desafortunada. Talvez os Beaufort sejam, mas talvez caiba a você mudar isso — replica com indiferença. Afinal de contas, tem sorte bastante por ter um filho. Agora você tem um herdeiro Lancaster.

Servem o jantar muito tarde. O duque de Buckingham prolonga a reunião por horas sem se incomodar com o custo das velas. Pelo menos a carne é mais bem-preparada e há mais acompanhamentos e doces do que no Castelo de Pembroke. Percebo que nessa mesa, em que tudo é tão bonito, as maneiras de Jasper são positivamente elegantes, e compreendo, pela primeira vez, que ele vive como soldado quando está em seu castelo na fronteira do reino, mas é um cortesão quando se encontra em uma casa imponente. Ele me vê observando-o e pisca o olho para mim, como se partilhássemos o segredo de como vivemos quando não precisamos ter boas maneiras.

Jantamos bem e, depois, há um entretenimento, alguns bobos, um ilusionista e uma garota que canta. Então, minha mãe faz um sinal com a cabeça para mim e me manda para a cama, como se eu ainda fosse uma criança. Diante de tanta gente, não posso fazer outra coisa a não ser me reverenciar para receber sua bênção e sair. Antes, porém, volto os olhos para meu futuro marido, que observa a cantora com os olhos semicerrados e um leve sorriso. Não me importo de sair depois de ver esse olhar. Estou mais farta de homens, de todos os homens, do que ouso admitir.

No dia seguinte, os cavalos estão no pátio das cavalariças e serei mandada de volta ao Castelo de Pembroke até meu ano de luto terminar e eu poder me casar com o estranho sorridente. Minha mãe vem se despedir e observa o criado me erguer para a garupa do mestre das cavalariças de Jasper. O próprio Jasper segue na frente em seu cavalo com sua tropa de guardas. A fila da retaguarda me espera.

— Deixará seu filho aos cuidados de Jasper Tudor quando se casar com Sir Henry — observa minha mãe, como se esse arranjo lhe tivesse ocorrido naquele minuto, no instante de minha partida.

— Não, ele virá comigo. É claro que virá comigo — retruco sem pensar. — Ele tem que vir comigo. É meu filho. Onde ficaria se não comigo?

— Não é possível — diz ela com determinação. — Está tudo definido. Ele ficará com Jasper, que cuidará dele e o manterá seguro.

— Mas é meu filho!

Minha mãe sorri.

— Você é pouco mais do que uma criança. Não pode cuidar de um herdeiro do nosso nome e mantê-lo em segurança. Vivemos tempos perigosos, Margaret. Já devia ter percebido isso. Ele é um menino precioso. Estará mais seguro se permanecer a alguma distância de Londres, enquanto os York estiverem no poder. Ficará melhor em Pembroke do que em qualquer outro lugar do país. Gales ama os Tudor. Jasper o protegerá como se fosse seu próprio filho.

— Mas ele é *meu* filho! Não de Jasper!

Minha mãe se aproxima e põe a mão em meu joelho.

— Você não possui nada, Margaret. Você mesma é propriedade de seu marido. Mais uma vez escolhi um bom marido para você, um homem próximo da Coroa, parente dos Neville, filho do duque mais importante da Inglaterra. Seja grata, menina. Seu filho será bem-cuidado e, então, terá outros. Dessa vez, meninos Stafford.

— Eu quase morri no parto — desabafo, pouco me importando com o homem a minha frente, aprumado em seu cavalo, fingindo nada escutar.

— Eu sei — replica minha mãe — e esse é o preço de ser mulher. Seu marido cumpriu seu dever e morreu. Você cumpriu o seu e sobreviveu. Teve sorte dessa vez, ele não. Vamos torcer para que sua boa sorte continue.

— E se eu não tiver tanta sorte na próxima vez? E se eu tiver a sorte dos Beaufort e, na próxima vez, as parteiras obedecerem a sua ordem e me deixarem morrer? E se fizerem como você manda, retirando um neto do cadáver de sua filha?

Ela nem pestaneja.

— O bebê sempre terá preferência em relação a sua mãe. Essa é a orientação da Santa Igreja, você sabe. Só fiz com que as mulheres se lembrassem de seu dever. Não há necessidade de considerar tudo de forma tão pessoal, Margaret. Você transforma tudo em uma tragédia pessoal.

— Acho que é uma tragédia pessoal, sim, você dizer às parteiras que me deixem morrer!

Enquanto recua, ela simplesmente dá de ombros.

— Esses são os riscos que uma mulher enfrenta. Homens morrem em batalha, mulheres morrem no parto. Batalha é mais perigoso. As probabilidades estão a seu favor.

— E se as probabilidades se voltarem contra mim? E se eu for desafortunada? E se eu morrer?

— Então terá a satisfação de saber que fez pelo menos um filho para a Casa de Lancaster.

— Mãe, por Deus. — Minha voz está trêmula por causa das lágrimas. — Juro que há mais para mim em vida do que ser mulher de um homem atrás do outro e esperar não morrer no parto!

Ela balança a cabeça, sorrindo para mim, como se o ultraje que sinto equivalesse ao de uma criança gritando por seus brinquedos.

— Não, minha querida, não há de fato mais nada para você. Portanto, cumpra seu dever com o coração obediente. Eu a verei em janeiro, no seu casamento.

~

Retorno ao Castelo de Pembroke em um silêncio carrancudo, sem que os indícios da primavera que se aproxima me proporcionem qualquer prazer. Desvio o olhar dos narcisos silvestres que tornam as altas campinas uma labareda de prata e ouro e fico surda ao canto insistente e alegre dos pássaros. Os abibes sobrevoam o campo arado com seu pio agudo, mas nada significam para mim, pois não vejo sentido em coisa alguma. O sonoro mergulho dos pássaros tampouco atrai minha atenção. Minha vida não será dedicada a Deus, não será especial. Vou assinar Margaret Stafford — nem mesmo serei duquesa. Viverei como um pardal em um galho, até ser morta por um gavião, e minha morte não será notada nem pranteada por ninguém. Minha própria mãe me disse que não há nada em minha vida que valha a pena; que o melhor que posso esperar é evitar uma morte prematura no parto.

Jasper se adianta assim que vê as altas torres de Pembroke e me recebe nos portões do castelo, já com meu bebê no colo, radiante de alegria.

— Ele sorriu! — exclama antes mesmo que os cavalos parem. — Ele sorriu. Eu vi. Debrucei-me sobre o berço para pegá-lo, ele me viu e sorriu. Tenho certeza de que foi um sorriso. Não achei que sorriria tão cedo. Mas com certeza foi um sorriso. Talvez sorria para você.

Ficamos ambos na expectativa, atentos aos escuros olhos azuis do bebê, que continua enfaixado, como se preparado para ser posto em caixão. Apenas seus olhos se movem; não pode sequer virar a cabeça. Está imobilizado.

— Talvez sorria mais tarde. — Jasper procura me confortar. — Veja! Não, não foi...

— Não tem importância... de qualquer maneira, vou deixá-lo daqui a um ano quando me casar com Sir Henry Stafford, pois terei de dar à luz meninos Stafford, nem que eu morra tentando. Talvez ele não tenha razão para sorrir, talvez saiba que vai ser um órfão.

Jasper se vira em direção à porta do castelo e caminha a meu lado, meu bebê descansando confortavelmente em seus braços.

— Permitirão que o visite. — Ele ainda mantém o tom consolador.

— Mas é você que vai ficar com ele. Talvez já soubesse disso. Suponho que todos vocês planejaram isso juntos. Você, minha mãe, meu sogro e meu futuro marido.

Ele olha para meu rosto banhado em lágrimas.

— Ele é um Tudor — argumenta, cauteloso. — Filho do meu irmão. O único herdeiro do nosso nome. Você não poderia escolher ninguém melhor do que eu para cuidar dele.

— Nem mesmo é o pai dele — retruco com irritação. — Por que ele ficaria com você e não comigo?

— Milady, minha irmã, você é pouco mais do que uma criança, e estes são tempos perigosos.

Viro-me para ele e bato o pé.

— Tenho idade suficiente para me casar duas vezes. Tenho idade suficiente para me deitar com um homem sem ternura nem consideração. Tenho idade suficiente para enfrentar a morte e ouvir que minha própria mãe, a minha mãe, mandou salvarem a criança e não eu! Parece-me que agora sou mulher. Tenho um bebê nos braços, fui casada e enviuvei, e agora estou noiva outra vez. Sou como um pacote de tecido despachado por um vendedor e cortado segundo a vontade do comprador. Minha mãe me disse que meu pai morreu pelas próprias mãos e que somos uma família desafortunada. Sim, parece-me que agora sou mulher! Sou tratada como adulto quando convém a vocês todos; não podem me tornar uma criança novamente!

Jasper balança a cabeça como se me escutasse com atenção e considerasse o que tenho a dizer.

— Você tem motivo para se queixar, mas o mundo é assim, Lady Margaret; não podemos abrir uma exceção para você.

— Deviam! É o que tenho pedido desde a infância. Deviam abrir uma exceção para mim. Nossa Senhora fala comigo, santa Joana aparece para mim; fui enviada a fim de ser uma luz para vocês. Não posso me casar com um homem comum outra vez e ser mandada sei lá para onde. Eu deveria administrar um claustro só meu e ser uma abadessa! Você deveria fazer isso, irmão Jasper, você manda em Gales. Deveria me dar um convento; quero fundar uma ordem!

Ele abraça o menino e se afasta um pouco de mim. Acho que se comoveu às lágrimas com minha raiva justificada, mas então vejo que seu rosto está corado e que seus ombros balançam porque ele está rindo.

— Ah, Deus! Perdoe-me, Margaret. Você é uma criança, uma criança. É um bebê como o nosso Henrique, e vou cuidar de vocês dois.

— Ninguém vai cuidar de mim — grito. — Todos estão enganados a meu respeito, e você é um bobo por rir de mim. Estou sob os cuidados de Deus e não vou casar com ninguém! Serei uma abadessa.

Ele recupera o fôlego, o rosto ainda vermelho de tanto rir.

— Uma abadessa. Certamente. E vai jantar conosco hoje, reverenda madre?

— Serei servida em meus aposentos — digo, contrariada, olhando-o. — Não vou jantar com você. Possivelmente nunca mais jantarei com você. Mas pode dizer a padre William para vir me ver. Preciso confessar que agi mal com aqueles que agiram mal comigo.

— Mandarei chamá-lo — replica Jasper, gentilmente. — E mandarei os melhores pratos ao seu quarto. E espero que me encontre amanhã no pátio das cavalariças. Quero ensiná-la a montar. Uma lady de sua importância deve ter seu próprio cavalo e saber montá-lo bem. Quando voltar para a Inglaterra, irá em sua própria montaria.

Hesito.

— Não posso ser tentada pela vaidade — advirto-o. — Vou ser abadessa e nada vai me dissuadir. Você verá. Vocês todos verão. Não vão me tratar como uma coisa a ser negociada e vendida. Mandarei em minha própria vida.

— Certamente. — Ele se mostra amável. — Está equivocada em supor que pensamos assim de você, pois eu a amo e respeito, como prometi. Vou procurar um excelente cavalo e ficará linda montada nele, todos a admirarão, ainda que isso tudo não signifique absolutamente nada para você.

~

Adormeço e sonho com as paredes de um claustro caiadas de branco e uma grande biblioteca, em que há livros com iluminuras presos às escrivaninhas. Posso frequentá-la todos os dias para estudar. Sonho com um preceptor que me ensine grego, latim, até hebraico; lerei a Bíblia na língua mais semelhante à dos anjos e conhecerei tudo. Em meu sonho, minha sede de erudição e meu desejo de ser especial são aquietados, aliviados. Penso que, se pudesse ser uma estudiosa, viveria em paz. Poderia acordar todas as manhãs para a disciplina dos ofícios do dia e usar todo o meu tempo para estudar; parece-me uma vida que agradaria a Deus e a mim. Eu não me importaria com o fato de as pessoas me considerarem especial ou não, se minha vida fosse de fato assim. Pouco importaria que vissem ou não minhas atitudes devotas, se eu pudesse realmente viver como uma religiosa. Quero ser o que pareço ser. Ajo com santidade, como se fosse uma garota especial, mas isso é o que realmente quero ser. É o que quero definitivamente.

Pela manhã, acordo e me visto, mas, antes de ir tomar o desjejum, vou ver o bebê. Ele ainda está no berço, mas o ouço arrulhar, pequenos ruídos baixinho, como um patinho grasnindo em um lago calmo. Inclino-me sobre o berço, e ele sorri. Ele sorri. Há evidente reconhecimento em seus olhos azul-escuros, e o sorriso engraçado e desdentado faz com que ele se pareça menos com um boneco bonito e mais como uma pequena pessoa.

— Por que, Henrique — digo, e seu sorriso se amplia, como se ele soubesse seu nome, como se soubesse meu nome, como se soubesse que sou sua mãe, como se acreditasse que temos sorte e que temos tudo para ganhar esse jogo, como se pudéssemos ter uma vida cheia de promessas, da qual eu teria mais a esperar além de uma sobrevivência tão mesquinha.

Ele sorri radiante por mais um momento e então algo o perturba. Vejo uma expressão de surpresa perpassar seu rosto, e logo ele está chorando. As amas que o balançam se adiantam, afastam-me do berço e o levam para a ama de leite. Deixo que o levem e desço ao salão para contar a Jasper que o bebê Henrique sorriu para mim também.

~

Jasper me aguarda no pátio das cavalariças. Um cavalo grande e escuro está a seu lado, sua grande cabeça voltada para o chão, seu rabo balançando de um lado para o outro.

— É para mim? — Tento não parecer apreensiva, mas o animal é sem dúvida muito grande, e só montei pôneis quando levada pelo mestre das cavalariças ou na garupa de algum cavalariço nas viagens longas.

— Este é Arthur — murmura Jasper. — Ele é grande, mas muito calmo e leal; um bom animal para você aprender a montar. Foi o cavalo de guerra de meu pai, mas agora está velho demais para combater. Não tem medo de nada, e a levará em segurança aonde o mandar ir.

Erguendo a cabeça, Arthur me observa, e há algo tão digno de confiança na escuridão serena de seu olhar que me adianto e estendo a mão. A cabeça grande se abaixa, as narinas largas fungam minha luva e, então, delicadamente, toca meus dedos com a boca.

— Vou andar a seu lado, e Arthur ficará tranquilo — promete Jasper. — Venha cá, eu a levantarei para a sela.

Vou até ele, que me ergue e me ajuda a montar com uma perna de cada lado. Quando estou segura na sela, ele puxa a bainha de meu vestido, de modo que ela caia dos dois lados do cavalo e cubra minhas botas.

— Pronto. Agora mantenha as pernas paradas e gentilmente pressionadas contra ele. Assim ele saberá que você está aí, se segure firme. Pegue as rédeas.

Ergo-as e a grande cabeça de Arthur se levanta, alertada por meu toque.

— Ele não vai disparar, vai? — pergunto nervosa.

— Só quando lhe der um leve chute, informando-o de que está pronta. E, quando quiser que pare, puxe delicadamente as rédeas.— Jasper move minhas mãos de modo que as rédeas passem por meus dedos. — Deixe-o avançar apenas dois passos para que saiba que pode fazê-lo andar e parar.

Hesitante, chuto-o levemente com os saltos das botas e me assusto com o primeiro passo largo à frente; então puxo as rédeas. Obediente, ele para imediatamente.

— Consegui! — Estou sem fôlego. — Ele parou por minha causa! Foi isso? Parou porque mandei?

Jasper sorri.

— Ele fará tudo para você. Basta lhe dar um comando claro para que ele saiba o que você quer que ele faça. Ele serviu meu pai lealmente. Edmund e eu aprendemos a combater nele, e agora ele será seu. Talvez ele viva o bastante para o bebê Henrique aprender a montar nele. Agora o conduza para o pátio na frente do castelo.

Mais confiante, sinalizo para Arthur avançar, e dessa vez deixo-o ir. Sua volumosa dianteira se mexe cadenciadamente, mas seu dorso é tão largo que posso me sentar com firmeza. Jasper anda junto da cabeça do animal, mas não toca a rédea. Sou eu, apenas eu, que o faço andar até o pátio e depois, passando pelo portão, para a estrada que desce de Pembroke.

Jasper caminha do meu lado como se estivesse passeando para tomar ar. Não olha para mim nem para Arthur. Parece andar ao lado de uma amazona perfeitamente competente, como se estivesse ali apenas para fazer-lhe companhia. Quando já atingimos uma distância razoável, ele pergunta:

— Gostaria de fazê-lo girar e voltar para casa?

— Como eu faço isso?

— Você deve virar a cabeça dele, puxando-a delicadamente. Ele vai saber o que você quer. E o aperte com a perna um pouquinho para mandá-lo avançar.

Não faço mais do que tocar a rédea, e o cavalo vira sua grande cabeça. Arthur dá a volta e segue na direção de casa. É fácil retornar colina acima e guiá-lo para o pátio e as cavalariças. Ele vai por si mesmo para perto do banco de montaria e espera eu apear.

Jasper me ajuda e me entrega um naco de pão para eu oferecer a Arthur, orientando-me a manter a mão aberta de modo que ele encontre seu petisco com seus lábios delicados, e depois grita para o cavalariço levar o animal.

— Gostaria de montar novamente amanhã? Eu poderia acompanhá-la em meu cavalo. Andaríamos lado a lado e iríamos mais longe. Talvez pudéssemos descer a margem do rio.

— Sim, eu gostaria. Vai ao quarto do bebê agora?

Ele confirma com um movimento da cabeça.

— Geralmente, está acordado a esta hora, e deixam-me desenfaixá-lo para que ele dê uns chutes. Ele gosta de ficar livre.

— Gosta muito dele, não?

Ele balança a cabeça timidamente.

— Ele é tudo o que me restou de Edmund. É o último de nós, os Tudor. É a coisa mais preciosa no castelo. E quem sabe um dia talvez venha a ser a coisa mais preciosa de Gales, até mesmo da própria Inglaterra?

No quarto de Henrique percebo que Jasper é um visitante regular e bem-vindo. Tem seu próprio assento habitual e observa a lenta remoção das faixas do bebê. Ele não se retrai com o cheiro dos panos sujos nem desvia o olhar. Pelo contrário, inclina-se à frente e inspeciona, cuidadosamente, o traseiro do bebê, atento a qualquer vermelhidão ou irritação. Quando lhe dizem que usaram o óleo de velocino de carneiro, como mandou, ele assente satisfeito. Depois que Henrique é limpo, põem uma grossa manta de lã no colo de Jasper e ele o deita sobre seus joelhos, faz cócegas em seus pezinhos, sopra em sua barriga nua, e o bebê agita as perninhas e se contorce de alegria com sua liberdade.

Observo-os como uma estranha, sentindo-me esquisita e deslocada. Esse é o meu bebê, mas não lido com ele de forma tão descontraída assim.

Constrangida, ajoelho-me do lado de Jasper, de modo a poder pegar uma das mãozinhas de meu filho e olhar as unhas minúsculas, as linhas na palma gorducha, os delicados vincos ao redor de seu pulso rechonchudo.

— Ele é lindo — digo admirada. — Você não tem medo de deixá-lo cair?

— Por que deixaria? — pergunta Jasper. — É muito mais provável que eu o estrague com excesso de mimos. Sua governanta diz que uma criança deve ser deixada só, que não se deve brincar com ela todo dia.

— Minha governanta diria qualquer coisa que lhe rendesse um jantar mais demorado ou alguns cochilos extras em sua cadeira — replico acidamente. — Ela convenceu minha mãe de que eu não deveria ter um professor de latim, pois temia que, com isso, tivesse mais trabalho. Não quero que ela se ocupe de Henrique.

— Certamente, não — concorda Jasper. — Ele terá um preceptor adequado, um erudito. Conseguiremos alguém de uma das universidades, provavelmente. Alguém que possa lhe dar uma boa base de tudo do que vai precisar saber. Temas modernos e clássicos; geografia e matemática, retórica.

Inclina-se para a frente e dá um beijo estalado na barriguinha quente de Henrique, que emite um som de prazer e agita as mãozinhas.

— O mais provável é que ele não venha a ser o herdeiro do trono — lembro a Jasper, ocultando minha convicção. — Ele não precisa da educação de um príncipe. Há um rei no trono, e o príncipe Eduardo o sucederá. E a rainha é jovem, poderá ter mais filhos.

Jasper esconde o rosto do bebê com um paninho e o tira rapidamente. Henrique dá gritinhos de surpresa e prazer. Jasper faz mais uma vez, e outra, e outra. Claramente, eles poderiam brincar disso o dia todo.

— Ele pode nunca vir a ser mais do que um primo real. E nesse caso seu cuidado com ele e com sua educação terá sido um desperdício.

Jasper segura o bebê perto dele, agasalhado com o cobertor.

— Ah, não. Ele é precioso pelo que é. É precioso como filho de meu irmão e neto de meu pai, Owen Tudor, e de minha mãe, que Deus a tenha, que foi rainha da Inglaterra. Ele é precioso para mim como seu filho: não me esqueço de seu sofrimento no parto. E ele é precioso como um Tudor. Quanto ao resto... o futuro será como Deus quiser. Mas, se chegarem a convocar Henrique Tudor, verão que o mantive a salvo e o preparei para governar.

— Enquanto eu nunca serei chamada a nada, e não estarei apta a nada, exceto a ser esposa, se estiver viva — digo com irritação.

Jasper olha para mim e não ri. Ele me observa como se, pela primeira vez em minha vida, alguém tivesse me visto e me compreendido.

— Você é a herdeira cuja linhagem deu a Henrique o direito ao trono. Você, Margaret Beaufort. E você é preciosa para Deus. Isso você sabe, pelo menos. Jamais conheci uma mulher mais devota. Parece mais um anjo do que uma menina.

Enrubesço, como faria uma mulher elogiada por sua beleza.

— Não sabia que você tinha notado.

— Notei, e me parece que tem uma vocação genuína. Sei que não pode ser uma abadessa, é claro que não, mas de fato tem a vocação.

— Sim, Jasper; de que adianta, entretanto, ser religiosa se não serei um exemplo para o mundo? Se tudo o que me reservam é o casamento com alguém que não gosta de mim e, depois, uma morte terrena ao dar à luz.

— Estes são tempos perigosos e duros de viver — diz ele, pensativo —, é difícil saber o que se deve fazer. Sempre pensei que meu dever era ser o braço direito de meu irmão e defender Gales para o rei Henrique. Agora meu irmão está morto, a batalha para defender Gales para o rei é permanente, e, quando vou à corte, a rainha em pessoa me diz que devo receber ordens dela e não de seu marido. Ela me afirma que a única segurança para a Inglaterra é obedecer a ela e que nos levará à paz e à aliança com a França, nossa grande inimiga.

— Então, como sabe o que fazer? É Deus que lhe diz? — Penso ser muito improvável que Deus fale com Jasper, que tem a pele sardenta, mesmo agora no final do inverno.

Ele ri.

— Não. Deus não fala comigo; portanto, tento manter minha lealdade a minha família, a meu rei e a meu país, nessa ordem. Eu me preparo para as dificuldades e torço pelo melhor.

Aproximo-me um pouco mais e lhe pergunto baixinho:

— Acredita que Ricardo de York se atreverá a se apossar do trono se o rei ficar doente por muito tempo? Se ele não melhorar?

Sua expressão é desolada.

— Tenho certeza.

— Então o que devo fazer se estiver longe de você e um falso rei se apossar do trono?

Jasper olha para o bebê, refletindo.

— Digamos que o nosso rei Henrique morra e, depois, o príncipe, seu filho.

— Que Deus não permita.

— Amém. Digamos que morram um logo depois do outro. Nesse dia este bebê será o próximo na linhagem para o trono.

— Sei muito bem.

— Não imagina que essa possa ser a sua vocação? Manter essa criança a salvo, ensinar-lhe as maneiras de um rei, prepará-la para a tarefa mais sublime do mundo: vê-lo ordenado rei, ver seu peito ser untado com o óleo sagrado e se tornar um homem, um rei, um ser quase divino?

— Sonhei com isso — murmuro. — Quando ele foi concebido. Sonhei que carregá-lo e dá-lo à luz era a minha vocação, assim como conduzir o rei francês a Reims foi a de Joana. Mas nunca falei sobre isso com ninguém, a não ser com Deus.

— Digamos que você tivesse razão — prossegue Jasper, seu sussurro lançando um encantamento a nossa volta. — Digamos que meu irmão não tenha morrido em vão, pois sua morte tornou este menino conde de Richmond. Sua semente fez este menino um Tudor e, portanto, sobrinho do rei da Inglaterra. Ao carregá-lo em seu ventre, você o tornou um Beaufort, o próximo na linhagem real direta. Digamos que seja seu destino atravessar esses tempos difíceis e conduzi-lo ao trono. Não pensa nisso? Não sente isso?

— Não sei — hesito. — Julguei que minha vocação fosse mais elevada do que essa. Imaginei que seria uma madre superiora.

— Não existe madre mais superiora no mundo. — Ele sorri para mim. — Você poderá ser a mãe do rei da Inglaterra.

— Como serei chamada?

— O quê? — Ele se confunde com minha pergunta.

— Como vão me chamar se meu filho for rei da Inglaterra, mas eu não for uma rainha coroada?

Ele reflete.

— Provavelmente a chamarão de Vossa Graça. Seu filho tornará seu marido um duque, quem sabe?

— Meu marido será um duque?

— É a única maneira de você ser uma duquesa. Sendo mulher, acho que não poderá ter um título por si própria.

— Por que meu marido seria enobrecido quando fui eu que fiz todo o trabalho?

Jasper reprime uma risada.

— Que título você queria?

Reflito por um momento.

— Poderiam me chamar de "Milady, Mãe do Rei", e assinaria "Margaret R.".

— Margaret R.? Assinaria "Margaret Regina"? Chamaria a si mesma de rainha?

— Por que não? Serei mãe de um rei. Serei praticamente a rainha da Inglaterra.

Ele faz uma reverência zombeteira.

— Será Milady, a Mãe do Rei, e todos terão de fazer o que mandar.

Verão de 1457

Não tornamos a nos falar nem sobre meu destino, nem sobre o futuro da Inglaterra. Jasper anda ocupado demais. Ficou fora do castelo por semanas seguidas. No começo do verão, ele voltou com seu exército em farrapos e seu rosto ferido, mas sorrindo. Capturou William Herbert, a paz de Gales foi restaurada, e o governo local está de novo em nossas mãos. Mais uma vez, Gales está sob o controle da Casa de Lancaster.

Jasper despacha Herbert para Londres como traidor declarado, e ficamos sabendo que ele é julgado por traição e preso na Torre. Dou de ombros, pensando em meu antigo guardião, William de la Pole, que estava na Torre quando eu, ainda menina, fui forçada a me declarar desobrigada dele.

— Não tem importância. — Jasper mal contém seus bocejos durante o jantar. — Perdão, irmã, estou exausto. Vou dormir amanhã o dia todo. Herbert não vai para o cadafalso, como merece. A rainha em pessoa me avisou que o rei vai perdoá-lo e libertá-lo, e ele viverá para nos atacar de novo. Guarde bem minhas palavras. Nosso rei é especialista em perdão. Vai perdoar um homem que ergueu a espada contra ele. Vai perdoar o homem que sublevou a Inglaterra contra ele. Herbert vai ser libertado, e daqui a algum tempo retornará a Gales, e ele e eu lutaremos de novo pelos mesmos castelos. O rei perdoa os York, acreditando que podem conviver com ele de boa vontade. Esse é um sinal de sua real grandeza, Margaret, que deve estar no sangue de sua família, pois me parece que ele tem a santidade que você se empenha em alcançar. Ele está cheio de bondade e confiança. Não consegue ter rancor de ninguém, vê todos os homens como pecadores se esforçando para serem bons, e faz todo o possível para ajudá-los. Não se pode senão amá-lo e admirá-lo. É típico de seus inimigos aceitar sua clemência como licença para continuar a fazer o que quiserem. — Ele faz uma pausa. — É um grande homem, mas talvez não seja um grande rei. Está acima de todos nós. O que torna tudo muito difícil. E as pessoas comuns só veem fraqueza onde há grandeza de espírito.

— Mas agora ele está bem, não? E a corte voltou para Londres. A rainha está novamente vivendo com o rei, e você controla Gales para ele. Ele pode ficar bem, seu filho é forte, pode ter outro. Certamente os York concordarão em viver como grandes homens sob um grande rei. Devem saber que esse é o lugar deles, não?

Ele balança a cabeça e se serve de outra tigela de guisado de carne e uma fatia de pão. Tem fome depois de cavalgar com seus homens durante semanas.

— Sinceramente, Margaret, não creio. Os York procuram o rei, fazem o possível para trabalhar com ele, que entretanto, mesmo quando está bem, está fraco e, quando adoece, entra em transe. Se eu não o servisse, de corpo e alma, acharia difícil ser-lhe leal. Estaria cheio de dúvidas quanto ao que vai acontecer. No fundo, não os culpo por quererem controlar o futuro. Nunca duvidei de Ricardo de York. Acho que conhece e ama o rei, e sabe que ele é da linhagem real, mas não um rei ordenado. Porém, em Richard Neville, conde de Warwick, eu não confiaria mais do que em uma flecha disparada. Está tão acostumado a governar todo o norte que jamais questionará sua capacidade de controlar todo o reino. Os dois, graças a Deus, nunca tocarão em um rei ordenado. Toda vez que o rei adoece, contudo, surgem perguntas: quando vai melhorar? E o que faremos até ele melhorar? E a que ninguém faz em voz alta: o que vamos fazer se ele nunca mais se restabelecer? O pior, no entanto, é termos uma rainha que faz o que bem entende. Quando o rei morrer, seremos um navio sem timoneiro, e a rainha, o vento que pode soprar em qualquer direção. Se eu acreditasse que Joana d'Arc não era uma santa, e sim uma bruxa, como alguns dizem, acharia que nos tinha amaldiçoado com um rei cuja lealdade primordial é com seus sonhos e uma rainha cuja lealdade é com a França.

— Não diga isso! Não diga isso! — reajo à desconsideração com Joana e ponho minha mão sobre a dele para silenciá-lo. Por um momento, ficamos de mãos dadas, e então, suavemente, ele retira a sua, como se eu não pudesse tocá-lo nem como um irmão.

— Falo com você agora, confiando que isso não vá a suas preces. A partir de janeiro, porém, quando estiver casada, só falarei com você sobre negócios da família.

— Jasper — digo em tom baixo, magoada por ele ter tirado a mão. — A partir de janeiro, não terei ninguém no mundo que me ame.

— Eu a amarei. Como irmão, como amigo, como guardião de seu filho. E poderá me escrever sempre, e eu sempre lhe responderei, como irmão, como amigo e guardião de seu filho.

— Mas quem vai conversar comigo? Quem vai me ver como sou?

Ele dá de ombros.

— Alguns de nós nascem para uma vida solitária. Você se casará, mas talvez se sinta muito só. Vou pensar em você em sua grande casa em Lincolnshire com Henry Stafford, enquanto eu viverei sem você aqui. Este castelo vai parecer muito silencioso e muito estranho. A escadaria de pedra e a capela sentirão falta de seus passos, o portão vai sentir falta de sua risada, e a parede sentirá falta de sua sombra.

— Mas vai estar com meu filho — argumento, ciumenta como sempre.

Ele assente com a cabeça.

— Ficarei com ele, embora você e Edmund estejam perdidos para mim.

Janeiro de 1458

Cumprindo a palavra, minha mãe, Sir Henry Stafford e o duque de Buckingham vieram ao Castelo de Pembroke em janeiro, apesar da neve e da gélida neblina, para me buscar para o casamento. Jasper e eu estamos atarantados tentando conseguir lenha suficiente para as lareiras de todos os cômodos, e obter, numa região rural faminta no inverno, carne suficiente para preparar um banquete. No fim, temos de nos resignar com o fato de não podermos oferecer mais de três pratos de carne e dois tipos de doce e de haver poucas frutas cristalizadas e uns poucos pratos de marzipã. Não será como o duque espera, mas assim é Gales em pleno inverno, e Jasper e eu estamos unidos por uma espécie de orgulho rebelde, fizemos o que podíamos, e, se não for bom o suficiente para Sua Graça e minha mãe, então eles podem voltar para Londres, onde os mercadores borgonheses chegam com um novo artigo de luxo diariamente para aqueles que são ricos e fúteis o bastante para esbanjar seu dinheiro.

Acabaram mal percebendo a parca comida, pois permaneceram por apenas dois dias. Trouxeram-me um capuz de pele e luvas para a viagem, e minha mãe concorda com que eu monte Arthur durante parte do caminho. Partiremos bem cedo pela manhã, a fim de aproveitar ao máximo a breve luz do dia, e tenho de estar pronta e à espera no pátio das cavalariças, sem atrasos, para não desagradar a minha nova família e meu calado futuro marido. Primeiro, eles me levarão à casa de minha mãe, para o casamento e, depois, meu marido me levará para a casa dele em Bourne, Lincolnshire, onde quer que eu fique. Mais um marido, mais uma casa — nunca fui de lugar algum e nunca possuí nada só meu.

Quando está tudo pronto, subo correndo a escada, e Jasper vem comigo ao quarto do bebê para eu me despedir de meu filho. Henrique cresceu, já não é enfaixado nem dorme no berço. Agora dorme em uma caminha de grades altas. Está quase andando, e não suporto ter de deixá-lo. Consegue ficar em pé, desequilibrando-se graciosamente, segurando-se no genuflexório ou outro móvel baixo, até encontrar o próximo porto seguro; lança-se em sua direção, cambaleia e cai antes de alcançá-lo. Se estou disposta a brincar com ele, segura minhas mãos, eu me curvo para apoiá-lo, e atravessamos o quarto, voltando depois ao ponto de partida. Quando Jasper chega aos aposentos de Henrique, meu filho grita como um galo, pois sabe que o tio ficará de lá para cá, como um animal obediente, incansável, segurando suas mãozinhas, enquanto ele avança com seus pezinhos gorduchos.

O momento mágico em que ele andará sozinho ainda não ocorreu, e rezei para que acontecesse antes de eu ter de partir. Agora, ele dará seu primeiro passo sem mim. E todos os seguintes, eu sei. Não estarei aqui para vê-lo andar.

— Eu lhe escreverei assim que ele andar — promete Jasper.

— E me escreva se conseguir fazê-lo comer carne. Não pode passar a vida comendo mingau.

— E seus dentes — lembra ele. — Escreverei sempre que um nascer.

Ele olha para mim.

— E se ele ficar doente — sussurro — vão dizer para você não me preocupar. Mas não vou deixar de me preocupar imaginando que ele possa estar doente sem que ninguém me conte. Jure que me escreverá se ele adoecer, cair ou sofrer qualquer tipo de acidente.

— Juro. E vou protegê-lo o quanto puder.

Viramo-nos para a cama; Henrique está se segurando na grade e sorrindo radiante. Por um momento, vislumbro nós dois refletidos nos pequenos painéis de vidro da janela. Tenho quase 15 anos, e Jasper vai completar 27. No reflexo, parecemos pais de meu filho, os belos e jovens pais de um herdeiro amado.

— Virei visitá-lo assim que tiver permissão.

Meu bebê Henrique não sabe que tenho de me despedir. Estende os braços para que eu o pegue.

— Levarei notícias dele sempre que estiver na Inglaterra — promete Jasper, curvando-se para pegar o nosso menino. Henrique se agarra nele e põe o rostinho em seu pescoço. Recuo e olho os dois, tentando memorizar a imagem desse menino, meu filho, e de seu protetor, de modo que possa vê-los de olhos fechados, quando rezar por eles. Sei que os verei em todo ofício religioso, cinco vezes por dia. Sei que meu coração vai ficar apertado de saudade deles o dia todo, todos os dias, e à noite, quando não conseguir dormir.

— Não desça para me ver partir — peço angustiada. — Vou dizer a todos que alguém o chamou. Eu não suportaria.

Ele olha para mim, seu rosto contraído.

— É claro que vou descer, e levarei seu filho — diz ele friamente. — Pareceria muito estranho eu não me despedir de você, como seu cunhado e protetor de seu filho. Agora está noiva, Margaret, e tem de ser cuidadosa com as aparências e com a forma como as coisas se mostram a seu futuro marido.

— Acha que vou levá-lo em consideração hoje, logo hoje? — falo sem pensar. — Quando tenho de deixar meu filho, quando tenho de dizer adeus a ele? Supõe que me incomodo com o que ele pensa de mim quando meu coração está sofrendo?

— Hoje e sempre. Deve considerá-lo com desvelo. Ele vai ser o dono de sua propriedade, de sua terra. Seu bom nome depende dele, a herança de seu filho será decidida por ele. Se não puder ser uma esposa amorosa — Jasper ergue a mão para me calar —, então, pelo menos, seja uma esposa de quem ele não possa se queixar. A família dele é uma das mais importantes do país. Ele vai herdar uma fortuna. Se morrer, parte do espólio será seu. Seja uma esposa de quem ele não possa se queixar, Margaret. Esse é o melhor conselho que posso lhe dar. Será esposa dele, o que significa que será sua serva, sua propriedade. Ele será seu senhor. O melhor a fazer é agradá-lo.

Não o toco. Desde quando coloquei minha mão na dele e ele a retirou, não o toquei mais. Posso ser uma menina de 14 anos, mas tenho meu orgulho. Além disso, algumas coisas são poderosas demais para serem transformadas em palavras.

— Pelo menos, deixe-me dizer, por esta única vez, que não quero me casar com ele e que não quero ir embora daqui.

Por cima da cabeça redonda de meu filho, Jasper sorri, mas seus olhos estão sombrios de aflição.

— Eu sei. E posso afirmar que ficarei muito triste quando você se for. Sentirei saudades.

— Você me ama como irmã — insisto, desafiando-o a me contradizer.

Ele se vira para o outro lado, dá um passo e, então, volta-se novamente em minha direção. Henrique murmura e estende os bracinhos, supondo tratar-se de uma brincadeira. Jasper para abruptamente, a apenas um passo de mim, perto o bastante para eu sentir seu hálito quente em meu rosto, para eu me lançar em seus braços, se me atrevesse.

— Sabe que eu não posso falar — diz ele com firmeza. — Você será Lady Stafford daqui a uma semana. Parta sabendo que pensarei em você toda vez que eu acordar seu filho, toda vez que eu me ajoelhar para rezar, toda vez que eu pedir meu cavalo, toda hora, todo dia. Há palavras que a honra não permite que sejam ditas entre o conde de Pembroke e Lady Stafford; portanto, não as direi. Você deve se contentar com isso.

Esfrego meus olhos com força, e meus punhos ficam molhados de lágrimas.

— Mas isso não é nada — replico com fúria —, nada do que eu diria a você. Não é nada do que eu queria ouvir.

— É como tem de ser. Dessa forma não terá o que confessar nem ao padre nem a seu marido. E nem eu. — Ele faz uma pausa. — Agora, vá.

Desço a escada que dá no pátio do castelo, onde os cavalos estão aguardando. Meu noivo salta, pesadamente, de sua sela, ergue-me para meu cavalo, murmura mais uma vez que é uma longa viagem e que talvez eu queira montar na garupa, ou ir de liteira, e eu respondo, mais uma vez, que aprendi a montar, que gosto de montar, e que Arthur, o cavalo que Jasper me deu de presente de casamento, me conduzirá com segurança durante o dia todo.

A guarda está montada, os homens se colocam em fila e baixam e levantam suas bandeiras saudando o conde de Pembroke, com o pequeno conde de Richmond, meu filho, em seus braços. Sir Henry lhe faz uma saudação casual. Jasper olha para mim e eu retribuo o olhar, por um único momento inflexível, e então parto de Pembroke me afastando de seu castelo e seu conde. Não olho para trás para confirmar se está olhando para mim. Eu sei que está.

~

Vamos para a casa de minha mãe em Bletsoe, e me caso na pequena capela, sendo minhas meias-irmãs as minhas damas de honra. Dessa vez, não peço a minha mãe para me poupar do casamento, e ela não me tranquiliza com falsas promessas. Olho de soslaio para meu marido e penso que, apesar de ele ter o dobro de minha idade, talvez seja mais gentil do que um jovem seria. Quando me ajoelho no altar para receber a bênção, rezo de todo coração para que ele seja velho a ponto de ser impotente.

Oferecem-nos um banquete de núpcias e nos conduzem ao quarto. Ajoelho-me ao pé da cama e rezo para ter coragem e para que sua potência lhe falte. Ele entra no quarto antes de eu ter acabado de rezar e tira o robe, deixando que eu o veja nu, sem absolutamente nenhum constrangimento.

— Para o que estava rezando? — pergunta, o peito nu, o traseiro nu, definitivamente indecente e repulsivo, e, ainda assim, inteiramente à vontade.

— Para ser poupada — falo sem pensar e, no mesmo instante, levo a mão à boca, horrorizada. — Desculpe. Peço perdão. Quis dizer poupada do medo.

Surpreendentemente, ele não tem um arroubo de cólera. Nem mesmo parece irritado. Ri e se deita, ainda nu.

— Pobre criança. Pobrezinha. Não tem nada a temer de mim. Não vou machucá-la, sempre serei gentil com você. Mas vai ter de aprender a controlar a língua.

Fico escarlate de infelicidade e me deito. Ele me puxa para si delicadamente, põe os braços em volta de mim, apoiando-me em seu ombro, como se isso fosse a coisa mais natural do mundo. Nunca nenhum homem me abraçou, e fico rígida de medo do seu toque e seu cheiro. Espero a penetração rude que Edmund sempre fazia, mas nada acontece. Aos pouquinhos, ouso respirar e, então, me sinto relaxar na maciez da cama e dos belos lençóis. Ele está quente, e há algo reconfortante no tamanho de seu corpo e em seu silêncio a meu lado. Ele me lembra Arthur, meu cavalo, tão forte, grande e dócil. Dou-me conta de que Deus ouviu minhas preces e de que meu marido, que já tem 33 anos, está velho o bastante para ser impotente. Por que mais ele se deitaria quieto e em silêncio, sua mão acariciando suavemente as minhas costas? Milady mãe seja louvada! Ele é impotente e deitar-me a seu lado me dá a sensação de estar segura, aquecida e, até mesmo, de ser amada. Ele não se mexe, não faz nenhum ruído, a não ser um suspiro baixinho, e quando minha apreensão se desfaz adormeço em seus braços.

Verão de 1459

Estou casada há um ano e meio quando revejo meu cunhado, Jasper, e enquanto o espero no saguão da grande mansão em Lincolnshire me sinto estranhamente constrangida, como se envergonhada do conforto e da tranquilidade de minha vida com meu marido, Sir Henry. Acho que Jasper vai me achar muito mudada, e sei que estou diferente. Agora me sinto menos atormentada do que a menina que jurou que não queria se casar com ninguém. Estou muito mais feliz do que a menina que se rebelou contra a mãe por ela ter dito que não havia outro futuro para ela a não ser o casamento. Nos últimos 18 meses, aprendi que meu marido não é impotente; pelo contrário, é muito bom e atencioso comigo. Sua ternura e suavidade me ensinaram a ser terna e tenho de admitir ser uma esposa feliz e satisfeita.

Sir Henry me dá muita liberdade, permitindo que eu vá à capela quantas vezes quiser. Tenho à minha disposição o padre da igreja contígua à nossa casa. Ordenei que os serviços obedecessem à ordem diária de um mosteiro e compareço a quase todos, até mesmo aos ofícios da noite em dias santos, e meu marido não faz nenhuma objeção. Ele me dá uma pensão generosa e me encoraja a comprar livros. Começo a criar minha própria biblioteca de traduções e manuscritos e, ocasionalmente, ele se senta comigo ao entardecer e lê para mim o Evangelho em latim. Eu o acompanho com uma tradução para o inglês que ele mandou copiar para mim, e, aos poucos, começo a entender. Em suma, esse homem me trata mais como sua jovem pupila do que como sua esposa e provê os meios para minha saúde, educação e vida religiosa.

Ele é atencioso e cuida de meu conforto, não se queixa de um bebê ainda não ter sido concebido e cumpre seu dever com delicadeza.

Portanto, enquanto espero Jasper, sinto-me estranhamente envergonhada, como se tivesse encontrado um porto seguro e fugido, de maneira ignóbil, dos perigos e temores de Gales. E então vejo a nuvem de poeira na estrada, ouço os cascos dos cavalos e o tilintar das armas, e Jasper e seus homens entram ruidosamente no pátio. Está com cinquenta homens a cavalo, todos carregando armas, todos de semblante fechado, como se prontos para uma guerra. Sir Henry está a meu lado, e avançamos para saudar Jasper, e toda a esperança que tive de que ele pegasse minha mão ou me beijasse desaparece quando percebo que Sir Henry e ele estão ansiosos para conversar um com o outro, e nenhum dos dois precisa de mim ali. Meu marido segura os cotovelos de Jasper e o abraça forte.

— Algum problema na estrada?

Jasper bate nas costas dele.

— Um bando de salteadores usando a rosa branca de York, nada mais. Tivemos de rechaçá-los, e fugiram. Quais as novidades por aqui?

Sir Henry faz uma careta.

— O condado de Lincolnshire é, em sua maioria, partidário de York. Hertfordshire, Essex, East Anglia o apoiam ou a seu aliado Warwick. Ao sul de Londres, Kent está indecisa como sempre. Sofrem tanto com os piratas franceses e o bloqueio do comércio que consideram o conde de Warwick, em Calais, seu salvador, e nunca perdoarão a rainha francesa por sua nacionalidade.

— Acha que chegarei ileso a Londres? Quero seguir para lá depois de amanhã. Há muitos bandos armados atacando na estrada? Devo ir pelo campo, evitando as estradas?

— Enquanto Warwick estiver em Calais, você só vai ter de enfrentar os vagabundos de sempre. Mas dizem que ele pode desembarcar a qualquer momento, e então marcharia ao encontro de York, em Ludlow, e seus caminhos se cruzariam. É melhor mandar batedores na frente e manter um destacamento atrás. Se se deparar com Warwick, terá de lutar, talvez a primeira batalha de uma guerra. Vai ver o rei?

Viram-se e entram juntos, eu os sigo, dona da casa só no nome. A criadagem de Sir Henry sempre tem tudo preparado. Sou pouco mais do que uma convidada.

— Não, o rei foi para Coventry, que Deus o abençoe e guarde, e vai convocar os lordes York para uma reunião lá a fim de que reconheçam sua autoridade. É um teste. Se se recusarem a ir, serão denunciados. A rainha e o príncipe, por questão de segurança, estão com o rei. Recebi ordens de sitiar o Palácio de Westminster e controlar Londres para o rei. Terei de estar pronto para um cerco. Estamos nos preparando para a guerra.

— Não vai conseguir a ajuda dos mercadores e dos lordes da City — adverte-o meu marido. — São todos a favor de York. Não podem fazer negócios enquanto o rei não promover a paz, e isso é o que lhes interessa.

Jasper concorda com um movimento da cabeça.

— Foi o que eu soube. Terei de dominá-los. Recebi ordens de recrutar homens e construir fossos. Vou transformar Londres em uma cidade murada para Lancaster, independentemente da vontade dos cidadãos.

Sir Henry leva Jasper para uma sala interna. Sigo-os e fechamos a porta atrás de nós para garantir a privacidade da conversa.

— São poucos, no país todo, que podem negar que a causa de York é justa — observa meu marido. — Você o conhece. Ele é leal ao rei, de corpo e alma. Mas enquanto o rei for comandado pela rainha, enquanto ela conspirar com o duque de Somerset, não haverá paz nem segurança para York nem para qualquer aliado seu. — Ele hesita. — Na verdade, não haverá paz para nenhum de nós — acrescenta. — Que inglês pode se sentir seguro com uma rainha francesa controlando o país? Será que ela não nos entregará aos franceses?

Jasper balança a cabeça.

— Ainda assim, ela continuará a ser a rainha da Inglaterra. E mãe do príncipe de Gales. E a primeira-dama da Casa de Lancaster, a nossa casa. Ela exige nossa lealdade. É nossa rainha, independentemente de seu país de nascimento, de quem são seus amigos e do que ela exigir.

Sir Henry dá um sorriso torto que aprendi a reconhecer em sua companhia; ele exibe quando considera algo excessivamente simples.

— Ainda assim, ela não deve mandar no rei — conclui. — Não deveria aconselhá-lo no lugar de seu conselho. Ele deve consultar York e Warwick. São os homens mais importantes do reino, são líderes. Eles é que devem aconselhá-lo.

— Poderemos lidar com os membros do conselho real quando a ameaça York acabar — pondera Jasper impaciente. — Não há tempo para discutir isso agora. Está armando seus arrendatários?

— Eu?

Jasper me lança um olhar perplexo.

— Sim, Sir Henry, você. O rei está convocando todos os seus súditos leais a se prepararem para a guerra. Estou recrutando homens. Vim por causa de seus homens. Virá comigo defender Londres? Ou marchará para se unir ao rei em Coventry?

— Nem um, nem outro — responde meu marido calmamente. — Meu pai está convocando seus homens, e meu irmão irá com ele. Vão reunir um pequeno exército para o rei, e acho que é o bastante para uma família. Se meu pai ordenar que o acompanhe, eu irei, é claro. Seria meu dever como filho. Se os homens de York vierem, eu os combaterei, como combateria qualquer um que invadisse meus campos. Se Warwick não respeitar minha terra, eu a defenderei. Agora, entretanto, não partirei.

Jasper desvia o olhar e coro, envergonhada por meu marido permanecer sentado mesmo depois de ouvir a convocação para a guerra.

— Lamento escutar isso — replica Jasper bruscamente. — Eu o considerava um lancastriano leal. Nunca teria esperado isso de você.

Meu marido volta a olhar para mim com um leve sorriso.

— Acredito que minha mulher também pouco espera de mim, mas não posso, em sã consciência, partir para matar meus próprios conterrâneos a fim de defender o direito de uma francesa jovem e fútil que aconselha mal seu marido. O rei precisa dos melhores homens para aconselhá-lo, e York e Warwick são os melhores, como já demonstraram. Se o rei os fizer seus inimigos, poderão marchar contra ele, mas tenho certeza de que não têm outra intenção a não ser insistir em participar de seu conselho e ter sua voz ouvida. E, como penso que esse é o direito deles, como eu poderia, em sã consciência, lutar contra os York? A causa deles é justa. Têm o direito de aconselhar o rei, direito que a rainha não tem, como você sabe tão bem quanto eu.

Jasper se põe de pé com um movimento brusco, impaciente.

— Sir Henry, por sua honra, não tem escolha. Tem de lutar porque seu rei o convocou, porque o chefe de sua casa o convocou. Se é da Casa de Lancaster, obedecerá à convocação.

— Não sou um cão para latir ao ouvir a trombeta da caça — replica meu marido com tranquilidade, nem um pouco alterado com a voz alta de Jasper. — Não ladro a uma ordem. Não ladro para a caça. Irei à guerra se houver uma causa pela qual eu considero que vale a pena morrer. Não antes disso. Mas admiro o seu, bem... espírito marcial.

Jasper fica vermelho até as raízes de seu cabelo ruivo diante do tom daquele homem mais velho.

— Esse é um assunto grave, Sir; nele não cabem zombarias. Há dois anos luto por meu rei e por minha casa, e devo lembrar-lhe de que isso me custou caro. Perdi meu próprio irmão em Carmarthen, o herdeiro do nosso nome, a flor de nossa casa, marido de Margaret que nunca viu o filho...

— Sei muito bem; e não estou zombando. Também perdi um irmão, não se esqueça. Essas batalhas são uma tragédia para a Inglaterra, uma questão grave, jamais motivos de pilhéria. Venha, vamos jantar e esquecer nossas diferenças. Rezo para que não chegue a acontecer uma luta, e você deve fazer o mesmo. Precisamos de paz na Inglaterra se queremos nos fortalecer e enriquecer novamente. Conquistamos a França porque o povo estava dividido. Não podemos nos perder como eles; não podemos ser nossos piores inimigos em nosso próprio país.

Jasper faz menção de argumentar, mas meu marido o conduz pelo braço ao salão, onde os homens já estão sentados, dez a cada mesa, esperando o jantar. Quando Jasper entra, seus homens aplaudem, batendo na mesa com o punho de suas adagas, e muito me agrada saber que ele é um comandante tão competente e tão amado. Ele é como um cavaleiro errante das histórias, e o herói daqueles homens. O séquito e os criados de meu marido meramente curvam a cabeça e tiram as boinas em silenciosa deferência, quando ele passa. Ninguém nunca saudou Henry Stafford com brados exaltados. Ninguém nunca o fará.

Atravessamos os clamores dos homens até a mesa, e percebo o olhar de Jasper para mim. Ele parece se compadecer pelo fato de eu ter me casado com um homem que não lutará por sua família. Mantenho os olhos baixos. Penso que todos sabem que sou filha de um covarde, e agora sou esposa de um covarde. Tenho de viver com essa vergonha.

Quando o criado encarregado dos cântaros verte água sobre nossas mãos e passa a toalha levemente para enxugá-las, meu marido diz, amável:

— Mas eu o distraí do principal interesse de minha mulher: a saúde de seu filho. Como vai o pequeno Henrique? Está bem?

Jasper se vira para mim.

— Está bem e forte. Escrevi contando que seus dentes de trás estavam nascendo, o que lhe provocou febre durante alguns dias, mas agora já passou. Está andando e correndo. Fala muito, nem sempre claramente, mas tagarela o dia inteiro. A ama diz que ele é obstinado, porém não mais do que convém a sua posição no mundo e a sua idade. Eu lhe recomendei que não fosse severa demais com ele. É o conde de Richmond, sua personalidade não deve ser domada; ele tem direito a seu orgulho.

— Fala de mim para ele? — pergunto.

— É claro que sim. — Jasper sorri. — Digo-lhe que sua mãe é uma dama importante da Inglaterra e que virá vê-lo em breve, e ele diz "Mama!", assim mesmo.

Rio de sua imitação da voz aguda de uma criança de 2 anos.

— E seu cabelo? — pergunto. — Está ficando ruivo como o de Edmund?

— Ah, não. — Há na voz de Jasper um tom de decepção de que não partilho. — Ao que parece, nesse aspecto não geramos uma raça autêntica. Seu cabelo é cacheado e castanho, como um belo cavalo baio. Sua ama acredita que ele ficará mais louro no verão, quando tomar sol, mas não terá o cabelo avermelhado como nós, os Tudor.

— E ele sabe jogar? Sabe rezar?

— Ele brinca com seu bastão e sua bola, e é capaz de brincar o dia todo se alguém ficar jogando a bola para ele. Está aprendendo o Pai-Nosso e o catecismo. Seu amigo, o padre William, o vê toda manhã para as orações, e a ama o faz ajoelhar ao pé da cama todas as noites, e ele tem de rezar por você, citando seu nome.

— Ele tem companheiros? — pergunta meu marido. — Crianças das casas vizinhas?

— Estamos muito isolados no castelo — replica Jasper. — Não há famílias de sua classe nas proximidades. Não há companheiros adequados para um menino como ele. Ele é o conde de Richmond, parente do rei. Não posso deixá-lo brincar com crianças da aldeia e, além do mais, eu recearia que pegasse doenças. Ele brinca com as amas. Eu brinco com ele. É suficiente.

Balanço a cabeça, concordando. Não o quero brincando com as crianças da aldeia, que podem lhe ensinar maneiras grosseiras.

— Certamente ele precisa estar com crianças de sua idade — objeta meu marido. — Vai ter de se comparar com outros garotos, mesmo que sejam das aldeias e de casebres.

— Pensarei nisso quando chegar a hora — diz Jasper, inflexível. — Ele não precisa de companheiros além do que os que lhe dou, por enquanto.

Há um silêncio constrangedor.

— E ele come bem? — pergunto.

— Come bem, dorme bem, corre por toda parte, o dia inteiro. E está se desenvolvendo muito bem. Vai ser alto, suponho. Tem o corpo de Edmund: longo e esguio.

— Iremos visitá-lo assim que for seguro viajar — promete-me meu marido. — E, Jasper, tem certeza de que pode mantê-lo seguro lá?

— Não sobrou nenhum yorkista em Gales que venha a sublevar soldados suficientes para tomar a aldeia de Pembroke, muito menos o castelo — garante ele. — William Herbert agora é homem do rei: mudou radicalmente de lado desde o perdão, agora é um homem de nossa casa. Gales é mais seguro do que a Inglaterra para um menino Lancaster. Controlo todos os principais castelos e vigio as estradas. Eu o manterei em segurança, como prometi. Sempre.

~

Jasper fica conosco apenas duas noites e, durante o dia, cavalga pelas redondezas reunindo arrendatários dispostos a entrar em Londres com ele para defender o rei. São poucos. Podemos ser da Casa de Lancaster, mas todos os que vivem perto o bastante de Londres para ouvir os mexericos da corte bem sabem que oferecerão sua vida por um rei que está meio louco e uma rainha francesa e autoritária.

No terceiro dia, Jasper está pronto para partir e temos de nos despedir.

— Você parece feliz — diz-me baixinho, no pátio das cavalariças, enquanto seus homens selam e montam seus cavalos.

— Estou bem. Ele é muito gentil comigo.

— Gostaria que o persuadisse a fazer a sua parte.

— Farei o que puder, mas duvido que me ouça. Sei que ele deveria servir o rei, Jasper, mas é mais velho do que eu e acha que sabe mais.

— Nosso rei lutará por seu direito de governar — diz Jasper. — Um homem de verdade ficaria do seu lado. Um homem da Casa de Lancaster não deveria esperar ser convocado, muito menos ignorar a convocação.

— Sim, eu sei. Falarei com ele outra vez. E diga a Henrique que irei vê-lo assim que as estradas estiverem seguras para a viagem.

— Não haverá paz nem segurança para viajar enquanto York e Warwick não se submeterem a seu legítimo rei! — diz Jasper com irritação.

— Sei disso, mas Sir Henry...

— O quê?

— Ele é velho — digo com toda a sabedoria dos 16 anos. — Ele não compreende que, às vezes, Deus nos oferece um momento, e temos de aproveitá-lo. Joana d'Arc tinha conhecimento disso, você também. Às vezes, Deus nos apresenta um destino, e precisamos ouvir o chamado e nos mostrar à altura.

O sorriso de Jasper enternece sua expressão.

— Sim, você tem razão, Margaret. É assim mesmo. Às vezes, temos de reagir ao momento ainda que alguns suponham que não passemos de um cão tolo reagindo à corneta da caça.

Beija-me, como um cunhado, delicadamente na boca, e segura minhas mãos por um instante. Fecho os olhos e me sinto oscilar, tonta com seu toque, e então ele me solta, vira-se e monta seu cavalo.

— Nosso velho Arthur ainda a transporta direito? — pergunta, como se não quisesse que nenhum de nós dois notasse que, mais uma vez, ele está me deixando para enfrentar o perigo.

— Sim. Eu o monto quase todos os dias. Vá com Deus, Jasper.

— Deus me protegerá, pois estamos com a razão. E quando eu estiver no calor da batalha saberei que Ele vai sempre proteger o homem que serve a seu rei.

Então, Jasper gira sua montaria e cavalga à frente de seus homens, em direção ao sul, a Londres, para defender o Palácio de Westminster de nossos inimigos.

Outono de 1459

Fico sem notícias de Jasper até um de nossos arrendatários, que fora persuadido a segui-lo, retornar a sua casa em meados de setembro, amarrado em seu próprio pônei, um toco supurando no lugar de um braço, o rosto pálido e cheirando a morte. Sua mulher, uma menina pouco mais velha do que eu, grita de terror e desmaia quando o levam à porta. Ela não sabe como tratá-lo, não sabe o que fazer com esses restos apodrecidos do jovem com quem se casou por amor, de modo que o levam para o palácio a fim de cuidar melhor de suas feridas do que no casebre sujo. Improviso parte do espaço da leiteria em enfermaria e me pergunto quantos mais, do bando recrutado apressadamente por Jasper, voltarão feridos. Ele conta a meu marido que o pai de Warwick, o conde de Salisbury, estava conduzindo seu exército ao encontro do duque de York em Ludlow, quando dois de nossos lordes, Dudley e Audley, prepararam uma emboscada para ele em Market Dayton, na estrada para Gales. Nossa força era duas vezes maior do que a do exército de Salisbury, diz esse homem chamado John, e os soldados yorkistas caíram de joelhos e beijaram o solo do campo, acreditando que seria seu leito de morte.

Mas o exército de York pregou uma peça, uma peça que Salisbury podia pregar, pois seus homens fariam qualquer coisa por ele — recuar, resistir, atacar. Ele ordenou a retirada, como se desistisse da luta. Nossa cavalaria os perseguiu, supondo perseguir uma força em fuga, mas, afinal, se deu conta de que ela própria tinha caído numa armadilha justamente quando vadeava o riacho. O inimigo se virou e resistiu, rápido como uma serpente, e nossos homens tiveram de escalar o aclive por um solo que se tornava cada vez mais revolvido à medida que eles arrastavam nossas armas e tentavam cavalgar. Os arqueiros yorkistas disparavam flechas colina abaixo em nossos soldados, seus cavalos morriam debaixo deles, e os homens se perdiam na lama e na rajada de flechas e tiros. John contou que o rio ficou da cor do sangue dos feridos e moribundos e que os guerreiros que o vadearam para escapar ao ataque foram tingidos de vermelho.

A noite caiu no campo de batalha em que tínhamos sido derrotados, e nossos homens foram ali deixados para morrer. Salisbury escapuliu antes de o corpo principal de nosso exército ter tempo de aparecer e, enganosamente, deixou seus canhões no campo e pagou a um frade traidor para dispensá-los durante a noite toda. Quando a guarda real chegou ao amanhecer, pronta para a batalha, esperando se deparar com a resistência York e disposta a massacrar os traidores, nada encontrou senão um frade embriagado pulando de um canhão a outro. Ele informou que o inimigo havia escapado para Ludlow, rindo da vitória sobre os dois lordes lancastrianos.

~

— Então, a batalha foi travada — constata meu marido austero. — E perdida.

— Eles não defrontaram o rei pessoalmente — argumento. — O rei teria vencido, sem dúvida. Eles só enfrentaram dois de nossos lordes, não o rei no comando.

— Na verdade, não enfrentaram mais do que um frade esfarrapado — salienta meu marido.

— Nossos dois lordes certamente teriam vencido se as forças de York tivessem lutado honestamente — insisto.

— Sim, mas um daqueles lordes agora está morto e o outro foi capturado. Acho que temos de aceitar que nossos inimigos venceram a primeira batalha.

— Haverá outras? Podemos nos reagrupar? Quando Joana fracassou na tomada de Paris, ela não se rendeu...

— Ah, Joana — interrompe ele, em tom de enfado. — Sim, se tomarmos Joana como exemplo, prosseguiremos para a morte. Um martírio auspicioso nos espera. Você tem razão. Haverá mais batalhas. Pode ter certeza. Agora há duas forças rondando uma a outra, como galos que brigam, procurando a posição mais vantajosa. Pode ter certeza de que haverá uma batalha, depois outra, até que um dos lados seja vítima da derrota ou da morte.

Faço-me de surda a seu tom sarcástico.

— Marido, agora servirá a seu rei? Agora que a primeira batalha foi travada e perdemos? Agora que pode avaliar como você é necessário? Agora que todo homem de honra tem de ir?

— Irei quando tiver de ir — retruca, inflexível. — Não antes.

— Todos os homens de verdade da Inglaterra estarão lá, menos você! — protesto com veemência.

— Haverá tantos homens de verdade que não vão precisar de um covarde como eu — responde Sir Henry e, antes que eu retruque, ele sai da câmara que serve como enfermaria onde o soldado de Jasper está morrendo.

~

Depois disso, instala-se a frieza entre mim e Sir Henry; portanto, não lhe conto quando recebo um pedaço de papel amassado de Jasper com sua caligrafia reta e feia apenas informando:

Não tenha medo. O rei em pessoa está no campo. Estamos marchando contra eles.

J.

Espero, porém, até ficarmos a sós depois do jantar, quando meu marido dedilha um alaúde sem tocar nenhuma melodia, e pergunto:

— Tem notícias de seu pai? Ele está com o rei?

— Estão afugentando os York, fazendo-os recuar ao Castelo de Ludlow — responde ele, tocando uma pequena melodia ao acaso. — Meu pai diz que há mais de 20 mil homens que se manifestaram a favor do rei. Parece que a maioria dos homens acredita que venceremos, que York será capturado e morto, ainda que o rei, com seu coração sensível, tenha prometido perdoar a todos caso se rendam.

— Vai haver outra batalha?

— A menos que York decida não enfrentar o rei pessoalmente. Um tipo de pecado é matar amigos e primos; outro, diferente, é ordenar a seus arqueiros que disparem contra o estandarte real e o próprio rei. E se o rei for morto em batalha? Se York descer sua espada na cabeça consagrada do rei?

Fecho os olhos, horrorizada, ao pensar no rei, quase um santo, sendo martirizado por seu próprio súdito, que lhe jurou lealdade.

— O duque de York não pode fazer isso, pode? Certamente nem mesmo vai considerar essa hipótese, não é?

Outubro de 1459

Como se demonstrou, ele realmente não podia considerar essa hipótese. Quando o exército de York defrontou seu rei legítimo no campo de batalha, percebeu que não conseguiria atacá-lo. Passei de joelhos o dia inteiro em que as forças de York se mantiveram em formação atrás de suas armas e carroças, observando, do alto da colina, a Ludford Bridge e as bandeiras do próprio rei. Passaram o dia em negociação, assim como passei o dia em minhas preces, e, à noite, sua coragem pecaminosa ruiu e eles fugiram. Fugiram como covardes que eram, e, pela manhã, o rei, um santo, mas graças a Deus não um mártir, se misturou às fileiras de soldados yorkistas comuns, abandonados por seus comandantes, perdoou-os e generosamente os mandou de volta para casa. A mulher do duque de York, a duquesa Cecily, teve de esperar em Ludlow com as chaves do castelo em suas mãos, seus dois meninos George e Ricardo trêmulos ao seu lado, enquanto a turba do rei afluía à cidade, ávida. Afinal, ela teve de se render ao rei e levar seus meninos para a prisão, sem saber para onde teriam fugido seu marido e seus dois filhos mais velhos, e devia estar profundamente envergonhada. A grande rebelião da Casa de York e Warwick contra seu rei divinamente designado terminou em disputa de saques no castelo do próprio York, com sua duquesa aprisionada, ladeada por seus pequenos traidores, que choravam a derrota.

— São covardes — sussurro à estátua de Nossa Senhora em minha capela privada. — E a Senhora os puniu com a vergonha. Rezei para que fossem derrotados, e a Senhora, respondendo às minhas preces, os humilhou.

Ergo-me e saio da capela um pouco mais altiva, com a certeza de que minha casa é abençoada por Deus e conduzida por um santo homem, que é o rei, e de que nossa causa é justa e fora vencedora sem nem mesmo uma flecha ser arremessada.

Primavera de 1460

— Só que não foi vencedora — comenta meu marido, mordaz. — Não há nenhum acordo com o duque de York nem resposta às queixas dele. Salisbury, Warwick e os dois meninos York mais velhos estão em Calais, e não vão perder tempo lá. O duque fugiu para a Irlanda e também vai reunir tropas. A rainha insistiu para que todos sejam acusados de traição e agora está exigindo listas de todos os homens aptos a lutar em todos os condados da Inglaterra. Ela acredita ter o direito de convocá-los diretamente para seu exército.

— Sem dúvida, o que ela quis dizer é que pedirá aos lordes para convocar seus homens, como sempre.

Ele faz um movimento negativo com a cabeça.

— Não, ela vai recrutar soldados à maneira francesa. E pensa em comandar a plebe pessoalmente. Seu plano é obter listas de rapazes em todos os condados e convocá-los ela própria, sob seu estandarte, como se fosse um rei na França. Ninguém vai aceitar isso. A plebe se recusará a lutar por ela. Por que a defenderiam? Ela não é seu soberano, e os lordes considerarão isso um ato contra eles, um enfraquecimento insidioso de seu poder. Suspeitarão de que ela vá procurar, sem os avisar, seus próprios arrendatários. Todos considerarão isso uma imposição da tirania francesa à

Inglaterra. Ela transformara nossos inimigos em aliados naturais. Só Deus sabe o quanto ela dificulta nossa lealdade ao rei.

Levo suas previsões sombrias à confissão e digo ao padre que tenho de confessar o pecado de duvidar do julgamento de meu marido. Como um homem escrupuloso, ele é discreto demais para me indagar sobre minhas dúvidas — afinal, meu marido é o dono da capela e do benefício eclesiástico, quem paga doações e celebração das missas. Dá-me, contudo, como penitência dez ave-marias e uma hora de joelhos em oração contrita. Ajoelho-me, mas não consigo me arrepender. Começo a recear que meu marido seja mais do que um covarde e a temer o pior: que simpatize com a causa York. Estou começando a duvidar de sua lealdade ao rei. As contas de meu rosário ainda estão em minha mão, quando admito esse pensamento para mim mesma. O que posso fazer? O que devo fazer? Como permanecer casada com um traidor? Se ele não for leal ao nosso rei e à nossa casa, como poderei lhe ser leal como esposa? É possível que Deus esteja me pedindo para deixar meu marido? E para onde Deus gostaria que eu fosse, a não ser ao encontro de um homem que é leal, de corpo e alma, à causa? Deus quer que eu vá até Jasper?

Então, em julho, tudo o que meu marido anunciara em relação à guarnição de Calais se torna terrivelmente verdadeiro quando York lança uma frota e desembarca em Sandwich, a meio caminho de Londres, e marcha para a capital, sem ser dado nenhum tiro contra ele, sem nenhuma porta lhe ser fechada com violência. Que Deus perdoe os homens de Londres, que abriram os portões e o deixaram entrar e ser aclamado, como se estivesse libertando a cidade de um usurpador. O rei e a corte estão em Coventry, mas assim que ouvem as notícias, se propaga pelo país a informação de que o rei está reunindo tropas e convocando todos os seus aliados. York tomou Londres. Lancaster tem de marchar.

— Você vai, agora? — pergunto a meu marido, que encontro no pátio das cavalariças, verificando arreios e selas de seus cavalos e homens. Finalmente, penso, ele percebe que o rei está em perigo e sabe que tem de defendê-lo.

— Não — responde ele brevemente —, embora meu pai esteja lá. Que Deus o proteja nessa loucura.

— Não vai nem mesmo estar com seu pai nesse momento?

— Não. Amo meu pai e me unirei a ele, se me ordenar, mas ele não me mandou ir para o seu lado. Ele vai desfraldar o estandarte de Buckingham, e não me quer sob sua liderança, ainda.

Sei que minha raiva aflora em meu rosto e o encaro com o olhar duro.

— Como pode não estar lá?

— Tenho dúvidas em relação à causa — replica francamente. — Se o rei quer retomar Londres do duque de York, imagino que lhe baste ir até lá e discutir os termos. Não precisa atacar sua própria capital se pode simplesmente falar com eles.

— Ele deveria matar York como traidor, e você deveria estar lá! — digo, exaltada.

Ele suspira.

— Você está muito ansiosa em me mandar para o perigo, esposa — observa com um sorriso atravessado. — Tenho de admitir que acharia muito mais agradável se me implorasse para ficar em casa.

— Peço apenas que cumpra seu dever — retruco arrogante. — Se eu fosse homem, partiria para junto do rei. Se eu fosse homem, estaria, agora, ao lado dele.

— Seria uma Joana d'Arc, tenho certeza — diz ele calmamente. — Mas já vi batalhas e sei o que custam, e neste exato momento vejo como meu dever preservar a segurança e paz nestas terras para o nosso povo, enquanto outros homens lutam freneticamente por ambição e dividem o país.

Estou tão furiosa que não consigo falar. Viro-me e ando na direção da baia individual em que Arthur, o velho cavalo de guerra, está abrigado. Dócil, ele abaixa a cabeça para mim, acaricio seu pescoço, esfrego atrás de suas orelhas e sussurro que ele e eu iremos juntos para Coventry, em busca de Jasper, que certamente estará lá, e lutaremos pelo rei.

10 de julho de 1460

Ainda que Arthur e eu tivéssemos partido, teríamos chegado tarde demais. O rei plantara seu exército nos arredores de Northampton e construíra uma paliçada de estacas afiadas diante dele para derrubar a cavalaria inimiga. Seu canhão recentemente forjado fora carregado e pronto para disparar. Os York, liderados pelo jovem Eduardo, conde de March, e pelos traidores lorde Fauconberg e Warwick, chegaram em três tropas sob chuva torrencial. O solo espumava, transformando-se em lama sob os cascos dos cavalos, e o ataque da cavalaria afundou no atoleiro. Deus fez chover sobre os rebeldes, e parecia que eles afundariam no charco. Eduardo de York teve de reunir muita coragem para liderar seus homens sobre um solo que se assemelhava mais a um pântano contra uma saraivada de flechas de Lancaster. Certamente teria fracassado, e seu rosto jovem teria caído na lama, mas o líder do nosso flanco direito, lorde Grey de Ruthin, tornado traidor naquele momento, impulsionou as forças York por sobre a barricada, impelindo sua própria casa a um ressentido combate corpo a corpo. Isso fez nossos homens recuarem de volta ao rio Nene, em que muitos se afogaram, e permitiu que Warwick e Fauconberg avançassem.

Na vitória, foram inclementes. Permitiram que os homens comuns partissem; os de armadura, porém, foram todos mortos, sem possibilidade de resgate. O pior de tudo foi terem marchado para nosso acampamento, para a tenda do rei, na qual Sua Graça se mantinha sentado, pensativo, tão pacificamente quanto se estivesse rezando em sua capela, esperando ser capturado como o grande prêmio da batalha.

De maneira terrível e traiçoeira o levaram.

~

Duas noites depois, meu marido me procura em meus aposentos no momento em que estou me vestindo para o jantar.

— Deixe-nos a sós — diz ele abruptamente a minha dama de companhia, que me lança um breve olhar, mas, percebendo sua expressão grave sai rapidamente. — Meu pai está morto — informa ele, sem preâmbulo. — Acabo de receber a notícia. A Inglaterra perdeu um grande duque na lama de Northampton, e eu perdi um pai querido. Seu herdeiro, meu sobrinho, o pequeno Henry Stafford, perdeu seu avô e tutor.

Estou ofegando, como se me tivessem tirado o ar.

— Lamento. Sinto muito, Henry.

— Eles o mataram em um campo lamacento quando tentava alcançar seu cavalo — prossegue ele, sem me poupar de nada. — Ele e o conde de Shrewsbury, lorde Beaumont, lorde Gremont, ó Deus, a lista é interminável. Perdemos uma geração de nobres. Parece que as leis da guerra mudaram e não há mais captura e pedido de resgate na Inglaterra. Não há proposta de rendição. É a lei da espada, e toda batalha deve ser até a morte. É a lei da selvageria.

— E o rei? — murmuro. — Não se atreveram a machucá-lo, atreveram?

— O rei está cativo; levaram-no como prisioneiro para Londres.

— Prisioneiro? — Não acredito no que ouço.

— Praticamente.

— E a rainha?

— Desaparecida com o filho.

— Desaparecida?

— Não morta. Aparentemente fugiu. Está escondida. Que estranho país está se tornando o nosso. Meu pai...

Ele reprime sua aflição e se vira para olhar pela janela. Lá fora, as árvores estão frondosas, verdes, e os campos estão ficando dourados. É difícil imaginar um campo de lama revolvida e meu sogro, aquele aristocrata presunçoso, derrubado enquanto fugia.

— Não vou jantar no salão hoje — informa meu marido com firmeza. — Você pode descer sem mim ou jantar em seus aposentos, se quiser. Terei de ir a Northampton buscar o corpo. Vou partir ao amanhecer.

— Lamento — repito, com a voz fraca.

— Serão centenas de filhos fazendo a mesma viagem. Todos nós cavalgando com tristeza, todos nós pensando em vingança. Era isso o que eu receava, era esse o meu maior temor. Não é muito admirável e honroso, como você sempre pensou ser. Não é como em uma canção épica. É um estrago, uma sujeira, um desperdício lastimável. Homens bons morreram, e mais morrerão.

~

Escondo meus receios de meu marido até ele partir na viagem para o sul, mas é claro que estou em pânico pela segurança de Jasper. Ele estaria onde a batalha fosse mais acirrada; não tenho a menor dúvida de que qualquer um que se dirigisse à tenda do rei teria de passar por Jasper. Se o rei foi capturado, não pode estar vivo. Como estaria vivo quando tantos morreram?

Tenho a resposta antes mesmo de meu marido voltar para casa.

Irmã,

Defendi uma importante dama e seu filho, e eles estão escondidos comigo. Não vou dizer onde, no caso de esta carta cair em mãos de traidores. Estou a salvo e deixei seu filho em segurança. A dama ficará segura comigo, até poder ir embora. É um revés para nós, mas não acabou, e ela está cheia de coragem e pronta para lutar de novo.

— J.

Levo um momento para me dar conta de que ele tem a rainha sob sua proteção, que ele a tirou da batalha e a escondeu em Gales. É claro, o rei pode estar preso, mas enquanto ela continuar livre teremos um comandante. Enquanto seu filho estiver livre, teremos um herdeiro para o trono. Jasper protegeu nossa causa, protegeu a essência mais preciosa de nossa causa, e não tenho a menor dúvida de que, com ele, ela estará a salvo. Ele a manterá escondida em Pembroke ou no Castelo de Denbigh. Ele a manterá perto, não duvido, e ela lhe será grata pela proteção. Jasper será como um cavaleiro errante para ela, ele a servirá de joelhos; ela cavalgará atrás dele, suas mãos finas em seu cinturão. Tenho de ir à capela e confessar ao padre que estou tomada pelo pecado do ciúme, mas sem declarar exatamente de quê.

~

Meu marido volta para casa sombrio, depois de enterrar o pai e entregar o sobrinho ao novo tutor. O pequeno Henry Stafford, agora duque de Buckingham, só tem 5 anos, pobre criança. Seu pai morreu lutando em defesa de Lancaster quando ele ainda era um bebê, e agora perdeu também seu avô. Meu marido está aturdido com esse golpe à sua casa, mas não consigo ser solidária, pois quem mais poderia ser culpado de nossa derrota a não ser ele e todos aqueles que escolheram ficar em seus castelos, apesar de sua rainha tê-los convocado e de estarmos em perigo extremo? Meu sogro morreu porque foi derrotado na batalha. De quem seria a culpa senão do filho que não estava a seu lado? Henry me diz que o duque de York entrou em Londres com o rei, seu prisioneiro, cavalgando ao lado dele, e que foi recebido por um pasmo silêncio. Os cidadãos de Londres se revelaram traidores pouco entusiasmados e indiferentes, e quando York pôs sua mão no trono de mármore para reivindicá-lo para si, não houve reação de apoio.

— Como poderia haver? — pergunto. — Já temos um rei. Até mesmo os homens mais desleais de Londres sabem disso.

Meu marido dá um suspiro, aparentemente cansado de minhas convicções, e percebo como está cansado e velho, com uma ruga profunda entre as sobrancelhas. A desolação lhe cai pesadamente, junto com a responsabilidade por sua casa. Se nosso rei é prisioneiro e nosso poder foi derrubado, alguém tirará o pequeno duque de nós e o terá como pupilo pelo lucro de suas terras. Se meu marido fosse importante entre os Lancaster ou os York, poderia opinar quanto ao destino de seu sobrinho, o futuro chefe de nossa família. Se tivesse se empenhado, hoje seria um homem eminente. Como, porém, optou por ficar em casa, não interessa a ninguém. Fez de si mesmo um nada. As grandes decisões do mundo serão tomadas sem ele, e não poderá nem mesmo proteger os seus, como disse que faria.

— Eles fizeram um acordo.

— Que acordo? Quem fez um acordo?

Ele entrega sua capa de viagem a um dos criados. Deixa-se cair em uma cadeira e faz sinal a um pajem para que venha tirar suas botas. Pergunto-me se não estaria doente; parece muito abatido. Evidentemente uma viagem desse tipo já não é para ele, que tem 35 anos.

— O rei ficará no trono até sua morte e, então, será sucedido por um York. — Seu olhar procura meu rosto e, em seguida, se desvia. — Sabia que você não gostaria disso. Mas não se incomode, provavelmente isso não vai durar.

— O príncipe de Gales terá seus direitos roubados? — Mal consigo proferir as palavras, tão chocada estou. — Como ele pode ser príncipe de Gales e não se tornar rei? Como alguém pode se achar no direito de passar por cima dele?

Henry demonstra indiferença.

— Todos vocês que estão na linha de sucessão serão roubados. Você, por exemplo, agora, não é mais da casa governante. Seu filho não é mais parente de um rei nem um dos herdeiros do trono. O trono será de York, de York e sua linhagem. Sim — repete ele diante de minha expressão atordoada. — O duque conquistou para seus filhos o que ninguém lhe daria. São os filhos de York que sucederão o rei. A nova linhagem real será a Casa de York. Os Lancaster serão os primos da realeza. Foi esse o trato. Foi a isso que o rei jurou obedecer.

Ele se levanta, de meias, e faz menção de ir para seus aposentos. Ponho a mão em seu braço.

— Mas foi isso o que Joana viu! — exclamo. — Quando o rei foi deposto, e sua herança, dada a outro. Foi exatamente isso o que viu quando levou seu rei para ser coroado em Reims, apesar de um acordo blasfemo segundo o qual ele não deveria ser coroado. Ela viu que a ordem de Deus tinha sido desprezada e lutou pelo herdeiro legítimo. Foi isso que a inspirou a ser grande. Ela viu o herdeiro legítimo e lutou por ele.

Ele não me oferece seu costumeiro sorriso.

— E daí? Você acredita que pode levar Eduardo, príncipe de Gales, para Londres e conseguir que seja coroado apesar de sua derrota, apesar desse acordo? Vai liderar um exército derrotado? Vai ser a Joana da Inglaterra?

— Alguém tem de ser — grito com paixão. — O príncipe não pode ser despojado do trono. Como puderam concordar com isso? Como o rei pôde concordar com isso?

— Quem sabe o que ele pensa sobre alma! Quem sabe o que ele compreende ou mesmo se consegue se manter consciente? E, se ele voltar ao transe, ou morrer, e York assumir o trono, pelo menos ele poderá promover a paz no país.

— Essa não é a questão! York não foi designado por Deus. York não é a linhagem antiga de Eduardo III. York não é da casa real. Nós somos! Meu filho é! É do *meu* destino que o rei está abrindo mão! — Soluço. — Nasci para isso, meu filho nasceu para isso! O rei não pode nos transformar em primos da realeza. Nascemos para ser a linhagem real!

Ele olha para mim, e seus olhos castanhos, pela primeira vez, não se mostram amáveis, mas obscurecidos de raiva.

— É uma menina idiota ou o quê? Só tem 17 anos e não entende nada, Margaret. Deveria ficar calada. Isso não é uma trova ou um conto. Não é uma história de amor. É um desastre que está custando homens e mulheres da Inglaterra, todos os dias. Não tem nada a ver com Joana d'Arc, nada a ver com você, e só Deus sabe como não tem nada a ver com Ele.

Afasta-se e sobe com cuidado a escada para seu quarto. Seus músculos estão enrijecidos por causa da viagem longa e ele claudica, as pernas tortas. Com ódio, vejo-o ir, minha mão sobre a boca para abafar meus soluços. Ele é um velho, um velho tolo. Conheço a vontade de Deus mais do que ele, e Deus é, e sempre foi, a favor de Lancaster.

Inverno de 1460

Tenho razão, e meu marido, apesar de ser meu marido e de ter autoridade sobre mim, está errado, o que é confirmado na época do Natal, quando o duque de York, considerado tão inteligente, tão brilhante em batalha, é capturado fora dos muros de seu próprio Castelo de Sandal com uma pequena guarda, em meio à qual está seu filho Edmundo, conde de Rutland. Os dois são brutalmente mortos por nossas forças. É o fim do homem que queria ser rei e que reivindicou a linhagem real!

O exército da rainha pega seu corpo estropiado e zomba dele: degola o cadáver, fixa sua cabeça numa lança com uma coroa de papel e coloca sobre os portões de York, de modo a poder ver seu reino antes de os corvos e outras aves de rapina bicarem seus olhos mortos. É a morte própria a um traidor, e com ele morrem também as esperanças de York, pois quem resta? Seu grande aliado, o conde de Warwick, só tem filhas inúteis, e os três meninos de York — Eduardo, George e Ricardo — são jovens demais para liderar um exército próprio.

Não exulto diante de meu marido, pois decidimos viver tranquilamente e celebrar o Natal com nossos arrendatários, empregados e criados, como se o mundo não estremecesse em incerteza. Não falamos a respeito do reino dividido, e, embora ele receba cartas de mercadores e comerciantes de Londres, não compartilha comigo as notícias, nem a permanente insistência de sua família em que vingue a morte de seu pai. Apesar de ele saber que Jasper me escreve de Gales, não pergunta sobre seu castelo de Denbigh recém-conquistado, nem como Jasper o recuperou tão valentemente.

Mando para meu filho Henrique, como presente de Natal, uma pequena carroça de rodas de madeira, a qual ele pode puxar, e Sir Henry me dá um xelim para enviar a ele a fim de que lhe sejam comprados presentes. Em troca, dou a meu marido uma moeda de prata para enviar ao pequeno duque de Buckingham, Henry Stafford, e não mencionamos a guerra nem a marcha da rainha para o sul, no comando de 5 mil escoceses assassinos e perigosos, manchados como caçadores com o sangue do York rebelde. Também não falamos sobre minha crença em que nossa casa volte a triunfar e obtenha a vitória no próximo ano, como deve acontecer, já que somos abençoados por Deus.

Primavera de 1461

Penso, como qualquer pessoa de bom senso, que, com a morte do duque de York, as guerras terminarão. Seu filho Eduardo tem apenas 18 anos e está completamente sozinho nas fronteiras de Gales, onde todos os homens seguem Jasper e a Casa de Lancaster. A mãe dele, a duquesa Cecily, ciente de que essa foi sua derrota final, usando preto em sua viuvez, manda seus dois filhos mais novos, George e Ricardo, para um abrigo em Flandres com o duque de Borgonha. A duquesa Cecily receia a chegada da rainha em Londres, no comando de seu exército de homens selvagens, exigindo vingança por essa segunda rebelião fracassada. Não pode, entretanto, salvar seu filho mais velho. Eduardo provavelmente morrerá nos confins de Gales, sem maiores esperanças, lutando pela causa perdida de seu pai morto.

Meu cunhado Jasper defenderá o que lhe cabe, e seu pai, Owen Tudor, marchará com ele. Não podem fracassar contra um exército conduzido por um jovem, que acabou de perder seu irmão, seu pai e seu comandante, como Jasper confirma:

Teremos de matar o filhote para tornar a família inofensiva. Graças a Deus o leão está morto. Meu pai e eu estamos reunindo soldados contra o duque de York, o jovem Eduardo, e o enfrentaremos daqui a alguns dias. Seu filho está a salvo no Castelo de Pembroke. Será um confronto fácil. Não tema.

— Acho que vai haver outra batalha — digo, hesitante, a meu marido quando ele vem ao meu quarto. Estou sentada ao lado do fogo. Ele dobra seu roupão no pé da cama e desliza sob os lençóis.

— Sua cama é sempre tão confortável — observa ele. — Seus lençóis são melhores do que os meus?

Sorrio, distraída por um momento.

— Eu não diria isso. É seu camareiro que organiza tudo. Meus lençóis vieram comigo de Gales, mas posso mandar que sejam postos em sua cama, se os acha melhores.

— Não, gosto de me deliciar com eles aqui, com você. Não vamos falar dos problemas do país.

— Mas recebi uma carta de Jasper.

— Fale-me dela pela manhã.

— Acho que é importante.

Ele suspira.

— Ah, está bem. O que ele diz?

Entrego-lhe a carta, que ele a olha de relance.

— Sim. Soube disso. Soube que estão reunindo soldados em Gales. Seu velho inimigo William Herbert mudou de lado de novo.

— Nunca!

— Vai usar a rosa branca mais uma vez e lutar do lado do rapaz York. Ele não foi amigo de Lancaster por muito tempo. Jasper deve estar irritado por Herbert ter se colocado contra ele de novo.

— Herbert não tem honra! Depois de o rei perdoá-lo pessoalmente!

Meu marido se mostra indiferente.

— Quem sabe por que um homem escolhe um lado ou outro? Soube por meu primo, que está com as forças da rainha, que eles expulsarão os restos da ameaça York e, então, virão para Londres vitoriosos.

— Poderemos ir à corte quando ela chegar em Londres?

— Um banquete de celebração? — pergunta ele, sarcástico. — Certamente haverá trabalho para mim no Parlamento. Metade da Inglaterra será apontada como traidora, e suas terras serão confiscadas. A outra metade as receberá como recompensa por sua participação nos assassinatos.

— E nós não estaremos nem em uma nem em outra — digo, emburrada.

— Prefiro não ficar com as terras de um homem acusado de traição porque tentou dar um bom conselho ao seu rei — replica meu marido, calmamente. — E pode estar certa de que metade das terras será devolvida a seus donos quando o rei tiver seu poder restituído e conceder indultos. Perdoará todos os seus inimigos e devolverá a eles suas casas. Seus aliados acharão que seus serviços foram malrecompensados. Não há lucro nem honra verdadeira em apoiar esse rei.

Aperto os lábios para reprimir minha réplica. Ele é meu marido. O que diz deve ser a lei em nossa casa. É o meu senhor designado por Deus. Não há como divergir dele em voz alta. No fundo de meu coração, porém, eu o chamo de covarde.

— Venha para a cama — diz ele com delicadeza. — De qualquer maneira, qual é a importância disso, enquanto você e seu filho estiverem a salvo? E eu a mantenho segura, Margaret. Mantenho a guerra longe de nossas terras, e não vou enviuvá-la pela segunda vez ao buscar a glória. Venha para a cama e sorria para mim.

Vou para a cama com ele, já que é o meu dever, mas não sorrio.

~

Recebo, então, a pior notícia possível, que vem de Jasper. Eu o considerava invencível, mas ele não é. Acreditava ser impossível derrotá-lo. Porém, infelizmente, isso aconteceu.

Irmã,

Fomos derrotados, e meu pai está morto. Supôs que sua ida ao cadafalso era uma brincadeira, não acreditou que o matariam, mas arrancaram sua cabeça e a colocaram em uma estaca em Hereford.

Estou indo buscar seu filho em Pembroke e o levarei para o Castelo de Harlech. Ficaremos mais seguros lá. Não tema por mim, mas penso que nossa causa está perdida para uma geração, talvez para sempre. Margaret, tenho de lhe contar o pior: houve um sinal de Deus aqui, em Mortimer's Cross, e não foi a favor de nossa casa. Deus mostrou-nos os três sóis de York no céu acima do campo de batalha, e o filho de York, comandando seu exército, acabou conosco.

Eu vi. Foi evidente. Acima de seus homens, havia três sóis brilhantes, um tão luminoso quanto os outros. Irradiavam-se pela neblina, três deles, e então se juntaram formando um sol único e iluminaram o seu estandarte. Vi com meus próprios olhos, nitidamente. Não sei o que significa e continuarei a lutar por minha causa até compreender. Ainda creio que Deus está conosco, mas sei com certeza que Ele não estava conosco naquele dia. Ele irradiou a luz de Sua graça sobre York. Ele abençoou os três filhos de York. Escreverei de novo assim que estivermos seguros em Harlech.

— J.

~

Meu marido está em Londres, e tenho de esperar vários dias até ele voltar para lhe contar que Jasper acredita que a guerra acabou e que nós perdemos. Quando o recebo no pátio das cavalariças, ele balança a cabeça depois de ouvir meu relato confuso e apreensivo.

— Cale-se, Margaret. É pior do que imagina. O jovem Eduardo de York reivindicou o trono, e perderam o juízo e o proclamaram rei.

Isso me silencia completamente. Olho em volta, como se fosse confidencial.

— Rei?

— Ofereceram-lhe o trono e disseram que ele é o rei e herdeiro legítimo. Ele não precisa esperar a morte do rei Henrique. Ele reivindicou o trono e disse que expulsará nosso rei e nossa rainha da Inglaterra e, em seguida, haverá a coroação. Só voltei para reunir meus homens. Terei de lutar pelo rei Henrique.

— Você? — pergunto, incrédula. — Finalmente?

— Sim. Eu, finalmente.

— Por que agora?

Ele suspira.

— Porque não se trata mais de um súdito tentando trazer seu rei à razão, o que fez minha mente se dividir, ou de advertir o rei contra maus conselhos. Agora se trata meramente de rebelião, rebelião franca, e de colocar um falso rei no lugar do legítimo. Essa é uma causa que devo defender. Não havia até agora uma causa que me mobilizasse. York está lutando pela traição. Devo lutar contra a traição.

Reprimo dizer que, se ele tivesse ido antes, talvez não chegássemos a esta terrível situação.

— Tem de haver um Stafford no campo lutando por seu rei. Nosso estandarte tem de estar lá. Antes foi meu pobre irmão, depois foi meu honrado pai; eles deram a vida nessa miscelânea de guerras. Agora sou eu que devo estar sob o estandarte Stafford, talvez com indiferença, talvez sem convicção, mas sou o mais velho de minha casa e tenho de ir.

Tenho pouco interesse em suas razões.

— E onde está o rei?

— A rainha o tem em segurança com ela. Houve uma batalha em St. Albans, e ela venceu, e o colocou outra vez sob sua proteção.

— O exército York foi derrotado? — pergunto, perplexa. — Achei que estavam vencendo.

— Não, foi apenas um pequeno confronto no centro da cidade de St. Albans entre os homens de Warwick e os que lutavam pela rainha, enquanto Eduardo de York entrava, triunfante, em Londres. Mas Warwick tinha o rei sob custódia, e depois que os York escaparam, o encontraram sentado sob um carvalho, de onde tinha observado a luta.

— Estava ileso?

— Sim, foi bem protegido durante toda a batalha por dois lordes de York: lorde Bonville e Sir Thomas Kyriell. Eles o mantiveram a salvo. Estava silencioso como uma criança. Entregaram-no à rainha e, agora, está com ela e o filho.

— E ele está... — Hesito, escolhendo as palavras. — Ele está em seu juízo perfeito?

— É o que dizem. Por enquanto.

— Então qual é o problema? Por que está assim?

— Há uma história circulando pelas tavernas de Londres. Talvez completamente falsa. Espero.

— Sobre o quê?

— Dizem que os lordes que protegiam o rei e o mantiveram a salvo durante toda a batalha, lordes York, foram levados à rainha e a seu filho, o pequeno príncipe Eduardo, de 7 anos.

— E?

— Dizem que ela perguntou ao pequeno príncipe o que deveria ser feito com os lordes York, Lorde Bonville e Sir Thomas Kyriell, que haviam protegido seu pai durante o confronto e o mantido a salvo e devolvido com honra e em segurança a seu próprio povo. E o príncipe respondeu: arranque a cabeça deles. Com essas palavras. Portanto, decapitaram os dois por ordem sua, ordem de um menino de 7 anos e, depois, o nomearam cavaleiro por sua coragem. O filho de Margarida de Anjou aprendeu, realmente, o ofício da guerra. Como governará, algum dia, um país em paz?

Hesitante, observo a expressão de meu marido.

— Parece muito grave.

— Dizem que o menino é perverso como a mãe. Agora, toda Londres é a favor de York. Ninguém quer um menino como o príncipe Eduardo no trono.

— E o que vai acontecer?

— Deve haver uma última batalha. O rei e a rainha estão juntos de novo e na liderança de seu exército. O jovem Eduardo de York e o amigo de seu pai, Warwick, estão marchando para atacá-los. Não se trata mais de discutir sobre quem deveria aconselhar o rei. É uma batalha para decidir quem será o rei. E, finalmente, terei de defender meu rei.

Percebo que estou tremendo.

— Nunca pensei que você fosse para a guerra. — Minha voz também está trêmula. — Sempre acreditei que se recusaria a ir.

Ele sorri, mordaz.

— Você me julgava um covarde e agora não se alegra com minha coragem? Bem, não importa. Essa é a causa pela qual meu pai morreu e ele só se uniu à luta no último momento possível. Agora é minha vez, e eu tenho de ir. Também eu deixei para o último momento possível. Se perdermos, teremos um rei York e seus herdeiros no trono para sempre. E a sua, Margaret, deixará de ser uma casa real. Não é uma questão de qual causa é justa, mas simplesmente de que lado nasci. O rei tem de ser rei. Tenho de defender isso. Ou seu filho deixará de estar a três passos do trono e passará a ser um menino sem título, sem terras e sem um nome real. Você e eu seremos traidores em nossas próprias terras. Talvez até mesmo deem nossas terras a outros. Não sei avaliar tudo o que podemos perder.

— Quando você vai? — pergunto, temerosa.

Seu sorriso não revela humor nem afeição.

— Tenho de ir agora.

Páscoa de 1461

Quando acordaram pela manhã, havia o silêncio e a alvura sinistra de um mundo feito de neve. Fazia um frio terrível. A nevasca teve início ao alvorecer e os flocos brancos permaneceram em torno dos estandartes durante todo o dia. O exército Lancaster, controlando o alto da longa cordilheira próxima à aldeia de Towton, exemplarmente posicionado no cume, observava atentamente o vale abaixo, onde o exército York estava oculto pelo remoinho provocado pela tempestade de neve. Estava úmido demais para o canhão disparar e a neve ofuscou a visão dos arqueiros Lancaster, cujos arcos estavam molhados. Eles dispararam às cegas, mirando os flocos de neve colina abaixo, e muitas vezes uma saraivada de flechas os golpeou em resposta, pois os arqueiros York distinguiam seus alvos claramente delineados contra o céu claro.

Foi como se Deus tivesse ordenado que o clima do Domingo de Ramos garantisse o combate homem a homem, uma luta corpo a corpo, a batalha mais acirrada de todas da guerra, no campo que chamaram de Bloody Meadow, campina sangrenta. Uma fileira atrás da outra de soldados Lancaster caiu sob o bombardeio de flechas antes de seus comandantes autorizarem o ataque. Então, largaram seus arcos inúteis e empunharam suas espadas, achas e adagas, e desceram com fúria a colina, para enfrentar o exército de um jovem de 18 anos que seria rei, tentando manter seus homens firmes diante do impacto do ataque.

Com brados de "York!" e "Warwick! Por Warwick!", os soldados avançaram, e os dois exércitos se confrontaram. Durante duas longas horas, enquanto a neve se transformava em lama vermelha sob seus pés, ambos se emaranharam como uma charrua que revolve um solo rochoso. Henry Stafford, descendo a colina em seu cavalo, no meio da luta, sentiu a estocada em sua perna e seu animal vacilar e tombar. Conseguiu se livrar dele, mas caiu sobre um homem agonizante, seus olhos esbugalhados, a boca em sangue pedindo ajuda em um murmúrio. Stafford se levantou e se afastou, abaixou-se para se esquivar de um golpe de acha e se obrigou a resistir e a empunhar sua espada.

Nada na arena da justa ou na rinha de galos o preparara para a selvageria desse campo de batalha. Primo lutava contra primo, cegados pela neve e enlouquecidos pela fúria de matar. Os homens mais fortes, trespassados e golpeados, chutavam e pisoteavam os inimigos, e os mais fracos se punham a correr, tropeçando e caindo sob o peso da armadura, quase sempre perseguidos por um cavaleiro usando cota de malha de ferro, a maça balançando para lhes esmagar a cabeça.

O dia todo, em meio à neve que os circundava como penas em um viveiro de aves, os dois exércitos impeliam, trespassavam e cortavam um o outro, sem rumo, sem esperança de vitória, como se tivessem sido capturados em um pesadelo furioso e sem sentido. Um homem caía e era substituído por outro, que pisava seu corpo para matar o inimigo. Só quando começou a escurecer, no lusco-fusco branco e sinistro da neve da primavera, a fileira do front lancastriano começou a capitular. A primeira retirada foi duramente reprimida, e o exército retornou à posição original, até que aqueles que estavam nos flancos sentiram o medo se sobrepor à raiva, e um por um se puseram a fugir.

No mesmo momento, chegaram reforços, pois os homens de York também se dividiram e recuaram. Stafford, sentindo uma calmaria na batalha, descansou por um momento apoiado em sua espada e olhou em volta.

Viu a linha de frente do exército de Lancaster começar a sair da formação, como os camponeses que preparam o feno e, contrariados, se dirigem mais cedo para casa.

— Ei! — gritou. — Resistam. Resistam por Stafford! Resistam pelo rei! — Os soldados, entretanto, só fizeram se apressar, sem olhar para trás.

— Meu cavalo — disse Henry. Sabia que deveria ir atrás deles e impedir a retirada antes que todos se pusessem a correr. Colocou sua espada suja na bainha e correu, aos tropeções, para onde estavam os cavalos. Enquanto corria, relanceou os olhos para a direita e então se imobilizou, horrorizado.

Os York não haviam se retirado para recuperar o fôlego e descansar, como era frequente nas batalhas, mas tinham se afastado da luta para correr o mais rápido que podiam até seus cavalos. Os homens que estavam a pé, investindo selvagemente contra os soldados de Lancaster, se encontravam agora montados, as maças balançando, as espadas empunhadas, as lanças apontadas para baixo, na altura da garganta dos soldados. Stafford saltou sobre um cavalo agonizante e se jogou de bruços no solo atrás do animal, quando o assovio de uma maça cortou o ar no exato local em que sua cabeça estivera. Ouviu um grunhido de medo e reconheceu a própria voz. Sob um estrondear de cascos, percebeu uma investida da cavalaria em sua direção e, assustado, se contraiu como uma lesma contra a barriga do cavalo que gemia. Acima, um cavaleiro passou por ele e pelo cavalo em um único salto, e Stafford viu os cascos junto de seu rosto, sentiu o vento quando passaram, retraindo-se para se defender do borrifo de lama e neve, agarrado, sem o menor orgulho, ao cavalo agonizante.

Quando o estrondo da primeira investida da cavalaria passou, ergueu, cauteloso, a cabeça. Os cavaleiros de York pareciam caçadores, derrubando os soldados de Lancaster que corriam como corças em direção à ponte sobre Cock Beck, o pequeno rio ao lado do campo, a única saída. Os soldados da infantaria yorkista, encorajando os da cavalaria, corriam a seu lado para cortar a cabeça dos fugitivos antes que alcançassem a ponte. Em instantes, a ponte se tornou uma massa de homens em luta. Lancastrianos desesperados para conseguir atravessar e escapar, e os soldados de York os empurrando ou lhes trespassando as costas enquanto passavam por cima de seus companheiros caídos. A ponte rangia com os soldados se lançando de lá para cá, os cavalos avançando, forçando os homens para o parapeito e para a queda no rio gelado, pisoteando outros no caminho. Dezenas de soldados, vendo os cavaleiros se aproximando com suas espadas de dois gumes balançando como foices de ambos os lados da cabeça de seus cavalos, vendo os animais se empinando e em seguida esmagando a cabeça de homens com seus grandes cascos com ferraduras, simplesmente saltaram para o rio, onde soldados continuavam a lutar, alguns se debatendo com violência por causa do peso de sua armadura, outros se agarrando na cabeça e nos ombros uns dos outros, afogando aliados na luta pela vida nas águas gélidas e avermelhadas.

Stafford cambaleou, horrorizado.

— Voltem! Reagrupem! — gritou, mesmo sabendo que não lhe dariam atenção. E então ouviu, acima dos gritos da batalha, as vigas da ponte estremecerem e se arquearem. — Evacuar! Saiam da ponte! — Stafford sentou para abrir caminho, empurrando e atropelando outros soldados para chegar à margem, para alertar os homens, que continuavam a trespassar e cortar cabeças, embora todos pudessem sentir a ponte começar a ceder sob o peso. Todos gritavam avisos, mas sem parar de lutar; esperavam conseguir escapar. Então o parapeito se quebrou, as vigas de sustentação cederam e a estrutura despencou, lançando na água homens, inimigos, cavalos e cadáveres, tudo transformado em uma só carga.

— Cuidado com a ponte! — gritou Stafford na margem do rio, e depois, quando a extensão da derrota começou a se definir em sua mente, repetiu em tom mais baixo: — Cuidado com a ponte!

Por um instante, enquanto a neve caía ao seu redor e os homens afundavam e vinham à tona na forte correnteza, gritando por socorro pouco antes de serem puxados para baixo pelo peso de suas armaduras, tudo pareceu ter silenciado, e Sir Henry pensou ser o único homem vivo no mundo. Olhou em volta e não viu nenhum outro homem em pé. Havia alguns agarrados a toras de madeira e golpeando incessantemente os dedos uns dos outros; havia outros se afogando ou sendo levados pela água manchada de sangue. No campo de batalha, os homens estavam imóveis no solo, desaparecendo lentamente sob a neve que caía.

Stafford, gelado no ar frio, sentiu a neve cair límpida sobre seu rosto suado e pôs a língua para fora, como uma criança. Sentiu um floco pousar nela e derreter no calor de sua boca. Da alvura da paisagem surgiu um homem andando devagar, parecendo um fantasma. Exausto, Stafford tirou sua espada da bainha e se preparou para mais uma luta. Supôs que não teria força suficiente para segurar a espada pesada, mas sabia que precisava reunir coragem de qualquer maneira para matar mais um conterrâneo.

— Paz — disse o homem, a voz sem emoção. — Paz, amigo. Acabou.

— Quem venceu? — perguntou Stafford. Junto deles, a correnteza do rio carregava corpos e mais corpos. Por toda parte no campo ao redor, homens se levantavam ou se arrastavam em direção às suas bases. A maior parte não se movia.

— Que importância tem? — replicou o homem. — Só sei que perdi toda a minha tropa.

— Está ferido? — perguntou Stafford ao homem, que cambaleava.

O soldado tirou a mão da axila, e o sangue jorrou e borrifou o solo. Uma espada o tinha golpeado, perpassando a junção de sua armadura.

— Vou morrer. — Sua voz era calma, e então Stafford viu que seu rosto estava tão branco como a neve em seus ombros.

— Venha, meu cavalo está perto. Podemos chegar a Towton, podemos amarrá-lo nele.

— Não sei se vou conseguir.

— Vamos — insistiu Stafford. — Vamos sair disso vivos. — Nessa hora pareceu extremamente importante que um homem, esse homem, sobrevivesse à carnificina junto com ele.

O homem se apoiou em Stafford, e os dois se arrastaram, exaustos, colina acima, em direção às bases de Lancaster. O estranho hesitou, segurou o ferimento e engasgou com uma risada.

— O que foi? Vamos. Você consegue! O que foi? — perguntou Stafford.

— Vai subir a colina? Seu cavalo está lá?

— Sim.

— Você é de Lancaster?

Stafford vacilou sob o peso do outro.

— Você não?

— York. Você é meu inimigo.

Abraçados como irmãos, eles se olharam e gargalharam.

— Como eu poderia saber? — disse o homem. — Meu bom Deus, meu próprio irmão está no outro lado. Supus que defendesse York, mas como saber?

Stafford balançou a cabeça.

— Só Deus sabe o que sou ou o que vai acontecer e o que terei de ser — disse. — E só Deus sabe que uma batalha como essa não é a maneira de resolver isso.

— Lutou antes nessas guerras?

— Nunca e, se puder, nunca mais lutarei.

— Terá de se apresentar ao rei Eduardo e se entregar — disse o estranho.

— Rei Eduardo — repetiu Stafford. — É a primeira vez que ouço esse rapaz de York ser chamado de rei.

— Ele é o novo rei — justificou o homem com firmeza. — E pedirei a ele que o perdoe e o liberte para voltar para casa. Ele será misericordioso, mas, se fosse o contrário e você me levasse a sua rainha e a seu príncipe, juro que eu não sobreviveria a eles. Ela mata prisioneiros desarmados. Nós não. E o filho dela é um monstro.

— Vamos, então — replicou Stafford, e os dois entraram em formação com os soldados de Lancaster, esperando para pedir perdão ao novo rei e prometer nunca mais levantar armas contra ele. Com eles, estavam famílias de Lancaster que Stafford conhecera durante toda a sua vida, entre eles, lorde Rivers e seu filho Anthony, de cabeça baixa, silenciosos pelo peso da vergonha da derrota. Stafford limpou a espada enquanto esperava e se preparou para entregá-la aos vencedores. Continuava a nevar, e o ferimento em sua perna latejava enquanto ele subia, vagarosamente, até o cume da montanha, onde o mastro vazio da bandeira real continuava fincado, os porta-estandartes lancastrianos mortos ao redor, e o jovem York se encontrava ereto, orgulhoso.

~

Meu marido não voltou da guerra como herói. Chegou silencioso, sem histórias de batalha, sem relatos de bravura. Duas, três vezes lhe perguntei como era, imaginando que poderia ter sido como as batalhas de Joana, uma guerra em nome de Deus pelo rei ordenado por Ele, e esperando que ele tivesse visto um sinal divino como os três sóis na vitória de York, algo que nos indicasse que Deus estava conosco apesar do revés da derrota. Ele, porém, não fala e não vai me contar nada. Comporta-se como se a guerra não fosse algo glorioso, como se não fosse a realização da vontade de Deus pela provação.

Tudo o que me informa brevemente é que o rei e a rainha fugiram em segurança com o príncipe e o chefe de minha casa, Sir Beaufort, para a Escócia e sem dúvida reconstruirão seu exército emocionalmente abalado. Meu marido também me diz que Eduardo de York deve ter a sorte da rosa de sua insígnia, pois lutou em condições adversas, na neblina em Mortimer's Cross e na neve em Towton, e venceu as duas batalhas. Agora foi feito rei da Inglaterra por aclamação pública.

~

Passamos o verão discretamente, quase como se estivéssemos escondidos. Meu marido foi perdoado por ter marchado contra o novo rei da Inglaterra, mas ninguém provavelmente se esquece de que somos uma das famílias importantes de Lancaster, nem de que sou a mãe de um menino próximo à sucessão do trono perdido. Henry vai a Londres para se informar sobre a situação e traz para mim um manuscrito muito bem-copiado de *A imitação de Cristo* em francês, que ele imagina que posso traduzir para o inglês como parte de meus estudos. Sei que está tentando desviar meus pensamentos da derrota de minha casa e da falta de esperança da

Inglaterra e lhe agradeço a consideração e começo a estudar. Meu coração, porém, não está ali.

Espero notícias de Jasper, que suponho imerso na mesma tristeza que me recebe toda manhã, antes mesmo de estar completamente desperta. Todos os dias, abro os olhos e me dou conta, com uma forte pontada no peito, de que meu primo, o rei, está no exílio — quem sabe onde? — e nosso inimigo está no trono. Passo dias de joelhos, mas Deus não envia nenhum sinal de que esse tempo é um mero teste e de que o verdadeiro rei será restaurado. Então, certa manhã, estou no pátio das cavalariças quando um mensageiro chega, enlameado e sujo da viagem, montando um pônei galês. De imediato, sei que me traz uma carta de Jasper, finalmente.

Como sempre, ele é objetivo.

William Herbert vai receber todo Gales, todas as minhas terras e meus castelos, como prêmio por ter passado para o lado de York. O novo rei também o tornou barão. Ele me perseguirá como eu o persegui, e duvido que eu receba o perdão de um rei delicado, como ele recebeu. Tenho de deixar Gales. Pode vir buscar seu filho? Eu a encontrarei no Castelo de Pembroke daqui a um mês. Não poderei esperar mais do que isso.

— J.

— Onde está meu marido, onde está Sir Henry? — pergunto ao criado da estrebaria.

— Está percorrendo os campos com o administrador, milady.

— Sele meu cavalo, tenho de vê-lo. — Trazem Arthur de sua baia; ele percebe minha impaciência e inclina a cabeça enquanto lhe colocam os arreios. — Depressa, depressa. — Assim que está pronto, monto e cavalgo para os campos de cevada.

Avisto meu marido a cavalo quase nos limites do campo, conversando com seu administrador, esporeio Arthur e me aproximo com uma velocidade que faz o animal dele se mover de lado e empinar na lama.

— Quieto — diz meu marido, puxando a rédea. — O que houve?

Em resposta, passo a carta para ele e faço sinal para o administrador se afastar.

— Temos de buscar Henrique. Jasper vai nos encontrar no Castelo de Pembroke. Ele tem de partir. Precisamos ir já.

Henry é irritantemente lento. Pega a carta, lê, vira seu cavalo na direção de casa, e lê outra vez enquanto cavalga.

— Temos de partir imediatamente — insisto.

— Assim que for seguro.

— Tenho de buscar meu filho. É o próprio Jasper que me manda buscá-lo!

— O julgamento de Jasper não é dos melhores, como talvez agora você perceba, já que sua causa está perdida e ele está fugindo para a França, Bretanha ou Flandres e deixando seu filho sem tutor.

— Ele precisa fugir!

— De qualquer maneira, está indo embora. Sua advertência não tem muito peso. Reunirei guarda apropriada e, se as estradas estiverem suficientemente seguras, irei buscar Henrique.

— *Você?* — Estou tão apreensiva por meu filho que me esqueço de dissimular o escárnio em minha voz.

— Sim, eu. Considera-me tão decrépito a ponto de não ser capaz de cavalgar rápido até Gales?

— Deve haver soldados no caminho. O exército de William Herbert vai estar na estrada. Provavelmente cruzará com eles.

— Então, teremos de torcer para que meus muitos anos e meu cabelo grisalho me protejam. — Ele sorri.

Mal ouço a piada.

— Vai ter de chegar a tempo ou Jasper deixará meu filho sozinho em Pembroke e Herbert o levará.

— Eu sei. — Entramos no pátio das cavalariças e ele fala, em tom baixo, com Graham, seu mestre das cavalariças e, em seguida, todos os soldados saem às pressas da nossa casa e do pátio, e o sino da capela chama os arrendatários. Foi tudo feito com tal rapidez e eficiência, que, pela primeira vez, percebo que meu marido tem autoridade sobre seus homens.

— Posso ir junto? — pergunto. — Por favor, marido. É meu filho. Quero trazê-lo em segurança para casa.

Ele se mostra pensativo.

— Vai ser uma viagem árdua — diz ele.

— Sabe que sou forte.

— Pode haver perigo. Graham disse que não há exércitos perto daqui, mas teremos de atravessar quase toda a Inglaterra e quase todo o Gales.

— Não tenho medo, e obedecerei às suas ordens. — Ele permanece hesitante. — Eu lhe imploro, marido; estamos casados há três anos e meio e nunca lhe pedi nada.

— Está bem. — Ele assente com um movimento da cabeça. — Pode vir. Vá arrumar suas coisas. Só poderá trazer um alforje, e peça que ponham uma muda de roupas para mim. Mande providenciarem provisões para cinquenta homens.

Se eu dirigisse a casa, faria isso eu mesma, mas continuo a ser servida como uma convidada. Portanto, desmonto, procuro o encarregado da despensa e digo que seu patrão, eu e a guarda vamos viajar e que precisamos de comida e bebida. Em seguida, digo à minha criada e ao criado de Henry para arrumar nossa bagagem e volto ao pátio para esperar.

Em uma hora está tudo pronto, e meu marido sai da casa com sua capa de viagem no braço.

— Tem uma capa grossa? — pergunta-me. — Não, acho que não. Pode ficar com esta; usarei uma velha. Tome, amarre-a em sua sela.

Arthur está calmo quando monto, como se soubesse que temos trabalho a fazer. Meu marido traz seu cavalo para o meu lado.

— Se virmos um exército, Will e o irmão prosseguirão com você. Terá de fazer o que ordenarem. Eles têm ordens de levá-la para casa ou para a casa mais próxima e segura, o mais rápido possível. A tarefa deles é mantê-la em segurança. Você fará o que mandarem.

— Não se encontrarmos o nosso exército — observo. — E se nos deparmos com o exército da rainha na estrada?

— Não veremos o exército da rainha — retruca ele abruptamente. — Ela não poderia sequer pagar um arqueiro, muito menos uma tropa. Não a veremos de novo até ela fazer uma aliança com a França.

— De qualquer maneira, prometo. — Faço um movimento de cabeça na direção de Will e seu irmão. — Irei com eles quando você mandar.

Meu marido tem uma expressão austera; ele dá meia-volta com seu cavalo, de modo a ficar na liderança de nossa pequena guarda — aproximadamente cinquenta homens montados e armados com nada além de um punhado de espadas e algumas achas — e nos conduz para Gales.

~

A penosa viagem se estende por mais de dez dias. Seguimos para o oeste por estradas precárias, contornando a cidade de Warwick e avançando pelo campo sempre que possível, por medo de nos deparar com algum exército: amigo ou inimigo. Todas as noites procuramos em uma aldeia, cervejaria ou abadia alguém para nos guiar no dia seguinte. Esse é o coração da Inglaterra, e muita gente não conhece mais do que os confins de sua própria paróquia. Meu marido envia batedores uma boa milha à nossa frente, com ordens para que eles nos avisem caso percebam qualquer sinal de alguma tropa. Assim teremos tempo de nos desviarmos da estrada, escondendo-nos na floresta. Não consigo acreditar que precisamos nos esconder até de nosso próprio exército. Somos Lancaster, mas o exército que a rainha trouxe para o país está fora de controle. Algumas noites, os homens têm de dormir em um celeiro, enquanto Henry e eu pedimos abrigo em uma casa de fazenda. Outras dormimos em uma estalagem na estrada. Houve uma noite em que ficamos em uma abadia que possuía dezenas de quartos para hóspedes, instalações próprias para receber pequenos exércitos em marcha de uma batalha a outra. Nem mesmo nos perguntaram a que senhor servíamos, mas percebi que não havia ouro nem prata em exibição na igreja. Devem ter enterrado seus tesouros em algum esconderijo e rezam para que logo retornem os tempos de paz.

Não vamos às casas grandes nem a qualquer castelo que, às vezes, avistamos nas colinas que margeiam a estrada ou ficam protegidos nos grandes bosques. A vitória de York foi tão completa que não nos atrevemos a anunciar que estamos indo salvar meu filho, um herdeiro da Casa de Lancaster. Agora entendo o que Henry, meu marido, tentou me explicar antes, sobre o país não estar apenas arruinado pela guerra, mas também pela constante ameaça de conflito. Famílias que foram amigas e vizinhas durante anos agora se evitam por medo; e até eu, a caminho da terra que pertenceu ao meu primeiro marido, cujo nome ainda é amado, temo encontrar alguém que se lembre de mim.

Na estrada, quando estou exausta e com todos os ossos doídos, Henry Stafford cuida de mim, sem nunca fazer estardalhaço ou sugerir que sou uma mulher fraca e que não deveria ter vindo. Ergue-me de meu cavalo quando paramos para descansar e providencia para que eu tenha água e vinho. Quando paramos para jantar, traz minha comida pessoalmente, antes mesmo de se servir, depois abre sua capa para eu me deitar, cobre-me e me faz repousar. Temos sorte com o tempo, e não chove durante nossa viagem. Ele cavalga a meu lado pela manhã e me ensina as canções que os soldados cantam: canções obscenas para as quais ele inventa nova letra para mim.

Ele me faz rir com as músicas absurdas e me conta de sua infância; Henry era o filho caçula da grande Casa de Stafford, e seu pai pretendia que ele fosse para a Igreja, até ele implorar para ser dispensado. Só o libertaram de seu plano quando ele disse ao padre que receava estar possuído pelo demônio, e todos ficaram tão apreensivos em relação ao estado de sua alma que desistiram da ideia do sacerdócio.

Em troca, contei-lhe que queria ser santa e como fiquei feliz quando vi que tinha joelhos de santa. Meu marido riu alto e pôs a mão sobre a minha nas rédeas do meu cavalo. Ele me chamou de sua criança querida.

Eu o havia julgado covarde quando não foi para a guerra e quando voltou tão silencioso do campo de batalha. Estava enganada. Ele é um homem muito prudente e não acredita sinceramente em nada. Nunca seria padre, pois nunca se entregaria inteiramente a Deus. Era feliz por não ter sido o primogênito, pois não queria ser duque e chefe de uma casa tão importante. É da Casa de Lancaster, mas não gosta da rainha e a teme. É inimigo da Casa de York, mas admira Warwick e a coragem do jovem duque de York, a quem entregou sua espada. Não imaginaria ir para o exílio como Jasper. Gosta demais de sua casa. Não se alia a nenhum lorde, pensa por si mesmo, e agora entendo quando diz que não é um cão de caça para latir quando o caçador toca a corneta. Considera tudo à luz do que é certo, do que seria o melhor resultado para si mesmo, para a sua família, seus aliados e até mesmo para seu país. Não é um homem que cede facilmente. Não é como Jasper. Não é um homem para esses tempos de paixão e temperamento impetuoso.

— Um pouco de cautela. — Ele sorri para mim quando Arthur chapinha impassivelmente na extensa passagem do rio Severn, na entrada de Gales. — Nascemos em tempos difíceis, em que um homem e até mesmo uma mulher têm de escolher seu próprio caminho, têm de escolher suas lealdades. Parece-me certo ser previdente, pensar antes de agir.

— Sempre acreditei que se devia fazer o que é certo. E nada além disso.

— Sim, mas você queria ser uma santa. — Ele sorri. — Agora você é mãe, e precisa levar em conta não só o que é certo, mas se isso pode manter você e seu filho a salvo. Vai querer proteger seu filho mais do que qualquer outra coisa no mundo. A segurança dele pode ter mais importância para você do que a vontade de Deus.

Por um momento fico confusa.

— Mas pode ser a vontade de Deus que meu filho fique a salvo — replico. — Meu filho não tem pecado, e é de ascendência real. Ele pertence à única casa real legítima. Deus provavelmente quer que ele fique a salvo para servir a Casa de Lancaster. O que eu desejo e o que Deus deseja são a mesma coisa.

— Acredita de fato, Margaret, que Deus, em seu paraíso com todos os anjos, desde o começo dos tempos e à espera o Dia do Juízo Final, realmente olha para o mundo? Que Ele vê você e o pequeno Henrique Tudor e diz que o que quer que faça é Sua vontade?

Isso soa, de certa maneira, como uma blasfêmia.

— Sim, acho — respondo sem certeza. — Jesus Cristo jurou que eu era preciosa como os lírios do campo.

— E é — diz ele com um sorriso, como se me confortasse com uma história.

Isso me silencia e me faz pensar durante o resto da viagem.

— Então, acha que há muitos homens como você que não deram seus corações a um partido ou ao outro? — pergunto quando me ajuda a desmontar no pátio de uma pequena estalagem suja, na estrada de Cardiff, naquela noite. Ele dá um tapinha no pescoço negro de Arthur.

— Acho que a maioria dos homens vai escolher a casa que lhe prometer paz e segurança. Há lealdade ao rei, é claro. Ninguém pode negar que o Rei Henrique foi coroado rei da Inglaterra. Mas e se ele não estiver apto a governar? E se adoecer outra vez e nada puder fazer? E se for comandado pela rainha? E se ela estiver sendo mal-aconselhada? Como pode ser crime querer o próximo herdeiro em seu lugar se ele também for de linhagem real? Um parente próximo, um primo? Se tiver tanto direito ao trono quanto Henrique?

Estou tão cansada que me encosto à grande e confortável espádua de Arthur. Meu marido me puxa para si e me abraça.

— Não se preocupe com isso agora — diz ele. — O principal é buscarmos seu filho e garantirmos a segurança dele. Depois, vai poder considerar quem Deus e você prefeririam que governasse o reino.

~

Na décima manhã de nossa viagem, passando agora por pequeninas vias cobertas de pedras através da região montanhosa, meu marido me informa:

— Devemos chegar por volta do meio-dia.

Fico sem ar ao pensar em rever meu filho em breve. Enviamos batedores ao castelo para verificar se nossa aproximação é segura. Tudo parece calmo. Esperamos fora de vista, e meu marido me mostra como os portões do castelo estão abertos e a ponte baixada, enquanto observamos uma jovem sair com um bando de gansos e levá-los para o rio.

— Parece bastante seguro — diz meu marido prudentemente e desmonta de seu cavalo. Ele me ajuda a descer de Arthur, aproximando-nos, só nós dois. Os gansos nadam, alguns chapinham seus bicos amarelos na lama enquanto a garota, sentada na margem, tece uma espécie de renda.

— Menina, quem é o senhor do castelo?

Ela se sobressalta com o som de sua voz, põe-se de pé e faz uma reverência.

— Era o conde de Pembroke, mas ele foi para as guerras. — Seu sotaque é tão forte que mal consigo entender o que diz.

— Tem alguém cuidando do castelo desde que ele partiu?

— Não, só queremos que ele volte. Sabe onde ele está, senhor?

— Não sei. O menino está na ala infantil do castelo?

— O pequeno conde? Sim, está lá. Eu cuido das galinhas também, e mando um ovo fresquinho para ele todas as manhãs.

— É mesmo? — Não consigo silenciar meu prazer. — Ele come um ovo fresco diariamente no desjejum?

— Ah, sim. — Ela sorri. — E dizem que ele também gosta de um pedaço de galinha assada no jantar.

— Quantos homens armados? — interrompe meu marido.

— Cem, mas um número três vezes maior seguiu com Sir Jasper Tudor e não voltou. Dizem que foi uma derrota horrível. Dizem que Deus pôs três sóis no céu para amaldiçoar nossos rapazes, e agora os três filhos de York amaldiçoarão nosso país.

Meu marido lança uma moeda para ela que, na outra margem, pega-a com mãos rápidas. Voltamos para o local em que nossos homens estão escondidos, na curva da estrada, e montamos. Meu marido ordena que desfraldem nosso estandarte, avancem devagar e parem quando ele mandar.

— Não queremos ser recebidos com uma saraivada de flechas — diz-me ele. — Você, Will e Stephen permanecerão na retaguarda por medida de segurança.

Estou ansiosa por entrar no castelo que já foi a minha casa, mas faço o que meu marido manda e avançamos devagar até ouvirmos um grito vindo dos muros pedindo uma senha e, ao mesmo tempo, o clangor da corrente e das grades sendo baixadas ruidosamente. Meu marido e seu porta-estandarte avançam até o portão e gritam nosso nome ao oficial nos muros do castelo. A grade range e entramos no pátio.

Arthur vai imediatamente para o antigo banco de montaria, e desmonto sem ajuda, largando as rédeas. Ele se dirige no mesmo instante para a sua antiga baia, como se ainda fosse o cavalo de guerra de Owen Tudor. O rapaz da estrebaria solta uma exclamação ao vê-lo, e eu vou rapidamente para a porta da frente, que o criado abre. Ele me reconhece, embora eu tenha crescido, faz uma reverência, e diz:

— Milady.

— Onde está meu filho? No quarto dele?

— Sim. Vou mandar que o tragam.

— Vou subir. — Sem esperar resposta, subo a escada e irrompo no quarto de Henrique.

Ele está jantando. Puseram a mesa para ele, com uma colher e uma faca, e ele está sentado à cabeceira. Os criados o servem da maneira apropriada como um conde deve ser servido. Ele vira a cabecinha quando chego e olha sem me reconhecer. Seu cabelo cacheado é castanho, como o pelo de um belo cavalo baio, tal como disse Jasper, seus olhos são da cor da avelã. O rosto ainda é redondo como o de um bebê; mas não é mais um bebê, agora é um menino, um menininho de 4 anos.

Ele sai de sua cadeira — precisa usar as traves de madeira da cadeira como degraus — e vem em minha direção. Faz uma mesura, teve uma boa educação.

— Bem-vinda, senhora, ao Castelo de Pembroke. — Fala com um discreto sotaque galês, a vozinha clara e aguda. — Sou o conde de Richmond.

Ajoelho-me, de modo a ficar de seu tamanho. Quero muito envolvê-lo em meus braços, mas, não devo esquecer, sou uma estranha para ele.

— Seu tio Jasper deve ter falado de mim para você.

Seu rosto se ilumina de alegria.

— Ele está aqui? Está bem?

— Não, sinto muito. Acho que está bem, mas não está aqui.

Sua boquinha treme. Receio que chore, estendo a mão para ele, mas ele logo se apruma, e percebo seu maxilar quadrado quando reprime as lágrimas. Morde o lábio inferior.

— Ele vai voltar?

— Tenho certeza. Logo.

Ele balança a cabeça, pestaneja. Uma lágrima corre pela maçã de seu rosto.

— Sou sua mãe, Lady Margaret. Vim buscá-lo, vou levá-lo para a minha casa.

— Você é minha mãe?

Quero sorrir, mas engasgo.

— Sou. Viajei quase duas semanas para vir vê-lo, para saber se está bem.

— Estou bem. Só estou esperando a volta do meu tio Jasper. Não posso ir embora com você. Ele mandou eu ficar aqui.

A porta atrás de mim é aberta, e Henry entra em silêncio.

— E este é meu marido, Sir Henry Stafford.

O menino se afasta da mesa e faz uma reverência. Jasper o educou bem. Meu marido, dissimulando seu sorriso, responde com uma reverência solene.

— Bem-vindo ao Castelo de Pembroke, senhor.

— Obrigado — replica meu marido, que percebe as lágrimas em meus olhos e meu rosto corado. — Está tudo bem?

Faço um gesto impotente com a mão, como se para dizer "sim, está tudo bem, exceto que meu filho me trata como uma estranha cordial, e a única pessoa que ele quer ver é Jasper, que é um traidor degradado e no exílio para sempre". Meu marido balança a cabeça como se entendesse tudo e se vira para meu filho.

— Meus homens cavalgaram desde a Inglaterra e têm cavalos muito bons. Será que gostaria de vê-los com seus arreios antes de serem acomodados no campo?

Henrique se anima na mesma hora.

— Quantos são?

— Cinquenta soldados, alguns criados e batedores.

É um menino que nasceu em um país em guerra e foi criado por um dos principais comandantes de nossa casa. Vai preferir inspecionar uma tropa a comer seu jantar.

— Gostaria de vê-los. Vou pegar meu casaco. — Henrique vai para seu quarto e o ouvimos pedir à ama para buscar seu melhor casaco, que vai usar para inspecionar a guarda de sua mãe.

Henry sorri para mim.

— Belo menino.

— Ele não me reconheceu. — Reprimo as lágrimas, mas o tremor na minha voz me trai. — Ele não faz ideia de quem eu sou. Sou uma perfeita estranha para ele.

— É natural, mas ele vai conhecê-la — conforta-me Henry. — Estarão juntos agora; ele tem 4 anos, você só perdeu três, podem recomeçar. E ele teve uma boa criação e uma boa instrução.

— Ele é completamente filho de Jasper — digo, com ciúme.

Henry põe minha mão em seu braço.

— E agora você vai transformá-lo em seu. Depois que vir meus homens, você lhe mostrará Arthur e lhe dirá que foi o cavalo de guerra de Owen Tudor, mas que é você, agora, que o monta. Verá só como ele vai querer saber tudo sobre isso e poderá lhe contar histórias.

~

Sento-me em silêncio no quarto de meu filho enquanto o preparam para deitar. A ama ainda é a que Jasper designou quando ele nasceu. Ela cuidou dele durante toda a vida e percebo que sinto inveja de seus modos tranquilos com ele, de sua maneira amigável de colocá-lo em seu colo e tirar sua camisa, da maneira familiar com que o diverte quando veste a camisola nele e o repreende por se contorcer como uma enguia do rio Severn. Ele fica deliciosamente à vontade com ela, mas de vez em quando se lembra de que estou ali e me lança um sorriso tímido, como uma criança educada lançaria a um estranho.

— Gostaria de ouvi-lo dizer suas orações? — pergunta a ama, quando meu filho vai para o quarto de dormir.

Ressentida, em posição secundária, sigo-a para vê-lo se ajoelhar ao pé de sua cama com dossel, juntar as mãos e recitar o Pai-Nosso e as orações da noite. Ela me entrega um livro de orações malcopiado, leio a coleta do dia e a oração da noite, e ouço seu "Amém" de soprano. Então, ele faz o sinal da cruz, levanta-se e vai receber sua bênção. A ama recua e, com um gesto, indica que ele deve pedi-la a mim. Vejo sua boquinha curvar-se para baixo, mas ele se ajoelha diante de mim obedientemente; ponho minha mão em sua cabeça e digo:

— Que Deus o abençoe e o proteja, meu filho.

Ele se levanta, corre e pula na cama; a ama ajeita as cobertas, agasalhando-o bem . Então, ela se curva e o beija em um gesto irrefletido.

Constrangida, uma estranha no quarto de meu filho, insegura quanto a minha aproximação, vou até sua cama e me debruço. Beijo-o. Sua bochecha está quente, sua pele tem o cheiro de um pãozinho recém-assado e é firme como a do pêssego.

— Boa noite — murmuro.

Recuo. A mulher afasta a vela das cortinas e puxa sua cadeira para perto da lareira. Ficará com ele até que adormeça, como faz todas as noites, como tem feito todas as noites, desde seu nascimento. Ele adormece com o rangido da cadeira de balanço e a visão tranquilizadora do rosto querido iluminado pelo fogo da lareira. Não me resta nada a fazer aqui; ele não precisa de mim.

— Boa noite — repito e saio silenciosamente de seu quarto.

Fecho a porta de seus aposentos e faço uma pausa no alto da escada de pedra. Estou prestes a descer e procurar meu marido quando ouço uma porta no pavimento superior, na torre, se abrir cuidadosamente. É a porta que dá acesso ao telhado, onde Jasper costumava contemplar as estrelas ou, em tempos conturbados, perscrutar o lado oposto do campo, atento a um exército inimigo. Penso, imediatamente, que "Black" Herbert teria entrado no castelo e estaria descendo a escada com a faca empunhada, pronto para introduzir suas tropas pela porta secreta e comandar um ataque surpresa. Pressiono meu corpo contra a porta dos aposentos de Henrique, pronta para me precipitar para dentro e trancá-la atrás de mim. Tenho de defendê-lo. Posso dar o alarme da janela do quarto. Daria minha vida por ele.

Ouço uma passada hesitante, a porta do telhado ser fechada e a chave, girada, e prendo a respiração, de modo a não haver nenhum outro ruído senão os passos. Alguém desce silenciosamente os espirais de pedra da escada da torre.

Imediatamente reconheço os passos de Jasper, saio da sombra e digo baixinho:

— Jasper, ah, Jasper! — Ele salta os três últimos degraus e me abraça forte. Meus braços envolvem suas costas largas e nos mantemos unidos, como se não suportássemos nos separar. Recuo para olhá-lo, e sua boca desce até a minha e me beija, e me entrego com tal desejo que seu beijo é como estar rezando quando Deus responde com ardor.

Pensar em rezar faz com que eu me desvencilhe dele e ofegue, e ele me solta.

— Desculpe.

— Não!

— Pensei que estivesse jantando ou na ala particular. Tinha a intenção de ir até você e seu marido silenciosamente.

— Eu estava com meu filho.

— Ele gostou de vê-la?

Faço um pequeno gesto.

— Ele está mais preocupado com você. Está sentindo a sua falta. Há quanto tempo está aqui?

— Estou na região há quase uma semana. Não quis vir ao castelo por medo dos espiões de Herbert. Não quero atraí-lo para nós. Fiquei escondido nas colinas, esperando sua chegada.

— Vim o mais cedo que pude. Ah, Jasper, você tem de ir embora?

Seu braço envolve minha cintura mais uma vez e não consigo deixar de tocá-lo. Eu cresci, minha cabeça bate em seu ombro. Sinto como se me ajustasse a ele, como se o corpo dele fosse um ornato em relevo, esculpido para se entrelaçar com o meu. Tenho a impressão de que padecerei a vida inteira se não nos unirmos.

— Margaret, meu amor, sim, tenho de ir. Há um preço por minha cabeça e muito ressentimento entre mim e Herbert. Mas voltarei. Vou para a França ou a Escócia, recrutarei homens para lutar pelo rei legítimo e retornarei com um exército. Tenha certeza. Voltarei, e este será meu castelo mais uma vez, quando tivermos vencido e o trono voltar a ser de um Lancaster.

Dou-me conta de que estou me agarrando a ele. Solto o casaco de Jasper, recuo e me forço a deixá-lo. O espaço que se abre entre nós dois, não mais de uns 30 centímetros, é um vazio intolerável.

— E você? Está bem? — Seus olhos azuis examinam meu rosto, percorrem francamente meu corpo. — Nenhum filho?

— Não — respondo bruscamente. — Parece que não vai acontecer. Não sei por quê.

— Ele a trata bem?

— Sim. Deixa-me ir à capela quando quero, e estudar. Dá-me uma pensão generosa por minhas terras. Traz-me livros e me ajuda com o latim.

— Uma alegria, realmente — diz ele, solene.

— Para mim, é — replico, defensiva.

— E como ele se posiciona com relação ao rei Eduardo? — pergunta. — Você corre algum perigo?

— Acho que não. Ele lutou pelo rei Henrique em Towton...

— Ele foi para a guerra?

Quase dou um risinho.

— Foi, e acho que não gostou muito. Mas foi perdoado, e seu perdão me protegeu. Vamos levar Henrique e viver tranquilamente. Quando o rei legítimo reassumir seu poder, estaremos preparados. Duvido que York vá se dar ao trabalho de se preocupar. Certamente tem inimigos piores. Sir Henry não desempenha um papel importante nos negócios do mundo. Gosta de ficar em casa, sossegado. Com certeza se tornou tão irrelevante que ninguém se incomodará conosco.

Jasper dá um sorriso amplo, um homem jovem que nasceu para participar dos grandes negócios do mundo e é incapaz de ficar em casa, sossegado.

— Talvez. De qualquer maneira, fico feliz por ele proteger você e o menino enquanto eu estiver fora.

Não consigo resistir e me aproximo. Seguro a lapela de seu casaco de modo a olhar seriamente para o seu rosto. Seu braço envolve minha cintura e me puxa para si.

— Jasper, por quanto tempo vai ficar fora?

— Assim que reunir um exército capaz de retomar Gales para o rei Henrique, voltarei. Estas são minhas terras e a minha causa. Meu pai morreu por elas, meu irmão morreu por elas. Não vou deixar que suas mortes tenham sido em vão.

Balanço a cabeça num gesto de compreensão. Sinto seu coração bater através do seu casaco.

— E não deixem que a convençam de que York é o rei legítimo — adverte-me em um sussurro urgente. — Dobre o joelho, baixe a cabeça e sorria, mas saiba sempre que Lancaster é a casa real e enquanto o rei estiver vivo teremos um rei. Enquanto o príncipe Eduardo estiver vivo, teremos um príncipe de Gales, e enquanto o seu filho estiver vivo teremos um herdeiro para o trono. Permaneça leal.

— Sim — murmuro. — Sempre serei leal. Nunca haverá outro para mim exceto...

Um tinido vindo da direção da escada nos assusta e me lembra de que eu deveria estar no jantar.

— Vai vir jantar conosco? — pergunto.

Ele balança a cabeça.

— Prefiro não ser visto. Assim que Herbert souber que estou aqui, mandará cercar o castelo, e não quero expor você e o menino ao perigo. Vou conseguir um pouco da comida que mandaram para a ala infantil, e encontrarei você e seu marido no salão da ala privativa, depois do jantar, e parto amanhã pela manhã.

Seguro-o com mais força.

— Tão cedo? Não vá tão cedo! Mal o vi! Henrique vai querer vê-lo!

— Tenho de ir e, quanto mais tempo ficar, mais perigo vocês correm, e mais chances tenho de ser capturado. Agora que o menino está sob sua proteção posso deixá-lo com a consciência limpa.

— E pode me deixar?

Ele dá um sorriso torto.

— Ah, Margaret, desde que a conheço, é esposa de outro homem. Pelo jeito, sou um amante palaciano. Trovador de uma amante distante. Não peço mais do que um sorriso e que reze por mim. Amo de longe.

— Mas vai ser de longe demais — replico, de modo pueril. Em silêncio, ele põe um dedo delicado em minha bochecha e enxuga uma única lágrima. — Como viverei sem você? — murmuro.

— Não posso fazer nada para desonrá-la — diz ele amavelmente. — Verdade, Margaret. Eu não conseguiria. Você é a viúva de meu irmão e seu filho carrega um grande nome. Tenho de amá-la e servi-la e, por enquanto, a melhor maneira de servi-la é indo embora e reunindo um exército para reconquistar as terras de seu filho e derrotar aqueles que renegam a sua casa.

O som da trombeta anunciando que o jantar está pronto para ser servido ecoa pela escadaria de pedra e me faz dar um pulo.

— Vá — diz Jasper. — Eu a verei, e seu marido, depois, no salão da ala particular. Pode lhe dizer que estou aqui.

Ele me empurra delicadamente e desço a escada. Olhando para trás, constato que ele entrou na ala infantil e, portanto, que confia sua própria vida à ama de Henrique. Ele certamente foi se sentar à cabeceira de meu filho adormecido.

~

Jasper se reúne a nós no salão da ala privativa, depois do jantar.

— Partirei amanhã bem cedo — diz ele. — Há homens aqui em quem confio para me levar a Tenby, onde um navio me aguarda. Herbert me procura no norte de Gales. Não chegaria aqui a tempo, mesmo que descubra onde estou.

— Podemos ir com você e vê-lo partir? — pergunto, olhando para meu marido.

Jasper cordialmente espera a resposta de Henry:

— Como quiser, se Jasper achar que é seguro. Isso ajudará o menino a vê-lo partir em segurança. Ele sente muito sua falta.

— É seguro — garante Jasper. — Pensei que Herbert estava próximo, mas ele seguiu uma pista falsa.

— Ao amanhecer, então — diz meu marido, com satisfação. Levanta-se e estende a mão para mim. — Venha, Margaret.

Hesito. Quero ficar ao lado da lareira com Jasper. Ele vai embora amanhã, e não teremos tempo para ficar a sós. Eu me pergunto se meu marido não nota, não entende que eu possa querer um tempo a sós com esse amigo de infância, o guardião do meu filho.

Seu sorriso cansado teria me dito — se eu olhasse para ele — que compreende isso perfeitamente, e muito mais.

— Venha, minha mulher — repete ele com delicadeza, e, com essa ordem, Jasper fica de pé e faz uma mesura segurando minha mão. Tenho, portanto, de ir para a cama com meu marido e deixar meu amigo mais querido, meu único amigo, sentado sozinho junto da lareira, em sua última noite na casa que partilhamos por tanto tempo.

~

Pela manhã, meu filho Henrique é outra criança. Seu rosto está iluminado de felicidade. Ele é a pequena sombra de seu tio, seguindo-o como um cãozinho animado. Suas maneiras continuam elegantes, talvez ainda mais, pois sabe que seu guardião o está observando. Há uma alegria em cada movimento quando ele ergue o olhar e vê o sorriso de aprovação de Jasper. Ele o serve como um pajem, ficando orgulhosamente atrás dele, segurando suas luvas, se adiantando para pegar as rédeas do grande cavalo. Uma vez, detém um cavalariço que traz um chicote.

— Lorde Pembroke não gosta de chicote — diz ele. — Pegue aquele com a ponta em tranças. — E o homem faz uma mesura e se apressa em lhe obedecer.

Jasper e ele caminham lado a lado, inspecionando a guarda reunida para nos acompanhar a Tenby. Henrique anda como Jasper, as mãos juntas nas costas, os olhos concentrados nos rostos dos homens, embora tenha de olhar para cima, pois são bem maiores do que ele. De vez em quando, para exatamente como o tio a fim de tecer comentários sobre uma arma bem-afiada ou um cavalo bem-cuidado. Ver meu menino inspecionar a guarda, o reflexo perfeito do grande comandante que é Jasper, é como observar um príncipe fazendo seu aprendizado.

— O que Jasper pensa que o futuro do menino vai ser? — admira-se meu marido ao meu ouvido. — Está treinando um pequeno tirano.

— Supõe que ele vá governar Gales, como seu pai e avô governaram — replico brevemente. — No mínimo.

— E qual é o máximo?

Viro a cabeça sem responder, pois reconheço a extensão da ambição de Jasper no porte régio de meu filho. Jasper está educando um herdeiro para o trono da Inglaterra.

— Se tivessem armas, ou pelo menos botas, causariam um pouco mais de impressão — prossegue meu marido, o inglês, em tom baixo ao meu ouvido. E, pela primeira vez, me dou conta de que muitos homens da guarda estão realmente descalços e muito deles carregam apenas foices e enxadas, um exército formado de camponeses, não de soldados profissionais. A maior parte da guarda experiente e bem-equipada de Jasper morreu sob os três sóis de Mortimer's Cross; o restante em Towton.

Jasper alcança o fim da formação e estala os dedos, pedindo seu cavalo. Henrique se vira e faz sinal com a cabeça para o cavalariço, mandando que se apresse. Ele vai montar na frente de seu tio, e pela maneira confiante como Jasper sobe para a sua sela e se curva para oferecer sua mão é fácil ver que fizeram isso muitas vezes. Henrique se estica para alcançar a mão grande de Jasper e é suspenso para se sentar na sua frente. Aninha-se no corpo firme do tio e sorri, radiante de orgulho.

— Em marcha — diz Jasper, calmamente. — Por Deus e pelos Tudor.

~

Penso que Henrique vai chorar quando chegamos ao pequeno porto de pesca de Tenby. Jasper o coloca no chão e desmonta a seu lado. Por um momento, ele se ajoelha, e seu cabelo cor de cobre e os cachos castanhos de Henrique ficam bem próximos. Então, Jasper se põe ereto e diz:

— Como um Tudor, hein, Henrique?

Meu menino ergue o olhar para o tio e responde:

— Como um Tudor, senhor! — Solenemente, os dois se apertam as mãos. Jasper bate nas costas de meu filho com tanta força que quase o derruba; então se vira para mim.

— Boa sorte — diz Jasper. — Não gosto de despedidas longas.

— Boa sorte — replico. Minha voz está trêmula, e não me atrevo a falar mais diante de meu marido e dos homens da guarda.

— Escreverei — diz Jasper. — Cuide do menino. Não o mime.

Irrita-me tanto ouvi-lo dizer como devo cuidar de meu próprio filho que, por um momento, perco a fala; logo, porém, me contenho.

— Sim.

Jasper se vira para o meu marido.

— Obrigado por ter vindo — diz formalmente. — É bom entregar Henrique em segurança a um tutor em quem posso confiar.

Henry inclina a cabeça.

— Boa sorte. Protegerei os dois.

Jasper está prestes a se afastar quando se detém, vira-se, agora para Henrique, e o ergue para um abraço rápido e forte. Quando põe o menino de volta no chão, vejo que seus olhos azuis estão cheios de lágrimas. Então, ele pega as rédeas de seu cavalo e o conduz com cuidado e serenidade em direção à rampa do barco. Uma dúzia de homens o acompanha, o restante espera conosco, e vejo consternação nos olhos deles quando seu senhor e comandante grita ao capitão do navio que pode zarpar.

Lançam os cabos ao navio; içam a vela. De início parece que não se move, mas então as velas adejam, e o vento e a força da maré fazem a embarcação deslizar para longe do pequeno molhe de pedra. Aproximo-me de meu filho e ponho a mão em seu ombro. Ele treme como um potro. Não vira a cabeça a meu toque, seus olhos se concentram em conter a última visão de seu guardião. Somente quando o navio se torna um pequeno ponto no mar é que solta o ar, estremecendo, e deixa a cabeça cair, e sinto seus ombros se erguerem com um soluço.

— Gostaria de ir comigo em Arthur? — pergunto em voz baixa. — Pode montar na minha frente, como fazia com Jasper.

Ergue os olhos para mim.

— Não, obrigado, milady.

~

Dedico-me a meu filho, nas semanas seguintes que passamos no Castelo de Pembroke. Um bando armado, pouco mais do que bandoleiros, está ameaçando a estrada para a Inglaterra, e meu marido decide que será mais seguro esperarmos em Gales até que eles desapareçam, do que viajar, arriscando-nos a ter de enfrentá-los. E, assim, me sento ao lado do pequeno Henrique, quando ele tem aulas com o tutor que Jasper contratou, e cavalgo com ele pela manhã. Observo-o quando treina para justas usando o pequeno poste que Jasper mandou construir no campo atrás dos estábulos. Vamos ao rio juntos e saímos de barco para pescar, e os criados acendem uma fogueira para que possamos comer o que pescamos assado em varetas. Dou-lhe brinquedos e um livro, e um novo pônei só para ele. Transcrevo, pessoalmente, suas orações do dia em inglês, em uma tradução melhor do latim. Jogo bola e cartas com ele. Canto cantigas de ninar e leio em francês. Coloco-o na cama e passo a noite planejando o que ele poderia gostar de fazer no dia seguinte que o agradasse. Acordo-o pela manhã com um sorriso. Nunca o disciplino. Deixo que seu tutor faça isso. Nunca o mando trocar de roupas ou o repreendo por se sujar, deixo que sua ama faça isso. Para ele, sou uma companheira de jogos perfeita, sempre feliz, sempre pronta para brincar, contente por deixá-lo vencer. E toda noite ele se ajoelha do lado da cama para rezar e me ajoelho a seu lado. E toda noite, independentemente do que tivermos feito durante o dia, por mais despreocupado que pareça, ele reza a Deus para trazer seu tio Jasper de volta para casa para que possam ser felizes de novo.

— Por que ainda sente tantas saudades de Jasper? — pergunto-lhe enquanto o cubro na cama. Tomo cuidado para minha voz soar descontraída, quase indiferente.

Seu rostinho se ilumina no travesseiro de linho branco. Sorri radiante ao pensar em seu tio.

— Ele é o meu senhor — responde, simplesmente. — Vou viajar com ele quando for grande. Nós vamos trazer a paz para a Inglaterra, e quando isso for feito iremos lutar na cruzada juntos. Nunca vamos nos separar. Jurarei fidelidade a ele e serei o filho que ele não teve. Ele é o meu senhor. Eu sou seu homem.

— Mas eu sou sua mãe — observo. — Estou aqui para tomar conta de você agora.

— Jasper e eu amamos você — diz ele, cuidadoso. — Dizemos que você é nossa estrela guia. E sempre rezamos por você e também por meu pai Edmund.

— Mas sou eu que estou aqui agora — insisto. — E Edmund nunca nem mesmo o viu. Ele não conta, não é a mesma coisa. Jasper está no exílio. Eu sou a única pessoa aqui agora.

Ele vira a cabecinha, as pálpebras estão fechando, os cílios escuros projetam sombras em suas bochechas rosadas.

— Meu tio, lorde Pembroke, está feliz por você ter vindo ao castelo dele — diz ele, calmamente. — Nós dois estamos felizes por receber...

Adormece. Viro-me e me deparo com meu marido recostado, em silêncio, na entrada do quarto.

— Ouviu isso? — pergunto. — Ele só pensa em Jasper. Reza por mim como reza para seu pai, que morreu antes de ele nascer. Estou tão distante para ele quanto uma rainha.

Meu marido estende um braço para mim, e fico feliz pelo conforto. Descanso a cabeça em seu peito e sinto seu abraço.

— É um menino inteligente. — Ele tenta me acalmar. — Tem de lhe dar tempo, Margaret, para que a conheça. Ele viveu com Jasper por tanto tempo que é ele que preenche seu mundo. Ele precisa aprender sobre você. Vai acontecer. Tenha paciência. Além do mais, não é nenhuma desvantagem ser como uma rainha para ele. Você é sua mãe, não sua ama. Por que não ser sua estrela guia, a que o comanda? Ele aprendeu com Jasper a adorá-la de longe. Ele entende isso. Por que quer ser outra coisa?

Outono de 1461

Somos acordados pelo alarme e me levanto da cama com um pulo, visto rápido o penhoar e corro para o quarto de meu filho. Ele está vestindo os calções e gritando por suas botas. Sua ama ergue o olhar quando chego.

— Milady? Sabe o que está acontecendo?

Nego, balançando a cabeça, e vou até a janela. A porta levadiça está sendo baixada com um estrondo, os guardas e cavalariços estão saindo de seus alojamentos e gritando. Em meio aos homens, vejo meu marido seguindo calma e firmemente para a torre da sentinela do portão.

— Vou descer — digo.

— Eu vou! Eu vou! — grita meu filho com a voz estridente. — Preciso de minha espada.

— Não precisa da espada, mas pode vir, se prometer ficar comigo.

— Posso ir com o pequeno conde, por favor, milady? — pede a ama. Sei que ela pensa que não serei capaz de mantê-lo a meu lado, e fico rubra de irritação, mas concordo com um movimento da cabeça e nós três descemos correndo a escadaria de pedra, atravessamos o pátio e subimos para a torre, onde meu marido e o capitão da guarda estão olhando pelas ameias para o local onde o estandarte de William Herbert tremula na frente de de um pequeno exército galopando na estrada.

— Que Deus nos proteja — murmuro.

Henrique arrasta sua ama até o canto extremo da torre, onde pode olhar para baixo e ver a ponte levadiça sendo erguida.

Meu marido sorri para mim.

— Duvido que estejamos em perigo — observa ele cortês. — Não tenho a menor dúvida de que Herbert ganhou este castelo e, talvez, o condado também. Só veio reclamar o que é seu. Somos seus hóspedes inesperados.

— O que vamos fazer?

— Entregar-lhe o castelo.

— Entregar-lhe o castelo? — Fico tão chocada com o plano traiçoeiro de meu marido que olho para ele boquiaberta. — Simplesmente lhe entregar as chaves? Do castelo de Jasper? Simplesmente abrir as portas e convidá-lo para jantar?

— Talvez ele nos convide — corrige-me Henry. — Se, como penso, este castelo for seu agora.

— Não está pretendendo simplesmente deixá-lo entrar.

— É claro que estou — diz ele. — Se o rei Eduardo lhe deu o castelo e o controle de Gales, estaremos nos comportando como cidadãos leais cedendo a William Herbert o que é seu e concedendo a César o que é de César por direito.

— Este castelo pertence a nós, os Tudor — falo. — A Jasper e, na sua ausência, a mim e a Henrique. É a casa de Henrique, é o meu castelo.

Meu marido balança a cabeça grisalha.

— Não, minha cara. Você se esquece de que há um novo rei no trono e que ele fez novas concessões e transferiu propriedades. Lancaster não ocupa mais o trono, nem Gales, nem mesmo o Castelo de Pembroke. Apesar de o castelo ter pertencido a sua casa, foi dado a outro que provou lealdade a York. Imaginei que seria dado a William Hastings ou a Warwick, mas, como vemos, William Herbert foi o contemplado. — Ele olha de relance para o muro do castelo. Estão a uma distância que podem ser saudados.

— Jasper levantaria um cerco — digo, ressentida. — Jasper defenderia o que é seu. Preferiria morrer a entregar nosso castelo a um homem como

Herbert. Ele não se renderia como uma mulher. Teria lutado. Herbert é um traidor, e não o admitirei no castelo de Jasper.

Meu marido olha para mim e não está mais sorrindo.

— Margaret, viu por si mesma o que Jasper teria feito. Viu por si mesma a escolha que ele fez. Percebeu que a batalha estava perdida e abandonou o castelo, e deixou seu filho, deixou você. Deixou-a sem olhar para trás. Disse não gostar de despedidas longas e fugiu para garantir a própria segurança, para bem longe. Ele me disse pessoalmente que Herbert viria reclamar Pembroke e que deveríamos consentir. Disse-me que se sentiria feliz se permanecêssemos aqui para entregar Pembroke a Herbert e garantir que os criados ficassem seguros. Qualquer coisa parecida com um cerco seria perdermos a vida por nada. A outra saída seria fugir como ele. A batalha está perdida. Foi perdida em Towton, e Jasper sabe disso e fugiu.

— Ele não fugiu — protesto com veemência.

— Ele não está aqui, está? — observa meu marido. Debruça-se nas ameias e grita: — Ei! Sir William!

O homem alto que segue na frente detém seu cavalo e baixa o estandarte.

— Eu sou William, lorde Herbert. Quem me chama? Sir Henry Stafford?

— Eu mesmo. Estou aqui com minha esposa, Lady Margaret, e seu filho, o conde de Richmond.

— E Jasper Tudor, o traidor, o antigo conde de Pembroke?

Henrique puxa a minha mão e me curvo para entender o que murmura.

— Meu tio ainda é o Conde de Pembroke, não é? Por que esse homem mau falou que ele é o antigo conde?

— Nunca o chamaremos assim — prometo. — Em nossas orações, ele sempre será o conde de Pembroke. Só os Yorks é que não pensam assim. Todos eles são mentirosos.

— Jasper Tudor foi embora — responde Sir Henry. — Tem minha palavra de honra de que ele não está no castelo nem nas proximidades.

— O castelo foi-me concedido, assim como o governo de Gales, pelo rei Eduardo. Deus salve o rei! — grita Herbert. — Vai abrir os portões e me admitir?

— Sim — responde Sir Henry, animado, e faz sinal com a cabeça para o capitão da guarda. Dois homens correm e observo, incrédula, a porta levadiça ranger ao ser erguida, a ponte ser baixada e o estandarte com o dragão vermelho dos Tudor, habilmente como um traidor, ser retirado do mastro e desaparecer, como se não tivesse tremulado acima do castelo desde a primeira vez que o vi.

William Herbert toca seu chapéu, saudando os soldados no portão, e entra no castelo, que agora é seu, com pompa. Ele desmonta no meu banco de montaria, como se estivesse ali durante todos esses anos simplesmente esperando por ele.

~

Nessa noite, durante o jantar, fico muda de raiva, mas meu marido e lorde Herbert falam sobre o novo rei, a probabilidade de uma invasão da França e o perigo de um exército escocês atacar a Inglaterra, como se esses fossem nossos inimigos e não nossos salvadores. Vejo-me odiando meu marido por suas boas maneiras e amabilidade e mantenho os olhos no prato, só falo para responder a uma pergunta direta. Na verdade, lorde Herbert quase não me dirige a palavra. Quando me levanto da mesa para me retirar, ele se volta para o meu marido e propõe:

— Gostaria de falar com vocês dois a respeito do menino Henrique Tudor. Podemos conversar na ala privativa, depois do jantar?

— Certamente — responde meu marido por mim e, assim, evita uma recusa de minha parte. — Estou certo de que Lady Margaret providenciará um bom vinho e frutas para quando nos encontrarmos lá.

Faço uma mesura, deixo-os com sua bebida e conversa afável e sigo para a minha cadeira próxima à lareira. Não fico sozinha por muito tempo. Os dois chegam, agora conversando sobre caçadas, e meu marido elogia a caça disponível nas cercanias do castelo, como se não tivesse sido preservada e protegida por Jasper, como se não fosse a herança de meu filho e esse homem não fosse um intruso, um invasor de nossas terras.

— Serei breve — diz lorde Herbert, colocando-se diante do fogo e aquecendo as costas, como se a lenha fosse sua. — Devo ter a custódia do menino Henrique e ele viverá comigo. Depois do Natal, o rei confirmará que serei seu guardião.

Minha cabeça quase explode, mas meu marido nem mesmo parece surpreso.

— Vai morar aqui? — pergunta ele, como se isso fosse tudo o que importasse.

— Raglan — responde Sir William, concisamente. — É uma construção melhor, e minha mulher gosta de lá. Henrique será criado com nossos filhos, receberá educação condizente com sua posição. Serão bem-vindos para visitá-lo quando quiserem.

— É amável — diz meu marido, e eu continuo calada. — Estou certo de que Lady Margaret se sente grata. — Seu olhar de advertência para mim sugere que eu diga algo em agradecimento, mas não consigo.

— Ele deveria ficar comigo — falo simplesmente.

Lorde Herbert faz um gesto negativo com a cabeça.

— Isso nunca seria permitido, milady. Seu filho é herdeiro de uma imensa fortuna e nome. Alguém fatalmente se ofereceria e o tomaria como pupilo. Em muitos aspectos, tem sorte de ser eu. Não espero que perceba isso agora, mas, se um Neville o levasse como pupilo, ele teria de ir para muito longe, com estranhos. Comigo, ele pode continuar em Gales, manter seus criados, ficar na região que conhece. Minha esposa é uma mulher bondosa, ele será criado com meus filhos. Poderia ter sido muito pior.

— Ele é meu filho! — exclamo. — É um menino Lancaster, é herdeiro d...

— Estamos gratos — interrompe meu marido, silenciando-me.

Lorde Herbert olha para mim.

— As relações da família de seu filho são uma bênção contraditória, milady. Eu não me vangloriaria muito se fosse a senhora. O primo de seu filho, o antigo rei, está no exílio, tramando com os inimigos de nosso país. O guardião do menino e chefe de sua casa, Jasper Tudor, está no exílio com a cabeça a prêmio, declarado traidor. Seu avô foi decapitado por traição. Eu mesmo capturei o pai dele, que teve um fim pouco glorioso, milady. Se eu fosse a senhora, ficaria feliz por ele ser criado em uma casa York leal.

— Ela se sente grata — repete meu marido. Vem até mim e estende uma mão peremptória. Tenho de me levantar e aceitá-la como se estivéssemos de acordo. — Contaremos a Henrique pela manhã, quando ele acordar, e retornaremos à nossa casa na Inglaterra assim que a guarda e os cavalos estiverem prontos.

— Fiquem — propõe Sir William amavelmente. — Fiquem até o menino se acostumar, fiquem o quanto quiserem. Podemos caçar alguma das corças que Jasper teve tanto trabalho em preservar. — Ri, e meu marido, o traidor, ri com ele.

~

Retornamos em completo silêncio para nossa casa em Lincolnshire, onde me dedico à oração e a meus estudos. Meu marido, depois de algumas observações em tom de gracejo e de não obter nenhuma resposta ao me perguntar se eu gostaria de ir a Londres com ele — como se eu fosse à cidade que celebrou a vergonha! —, voltou sua atenção para a administração de nossas grandes propriedades e de seu negócio. A determinação do novo rei de manter a paz significa mais trabalho para a pequena nobreza local, e meu marido recebe ordens de erradicar oficiais locais interesseiros e corruptos, que prosperaram durante o governo apático do rei Henrique. Agora, os tribunais têm de ser abertos para que a justiça seja de todos, não apenas daqueles que podem subornar o bailio. O novo rei Eduardo convocou o Parlamento e disse a seus membros que viverá com o que tem e não sobrecarregará o país com impostos pesados. Ordena que as estradas se tornem seguras e que exércitos privados sejam reduzidos. Que bandoleiros e criminosos sejam levados a julgamento e que a violência nas tabernas e nas estradas principais seja controlada. Todos receberam bem essas mudanças e preveem um tempo de mais prosperidade e concórdia para a Inglaterra, com seu glorioso filho de York a conduzindo para a paz. Todos estão encantados com as reformas e melhorias. Todos parecem apaixonados pelo belo filho de York. Todos menos eu.

Esse rei Eduardo é um rapaz de 19 anos, apenas um ano mais velho que eu. Ele sobreviveu à morte do pai, como sonha com a grandeza, tal como eu. Comandou o exército de sua casa, conduzindo-o ao trono da Inglaterra, ao passo que eu nada fiz. Ele foi a Joana d'Arc da Inglaterra, não eu. Nem mesmo posso manter meu filho sob minha proteção. Esse rapaz, esse Eduardo, que chamam de doce rosa da Inglaterra, a erva formosa, a flor branca, é descrito como em uma lenda: belo, corajoso e forte. E eu nada sou. É adorado pelas mulheres, suas proezas, sua aparência e seus encantos são comentados por todas. Eu nem sequer posso ser vista na sua corte. Ninguém me conhece. Sou uma flor que desperdiça seu perfume no ar deserto. Ele jamais me viu. Ninguém escreveu para mim uma trova sequer, ninguém nunca desenhou meu retrato. Sou esposa de um homem sem ambição que só luta na guerra quando se vê obrigado. Sou mãe de um filho que está sob a tutela de meu inimigo, e sou o amor distante de um homem derrotado no exílio. Passo meus dias — que se tornam mais curtos, enquanto as noites se alongam nesse ano infeliz — de joelhos e rezo a Deus para que essa noite escura passe, que esse inverno gelado acabe, que a Casa de York seja derrubada e que a Casa de Lancaster volte a reinar.

Outono de 1470

Não foi apenas um inverno; passaram-se quase dez até Deus me libertar, e a minha casa, da infelicidade da derrota e do exílio em nosso próprio país. Durante nove longos anos vivi com um marido com quem nada partilhava, a não ser nossa nova casa em Woking, no campo. Dividimos casa, terra e lucro; no entanto, sou solitária. Sinto saudades de meu filho, criado por um inimigo, que tenho de fingir ser meu amigo. Stafford e eu não concebemos um filho, o que acho ser culpa das parteiras no nascimento de meu Henrique, e tenho de suportar a aceitação generosa de meu marido de que não lhe darei um herdeiro. Ele não me reprova, e sou obrigada a tolerar sua bondade da melhor maneira possível. Nós dois aturamos o poder dos York, que usam a gola de arminho da monarquia como se tivessem nascido para isso. Eduardo, o jovem rei, se casou com uma plebeia nos primeiros anos de seu reinado, e a maioria das pessoas acha que ela o atraiu com bruxaria, com a ajuda da sua mãe bruxa, Jacquetta, grande amiga de nossa rainha. Ela mudou de lado e agora dirige a corte dos York. O sobrinho de meu marido, o pequeno duque Henry Stafford, caiu nas garras da gananciosa sereia Elizabeth, que se intitulou rainha. Ela o tirou de nós, de sua família, e o fez noivo de sua própria irmã, Katherine Woodville, uma garota que nasceu para criar galinhas em Northampton, mas que se tornou a nova duquesa e chefe de nossa casa. Meu marido não protesta contra o sequestro de nosso menino. Diz que faz parte do novo mundo e que temos de nos acostumar. Eu, porém, não me acostumo. Não consigo. Nunca me acostumarei.

Uma vez por ano, visito meu filho no luxo ostentoso do castelo de Herbert e o vejo mais crescido e mais forte. Tenho de vê-lo à vontade entre os York, amado por Anne Devereux, mulher de "Black Herbert", afeiçoado ao filho deles, William, seu melhor amigo, seu companheiro de brincadeiras e de estudos. Sou obrigada também a vê-lo ser gentil com a filha dos Herbert, Maud, que claramente escolheram para ser sua esposa sem pedir minha opinião.

Todo ano o visito lealmente e falo com ele sobre seu tio Jasper no exílio, sobre seu primo, o rei, aprisionado na Torre de Londres, e ele escuta, a cabecinha castanha inclinada para mim, seus olhos castanhos sorrindo, obedientes. Ele escuta enquanto eu falo, cortesmente atento, nunca discordando, nunca questionando. Mas não sei se realmente compreende uma única palavra de meu fervoroso sermão: que ele tem de esperar, que é um menino feito para a grandeza, que eu, sua mãe, herdeira dos Beaufort e da Casa de Lancaster, quase morri ao dá-lo à luz, que nós dois fomos salvos por Deus para um propósito nobre, que não nasceu para ser um menino que se alegra por ter a afeição de pessoas como William Herbert. Não quero uma menina como Maud Herbert como nora.

Digo-lhe que deve viver com eles como um espião, como um inimigo em seu campo. Deve falar educadamente, mas esperar a vingança. Deve se ajoelhar para eles, mas sonhar com a espada. Ele, contudo, não pode fazer isso. Vive com eles como um menino franco de 5 anos, depois 6, depois 7, até completar 13 anos. Torna-se jovem sob os cuidados deles, não meus. É obra deles, não minha. É como um filho querido para eles. Não é um filho para mim, e nunca os perdoarei por isso.

Durante quase nove anos sussurro veneno em seus ouvidos contra o tutor em que ele confia e contra a mulher dele que meu filho ama. Vejo-o florescer sob seus cuidados, desenvolver-se com a instrução que recebe. Contratam para ele mestres de esgrima, de francês, de matemática, de retórica. Não poupam dinheiro para que eles lhe ensinem todas as disciplinas ou o incentivem a aprender. Dão-lhe a educação de seu próprio filho. Os dois meninos estudam lado a lado, como iguais. Não tenho motivo para me queixar. Mas reprimo um grito de ressentimento e raiva, o qual nunca poderei soltar: se ele é meu filho, o herdeiro do trono da Inglaterra, um Lancaster, o que, em nome de Deus, ele está fazendo ao crescer feliz em uma Casa de York?

Sei a resposta. Sei exatamente o que ele está fazendo em uma das casas leais de York. Está se transformando em um yorkista. Gosta do luxo e conforto do Castelo de Raglan. Posso jurar que ele o prefere à simplicidade santa de minha nova casa em Woking se chegasse a ter permissão para vê-la. Ele se entusiasma com a devoção moderada de Anne Devereux, e minha exigência de que ele conheça todas as coletas do dia e honre todos os dias santos é demais para ele, sei que é. Meu filho admira a coragem e a energia de William Herbert, e, apesar de ainda amar Jasper e escrever-lhe cartas infantis cheias de orgulho e afeição, está aprendendo a admirar o inimigo de seu tio e a adotá-lo como modelo de proprietário de terras e cavaleiro nobre e honorável.

O pior de tudo para mim é que Henrique me considera uma mulher que não consegue se resignar à derrota. Sei que é o que pensa: acha que sou uma mulher que viu seu rei ser retirado do trono, seu marido ser morto, seu cunhado fugir e que busca, na religião, o conforto para o fracasso e a decepção. Acredita que sou uma mulher à procura de consolo em Deus pela falta de êxito em sua vida. Nada do que eu fizer o convencerá de que minha vida em Deus é meu poder e glória. Nada do que eu fizer o convencerá de que não vejo nossa causa perdida, que não me vejo derrotada, não acredito, nem mesmo agora, que York manterá o trono. Sei que retornaremos, que venceremos. Posso dizer isso a ele, posso dizer isso muitas vezes, mas não tenho nenhuma evidência para apoiar minha convicção, e o sorriso constrangido e a maneira como baixa a cabeça e murmura "milady mãe, estou certo de que tem razão" me mostra, tão claramente como se ele me contradissesse em voz alta, que pensa que estou enganada e, o pior, que sou irrelevante.

Sou a mulher que o gerou, mas só vivi com ele durante seu primeiro ano de vida. Agora ele me vê uma vez por ano, cada vez mais raramente, e desperdiço meu tempo com ele tentando convencê-lo a ser leal a uma causa que foi perdida há quase dez anos. Não é de admirar que não concorde comigo. A cada ano devo parecer mais tola.

Não consigo evitar. Deus sabe que, se eu pudesse me resignar a viver com um homem que é a personificação da mediocridade em um país governado por um usurpador, com uma rainha tão inferior a mim em todos os aspectos, e a celebrar meu Deus como divindade apenas uma vez por dia, em minhas preces noturnas, eu me resignaria. Mas não posso. Quero um marido com coragem e determinação para desempenhar sua parte no governo do país. Quero que meu país seja conduzido por meu rei legítimo, e tenho de rezar a Deus por isso nos cinco serviços do dia. É assim que sou, não posso me renegar.

William Herbert é homem do rei Eduardo. Em sua casa, meu filho, meu próprio filho, a flor da Casa de Lancaster, aprende a falar do usurpador com respeito, a admirar a beleza deslumbrante de sua mulher, a plebeia Elizabeth, com quem casou às pressas, e a rezar por um herdeiro para a sua casa maldita. Ela é fértil como uma gata de estrebaria, mas todo ano só gera meninas. O feitiço virou contra o feiticeiro, pois dizem que se casou com ele por encantamento e que vem de uma antiga linhagem de mulheres envolvidas com magia. Agora só faz bruxinhas para a fogueira. Ela não consegue lhe dar um príncipe, e seus conhecimentos de magia não parecem ajudá-la.

Na verdade, se tivessem concebido um herdeiro logo de início, talvez nossa história fosse outra. Mas não conceberam e, devagar mas sem hesitar, a notória deslealdade York começa a dividir sua presunçosa casa. Seu grande conselheiro e mentor, o conde de Warwick, se vira contra o jovem que ele ajudou a pôr no trono, e o segundo filho, George, o duque de

Clarence, se volta contra o irmão que ele proclamou rei. Juntos fizeram uma aliança como um par de oportunistas.

Inveja, o veneno da família de York, corre nas veias de George, como seu sangue de classe inferior. À medida que Warwick se afasta do primogênito York, que ele tornou rei, o segundo filho se aproxima rastejando, sonhando com o mesmo favor. Warwick começa a pensar em adotar a mesma estratégia novamente, dessa vez substituindo um pretenso rei por outro embusteiro. Casou sua filha Isabel com George e, calmamente, como a serpente no Éden, tenta o genro para abandonar a causa do irmão e usurpar o trono do usurpador. Capturam o novo rei como se ele fosse a joia mais preciosa de um tesouro e o fazem prisioneiro — e penso que se abriu um caminho para mim.

Sei que todos os yorkistas são ambiciosos e desleais desde o berço. A divisão na casa deles, porém, deve servir à minha. Faço o meu jogo em meio a essas conspirações. Quando os yorkistas tomaram tudo, roubaram o título de meu filho, conde de Richmond, e George, duque de Clarence, o assumiu como se fosse seu por direito. Mandei uma mensagem a George pelo nosso confessor comum e lhe prometi minha amizade e lealdade se ele devolvesse o título de conde de Richmond a meu filho. Aludi ao fato de que o apoio de minha casa pode ser decidido por mim. Ele sabe, sem que eu precise alardear, quantos homens posso reunir. Prometo que, se ele devolver o título a meu filho, poderá escolher o preço, e eu o apoiarei contra seu irmão, o rei.

Escondo isso de meu marido, e suponho o segredo bem-guardado até que Eduardo escapa de seu falso amigo e de seu falso irmão e retorna triunfante a Londres; fica claro então que perdemos o favor da corte de York. O título de conde de Wiltshire deveria ser concedido a meu marido, mas o rei Eduardo passa por cima dele e honra seu irmão mais novo, John, por sua ostentosa lealdade. Parece que não progrediremos sob o governo do novo rei. Somos tolerados, mas não favorecidos. É uma injustiça, embora não possa ser contestada. Meu marido não será nada além de "Sir" até o fim de seus dias. Só poderá me dar o título de "Lady". Nunca serei condessa. Ele nada diz e, por seu silêncio, percebo que tomou conhecimento de minha oferta intrometida de amizade a George de Clarence e me culpa de deslealdade a ele e ao rei Eduardo. Ele tem razão.

Mas então — e quem poderia ter previsto? — tudo muda novamente. A rainha Margarida, nossa preciosa rainha Margarida, em desesperado exílio na França, sem dinheiro, sem soldados, perdida, concorda com uma aliança com a serpente Warwick, seu antigo inimigo, antes nosso maior adversário. Surpreendentemente, permite que seu precioso filho Eduardo, príncipe de Gales, se case com a filha mais nova de Warwick, Anne, e faz o acordo com o conde para invadirem juntos a Inglaterra, darem aos jovens um banho de sangue como lua de mel e colocarem o filho Lancaster e a filha dele no trono da Inglaterra.

O fim de York acontece tão rápido quanto um pôr do sol. Warwick e George desembarcam juntos e marcham para o norte. William Herbert convoca seus homens e se une ao rei. Antes, porém, de se encontrar com a principal força de York, Herbert avista o inimigo do lado de fora de Banbury, em Edgecote Hill. Cumpre seu dever ao levar meu filho consigo, nesse dia, mas nunca o perdoarei. Como é dever de um nobre, levou seu pupilo para uma batalha, para que sentisse o gosto da violência e aprendesse o que é uma luta de verdade, como devia agir. Esse, entretanto, é meu filho, meu filho precioso, meu único filho. Não suporto nem pensar, mas é verdade: meu filho vestiu a armadura, pegou uma lança e partiu para lutar por York contra um exército Lancaster. Lutou por nosso inimigo, ao lado dele, nosso inimigo, contra nossa própria casa.

Acabou rapidamente, como às vezes é a vontade de Deus em uma batalha. As tropas York foram subjugadas, e Warwick se regalou com prisioneiros, o próprio William Herbert entre eles. Warwick, já sujo de sangue, já um traidor, não acrescentou hesitação a seus crimes. Mandou decapitar Herbert ali mesmo, e o guardião de meu filho morreu nesse dia, talvez observado por ele.

Fico feliz. Nunca senti pena dele nem por um instante. Tirou meu filho de mim e o criou tão bem que Henrique o amava como a um pai. Nunca o perdoei por nenhuma dessas duas coisas e fiquei feliz quando soube que estava morto.

— Temos de buscar Henrique — digo a meu marido, Sir Henry, quando as notícias chegam até nós em boatos e mexericos. — Só Deus sabe onde está. Se Warwick estiver com ele, certamente o manterá a salvo, mas se esse fosse o caso não nos enviaria uma mensagem? Talvez meu filho esteja escondido, talvez esteja ferido... — Interrompo-me. O final de minha frase, "talvez esteja morto", é tão claro que parece escrito no ar entre nós dois.

— Teremos notícias em breve — diz meu marido, tranquilo. — E pode ter certeza de que, se estivesse ferido ou morto, saberíamos imediatamente. Como viu, recebemos a notícia da morte de Herbert bem rápido.

— Temos de buscar Henrique — repito.

— Eu vou, mas não poderá ir comigo. As estradas estarão cheias de homens fugindo da batalha e procurando saques. Warwick trouxe perigo e desordem de volta à Inglaterra de York. Só Deus sabe onde isso irá parar. Você ficará aqui. Terei, aliás, de deixá-la com uma guarda extra para o caso de bandos armados passarem por aqui.

— Mas meu filho...

— Herbert provavelmente lhe disse o que fazer no caso de o resultado da batalha ser desfavorável. Deve ter designado alguém para tomar conta dele. Irei primeiro ver Lady Herbert e tentar saber que notícias recebeu, depois irei a Edgecote. Confie em mim, vou encontrar seu filho.

— E, quando o encontrar, traga-o para cá.

Ele hesita.

— Isso vai depender de quem for seu novo guardião. Não podemos simplesmente pegá-lo.

— Mas quem vai decidir isso agora se York foi derrotado?

Ele sorri.

— Lancaster, suponho. Vocês venceram, lembra-se? Sua casa, agora, é que vai decidir tudo. Warwick colocará o rei Henrique de volta no trono, exatamente como o tirou. Em seguida, imagino que o conde vá governar o país até o príncipe completar a maioridade, e possivelmente depois.

— Vencemos? — pergunto, hesitante. Com meu filho desaparecido e seu guardião morto, não me parece uma vitória, antes mais perigo.

— Vencemos — responde meu marido, e não há absolutamente nenhuma alegria em sua voz. — De qualquer maneira, Lancaster venceu; nós, mais uma vez, aparentemente.

Na manhã em que meu cauteloso marido está prestes a partir, recebemos uma carta com os garranchos familiares de Jasper.

Estou com nosso menino, que estava a salvo com Lady Herbert e a família de seu falecido marido. Eu o levarei a Londres para apresentá-lo a nosso rei. Pode nos encontrar na corte, com nosso rei outra vez no trono? A Inglaterra é nossa novamente, e suas preces foram atendidas, graças a Deus.

Parece um sonho, um sonho luminoso como os que eu costumava ter na infância, quando rezava implorando por visões. Estamos no barco de Stafford descendo o Tâmisa, os remadores mantendo o ritmo marcado pelo tambor, meu filho olhando fixamente as pessoas na margem, que gritam vivas ao ver nossos estandartes adejando e entrever meu menino na proa do barco, um príncipe na sucessão. Passamos por Westminster e olho para os edifícios baixos que se aglomeram à beira do rio. Em algum lugar no santuário da abadia está a antiga rainha, Elizabeth Woodville, a famosa e bela esposa do rei de York, escondendo-se de seus inimigos e se perguntando se algum dia tornará a ver seu marido. Foi deposta e está só, e eu estou no topo. Pergunto-me se ela não estaria olhando por uma daquelas pequenas janelas sombrias, se seus olhos não estariam em meu estandarte nesse instante. Sinto um arrepio, como se houvesse um olhar maligno sobre mim, mas o espanto para longe. Sou a filha eleita de Deus, de Sua casa eleita. Por mim, ela pode ficar lá até apodrecer; ela e suas belas filhas.

Da proa do barco, meu filho Henrique se vira e me lança um sorriso tímido.

— Acene para eles — digo —, acene para o seu povo. Estão felizes por ver a nossa família ser honrada de novo, por voltarmos ao poder. Mostre-lhes que está feliz por estar aqui.

Ele faz um pequeno gesto, e então se aproxima de onde estou sentada, sob o dossel Stafford, a rosa vermelha de Lancaster bordada de ponta a ponta.

— Milady mãe, sempre teve razão — diz ele, timidamente. — Devo pedir-lhe perdão. Eu não compreendia.

Levo a mão ao coração e o sinto bater forte.

— Razão em relação a quê?

— Somos uma família importante, e o rei Henrique é o rei legítimo. Eu não sabia. Quando você me disse, eu não entendi. Mas agora entendo.

— Sou guiada por Deus — argumento gravemente. — Olho para além dos dias efêmeros, para a sabedoria divina. Deixará que eu o guie no futuro?

Ele faz uma reverência solene.

— Serei seu filho e seu vassalo — responde-me formalmente.

Viro o rosto para que ele não veja o triunfo em minha expressão. Henrique, o rei, conquistou a Inglaterra, e eu conquistei meu filho. Após 13 anos, ele jura lealdade a mim. Ele é meu por toda a vida! Sinto meus olhos se encherem de lágrimas.

— Aceito seu serviço — murmuro. Então, o barco se dirige ao píer, a prancha de desembarque é preparada e Henrique, meu filho, mostra suas belas maneiras e me oferece a mão para me ajudar a desembarcar. Andamos pelo jardim, onde todos sorriem de alegria porque o país recobrou a razão e podemos, todos, resgatar nossas posições legítimas. Nosso rei está de volta a seu trono, o rosto de tal modo iluminado pela felicidade que mal percebo os cinco anos de palidez provocada por seu aprisionamento. Ali está o dossel real acima de sua cabeça, bordado com a rosa vermelha de Lancaster em pleno viço, e seus cortesãos a seu redor. É como se eu tivesse voltado a ser criança e ele estivesse prestes a designar os Tudor como meus guardiões. É como se as alegrias de minha infância retornassem, e o mundo pudesse recomeçar.

Aqui está meu filho, seu cabelo cortado curto, lustroso como uma crina castanha, os ombros largos, o porte mais alto, de pé ao lado de seu tio Jasper, um menino bonito de uma família bonita. Fomos restaurados. A Inglaterra recuperou a razão, Jasper é conde de Pembroke mais uma vez, meu filho está sob a minha guarda.

— Está vendo? — pergunto-lhe em voz baixa. — Vê agora? Mantive a fé nesse rei, meu primo, e aí está ele restaurado em seu trono. Deus me protege: Ele o protege também. Eu sabia que o reinado York seria curto, sabia que nós todos retornaríamos a nossas posições legítimas. — Meu olhar se dirige para além de meu filho e vejo que o rei fez um gesto para Jasper, ordenando que conduza Henrique até ele. — Vá — digo. — O rei, seu primo, quer vê-lo.

Meu filho dá um leve salto, mas endireita os ombros e avança para o trono com ar de elegância real e confiança. Seu porte é tão elegante que não consigo deixar de murmurar para meu marido, Sir Henry:

— Vê como ele anda?

— Com os dois pés — elogia ele, com ironia. — Um depois do outro. Incrível.

— Como um nobre, como um príncipe — corrijo-o. Inclino-me para a frente a fim de escutar.

— E este é o jovem Henrique Tudor, meu primo? — pergunta o rei a Jasper.

Jasper faz uma reverência.

— Filho de meu irmão Edmund, e sua mãe agora é Lady Margaret Stafford.

Henrique se ajoelha diante do rei que põe a mão em seu cabelo castanho cacheado, dando-lhe sua bênção real.

— Pronto — murmuro para meu marido. — O rei em pessoa favorece Henrique. Espero que ele seja capaz de ver que meu filho terá um grande futuro. Ele saberá que se trata de um menino especial. Ele tem a visão de um santo, verá a graça em Henrique, como eu vejo.

~

A tormenta, que soprou para longe o pequeno barco do usurpador Eduardo e seus companheiros fugitivos depois da derrota em Edgecote Hill, sopra no litoral por quase todo o inverno. Nossas terras estão inundadas, tanto em Surrey quanto nos outros lugares, e temos de cavar fossos e até mesmo construir diques para conter as águas dos rios. Os arrendatários atrasam seus pagamentos, e as safras estão encharcadas nos campos. Meu marido é pessimista quanto à situação do país, como se a perda da usurpadora Casa de York trouxesse chuva e insatisfação.

Chegam notícias de que a antiga rainha, Elizabeth Woodvillle, tão amada pelo rei Eduardo, que fugiu e a deixou, vai dar à luz outra criança, embora esteja abrigada no santuário em Westminster, em solo sagrado. Até mesmo esse ato final de grosseria e insensatez é perdoado por nosso rei santo, que se recusa a mandar que a tirem de seu abrigo, e, em vez disso, envia parteiras e damas que a atendam. A atenção que essa mulher atrai continua a me deixar perplexa. Consegui parir meu filho Henrique com apenas duas parteiras, que tinham sido instruídas a me deixar morrer. Elizabeth Woodville, acusada de traição, terá parteiras, médicos e sua mãe a seu dispor.

Ela continua a atrair admiração, embora ninguém possa ver sua tão contada beleza. Dizem que os cidadãos de Londres e os fazendeiros de Kent a abastecem com alimentos e que seu marido está em Flandres reunindo um exército para salvá-la. Pensar nela se deleitando com toda essa atenção me dá raiva. Como as pessoas não conseguem perceber que tudo o que ela fez na vida foi usar seu rosto bonito e seu corpo como armadilha, ou coisa pior, para capturar um rei? Isso não é nobre nem santo — e ela ainda é amada.

Recebo a pior notícia de todas: a criança é um menino. Ele não pode herdar o trono, já que seu pai abriu mão dele ao abandoná-lo, mas um filho nesse momento fatalmente exercerá influência sobre pessoas crédulas, que verão a mão do destino na dádiva concedida à família York de ter um herdeiro na prisão.

Se eu fosse rainha, não seria tão escrupulosa em relação a respeitar as leis de santuário para uma pessoa assim. Como uma mulher considerada bruxa pode invocar a proteção da Santa Igreja? Como um bebê pode reclamar abrigo? Como uma família de traidores vive intocável no coração de Londres? O nosso rei é um santo, mas deve ser servido por homens capazes de tomar decisões mundanas, e Elizabeth Woodville e sua mãe Jacquetta, que agora sei ser notória e comprovada bruxa traidora, deveriam ser postas num navio e despachadas para Flandres. Lá poderão tramar sua magia e usar sua beleza, sendo provavelmente mais apreciadas entre estrangeiros. Minha enorme admiração infantil pela mãe de Elizabeth Woodville mudou tão logo eu soube o tipo de mulher que ela era e de que forma impulsionou sua filha para o trono. Não tenho a menor dúvida de que a elegância e beleza que chamaram minha atenção quando eu era menina, na corte do rei Henrique, era uma máscara em uma natureza corrompida. Ela permitiu que a filha se posicionasse à beira da estrada em que o jovem rei passaria a cavalo, e foi uma das poucas testemunhas do casamento secreto dos dois. Tornou-se a principal dama de companhia e líder da corte York. Nenhuma mulher com algum senso de lealdade ou honra faria qualquer uma dessas coisas. Ela serviu a Margarida de Anjou; como poderia se curvar diante de sua filha frívola? Jacquetta era uma duquesa leal ao exército inglês na França, e quando enviuvou se casou com o escudeiro de seu marido com chocante rapidez. Nosso generoso rei perdoou sua indiscrição luxuriosa, de modo que seu marido, Richard Woodville, passou a ser chamado de lorde Rivers, assumindo esse título como tributo às tradições pagãs da família da esposa, que se originou nos rios e cita uma deusa da água como ancestral. Desde então, escândalo e rumores de pactos com o diabo a acompanham como a água que escorre colina abaixo. E essa é a mulher cuja filha achou que poderia ser rainha da Inglaterra! Não é de admirar que ele tenha morrido de maneira desonrosa e elas tenham sido humilhadas a uma quase prisão. Ela devia usar sua magia negra e voar para longe ou convocar o rio e nadar rumo à segurança.

Primavera de 1471

Não conto nenhum desses meus pensamentos a Sir Henry, que anda tão melancólico nesses dias escuros e invernais de janeiro e fevereiro que até parece estar lamentando o exílio de seu rei.

Certa noite, no jantar, pergunto-lhe se ele está bem, ele afirma estar muito preocupado.

— Henrique está bem? — questiono imediatamente.

Seu sorriso cansado me tranquiliza.

— É claro que está. Eu teria lhe dito se houvesse recebido más notícias de Jasper. Os dois estão em Pembroke, não tenho dúvidas, e poderemos visitá-los quando as estradas estiverem livres de toda esta chuva, se não houver mais problemas.

— Problemas? — repito.

Sir Henry volta os olhos para o criado que serve o vinho e que está em pé atrás de nós, depois para o salão, de onde os criados e arrendatários nas mesas mais próximas podem ouvir nossa conversa.

— Falaremos mais tarde — diz ele.

Esperamos até ficarmos a sós em meu quarto, onde fomos servidos de vinho quente temperado. Assim que os criados saem, Henry se senta diante da lareira e vejo que parece cansado e mais velho do que seus 45 anos.

— Lamento sua inquietação. — Penso, entretanto, que está na idade em que um homem exagera por qualquer coisa. Se meu filho Henrique está bem e nosso rei está no trono, o que precisamos temer? — Por favor, conte-me suas preocupações, marido. Talvez não sejam tão graves.

— Recebi uma mensagem de um homem leal a Casa de York e que acredita que eu também lhe sou leal. — Sua aparência é sombria. — É uma convocação.

— Uma convocação? — repito, tola. Por um momento penso que ele se refere a um chamado para servir como juiz, mas então percebo que Eduardo está recrutando outra vez. — Oh, que Deus não permita! Uma convocação para se rebelar? — Ele assente vagarosamente com a cabeça. — Uma trama secreta de York, e o procuraram?

— Sim. — Ele suspira, e, por um instante, perco o medo e sou tentada a rir. Esse correspondente não conhece meu marido muito bem, se o julga um yorkista. Não o conhece absolutamente, aliás, se supõe que ele se armaria para comandar e marchar alegremente para a guerra. Meu marido é o soldado mais relutante que existe. Não foi feito de heroísmo. — Eduardo está planejando invadir e retomar o reino dele. As guerras vão recomeçar.

Alarmada, seguro-me na cadeira.

— Não é o reino dele.

Meu marido dá de ombros.

— Não importa quem tem direito, Eduardo lutará pelo reino.

— Ah, não! Outra vez não. Ele não pode se insurgir contra o rei. Não agora que ele acabou de ser restaurado. Ele retomou o trono há... quantos?... cinco meses?

— O amigo que me escreveu para lutar por Eduardo disse mais — prossegue meu marido. — Não é apenas homem do antigo rei, mas também amigo de George, duque de Clarence.

Hesito. George de Clarence não pode ter mudado de lado. Arriscou tudo ao se tornar inimigo de seu irmão. É escravo de Warwick, casado com sua filha; está na fila para o trono, atrás do nosso príncipe de Gales. É um membro-chave da corte, um primo amado de nosso rei. Rompeu com seu irmão, não pode voltar atrás. Eduardo nunca o aceitaria de volta.

— George? — pergunto.

— Vai se unir outra vez ao irmão — informa Henry. — Os três filhos de York se unirão novamente.

— Deve mandar essa notícia imediatamente ao rei e a Jasper. Eles têm de saber, têm de se preparar.

— Mandei mensagens para Gales e para a corte. Mas duvido que eu esteja contando a qualquer um dos dois algo de que já não tenham conhecimento. Todo mundo sabe que Eduardo está recrutando e armando um exército em Flandres. Fatalmente retornará para reclamar seu trono. E o rei... — Ele se interrompe. — Não creio que o rei se incomode mais com qualquer coisa, a não ser sua própria alma. De fato, parece-me realmente que ele ficaria feliz em ceder seu trono, se pudesse ir para um mosteiro e passar seus dias orando.

— Deus o chamou para ser rei — digo com firmeza.

— Então Deus vai ter de ajudá-lo. E, acredito, ele vai precisar de toda ajuda que conseguir se tiver de refrear Eduardo.

~

A necessidade de ajuda para o rei se torna evidente quando meu primo, o duque de Somerset, Edmund Beaufort, anuncia que está chegando para uma visita. Mando buscar na cidade de Guildford e no litoral iguarias para a mesa, e Sua Graça se senta para um pequeno banquete todos os dias de sua visita. Agradece a minha hospitalidade quando estamos próximos à lareira de minha câmara de audiência. Meu marido, Sir Henry, se ausenta por um momento. Sorrio e abaixo a cabeça, mas nem por um instante suponho que ele veio pelo prazer das ostras do litoral de Sussex ou das cerejas em conserva de Kent.

— Recebeu-me regiamente. — Ele prova uma ameixa cristalizada. — Estas são de seu pomar?

Confirmo com um gesto da cabeça.

— Da safra do verão passado — respondo, como se me importasse com os assuntos domésticos. — Foi um bom ano para frutas.

— Um bom ano para a Inglaterra. Nosso rei de volta ao trono e o usurpador expulso. Lady Margaret, não podemos deixar esses patifes voltarem ao país para tirar o nosso bom rei do trono!

— Sei disso — digo. — Quem melhor do que eu, aliás, para saber, eu, sua prima, cujo filho foi posto aos cuidados de traidores? Que agora foi devolvido a mim, como Lázaro da morte.

— Seu marido comanda grande parte de Sussex, e sua influência se estende até Kent — insiste o duque, negligenciando Lázaro. — Ele tem um exército de arrendatários que lutaria por ele, se ordenasse. Talvez a frota de York desembarque na costa de vocês. Temos de saber se seu marido permanecerá leal a seu rei e convocará seus homens para nos defender. Mas receio ter motivos para duvidar dele.

— Ele é um homem que ama a paz acima de tudo. — Sinto-me pouco convincente.

— Todos amamos a paz — afirma meu primo. — Mas às vezes um homem tem de defender o que é seu. Todos temos de defender o rei. Se York retornar à Inglaterra com um exército de soldados mercenários de Flandres e nos vencer outra vez, nenhum de nós se sentirá seguro em nossas terras, com nossos títulos ou — faz um gesto para mim — nossos herdeiros. Gostaria de ver o jovem Henrique ser educado em mais uma casa York? Sua herança usada por um guardião York? Casado com uma jovem York? Não imagina que Elizabeth Woodvillle, como rainha restaurada em seu trono, voltará seus cinzentos olhos gananciosos para seu filho e sua herança? Ela casou seu sobrinho, milady, o duque de Buckingham com sua própria irmã Katherine pelos rendimentos: uma péssima combinação. Não supõe que tomará seu filho para uma de suas inúmeras filhas se voltar ao poder?

Levanto-me e vou até a lareira. Olho para as chamas e, por um momento, desejo ter a Visão para prever o futuro, como a rainha York. Será que ela sabe que seu marido está vindo salvá-la, resgatá-la — e a seu bebê — da prisão? Será que ela é capaz de antever se ele terá êxito ou fracassará? De assoviar para atrair uma tormenta e soprá-lo em nossa direção como dizem que fez para levá-lo embora em segurança?

— Gostaria de poder prometer-lhe a espada, a fortuna e os arrendatários de meu marido — replico em voz baixa. — Tudo o que eu podia fazer para convencê-lo a lutar pelo rei já fiz. Esclareço a meus próprios arrendatários, digo-lhes que ficaria feliz em vê-los defendendo seu rei legítimo. Mas Sir Henry é lento para agir e relutante. Gostaria de poder lhe prometer mais, primo. Envergonho-me de não poder.

— Será que ele não vê que pode perder tudo? Que o título e a riqueza de seu filho podem ser confiscados outra vez?

Balanço a cabeça.

— Sim, mas ele é muito influenciado pelos comerciantes de Londres e seus amigos parceiros de negócios. E todos são a favor de York, porque acreditam que Eduardo promoveu a paz no país todo e fez os tribunais funcionarem, de modo que todos agora têm acesso à justiça igualmente. Meu marido também é influenciado por seus arrendatários mais importantes e por outros nobres da área. Nem todos pensam como deveriam. Apoiam York, argumentando que trouxe paz e justiça para a Inglaterra e que, desde que ele se foi, tem havido distúrbios e incerteza. Dizem que ele é jovem e forte, e que comanda o país, enquanto o nosso rei é fraco e governado pela esposa.

— Não posso negar, mas Eduardo de York não é o rei legítimo. Ele poderia ser Daniel trazendo o julgamento, Moisés com as tábuas da lei e, ainda assim, continuaria a ser um traidor. Temos de seguir o rei, o nosso rei, ou nos tornaremos traidores também.

A porta é aberta e meu marido entra, com um sorriso amplo.

— Desculpe. Houve um problema na estrebaria, algum tolo virou o braseiro e todos estavam como loucos tentando apagar o fogo. Desci para verificar se tinham conseguido. Não quero que nosso honrado hóspede seja queimado em sua cama! — Sorri satisfeito, sem medo, com a confiança de sua própria retidão. Penso que nós dois sabemos que Sir Henry não vai lutar pelo rei.

~

Em alguns dias, recebemos a notícia de que Eduardo de York desembarcou; não onde se esperava, mas no norte da Inglaterra, soprado pelo vento da bruxa para um porto seguro. Marchou para York e pediu que lhe abrissem os portões não como rei, mas para que pudesse retomar seu ducado. A cidade, persuadida como um bando de tolos, o deixou entrar e, imediatamente, seus partidários acorreram a seu líder, e sua insidiosa ambição se mostrou evidente. George, o duque de Clarence, o traidor está entre eles. Foi preciso algum tempo, mas até mesmo o estúpido George finalmente se deu conta de que seu futuro é mais promissor com um rei York no trono e, de repente, passa a amar seu irmão acima de tudo e declara que sua lealdade ao rei legítimo e a seu sogro, Warwick, foi um grande erro. Suponho, a partir disso, que meu filho tenha perdido seu condado de vez, pois tudo vai voltar a pertencer aos filhos York, e nenhuma mensagem suplicante minha para George, duque de Clarence, o fará devolver o título de Henrique. Instantaneamente tudo se ilumina, e os três sóis surgem na alvorada sobre a Inglaterra. Nos campos, lebres lutam e saltam e, nesse mês de março, o país inteiro parece estar tão agitado quanto elas.

Surpreendentemente, Eduardo chega a Londres sem esbarrar com absolutamente nenhum obstáculo em seu caminho, os portões são abertos para ele pelos cidadãos que o veneram e ele se reúne à sua mulher, como se nunca tivesse sido expulso de seu próprio país, fugindo para salvar a pele.

Vou para meus aposentos e rezo de joelhos ao receber a notícia do mensageiro de Somerset. Penso em Elizabeth Woodville — a suposta beldade — com seu filho bebê nos braços e suas filhas ao redor, sobressaltando-se quando a porta é aberta e Eduardo de York aparece, vitorioso, como sempre. Passo duas longas horas de joelhos, mas não consigo rezar por vitória, não consigo rezar por paz. Só consigo pensar nela correndo para os braços dele, sabendo que seu marido é o homem mais capaz e mais valente do reino, mostrando-lhe seu filho, cercados por suas filhas. Pego meu terço e volto a rezar. Pronuncio palavras pela segurança de meu rei, mas não consigo pensar em nada a não ser na inveja que sinto de uma mulher inferior a mim, muito menos educada do que eu, sem dúvida menos amada por Deus do que eu, que agora corre para os braços de seu marido com alegria, mostra-lhe seu filho e sabe que ele lutará para defendê-lo. Sinto inveja de uma mulher que, claramente desfavorecida por Deus, sem demonstrar qualquer sinal da graça divina (ao contrário de mim), é rainha da Inglaterra. E me surpreendo ao pensar que, por algum mistério — grande demais para que eu compreenda —, tenho me negligenciado.

Saio de meus aposentos e me deparo com meu marido no salão. Está sentado à mesa com a expressão grave. Seu administrador se encontra a seu lado, pondo diante dele uma folha de papel atrás da outra para que ele assine. Seu escrivão, do outro lado, derrete a cera e pressiona o lacre. Só levo um momento para reconhecer as ordens de alistamento. Ele está convocando seus arrendatários. Ele vai para a guerra; finalmente, vai para a guerra. Sinto meu coração se erguer como uma cotovia. Deus seja louvado, ele está reconhecendo seu dever e finalmente vai para a guerra. Aproximo-me da mesa; minha expressão é de alegria.

— Marido, Deus o abençoe e o ato que está, finalmente, realizando.

Ele não retribui meu sorriso. Dirige-me um olhar cansado e triste. Sua mão não para de assinar Henry Stafford, e ele mal olha para a pena. Chegam à última página: o escrivão pinga cera, estampa o lacre e passa todos os documentos de volta a seu primeiro secretário.

— Despache imediatamente — diz Henry.

Empurra a cadeira para trás e se levanta, ficando diante de mim. Pega minha mão, coloca-a em seu braço e me afasta do escrivão, que está juntando os papéis para levá-los às cavalariças, onde os mensageiros aguardam.

— Minha mulher, tenho de dizer uma coisa que vai incomodá-la.

Acredito que me informará estar indo para a guerra com o coração pesado por receio de me abandonar; portanto, me apresso em tranquilizá-lo, afirmando que nada receio quando ele está realizando uma obra de Deus.

— Verdade, marido, estou feliz... — Ele me silencia com um toque delicado em meu rosto.

— Estou convocando meus homens não para lutar pelo rei Henrique, mas para servir ao rei Eduardo — diz ele, calmamente. Ouço as palavras, que, entretanto, não fazem sentido para mim. Então, sou imobilizada pelo horror e emudeço. Fico tão calada que ele pensa que não o ouvi. — Vou servir ao rei Eduardo de York, não a Henrique de Lancaster — repete ele. — Lamento se a desapontei.

— Desapontou? — Ele me avisa que se tornou traidor e acredita que posso estar desapontada?

— Lamento.

— Meu primo em pessoa veio persuadi-lo a ir à guerra...

— Ele não fez outra coisa a não ser me convencer de que precisamos de um rei forte que ponha fim a esse conflito, para sempre, ou ele e sua classe prosseguirão até a Inglaterra ser destruída. Quando me disse que lutaria para sempre, compreendi que ele teria de ser derrotado.

— Eduardo não nasceu para ser rei. Ele não é promotor da paz.

— Minha querida, você sabe que ele é. A única paz que conhecemos nos últimos dez anos foi quando ele estava no trono. E agora ele tem um filho e herdeiro; portanto, queira Deus que os York ocupem o trono para sempre, e essas batalhas intermináveis terão um fim.

Retiro minha mão.

— Ele não nasceu na realeza — digo em voz alta. — Não foi consagrado. É um usurpador. Você está convocando seus arrendatários e os meus, *meus* arrendatários de *minhas* terras, para servir a um traidor. Vai desfraldar meu estandarte, o emblema Beaufort, no lado York?

Ele confirma com um gesto.

— Sabia que você não ia gostar — diz, resignado.

— Prefiro morrer a ver isso! — Ele balança a cabeça como se eu estivesse exagerando como uma criança. — E se você perder? — pergunto. — Ficará conhecido como um traidor que apoiou York. Acredita que chamarão Henrique, seu enteado, de novo à corte e lhe devolverão seu condado? Acredita que Henrique, o rei, o abençoará, como já fez, depois que todos souberem que você se degradou e a mim também?

Ele faz uma careta.

— Acho que é a coisa certa a fazer. E, a propósito, acho que York vai vencer.

— Contra Warwick? — pergunto com desprezo. — Ele não pode vencer Warwick. Não se saiu bem da última vez, quando o conde o afugentou da Inglaterra. E da vez anterior a essa, quando Warwick o fez prisioneiro. Eduardo é o pupilo, não o mestre.

— Foi traído da última vez — retruca ele. — Ficou só com seu exército. Agora ele conhece seus inimigos e reuniu seus homens.

— Digamos que você vença, então — interrompo, as palavras se atropelando em minha aflição. — Digamos que ponha Eduardo no trono de minha família. O que vai acontecer comigo? O que vai acontecer com Henrique? Jasper terá de se exilar de novo graças à sua inimizade? Meu filho e seu tio serão expulsos da Inglaterra por você? Quer que eu vá também?

Ele suspira.

— Se eu servir a Eduardo e ele ficar satisfeito, ele me recompensará. Podemos até conseguir que o condado de Henrique lhe seja devolvido. O trono não mais será de sua família, mas, Margaret, querida esposa, para ser franco, sua família não o merece. O rei está doente, essa é a verdade, ele está louco. Não está apto a governar um país, e a rainha é um pesadelo de vaidade e ambição. O filho dela é um assassino. Você é capaz de imaginar o que sofreremos se um dia ele assumir o trono? Não posso servir a um príncipe como esse e a uma rainha como essa. Não *há* mais ninguém a não ser Eduardo. A ascendência direta é...

— É o quê? — interrompo com escárnio.

— Insana — replica ele simplesmente. — Impotente. O rei é um santo e não pode governar, e o filho dele é um demônio e não deve governar.

— Se fizer isso, nunca o perdoarei — juro. As lágrimas correm por meu rosto, e as enxugo com raiva. — Se partir para derrotar meu próprio primo, o rei legítimo, nunca o perdoarei. Nunca mais o chamarei de "marido". Estará morto para mim.

Ele me encara como se eu fosse uma criança de mau gênio.

— Sabia que diria isso. — Sua voz é triste. — No entanto, estou fazendo o que acho que é melhor para nós dois. Estou até mesmo fazendo o que acho melhor para a Inglaterra, o que é mais do que muitos homens podem dizer nestes tempos conturbados.

Abril de 1471

A convocação vem de Eduardo, o usurpador, em Londres, e meu marido parte à frente de seu exército de arrendatários para se unir a seu novo senhor. Tem tanta pressa de partir que metade dos homens ainda não está equipada, e seu mestre das cavalariças fica para trás para providenciar que os bastões afiados e as espadas recém-forjadas sejam colocadas nas carroças que o acompanharão.

Fico no pátio e observo os homens entrarem em formação. Muitos deles serviram na França, muitos marcharam, antes, para batalhas inglesas. Essa é uma geração de homens acostumados com a guerra, habituados ao perigo e familiarizados com a crueldade. Por um momento, compreendo o anseio por paz de meu marido, mas então me lembro de que ele está apoiando o rei errado e disparo minha raiva de novo.

Ele sai de casa usando suas melhores botas e a capa grossa de viagem que me emprestou quando fomos ver meu filho. Fiquei feliz com sua gentileza na época, mas ele só me decepcionou desde então. Olho para ele com a expressão dura e desprezo, e seu rosto demonstra culpa.

— Você me perdoará se vencermos e eu puder trazer seu filho para casa — sugere ele, esperançoso.

— Vocês estarão em lados opostos — replico friamente. — Você lutará de um lado, e meu cunhado e meu filho, do outro. Pede que eu torça para que meu cunhado Jasper seja derrotado ou morto e que meu filho precise de um novo guardião. Não posso fazer isso.

Ele suspira.

— Acho que não. Vai me dar sua bênção, ainda assim?

— Como posso abençoá-lo quando foi amaldiçoado em sua escolha? — pergunto.

Ele não mantém o sorriso.

— Esposa, pelo menos vai rezar por minha segurança enquanto eu estiver longe?

— Vou rezar para que recupere a razão e mude de lado em meio à batalha. Pode fazer isso e ter certeza de estar no lado vitorioso. Então, rezarei por sua vitória.

— Isso seria não ter princípios — observa ele, com brandura. Ajoelha-se diante de mim, pega minha mão e a beija, e eu, obstinadamente, não toco sua cabeça com a outra mão para abençoá-lo. Ele se levanta e se dirige ao banco de montaria. Ouço-o grunhir com o esforço de se erguer e montar e, por um momento, lamento que um homem que não é mais jovem e que não gosta de deixar sua casa seja obrigado a partir em um dia quente de primavera para uma batalha.

Ele dá meia-volta com seu cavalo e levanta a mão me saudando.

— Adeus, Margaret, e que Deus a abençoe, ainda que você não deseje o mesmo para mim.

Considero descortês ficar ali carrancuda, com as mãos pendendo nas laterais do corpo, mas deixo que ele se vá sem mandar um beijo, sem uma bênção, sem recomendar que retorne a salvo. Deixo que se vá sem uma palavra ou um gesto de amor, pois ele está indo lutar por meu inimigo e, portanto, agora é meu inimigo também.

~

Tenho notícias dele em alguns dias. Seu segundo escudeiro volta velozmente porque Sir Henry esqueceu os reforços para a sua cota de malha. Traz o testamento rascunhado às pressas por meu marido, pois ele acredita que a batalha será travada imediatamente.

— Por quê? Ele acha que vai morrer? — pergunto cruelmente quando o homem me entrega o testamento para que eu o guarde.

— Ele está muito deprimido — responde-me francamente. — Devo levar uma mensagem que o anime?

— Nenhuma mensagem — respondo, dando as costas. Nenhum homem que luta defendendo a bandeira de York contra os interesses de meu filho receberá uma mensagem de esperança vinda de mim. Como eu poderia? Rezarei para que York fracasse, para que seja derrotado. Rezarei pela derrota de meu marido. Rezarei para que não seja morto, mas, com toda franqueza, diante de Deus, não posso fazer mais do que isso.

~

Passo essa noite, a noite toda, de joelhos rezando pela vitória da minha Casa de Lancaster. A criada disse que os exércitos estavam se reunindo fora de Londres e que marchariam para enfrentar nossas forças, compostas de milhares de soldados, em algum lugar perto de Oxford. Eduardo vai conduzir seus homens pela grande estrada oeste, e os exércitos se encontrarão no caminho. Espero que Warwick vença por nosso rei, mesmo com os dois filhos de York, George de Clarence e Ricardo de Gloucester, lutando ao lado do irmão mais velho. Warwick é o comandante mais experiente, ensinou aos rapazes York tudo o que sabem sobre guerra. Ele tem o maior exército, e está no lado certo. Nosso rei, um monarca ordenado, um homem santo, foi feito prisioneiro na Torre de Londres por ordem do usurpador. Como Deus pode permitir que seu captor seja vitorioso? Meu marido pode estar lá, nos exércitos inimigos, mas tenho de rezar por sua derrota. Sou Lancaster, por meu rei, por Jasper e por meu filho.

~

Mando homens a Guildford diariamente à espera de cavaleiros que venham de Londres com notícias de alguma batalha, mas ninguém sabe o que está acontecendo até que um de nossos homens, montando um cavalo roubado, retorna para me dizer que meu marido está ferido e à beira da morte. Eu o ouço sozinha no pátio das cavalariças, até alguém pensar em chamar uma de minhas damas, que vem e segura meu braço para impedir que eu caia enquanto o homem relata uma batalha confusa, em que a sorte se alternou entre ambos os lados. Em meio à densa cerração, a formação do exército ficou desnorteada, o conde de Oxford mudou de lado ou, pelo menos, foi o que alguém disse. Houve pânico quando ele nos atacou, e Eduardo surgiu da bruma como o próprio demônio. As forças de Lancaster se desintegraram diante dele.

— Tenho de ir buscá-lo. — Viro-me para o administrador. — Prepare uma carroça para transportá-lo e coloque nela um colchão de penas e tudo o que será necessário. Ataduras, suponho, e medicamentos.

— Vou buscar o médico para ir junto. — Considero isso uma crítica de que não sou boa enfermeira e pouco entendo de ervas.

— E o padre — acrescento. Vejo-o se retrair, e sei que está pensando que seu senhor talvez precise dos ritos finais, que talvez esteja à beira da morte. — Partiremos logo — prossigo. — Hoje mesmo.

Cavalgo à frente da carroça lenta, numa viagem longa e árdua, e chego a Barnet quando o crepúsculo de primavera desce sobre a estrada enlameada. Por todo o caminho há homens pedindo ajuda para voltar para casa ou, deitados nas moitas, morrendo por falta de amigos ou família, ou qualquer outro para cuidar deles. Algumas vezes somos empurrados para fora da estrada por uma tropa armada com pressa de se unir ao exército principal. Vejo coisas medonhas: um homem com a metade do rosto decepada, um homem atando a camisa por cima da barriga para evitar que seus pulmões venham para fora. Dois homens agarrados um ao outro como bêbados, tentam voltar para casa com apenas três pés entre eles. Seguimos pelos campos sempre que possível para evitarmos os moribundos; tentamos não olhar para os que cambaleiam em nossa direção, para as armaduras e corpos espalhados a nosso redor, como se os campos estivessem produzindo safras estranhas e horríveis.

Algumas mulheres, como corvos, se curvam sobre homens mortos, remexendo em seus casacos à procura de dinheiro ou joias. Às vezes um cavalo solto galopa em minha direção, relinchando por companhia e conforto. Vejo alguns cavaleiros nobres derrubados e mortos, e um cuja armadura o protegeu tão bem que ele morreu dentro dela, seu rosto, uma polpa disforme dentro do elmo. Quando um saqueador puxa o elmo, a cabeça vem junto, e os miolos se derramam pelo visor. Seguro firme o rosário e rezo a Ave-Maria repetidamente para me manter na sela e conter o vômito em minha garganta. Meu cavalo avança com cautela, como se também ele sentisse repulsa pelo cheiro de sangue e soubesse que o terreno é perigoso. Eu não fazia ideia de que seria tão ruim. Não fazia ideia de que seria assim.

Não posso acreditar que foi assim com Joana d'Arc. Sempre a imaginei em um cavalo branco, erguendo um estandarte bordado de lírios e anjos sobre sua cabeça, limpa. Nunca a visualizei cavalgando em meio a uma carnificina, como eu estou fazendo, embora deva ter sido assim. Se essa é a vontade de Deus, ela assume uma forma estranha e terrível. Eu não sabia que o Deus das Batalhas era vil dessa maneira. Nunca soube que um santo poderia atrair um tormento como esse. É como atravessar o vale da sombra da morte e prosseguirmos como seus arautos. Não cedemos água, apesar da súplica de homens que estendem as mãos para mim, que apontam para suas bocas sujas de sangue, de onde seus dentes foram arrancados. Não ousamos parar e dar um copo d'água a um soldado, pois isso faria todos caírem sobre nós. Por isso o mestre das cavalariças segue adiante usando o chicote e gritando:

— Saiam do caminho para Lady Margaret Stafford passar! — E os feridos se arrastam para fora do caminho, protegendo a cabeça do açoite.

Um batedor retorna, avisando que encontraram meu marido alojado em uma estalagem em Whetstone, e nos guia por vias enlameadas até um vilarejo. A estalagem não passa de uma taverna do interior, com dois quartos para viajantes de passagem. Reluto em desmontar, temendo pisar no mesmo solo que os mortos-vivos. Mas desmonto e entro. Tenho muito medo de encontrar meu marido horrivelmente desfigurado, como os homens na estrada, ou cortado por uma acha, mas o vejo instalado no quarto dos fundos com um lenço amarrado, apertado ao redor da barriga. O vermelho cada vez mais intenso no tecido me diz que ele continua a sangrar. Vira a cabeça quando entro e consegue sorrir ao me ver.

— Margaret, não devia ter vindo.

— Estou em segurança e trouxe a carroça para levá-lo para casa.

Seu rosto se ilumina à menção de nossa casa.

— Eu ficaria feliz em ver minha casa. Houve momentos em que achei que nunca mais a veria.

Hesito.

— Foi muito cruel? York venceu?

— Sim. Foi uma grande vitória. Subimos a colina em meio à neblina e os atacamos. Eles eram duas vezes mais numerosos do que nós. Ninguém a não ser York teria se atrevido a fazer isso. Acho que ele é invencível.

— Então, acabou?

— Não. A rainha Lancaster desembarcou seu exército em Devon. Todo homem em condição de marchar entrou em formação, e Eduardo está indo interceptá-la o mais rápido possível para impedir que consiga reforços em Gales.

— Em Gales?

— Ela vai procurar Jasper — diz ele. — Ela logo saberá que seu aliado Warwick está morto e que o exército dele foi derrotado, mas se conseguir chegar a Jasper e seus soldados galeses poderá prosseguir a luta.

— Então, Eduardo ainda pode ser vencido e tudo isso... — Penso nos homens se arrastando para o sul, na estrada, gritando em seu sofrimento. — Tudo isso terá sido por nada.

— Tudo isso é sempre por nada — diz ele. — Não entendeu ainda? Toda morte é uma morte sem propósito. Toda batalha devia ser evitada. Mas, se Eduardo vencer a rainha e aprisioná-la junto com seu marido, então terá realmente acabado.

Ouço o som do cavalo do médico e vou abrir a porta para que ele entre.

— Devo ficar e ajudá-lo? — pergunto sem muito entusiasmo pela tarefa.

— Saia — responde Henry. — Não quero que veja isso.

— Onde se feriu?

— Uma espada cortou minha barriga — responde ele. — Saia e mande que armem um acampamento para você atrás da estalagem. Não há camas disponíveis aqui. E se certifique de que posicionem uma guarda para protegê-la e a seus pertences. Preferia que não tivesse vindo.

— Eu tinha de vir — replico. — Quem mais faria isso?

Ele sorri.

— Fico feliz em vê-la. — Estava com tanto medo na noite anterior à batalha que fiz meu testamento.

Tento sorrir, solidária, mas receio que ele perceba que o considero covarde, além de traidor.

— Bem, o que foi feito está feito. Agora vá, Margaret, e pergunte ao estalajadeiro se pode conseguir algo para seu jantar.

Não faço o que meu marido me pede. É claro que não. Enquanto ele se encontra em uma estalagem suja, servido por nosso médico como um herói ferido na causa de York, a rainha da Inglaterra está marchando a toda velocidade em direção a meu filho e a meu único amigo verdadeiro, Jasper, certa de que ambos estão se armando e reunindo seus homens para se unirem a ela. Chamo o rapaz que monta diante de mim, que é jovem, leal e cavalgará rapidamente. Dou-lhe um bilhete endereçado a Jasper, mando-o seguir para o oeste o mais rápido possível e procurar alguns homens que marcham sob a bandeira de Lancaster e que se dirigem a Gales para se unir aos exércitos de Jasper. Digo-lhe para abordá-los como amigo e ordenar que entreguem a carta ao conde com a promessa de uma recompensa. Escrevo:

Jasper,

Meu marido passou para o outro lado e é nosso inimigo. Escreva-me privadamente e imediatamente quais são suas intenções e se meu filho está em segurança. Eduardo venceu a batalha aqui em Barnet e está marchando a seu encontro e da rainha. Ele tem o rei na Torre e Londres a seu favor. Sabe que a rainha desembarcou e acredita que ela vai procurá-lo. Deus o abençoe e proteja. Deus proteja meu filho; peço que você o defenda com a própria vida.

Não tenho cera ou lacre; portanto, dobro a carta duas vezes. Não me importa se a lerem. A resposta é que será importante. Então, e só então, vou de fato procurar alguém que possa preparar algo para o meu jantar e uma cama para passar a noite.

Verão de 1471

Não foi fácil levar meu marido para casa em segurança, embora ele não tenha se queixado. Ele pediu que eu cavalgasse na frente. Cumpri meu dever como sua esposa, apesar de ele não ter cumprido o seu comigo. Tampouco foi fácil passar o verão quando, finalmente, soubemos o que aconteceu quando as forças da rainha enfrentaram as de Eduardo. Ambas se encontraram fora de Tewkesbury, e a rainha e sua nora, Anne Neville, a filha mais nova de Warwick, pediram abrigo em um convento e esperaram notícias, como fazem todas as outras mulheres na Inglaterra.

Foi uma batalha longa e difícil entre homens igualmente exaustos pelas marchas forçadas sob o sol quente. Eduardo venceu — que vá para o inferno, pois é o que ele merece —, e o príncipe, o nosso príncipe de Gales, morreu no campo de batalha, como uma flor ceifada. Sua mãe, a rainha Margarida de Anjou, foi feita prisioneira, Anne Neville junto com ela, e Eduardo de York retornou a Londres como um conquistador. Deixou para trás um campo de batalha encharcado de sangue. Até o cemitério de Tewkesbury teve de ser lavado e reconsagrado, depois que ele permitiu a seus soldados entrar e matar os homens de Lancaster que haviam se escondido lá. Nada é sagrado para York, nem mesmo a casa de Deus. Meu primo, o duque de Somerset, Edmund Beaufort, que veio a nossa casa para pedir que meu marido lutasse a seu lado, foi arrastado para fora do santuário da Abadia de Tewkesbury e morto na praça do mercado: morte de traidor.

Eduardo entrou em Londres em uma procissão triunfante, a rainha Margarida de Anjou em seu séquito, e, na mesma noite, nosso rei, o rei legítimo, o único rei, Rei Henrique de Lancaster, morreu em seus aposentos na Torre. Divulgaram que estava doente, que estava fraco e com a saúde debilitada. No fundo do coração, eu soube que ele morreu como um mártir pela espada dos usurpadores York.

~

Pedi a meu marido para me ausentar durante o mês todo de junho e fui para o convento da Abadia de Bermondsey. Passei quatro semanas de joelhos rezando pela alma de meu rei, pela alma de seu filho e por sua viúva derrotada. Rezei por vingança contra a Casa de York e Eduardo, rezei para que também ele perdesse seu filho e que sua esposa, a inexoravelmente bem-sucedida, bela e agora triunfante Elizabeth, experimentasse a agonia de perder um filho, como a nossa rainha experimentou. Só consegui voltar para casa quando ouvi Deus sussurrar, nas noites escuras de oração, que eu teria minha vingança, que eu fosse paciente, esperasse e planejasse, e então eu triunfaria. Finalmente pude voltar para casa e sorrir para meu marido, fingindo estar em paz.

Jasper resistiu em Gales até setembro, quando me escreveu informando supor que ele e Henrique se sentiriam mais seguros fora do país. Se Eduardo era capaz de guerrear contra homens refugiados em um santuário, contra um santo, impotente em seus aposentos privados, certamente seria capaz de assassinar meu filho por nenhuma razão mais nobre do que seu nome e herança. O legítimo príncipe de Gales morreu em Tewkesbury, que Deus o tenha, e isso me coloca ainda mais perto do trono Lancaster; Henrique é meu filho e herdeiro. Se no futuro procurarem um pretendente ao trono usurpado da Inglaterra, poderão convocar Henrique Tudor.

Esse é seu destino e seu risco, e vejo que ambos estão prestes a se concretizar. York predomina, nada pode destruí-lo agora; mas Henrique é jovem e tem direito ao trono. Temos de mantê-lo a salvo e prepará-lo para a guerra.

~

Vou ao quarto de meu marido e reparo em suas acomodações confortáveis. Tem uma cama bem-feita e uma jarra de cerveja sobre uma mesa a seu lado. Seus livros estão organizados em seus compartimentos, os papéis para memorandos, em sua escrivaninha: tudo que pode querer se encontra a sua volta. Está sentado em sua cadeira, a barriga enfaixada; a dor o deixa grisalho, mais velho do que realmente é. Mas seu sorriso para mim é animado, como sempre.

— Recebi notícias de Jasper, em Gales — digo simplesmente. — Ele vai para o exílio. — Meu marido espera eu prosseguir. — Vai levar meu filho com ele. Não há segurança na Inglaterra para um menino que é herdeiro da linhagem Lancaster.

— Concordo — retruca meu marido com moderação. — Mas meu sobrinho Henry Stafford está bastante seguro na corte York. Aceitaram sua lealdade. Seu Henrique não poderia apresentar-se ao rei Eduardo e se oferecer para servi-lo?

Nego com um gesto de cabeça.

— Eles vão para a França.

— Planejar uma invasão?

— Para a própria segurança. Quem pode saber o que vai acontecer agora? São tempos conturbados.

— Tratarei de lhe poupar problemas — observa ele, amável. — Gostaria que pedisse a Jasper que também os evitasse.

— Não quero problemas para mim, nem Jasper quer para ele. Só lhe peço permissão para ir a Tenby e vê-los partir. Quero me despedir de meu filho.

Ele faz uma pausa. Esse traidor, esse covarde, acomodado em sua cama, tem o direito de mandar em mim. Eu me pergunto se ele se atreverá a me proibir de ir e se me atreverei a desafiá-lo.

— Isso significa pôr-se em perigo.

— Tenho de ver Henrique antes de ele partir. Quem sabe quando será seguro ele retornar? Tem 14 anos e se tornará um homem antes de eu o rever.

Ele suspira, e sei que venci.

— Vai viajar com uma guarda completa?

— É claro.

— E dar meia-volta se as estradas estiverem fechadas?

— Sim.

— Então pode ir se despedir de seu filho. Mas não lhes faça promessas, nem ao futuro da Casa de Lancaster. Sua causa e a casa de Henrique foram finalmente derrotadas em Tewkesbury. Acabou. Deverá aconselhá-los a procurar uma maneira de retornar em paz.

Olho para ele e sei que minha expressão é desafiadora e fria.

— Sei que acabou — replico. — Quem melhor do que eu para saber disso? Foi a minha causa a derrotada, o chefe de minha casa foi executado, meu marido foi ferido lutando no lado errado e meu filho vai para o exílio. Quem melhor do que eu para saber que toda e qualquer esperança para meu país está morta?

Setembro de 1471

Tenby, Gales

Olho incrédula para a água brilhante na enseada em Tenby. O sol cintila e sopra uma brisa leve. É um dia para se navegar a passeio, não para se estar ali, sentindo o cheiro de peixes, com o coração partido.

O pequenino povoado apoia Jasper de corpo e alma. Os tamancos rústicos de madeira das vendedoras de peixe e dos homens retinem pela rua de pedra que leva ao cais, no qual se agita um pequeno barco que aguarda ordens para partir e levar meu filho para longe de mim. Algumas das mulheres têm os olhos vermelhos diante do exílio de seu senhor. Eu, porém, não choro. Ninguém ao olhar para mim pode imaginar que chorarei por uma semana.

Meu menino cresceu, agora está da minha altura, um jovem de 14 anos cujos ombros começam a se tornar fortes; seus olhos castanhos nivelam com os meus, e ele está pálido, embora suas sardas se espalhem sobre seu nariz como as marcas em um ovo de pássaro. Olho fixamente para ele, vendo tanto a criança que se torna um homem quanto o menino que deverá ser rei. A glória da majestade lhe foi transmitida. O rei Henrique e seu filho, o príncipe Eduardo, estão mortos. Esse menino, meu filho, é herdeiro da Casa de Lancaster. Não é mais meu menino, uma criança em minha posse: é o rei da Inglaterra por direito.

— Vou rezar todos os dias por você e escreverei — digo em voz baixa. — Não deixe de me responder. Vou querer saber como está. E não deixe de fazer suas orações e se dedicar a seus estudos.

— Sim, milady mãe.

— Eu o manterei em segurança — promete Jasper. Por um momento, nossos olhos se encontram, mas não trocamos nada além de uma determinação inflexível de pôr fim a essa despedida, de que eles se ponham logo a caminho do exílio, de que ele mantenha esse jovem precioso a salvo. Suponho que Jasper seja o único homem que amei, talvez o único que amarei. Mas nunca houve tempo para palavras de amor entre nós. Passamos quase todo o nosso tempo juntos nos despedindo.

— Tudo pode mudar — digo a Henrique. — Eduardo parece se sentir seguro no trono, com o nosso rei e nosso príncipe, mas não vou desistir. Não desista tampouco, meu filho. Somos da Casa de Lancaster, nascemos para governar a Inglaterra. Eu já disse isso, e tinha razão. Terei razão de novo. Não se esqueça.

— Não me esquecerei, milady mãe.

Jasper pega minha mão e a beija, faz uma reverência e vai para o barco. Joga seus poucos alforjes com seus pertences para o capitão e então, segurando cuidadosamente sua espada no alto, desce para o barco de pesca. Ele, que comandou metade de Gales, está indo embora para o exílio sem levar quase nada. É realmente uma derrota. Jasper Tudor parte de Gales como um condenado em fuga. Sinto-me queimar de ressentimento em relação aos usurpadores York.

Meu filho se ajoelha diante de mim, ponho a mão em seu cabelo macio e digo:

— Que Deus o abençoe e o proteja, meu filho. — Ele se levanta e, em um instante, segue ágil pelo calçamento de pedras. Salta os degraus do ancoradouro como uma corça, e logo está no barco, que zarpa antes de eu ter tempo para mais uma palavra. Desaparece antes que eu o oriente a respeito de como se comportar na França, antes de eu alertar contra os perigos do mundo. Foi rápido demais, definitivo demais. Ele se foi.

Desatracam a embarcação, e as velas são içadas; o vento adeja a lona e navegam com pouco pano. Há um rangido quando o mastro e as escotas são pressionados, e o barco começa a se mover, primeiro vagarosamente, depois aumentando a velocidade ao se afastar do molhe. Tenho vontade de gritar: "Volte! Não me deixe! Não parta sem mim!", como uma criança. Não posso, contudo, chamá-lo de volta ao perigo; tampouco posso fugir. Tenho de deixá-lo ir, meu filho, meu filho de cabelo castanho, tenho de deixá-lo atravessar o oceano para o exílio, sem nem mesmo saber quando o verei de novo.

~

Volto para casa entorpecida pela viagem, minhas preces murmuradas constantemente a cada etapa do trajeto, minhas costas doendo com o movimento do cavalo, meus olhos secos e inflamados. Quando chego, deparo com o médico outra vez atendendo meu marido. Foi uma longa jornada e estou exausta por causa da estrada, dolorida pela perda de meu filho. A cada etapa da viagem me perguntei onde ele estaria então e quando o veria se algum dia o revisse. Não consigo ter forças nem mesmo para fingir interesse quando avisto o cavalo do médico nas cavalariças e seu criado esperando no saguão. Desde que voltamos da batalha de Barnet, uma enfermeira, o médico, o boticário e cirurgião têm sido presenças constantes em nossa casa. Suponho que ele tenha vindo lidar com a queixa de sempre de meu marido, de dor no ferimento. O corte em sua barriga já sarou há muito tempo, deixando uma cicatriz saliente e comprida, mas ele gosta de exagerar o fato, falando de seu sofrimento nas guerras, do momento em que a espada o atingiu, dos sonhos que continua a ter.

Costumo ignorar suas queixas ou sugerir uma bebida que o alivie ou que ele vá para a cama cedo. Por isso, quando estou entrando no saguão, e seu criado pessoal me para, tudo em que penso é que estou louca para me lavar e me trocar, tirar as roupas sujas da estrada. Penso em passar direto por ele, mas ele insiste em me deter, como se houvesse de fato alguma urgência. Informa que o boticário está moendo ervas e que o médico está com meu marido, que talvez eu deva me preparar para más notícias. Ainda assim, quando me sento na cadeira e estalo os dedos chamando o pajem para tirar minhas botas de montar, mal o escuto. Ele, porém, continua a me aborrecer. Agora acreditam que o ferimento foi mais profundo do que imaginaram; ele não está curado, talvez continue sangrando por dentro. O criado de meu marido me lembra com pesar de que Sir Henry nunca mais comeu bem desde a batalha, mas ele ainda come muito mais do que eu, que jejuo todo dia santo e toda sexta-feira. Ele não consegue dormir, exceto cochilar por breves períodos — mas ainda assim dorme mais do que eu, que me levanto duas vezes por noite, toda noite, para as minhas orações. Em suma, não é nada grave, como de hábito. Faço sinal para que me deixe e digo que logo irei vê-lo, mas o criado continua a me rondar. Não é a primeira vez que todos vêm socorrer meu marido, pensando que ele está para morrer, e descobrem que tinha comido frutas maduras demais ou bebido vinho demais, e tenho certeza de que essa não será a última.

Nunca o repreendi por ter sacrificado sua saúde para pôr um usurpador no trono e cuidei dele com atenção, como uma boa esposa deve fazer. Ninguém pode me culpar. Ele, entretanto, sabe que o culpo pela derrota de meu rei e saberá que o culparei também pela perda de meu filho.

Afasto o criado e vou lavar o rosto e as mãos, tirar o vestido sujo da viagem e pôr outro. Gasto, portanto, quase uma hora até chegar nos aposentos de meu marido, onde entro calmamente.

— Fico feliz que finalmente tenha vindo, Lady Margaret, pois acho que não lhe resta muito tempo — diz-me o médico em tom baixo. Esperava por mim na antecâmara do quarto de meu marido.

— Muito tempo? — pergunto. Minha mente está tão ocupada por meu filho, meus ouvidos tão atentos ao som de tempestade que pode desviá-lo do rumo ou, até mesmo, que Deus não permita, afundar o pequeno barco, que não compreendo o que o médico quis dizer.

— Sinto muito, Lady Margaret. — Talvez ele me julgue uma tola, com preocupações típicas de uma esposa. — Receio não poder fazer mais nada.

— Mais nada? — repito. — Por quê? Qual é o problema? O que está dizendo?

Ele dá de ombros.

— O ferimento foi mais profundo do que pensamos, e ele agora não consegue comer absolutamente nada. Receio que o estômago dele foi rompido na batalha, mas não se curou. Acredito que ele não tenha muito tempo de vida. Só consegue beber cerveja, vinho e água. Não podemos alimentá-lo.

Olho para ele sem compreender, passo direto e abro a porta do quarto de meu marido

— Henry?

Seu rosto está cinzento sobre o travesseiro, cinza contra o banco. Seus lábios estão escuros. Percebo que emagreceu muito nas poucas semanas que estive ausente.

— Margaret. — Ele tenta sorrir. — Estou tão feliz que tenha voltado, finalmente.

— Henry...

— Seu filho partiu em segurança?

— Sim — respondo.

— Bom, isso é ótimo. Ficarei feliz em saber que ele está a salvo. E você pode requerer seu retorno mais tarde, você sabe. Serão generosos quando souberem a meu respeito...

Faço uma pausa. De repente, fica evidente que está dizendo que vou ficar viúva e que poderei requerer o favor do rei, cujo serviço custou a vida de meu marido.

— Você foi uma boa esposa — diz ele delicadamente. — Não quero que sofra por mim. — Comprimo os lábios. Não fui uma boa esposa, nós dois sabemos disso. — E deve se casar outra vez. — A respiração de Henry se torna mais curta. — Mas dessa vez escolha um marido que lhe sirva em um mundo mais amplo. Você precisa de grandeza, Margaret. Deve se casar com um homem favorecido pelo rei, esse rei, o rei York. Não com um homem que gosta de seu lar e de seus campos.

— Não fale assim — sussurro.

— Sei que a decepcionei — prossegue com voz ofegante. — Lamento. Não me ajusto aos tempos de hoje. — Dá um sorriso triste. — Você sim. Você teria sido um grande comandante. Teria sido Joana d'Arc.

— Descanse. — Minha voz é fraca. — Talvez melhore.

— Não, parece-me que é meu fim. Mas a abençoo, Margaret, e a seu filho. Acredito que o trará para casa outra vez. Com certeza, se alguém pode fazer isso, é você. Faça a paz com os York e poderá mandar buscar seu filho. Esse é meu último conselho a você. Esqueça os sonhos de ele ser rei. Está tudo acabado, você sabe. Dedique-se a vê-lo seguro em casa, isso será o melhor para ele e para a Inglaterra. Não o traga de volta para mais uma batalha. Traga-o para casa e para a paz.

— Rezarei por você — murmuro.

— Obrigado. Agora vou dormir.

Deixo-o para que durma e saio sem fazer barulho, fechando a porta atrás de mim. Ordeno que me chamem se ele piorar ou se perguntar por mim e vou para a capela, onde me ajoelho no chão duro de pedra diante do altar. Não uso genuflexório e rezo a Deus para perdoar meus pecados contra meu marido e para recebê-lo em Seu reino sagrado, onde não há guerra nem reis rivais. Só quando ouço os sinos da torre tocando insistentemente percebo que está amanhecendo, que passei a noite de joelhos e que meu marido, com quem vivi 13 anos, morreu sem perguntar por mim.

~

Apenas algumas semanas depois, com missas celebradas diariamente em nossa capela pela alma de Sir Henry, um mensageiro, com fita preta no chapéu, chega da casa de minha mãe para anunciar que ela morreu, e compreendo que agora estou completamente só no mundo. A única família que me resta é Jasper, no exílio, e meu filho com ele. Fiquei órfã e viúva, e meu filho está muito longe. O vento os desviou da rota e, em vez de ancorarem na França, como tínhamos planejado, desembarcaram na Bretanha. Jasper escreve me informando de que finalmente a sorte se pôs em nosso caminho, pois o duque da Bretanha os viu e prometeu segurança e hospitalidade em seu ducado, e que talvez estejam mais seguros lá do que na França, com a qual Eduardo certamente assinará um tratado de paz, já que tudo o que ele quer agora é paz, sem se importar a mínima com a honra da Inglaterra. Respondo imediatamente.

Querido irmão Jasper,

Escrevo para dizer que meu marido, Sir Henry Stafford, morreu vítima de seus ferimentos, e portanto agora sou viúva. Recorro a você, como chefe da Casa dos Tudor, para me aconselhar sobre o que fazer.

Faço uma pausa. Escrevo "Devo ir ao seu encontro?" Então risco a frase e jogo o papel fora. Escrevo "Posso ir ver meu filho?" Acrescento "Por favor, Jasper..."

Termino com "Aguardo sua orientação", e envio a carta por um mensageiro.

Espero a resposta.

Eu me pergunto se mandará me buscar, se finalmente vai dizer que podemos ficar juntos, com meu filho.

Inverno de 1471-72

Uso preto por meu marido e minha mãe, e fecho grande parte da casa. Como viúva, não se espera que eu receba meus vizinhos, não no primeiro ano de minha perda. Embora eu seja também uma eminente lady lancastriana, não serei chamada à corte; esse novo rei, o rei da rosa branca, e sua mulher fértil não me visitarão nos 12 meses de meu luto. Não preciso recear a honra de seu favor. Espero que esqueçam tudo sobre mim e a Casa de Lancaster. Especialmente, duvido que ela, tão mais velha do que o marido — tem 34 anos! —, queira que ele me conheça no primeiro ano de minha viuvez, quando veria a herdeira Lancaster de 28 anos de posse de sua própria fortuna, pronta para se casar mais uma vez. Talvez ele se arrependesse de sua escolha.

Não chega, porém, nenhuma mensagem de Jasper me chamando da segurança da Inglaterra para o perigo e o desafio da vida com ele na Bretanha. Em vez disso, escreve que o duque prometeu dar proteção a ele e a Henrique. Não determina que eu vá encontrá-lo. Não percebe que essa é a nossa chance, nossa única chance, e entendo muito bem seu silêncio. Dedicou sua vida a meu filho para colocá-lo à altura de seu nome e de suas terras. Não vai arriscar tudo se casando comigo e nos mantendo no exílio. Ele precisa que eu permaneça aqui cuidando da herança de Henrique, administrando suas terras, defendendo seus interesses. Jasper me ama, sei disso, mas, como ele mesmo diz, é um amor platônico, à distância. E não parece se importar com o quão distante.

As terras de meu dote se revertem para mim, e começo a me informar a respeito, a convocar os administradores para que me expliquem os lucros que podemos obter com elas. Pelo menos, meu marido as conservou férteis. Foi um bom proprietário de terras, embora não um líder de homens. Um bom senhorio inglês, mas não herói. Não sofro sua perda como esposa, como Anne Devereux lamentou a de seu marido William Herbert. Ela lhe prometeu que nunca se casaria de novo, jurou que iria para o túmulo com a esperança de se encontrarem no paraíso. Acredito que haviam se apaixonado, apesar de casados por contrato. Suponho que tenham encontrado uma espécie de paixão no casamento. É raro, mas não impossível. Espero que não tenham incutido em meu filho ideias sobre amar sua mulher. Um homem que vai ser rei só pode se casar por interesse. Uma mulher de juízo só se casa para melhorar a situação de sua família. Só uma tola lasciva sonha toda noite com um casamento por amor.

Talvez Sir Henry tenha esperado de mim mais do que um afeto zeloso; meu amor, entretanto, foi dado a meu filho, a minha família e a meu Deus muito antes de nos conhecermos. Desejei uma vida casta desde minha infância, e nenhum de meus maridos será capaz de desviar-me de minha vocação. Henry Stafford foi um homem de paz, não de paixão, e em seus últimos anos, um traidor. Para ser honesta, todavia, agora que está morto, sinto mais sua falta do que imaginei. Tenho saudades de seu companheirismo. A casa era, de certa maneira, mais acolhedora, e ele sempre estava em casa, como um cão querido ao pé da lareira. Sinto falta de seu humor tranquilo, sarcástico e de seu bom senso. Nos primeiros meses de viuvez, refleti sobre seu conselho para me resignar com o York no trono e o filho dele no berço real. Talvez as guerras realmente tenham terminado, talvez tenhamos sido derrotados finalmente, talvez seja minha lição na vida aprender a humildade: viver sem esperança. Eu, que idealizei como modelo uma virgem guerreira, talvez tenha de aprender a me tornar uma viúva derrotada. Talvez seja essa a vontade de Deus para mim, e tenho de me empenhar em obedecer.

Por um momento, só por um momento, andando de um lado para outro em minha casa silenciosa, sozinha em minha roupa escura, pergunto-me se poderia partir da Inglaterra e, mesmo sem ser convidada, reunir-me a Jasper e a meu filho na Bretanha. Poderia levar fortuna suficiente para nos manter por um ou dois anos. Poderia me casar com Jasper, e viveríamos como uma família. Mesmo que nunca reclamássemos o trono para Henrique, poderíamos formar nossa própria casa e viver como exilados da realeza.

Permito-me sonhar com isso por não mais de uma fração de segundo. Viver com meu filho e observá-lo crescer é uma alegria que Deus não me concedeu. Se eu me casar com um homem por amor, será a primeira vez em uma vida que teve duas uniões sem esse sentimento. A paixão entre homem e mulher não é a estrada designada para mim. Sei que Deus quer que eu sirva a meu filho e minha casa na Inglaterra. Fugir para a Bretanha como uma cigana para me encontrar com os dois seria renunciar a toda chance de conseguir que a herança e o título de meu filho lhe sejam restaurados, abrir mão de seu retorno seguro para ocupar sua posição nos círculos superiores do país. E tenho de aceitar o fato de que, entre a causa de Henrique e a mãe de Henrique, Jasper escolheu a primeira.

Ainda que o conselho de meu agonizante marido se revele correto e não haja futuro para Henrique como rei da Inglaterra, tenho de continuar a reivindicar seu condado e a devolução de suas terras. Essa é a estrada que devo seguir. Para servir a minha família e a meu filho terei de assumir um lugar na corte de York, independentemente do que pense a respeito de Eduardo e de sua rainha encantadora. Aprenderei a sorrir para meus inimigos. Terei de procurar um marido que tenha influência sobre eles, que possa elevar minha posição, mas que pense por si mesmo e sirva a sua própria ambição, bem como a minha.

Abril de 1472

Preciso de um mês para refletir sobre a corte de York, a corte de usurpadores da rosa vermelha, e me pergunto qual dos homens favorecidos pelo rei provavelmente me protegeria, e minhas terras, e traria meu filho de volta. William, que foi enobrecido como Lorde Hastings, o melhor amigo e companheiro do rei, já tem uma esposa e, de qualquer maneira, é dedicado de corpo e alma a Eduardo. Nunca consideraria o interesse de um enteado contra o rei que ele ama. Jamais trairá York e tenho de me casar com um homem que esteja preparado para ser fiel a minha causa. Na melhor das hipóteses, quero um marido disposto a se tornar um traidor. O irmão da rainha, Sir Anthony Woodville, o novo conde de Rivers, seria interessante, exceto que ama a irmã e é notoriamente leal a ela. Ainda que eu conseguisse suportar me casar com a família pretensiosa de uma rainha que encontrou um marido à beira da estrada como uma prostituta, não conseguiria pôr nenhum de seus membros contra ela e seu querido bebê. São unidos como os bandidos que são. Os Rivers jogam juntos — é o que todo mundo diz. Sempre colina abaixo, é claro.

Penso nos irmãos do rei. Não me sinto aspirando alto demais. Afinal, sou a herdeira da Casa de Lancaster. Faria sentido para York se aproximar de mim e curar as feridas da guerra por meio do casamento. George, o irmão imediatamente mais novo que o rei, o experiente traidor, já é casado com a filha mais velha de Warwick, Isabel, que deve se levantar toda manhã e lamentar a ambição de seu pai, que a uniu a esse tolo fútil. Mas Ricardo, o mais novo, continua solteiro. Ele tem quase 20 anos, de modo que nossa diferença deve ser de oito anos, mas uniões piores têm sido feitas. Tudo o que ouvi a respeito dele é que sua lealdade ao irmão é inabalável; mas depois que se casar comigo, porém, com um herdeiro do trono como enteado, como esse jovem resistiria à ambição traiçoeira, especialmente um York?

Todavia, o fato de que não posso ter Eduardo, o rei, me corrói, dia após dia, enquanto avalio os homens com quem poderia me casar. Se pelo menos Eduardo não tivesse sido atraído pela bela Elizabeth Woodville, seria, agora, o partido perfeito para mim. O garoto York e a herdeira Lancaster! Juntos poderíamos sarar as feridas de nosso país e tornar meu filho o próximo rei. Nosso casamento unificaria nossas casas e poria fim à rivalidade e à guerra. Não dou a menor importância a sua boa aparência, pois sou destituída de vaidade e luxúria, mas a propriedade de ser sua esposa e me tornar rainha da Inglaterra me persegue como um amor perdido. Não fosse Elizabeth Woodville e o fato de ela ter se apropriado imprudentemente deste rapaz, eu poderia estar ao lado de Eduardo, rainha da Inglaterra, assinando minhas cartas com Margaret R. Diz-se que ela é uma bruxa e que o atraiu com sortilégios, casando-se com ele na primavera — verdade ou não, entendo que ela frustrou ardilosamente a vontade de Deus, seduzindo o homem que poderia ter me feito rainha. Ela deve ser uma mulher muito perversa.

Não adianta, porém, lamentar, e, de qualquer maneira, seria difícil respeitar Eduardo. Como conseguiria obedecer a um homem constantemente subjugado pelo prazer? Do que será capaz de mandar a esposa fazer? Que vícios terá? Em que prazeres obscuros, secretos, ele deve insistir? Dá-me arrepio pensar em Eduardo nu. Dizem que ele não tem nenhuma moralidade. Deitou-se com sua pretensiosa mulher e se casou com ela (provavelmente nessa ordem), e agora têm um filho forte e belo para reivindicar o trono que pertence a meu filho por direito, e não há nenhuma chance de ela morrer no parto enquanto for protegida por sua mãe, que é, sem a menor dúvida, uma bruxa. Não há chances para mim, absolutamente, a não ser que me aproxime de maneira furtiva do trono por meio de Ricardo. Não vou me posicionar na estrada e tentá-lo como a mulher de seu irmão fez. Posso, no entanto, fazer uma proposta que talvez lhe interesse.

Mando meu administrador, John Leyden, a Londres com instruções de travar amizade e jantar com o chefe da criadagem de Ricardo. Não deve falar nada, apenas sondar a situação. Tentará saber se o jovem príncipe tem alguma noiva em mente, descobrir se poderia estar interessado em minhas propriedades em Derbyshire. Dirá ao ouvido dele que um enteado Tudor, cujo nome controla todo Gales, é um menino que vale a pena adotar. Pensará em voz alta se a fidelidade sincera de Ricardo a seu irmão vacilaria a ponto de ele se casar com a casa inimiga, caso as condições sejam justas. Terá de descobrir qual o preço do rapaz para o casamento. Lembrará a ele que, apesar de eu ser oito anos mais velha, ainda sou esguia, graciosa, e não completei 30 anos. Alguns diriam que sou atraente. Talvez até mesmo possa ser considerada bela. Não sou uma prostituta de cabelo dourado, a preferência de seu irmão, mas uma mulher digna e elegante. Por um momento penso na mão de Jasper em minha cintura, na escada em Pembroke, e em seu beijo em minha boca, antes de eu me afastar.

Meu administrador terá de enfatizar que sou devota e que nenhuma mulher na Inglaterra reza com mais fervor ou faz mais peregrinações, e que, embora isso possa parecer sem importância (afinal, Ricardo é jovem e de uma família frívola), ter uma esposa ouvida por Deus, cujo destino é guiado pela própria Virgem Maria, é bastante vantajoso. Não é de desprezar ter na direção da casa uma mulher que tem joelhos de santa desde a infância.

Tudo isso, porém, é em vão. John Leyden volta para casa em seu grande cavalo baio e faz um gesto negativo com a cabeça ao desmontar diante da porta da frente da casa em Woking.

— E então? — falo sem o cumprimentar, embora tenha cavalgado uma grande distância e seu rosto esteja vermelho do calor de maio. Um pajem corre para ele com uma caneca de cerveja espumando, que ele bebe, sôfrego, como se eu não estivesse esperando, como se eu não tivesse jejuado e ficado sem beber água todas as sextas-feiras, todas as semanas, além dos dias santos.

— E então? — repito.

— Preciso falar com a senhora em particular.

Desse modo fico sabendo que as notícias são más, e sigo diante dele, não para meus aposentos privados, onde não quero um homem suado bebendo cerveja, mas à câmara à esquerda do salão, local em que meu marido tratava dos negócios de suas terras. Leyden fecha a porta e me posto a sua frente, inflexível.

— O que deu errado? Você foi inábil?

— Não eu, mas o plano. Ele já está casado — responde, e dá mais um gole.

— O quê?

— Ele pegou rapidamente a outra herdeira Warwick, irmã de Isabel, que é casada com George. Casou-se com Anne Neville, a viúva do príncipe de Gales, Eduardo. O que morreu em Tewkesbury.

— Como pôde? A mãe dela nunca deixaria que isso acontecesse. Como George permitiu? Anne é herdeira das propriedades do pai! Ele não deixaria seu irmão tê-la! Ele não vai querer ver Ricardo dividindo a fortuna Warwick! A terra deles! A lealdade do norte!

— Ele não sabia — murmura o administrador com a caneca na boca. — Dizem que Ricardo foi à casa de George, encontrou Lady Anne escondida lá, levou-a embora, escondeu-a ele mesmo e se casou com ela sem nem pedir permissão ao Santo Padre. De qualquer jeito, a corte está alvoroçada com o casamento. Mas ele a tem, o rei vai perdoá-lo, e não há nenhum novo marido para a senhora, milady.

Fico tão furiosa que não o dispenso, mas saio eu mesma da sala, deixando-o com a caneca de cerveja na mão, como um idiota. Enquanto eu considerava o jovem Ricardo, ele estava cortejando e capturando uma jovem Warwick, e agora eles e os York estão ligados e eu, excluída! Sinto-me insultada, como se tivesse lhe feito a proposta e sido rejeitada. Eu estava realmente me preparando para me rebaixar e me casar com alguém da Casa de York — e então descubro que ele levou a jovem Anne para a cama, e tudo acabou.

Vou para a capela e caio de joelhos para me queixar à Nossa Senhora, que vai entender como é afrontoso ser negligenciada, preterida em prol de alguém tão frágil quanto Anne Neville. Rezo com irritação durante a primeira hora, mas então a calma da capela me contagia, o padre entra para as orações vespertinas, e o ritual familiar do serviço me conforta. Enquanto murmuro as preces e passo as contas do rosário por meus dedos, pergunto-me quem mais teria idade apropriada, não seria casado e deteria poder na corte de York, e Nossa Senhora, em seu cuidado especial comigo, me envia um nome quando digo "Amém". Levanto-me e saio da capela com um novo plano. Acho que tenho o homem certo, que passará para o lado da bandeira vitoriosa e sussurro seu nome para mim: Thomas, lorde Stanley.

Lorde Stanley é viúvo, leal à Casa de Lancaster desde o nascimento, mas nunca muito determinado quanto a sua preferência. Lembro-me de Jasper queixando-se de que, na batalha de Blore Heath, Stanley jurou a nossa rainha, Margarida de Anjou, que estaria do seu lado com seus 2 mil homens, e ela esperou sua ajuda para conquistar a vitória. Enquanto esperava, York venceu a batalha. Jasper disse na ocasião que Stanley alistaria todos os seus aliados para uma batalha — um exército de vários milhares de homens — e então se sentaria no alto de uma colina para ver quem iria vencer antes de declarar sua lealdade. Jasper também afirmava que ele era especialista no ataque final. O vencedor, quem quer que fosse, sempre agradecia a Stanley. Esse é um homem que Jasper desprezaria; que eu desprezaria. Agora, porém, pode ser exatamente o homem de que preciso.

Depois da batalha de Towton, Stanley se tornou yorkista e cresceu muito nos favores do rei Eduardo. É agora administrador da casa real, uma das pessoas mais próximas do rei, e foi recompensado com grande extensão de terras no noroeste da Inglaterra, que junto com as minhas terras formariam uma boa herança para meu filho Henrique, embora Stanley tenha filhos, um já adulto e herdeiro. O rei Eduardo parece admirá-lo e confiar nele, apesar de eu suspeitar de que o rei (e não pela primeira vez) esteja enganado. Eu não confiaria em Stanley fora do alcance de minha vigilância e, ainda assim, ficaria de olho em seu irmão. Como uma família, eles têm a tendência a dividir ou unir lados opostos para garantir que sempre haja um vencedor. Eu o conheço como um homem orgulhoso, frio, calculista. Se estivesse a meu lado, eu teria um aliado poderoso. Se fosse o padrasto de Henrique, eu poderia ver meu menino de volta em segurança e com seus títulos restaurados.

Sem mãe ou pai para me representar, tenho eu mesma de me dirigir a ele. Enviuvei duas vezes, sou uma mulher de quase 30 anos. Acho que está na hora de assumir as rédeas de minha vida. Certamente sei que deveria ter esperado completar um ano de luto antes de abordá-lo, mas, depois que seu nome me ocorreu, receei que, se eu não me apressasse, a rainha o envolvesse num casamento que beneficiasse sua família. Além disso, quero que comece a agir imediatamente para fazer Henrique voltar para casa. Não sou uma lady ociosa que tem anos a fio para ruminar planos. Quero que tudo seja feito logo. Não tenho as vantagens, adquiridas de forma desonesta, da beleza e da bruxaria da rainha — faço meu trabalho com honestidade e rapidez.

E, de qualquer maneira, o nome dele me ocorreu quando eu estava de joelhos na capela. Nossa Senhora me guiou até ele. A vontade de Deus é que eu encontre nele um marido e um aliado para meu filho. Acho que desta vez não poderei confiar em John Leyden. Joana d'Arc não procurou um homem para fazer seu trabalho. Ela mesma esteve presente em suas batalhas. Portanto, escrevo a Stanley e proponho um casamento entre nós nos termos tão francos e simples que sou capaz de expor.

Passo algumas noites preocupada em tê-lo desagradado sendo tão direta sobre meus planos. Então penso em Elizabeth Woodville esperando o rei da Inglaterra sob um carvalho, como se estivesse na beira da estrada por acaso, uma bruxa que usa ervas e lança seus feitiços, e acho que pelo menos estou propondo uma oferta honrosa, não suplicando por um olhar amoroso e uma demonstração afetada e vulgar das desgastadas habilidades de meu pretendente. Finalmente, ele responde. O administrador de sua casa se encontrará com o meu em Londres, e se concordarem com o contrato de casamento será um prazer tornar-se meu marido imediatamente. É simples e neutro como um recibo. Sua carta é fria como uma maçã em uma banca. Fazemos um acordo, mas até eu percebo que não se parece muito com um casamento.

O administrador e os bailios, e finalmente os advogados, se reúnem. Discutem, concordam, e vamos nos casar em junho. Não é uma decisão sem importância para mim — pela primeira vez na vida, tenho minhas terras em minhas próprias mãos como viúva. Quando me casar, tudo passará a ser propriedade de lorde Stanley. Tenho de lutar para excluir o que puder da lei que dita que uma esposa não tem direitos e guardo o que posso, mas sei que estou escolhendo meu senhor.

Junho de 1472

Conhecemo-nos um dia antes do casamento, em minha casa — agora a casa de meu marido — em Woking, de modo que não faz diferença eu o considerar com boa aparência, o rosto comprido e moreno, o cabelo rareando, um porte altivo e muito bem-vestido — a fortuna Stanley evidente na escolha do tecido bordado. Não há nada ali que faça um coração saltar, mas não quero nada que provoque isso. Quero um homem que eu tenha certeza de ser pérfido. Quero um homem que pareça de confiança, mas que não é. Quero um aliado e alguém que conspire junto comigo, quero um homem que faça jogo duplo naturalmente e que, quando eu vir seu olhar direto, seu sorriso de canto de boca e seu ar de importância, eu pense: pronto, é este.

Olho-me no espelho antes de descer as escadas e, de novo, sinto a irritação inútil em relação à rainha York. Diz-se que ela tem grandes olhos cinzentos, eu os tenho castanhos. Diz-se que ela usa chapéus cônicos, com véus que a fazem parecer ter 2 metros de altura, e eu uso um toucado similar ao de uma freira. Dizem que seu cabelo é da cor do ouro, o meu é castanho como a crina espessa de um pônei. Eu me eduquei da maneira sagrada, na vida do espírito, e ela é cheia de vaidade. Sou alta, tal qual a rainha, e magra devido ao jejum nos dias santos. Sou forte e corajosa, e essas deveriam ser qualidades que um homem de bom senso procuraria em uma mulher. Vejamos: sei ler, sei escrever, fiz várias traduções do francês, estou aprendendo latim e compus um pequeno livro de minhas orações, que copiei e dei para minha criadagem, e a orientei a lê-lo de manhã e à noite. Há poucas mulheres assim — na verdade, há outra mulher no país que possa dizer o mesmo de si? Sou uma mulher muito inteligente, muito instruída, de uma família real, chamada por Deus para uma grande posição, guiada pessoalmente pela Donzela de Orléans e ouvindo constantemente a voz de Deus em minhas orações.

Estou perfeitamente ciente, entretanto, de que essas virtudes nada contam no mundo em que uma rainha é exaltada pelo encanto de seu sorriso e pela fertilidade de seu corpo tratado com óleos e unguentos. Sou uma mulher zelosa, simples, ambiciosa. E hoje tenho de pensar se isso será o bastante para meu novo marido. Sei — quem melhor do que eu, que fui desconsiderada durante toda a minha vida, para saber? — que riqueza espiritual não conta muito no mundo.

Jantamos no salão, na presença de meus arrendatários e criados, e, portanto, não conseguimos conversar em particular até irmos para meus aposentos depois da refeição. Minhas damas de companhia costuram comigo, e uma está lendo a Bíblia quando ele chega e se senta sem a interromper, escutando, de cabeça baixa, até ela chegar ao fim da passagem. Deduzo então que ele é um homem devoto ou que pelo menos quer parecer religioso. Faço sinal com a cabeça para que elas saiam, e ficamos eu e ele sentados ao pé da lareira. Ele ocupa o lugar que meu marido Henry costumava ocupar à noite, falando de coisas sem importância, quebrando nozes, jogando as cascas no fogo. E por um momento, experimento de novo a sensação surpreendente de perda daquele homem tranquilo que tinha o dom dos inocentes: satisfazer-se com uma vida trivial.

— Espero agradar-lhe como esposa. Pensei que seria um acordo que conviria a nós dois igualmente.

— Fico feliz que tenha pensado nisso — replica com cordialidade.

Hesito.

— Creio que meus conselheiros esclareceram que pretendo que não haja descendentes de nosso casamento, estou certa?

Ele não ergue o olhar para mim, talvez eu o tenha deixado constrangido sendo demasiadamente objetiva.

— Entendi que o casamento será um compromisso, mas não um ato consumado. Partilharemos a cama à noite para cumprir o contrato, mas você se considera tão casta como uma freira.

Respiro fundo.

— Espero que seja conveniente para você.

— Perfeitamente.

Por um momento, olhando para o seu rosto voltado para o chão, me pergunto se de fato quero que concorde tão prontamente com a ideia de que será meu marido, mas nunca meu amante. Elizabeth, a rainha, uma mulher seis anos mais velha que eu, é possuída apaixonadamente por seu marido, que demonstra sua luxúria praticamente com um bebê por ano. Fui estéril com Henry Stafford, ainda que suportasse sua intimidade infrequente, mas talvez eu houvesse tido uma nova chance com esse marido, ele mesmo pai, se não tivesse estipulado essa condição antes mesmo de conhecê-lo.

— Acredito ter sido escolhida por Deus para um propósito superior — explico, quase convidando a uma contestação. — E é a vontade Dele que eu esteja preparada. Não posso ser amante de um homem e serva de Deus.

— Como quiser — retruca ele, demonstrando indiferença.

Quero que compreenda que é um chamado. Suponho que, de alguma maneira, por alguma razão, quero que ele tente me persuadir a ser sua esposa de fato.

— Acredito que Deus me escolheu para gerar o próximo rei Lancaster da Inglaterra — sussurro. — E dediquei minha vida a proteger a vida de meu filho, e fiz um voto sagrado de colocá-lo no trono, independentemente do que me custar. Terei apenas um filho. Sou devotada exclusivamente ao sucesso dele.

Por fim, ele ergue o olhar para mim, como se para confirmar que meu rosto está iluminado pelo propósito sagrado.

— Acho que deixei bem claro para seus conselheiros que você servirá à Casa de York e à rainha Elizabeth.

— Sim. E deixei claro para os seus que quero frequentar a corte. Só com o favor do rei poderei trazer meu filho de volta para casa.

— Será solicitada a ir à corte comigo, a assumir um lugar no séquito da rainha, a apoiar meu trabalho como cortesão preeminente e conselheiro do rei e, ao que tudo indica, ser um membro leal da Casa de York.

Assinto com um gesto, sem tirar os olhos de seu rosto.

— Essa é a minha intenção.

— Não deve haver a menor sombra de dúvida ou apreensão na mente deles do primeiro ao último dia — diz ele. — Tem de fazer com que confiem em você.

— Isso será uma honra — minto com audácia, e percebo pelo lampejo de diversão em seus olhos castanhos que ele sabe que me tornei dura como aço para conseguir chegar a esse ponto.

— Você é sensata — diz tão baixo que mal o escuto. — Acredito que o rei é invencível, por enquanto. Teremos de dançar conforme a música, e esperar para ver.

— Ele me aceitará em sua corte? — pergunto, pensando na longa luta que Jasper travou contra esse rei. Gales ainda continua inquieto sob o governo York, e Jasper segue esperando na Bretanha pela hora certa, guardando meu filho, que deverá ser rei.

— Estão ansiosos por sanar as feridas do passado. Estão loucos por amigos e aliados. Ele quer acreditar que você se uniu a minha casa e a seus aliados. Vai recebê-la como minha mulher. Falei com ele a respeito desse casamento, é claro, e ele nos desejou felicidades. A rainha também.

— A rainha? Desejou felicidades?

Ele confirma.

— Sem a aquiescência dela, nada acontece na Inglaterra.

Forço um sorriso.

— Então, acho que terei de aprender a agradá-la.

— Sim. Você e eu teremos de viver e morrer sob o governo York. Temos de manter boa relação com eles; melhor ainda, temos de crescer com seus favores.

— Deixarão que eu traga meu filho?

— Esse é o meu plano. Ainda não pedi isso e não pedirei por algum tempo, até que você se estabeleça na corte e eles comecem a confiar em você. Vai ver como estão desejosos de confiar e gostar das pessoas. São realmente encantadores. Vai achá-los receptivos. Depois veremos o que poderemos fazer por seu filho e que recompensa ele poderá me oferecer. Qual é a idade dele agora?

— Acabou de completar 15 anos. — Percebo a saudade em minha voz ao pensar em meu filho se tornando homem sem que eu o veja. — Seu tio Jasper está com ele em segurança na Bretanha.

— Ele terá de deixar Jasper — avisa lorde Stanley. — Eduardo nunca se reconciliará com Jasper Tudor. Acredito, todavia, que permitirão o retorno de seu filho se estiver disposto a jurar-lhes lealdade e se dermos nossa palavra de que não causará problemas e renunciará a suas reivindicações.

— George, duque de Clarence, tirou o título de conde de Richmond de meu filho — observo, ciosamente. — Henrique tem de recuperar seus direitos. Precisa ter seu título e suas terras ao retornar. Tem de voltar como o conde que ele é.

— George tem de ser bajulado — diz lorde Stanley sem rodeios. — Mas sempre podemos comprá-lo ou fazer algum tipo de acordo. É ganancioso como uma criança diante de doces. É repulsivamente venal e tão confiável quanto um gato. Sem dúvida podemos suborná-lo com parte da fortuna que partilharemos. Afinal, nós dois somos grandes proprietários de terras.

— E Ricardo, o outro irmão?

— Leal como um cão. Leal como um javali. Leal como o javali de seu brasão. De corpo e alma, é homem de Eduardo. Odeia a rainha; se procurarmos uma pequena rachadura, encontraremos apenas essa. Mas seria difícil enfiar nela a ponta mais afiada de uma adaga. Ricardo ama seu irmão e despreza a rainha. William Hastings, o melhor amigo do rei, partilha exatamente esses sentimentos. Porém, de que adianta buscar fendas em uma casa tão firme? Eduardo tem um belo filho saudável no berço e uma boa razão para esperar ter outros. Elizabeth Woodville é uma esposa fértil. Os York vieram para ficar, e estou agindo para me tornar seu súdito mais leal. Como minha mulher, terá de aprender a amá-los como eu.

— Com convicção? — pergunto, em tom tão baixo quanto o dele.

— Amo-os com convicção, por enquanto — responde ele, comedido como uma cobra.

1482

Aprendo um novo ritmo de vida com esse novo marido à medida que os anos passam. Porém, apesar de ele me ensinar a ser tão boa cortesã para essa família real como eu e os meus sempre fomos para a legítima casa real, eu não mudo. Continuo a detestá-los. Temos uma grande casa em Londres, e meu marido decide que passaremos a maior parte dos meses de inverno na corte, onde diariamente presta reverência ao rei. Ele é membro do Conselho Privado, e seu conselho ao rei é sempre cauteloso e sensato. É muito respeitado por sua prudência e conhecimento do mundo. É particularmente cuidadoso quando se trata de cumprir sua palavra. Já tendo mudado de lado uma vez, certifica-se de agir de maneira que os York acreditem que nunca mais fará isso. Quer se tornar indispensável: digno de confiança como uma rocha. Deram-lhe o apelido de "raposa", tributo a sua cautela, mas ninguém duvida de sua lealdade.

Na primeira vez em que me levou à corte para me apresentar como sua esposa, surpreendi-me ao perceber que estava mais nervosa do que quando fui à corte conhecer um monarca legítimo. Embora não passe de uma viúva de um fidalgo rural, essa rainha usurpadora domina minha vida, e sua sorte aumenta sem cessar enquanto a minha é conquistada arduamente. Estamos em lados opostos na roda da fortuna e ela ascende sem parar, enquanto eu desço. Ela me ofusca, vive em palácios que deveriam ser meus, usa a coroa que deveria ser minha. Ela usa o manto de pele de arminho pela única e exclusiva razão de ser bela e sedutora, ao passo que essa pele é minha por direito de nascença. Ela é seis anos mais velha do que eu, e sempre esteve à minha frente. Estava na beira da estrada quando o rei York passou. No mesmo ano em que a viu, apaixonou-se, casou-se com ela e a tornou sua rainha, fui obrigada a deixar meu filho sob a guarda de meu inimigo, a viver com um marido que, eu sabia, não o criaria nem lutaria por meu rei. Enquanto ela usava toucados cada vez mais altos na cabeça, enfeitados com a melhor renda, encomendava vestidos debruados com arminho, inspirava canções que enalteciam sua beleza, recompensava vencedores de torneios e concebia uma criança a cada ano, eu ia para minha capela, ajoelhava-me e rezava para que meu filho, criado na casa de meus inimigos, não se tornasse um deles. Rezava para que meu marido, embora um covarde, não se tornasse um traidor. Rezava para que o poder de Joana permanecesse comigo e me desse forças para ser leal a minha família, a meu Deus e a mim mesma. Durante todos os longos anos em que meu filho era criado pelos Herbert e eu era impotente para fazer qualquer coisa, exceto ser uma boa esposa para Stafford, essa mulher planejou casamentos para sua família, tramou contra seus rivais, consolidou seu controle sobre o marido e deslumbrou a Inglaterra.

Mesmo durante os meses de seu eclipse, quando ela estava abrigada no santuário, o meu rei de volta ao trono, mesmo quando descemos o rio em direção à corte e o rei reconheceu meu filho como conde de Richmond, mesmo naquele momento sombrio, ela arrebatou seu triunfo, pois ali deu à luz o primeiro filho homem, o bebê que agora temos de chamar de príncipe de Gales, o príncipe Eduardo, e assim também deu esperança aos York.

Em tudo, até mesmo em seus momentos de derrota aparente, ela triunfou sobre mim, e devo ter rezado por quase vinte anos para ela aprender a verdadeira humildade de Nossa Senhora, que só aparece àqueles que sofrem. Mas nunca a vi melhorar por meio do sofrimento.

Agora ela está diante de mim, a mulher que consideram a mais bela da Inglaterra, a mulher que tem a adoração de seu marido e a admiração de uma nação. Baixo os olhos como em reverência. Deus sabe que ela não exerce qualquer controle sobre mim.

— Lady Stanley — diz ela amavelmente quando me levanto de uma reverência profunda.

— Sua Graça — respondo. Posso sentir o sorriso em meu rosto se retesar de tal modo, que minha boca se resseca com o esforço.

— Lady Stanley, seja bem-vinda à corte, por si mesma e por seu marido, que é um grande amigo nosso. — O tempo todo, seus olhos cinza examinam meu belo vestido, meu toucado semelhante ao das freiras, minha postura modesta. Ela está tentando me compreender, e eu, diante dela, empenho-me, com cada poro do meu ser, em esconder o ódio justo que lhe dedico, por sua beleza e sua posição. Tento parecer agradável, enquanto sinto meu ventre orgulhoso se contrair de inveja.

— Meu marido se sente feliz por servir a seu rei e à sua casa. — Engulo com a garganta seca. — Assim como eu.

Ela se inclina para a frente, e em sua boa vontade para me ouvir, percebo, de súbito, que quer acreditar que também eu troquei de lado e estou disposta a ser leal a eles. Percebo seu desejo de ficarmos amigas e, por trás, o temor de que nunca estará completamente segura. A única maneira de ela se assegurar de que não haverá novas insurreições é ter amigos em cada casa da Inglaterra. Se conseguir fazer com que eu a ame, então a Casa de Lancaster perderá sua principal líder: eu, a herdeira. Ela deve ter ficado bastante aflita e desorientada no refúgio. Quando seu marido teve de fugir para salvar a vida e o meu rei estava no trono, ela deve ter ficado tão assustada que agora anseia por toda e qualquer amizade: até mesmo a minha, especialmente a minha.

— Ficarei feliz em tê-la entre minhas damas e amigas — prossegue com elegância. Qualquer um diria que ela nasceu para ser rainha, e não uma viúva sem um tostão. Tem toda a elegância de Margarida de Anjou e muito mais encanto. — Fico feliz em lhe oferecer a posição de dama de companhia em minha corte.

Imagino-a como uma jovem viúva à beira da estrada esperando o rei passar, e por um momento receio que meu despeito se revele em meu rosto.

— Obrigada. — Curvo-me em mais uma reverência profunda e me afasto.

~

É estranho para mim sorrir e fazer mesuras a meu inimigo e, ao mesmo tempo, evitar que meus olhos traiam o ressentimento. Durante dez anos a serviço deles, entretanto, aprendi a fazer isso tão bem que ninguém sabe que murmuro a Deus para que não me esqueça na casa de meus inimigos. Aprendo a fazer-me passar por cortesã leal. Na verdade, a rainha se afeiçoa cada vez mais a mim e confia em mim. Torno-me uma de suas damas de companhia íntimas que permanecem com ela durante o dia, jantam à mesa com outras damas à noite, dançam diante da corte e a acompanham a seus aposentos lindamente mobiliados. O irmão de Eduardo, George, trama contra o casal real, e ela se agarra a nós, suas damas, quando a família de seu marido está dividida. Passa por maus momentos ao ser acusada de bruxaria; metade da corte ri furtivamente, a outra se benze ao vê-la passar. Fico ao seu lado quando George vai para a morte na Torre e sinto a corte se arrepiar de medo de uma casa real internamente dividida. Seguro sua mão quando trazem a notícia da morte de George, e ela, finalmente, se sente livre de sua inimizade. "Deus seja louvado por ele ter partido", ela murmura para mim. Não posso pensar outra coisa senão: sim, ele partiu, e seu título, que antes pertencia a meu filho, está disponível mais uma vez. Será que vou conseguir persuadi-la a devolvê-lo?

Quando a princesa Cecily nasceu, fiquei entrando e saindo da câmara de confinamento, rezando pela segurança da rainha e do novo bebê. E foi a mim que ela convidou para ser madrinha da nova princesa, que carreguei nos braços até a pia batismal. Eu, a favorita de todas as damas nobres.

Evidentemente, os partos constantes da rainha, quase todo ano, me fazem lembrar o filho que tive e que nunca pude criar. Uma vez por mês, durante longos dez anos, recebo uma carta desse filho, primeiro um menino, depois um rapaz, e agora, um homem que está prestes a alcançar a maioridade: um homem com idade suficiente para reivindicar o trono.

Jasper escreve informando que tem mantido a educação de Henrique, que continua a frequentar os ofícios da Igreja, como ordenei. Luta nos torneios, caça, monta, pratica arco e flecha, natação — tudo que conservará seu corpo saudável, forte e preparado para a batalha. Jasper faz com que estude estratégias de guerras e, embora nenhum soldado veterano os visite, ele conta a Henrique relatos das batalhas que presenciou e como poderia ter sido vencida ou combatida de forma diferente. Ele tem mestres que lhe ensinam a geografia da Inglaterra, de modo que possa conhecer o país em que seus navios aportarão. Estuda as leis e as tradições de sua terra para poder se tornar um rei justo quando chegar a hora. Jasper nunca diz que instruir um jovem no exílio de seu país, o qual talvez ele nunca venha a ver, que prepará-lo para uma batalha em que talvez nunca lute, é um trabalho exaustivo. Mas quando o rei Eduardo da Inglaterra celebra o vigésimo primeiro ano de seu reinado com um Natal glorioso no Palácio de Westminster, com seu filho, belo e saudável, príncipe Eduardo de Gales, nós dois acreditamos que se trata de um trabalho sem propósito, sem chance de ser bem-sucedido, sem futuro.

De certo modo, ao longo dos dez anos de meu casamento com Thomas Stanley, a causa de meu filho se tornou esperança perdida até para mim. Jasper, porém, na distante Bretanha, não perde sua fé — não há mais que ele possa fazer. E eu também a mantenho, pois arde em mim a certeza de que um Lancaster tem de subir ao trono da Inglaterra e meu filho é o único herdeiro que nos restou, tirando meu sobrinho, o duque de Buckingham. O duque, no entanto, está casado com a família Woodville e portanto, subjugado a York, enquanto Henrique, meu filho, mantém suas convicções — pois, embora tenha 25 anos, foi criado em meio à esperança, por mais tênue que fosse. Apesar de ser adulto, ele ainda não tem ideias independentes a ponto de dizer a seu querido guardião Jasper, ou a mim, que renegará nosso sonho que lhe custou a infância e que ainda o mantém escravo.

Então, imediatamente antes do dia de Natal, meu marido Thomas Stanley me procura em meu cômodo nos aposentos da rainha.

— Tenho boas notícias. Fiz um acordo para o retorno de seu filho.

Deixo a Bíblia sagrada cair das minhas mãos, mas consigo pegá-la antes que escorregue de meu colo.

— O rei nunca concordaria.

— Ele concordou.

Gaguejo em minha alegria e alívio.

— Nunca pensei que ele fosse...

— Ele está decidido a guerrear contra a França. Não quer seu filho vociferando, causando desordem na fronteira como um rei rival, ou refém, ou seja lá o que for. Vai permitir que retorne e que tenha seu título: será conde de Richmond.

Mal consigo respirar.

— Louvado seja Deus — murmuro. Anseio pôr-me de joelhos e agradecer a Deus por ter concedido ao rei um pouco de razão e misericórdia. — E suas terras?

— O rei não permitirá que um Tudor tenha Gales, isso com certeza, mas terá de lhe dar alguma coisa. Você pode ceder-lhe parte das terras de seu dote.

— Ele deveria ter suas próprias terras — digo, ressentida —, sem que eu precise dividir as minhas. O rei deveria concedê-las.

— Ele terá de se casar com quem a rainha escolher — avisa-me meu marido.

— Ele não vai se casar com uma York qualquer — reajo imediatamente, irritada.

— Ele terá de se casar com quem quer que a rainha escolha. Ela, porém, tem afeição por você. Por que não conversa com ela sobre as opções que lhe agradam? O rapaz tem de se casar, mas não permitirão que se una a alguém que fortaleça sua linhagem Lancaster. Terá de ser com uma York. Se você se empenhar, ele pode ter uma das princesas. E Deus sabe que são muitas.

— Ele pode vir imediatamente?

— Depois do Natal. Os York terão de ser tranquilizados, mas o trabalho principal está feito. Confiam em você e confiam em mim, e acreditam que não introduziríamos um inimigo no reino.

Faz tanto tempo que não discutimos esse assunto que já não tenho certeza que ele continua a partilhar de minha vontade tácita.

— Eles se esqueceram de que ele pode ser um rei rival? — sussurro, embora estejamos em meu quarto.

— É claro que ele é um rei rival — retruca ele com firmeza. — Mas enquanto Eduardo viver não há nenhuma possibilidade de trono para ele. Ninguém na Inglaterra se oporia ao rei para defender um estranho. Quando ele morrer, há o príncipe Eduardo, e, se alguma coisa lhe acontecer, o príncipe Ricardo o sucederá, meninos amados de uma casa de governo forte. É difícil imaginar como seu Henrique conseguiria ocupar um trono vazio. Ele teria de passar por três ataúdes. Ele teria de ver a morte de um grande rei e dois meninos da realeza. Seria uma série de incidentes infelizes. Ou ele teria estômago para ordenar algo assim? Você teria?

Abril de 1483

Westminster

Tenho de esperar até a Páscoa pela vinda de Henrique, embora eu tenha escrito imediatamente para ele e para Jasper. Ambos começam a se aprontar para o retorno, dispersando a pequena corte de oportunistas York e de homens desesperados que se agruparam ao redor deles. Preparam-se para a primeira separação desde que Henrique era menino. Jasper escreve, declarando-me que não sabe o que será de sua vida sem Henrique para guiar, aconselhar e governar.

Talvez eu parta em peregrinação. Talvez esteja na hora de pensar em mim mesmo, em minha própria alma. Tenho vivido somente para nosso menino e, longe da Inglaterra como estamos, comecei a pensar que nunca regressaríamos. Agora ele vai retornar, como deve fazer, mas eu não posso. Perdi meu irmão, minha casa, você e agora ele. Fico feliz que ele possa voltar para perto de você e ocupar seu lugar no mundo. Mas ficarei muito só no exílio. Sinceramente, não me ocorre nada a fazer sem ele.

Levo a carta a Stanley, meu marido, que está trabalhando em seu escritório, papéis empilhados pela mesa à espera de sua assinatura.

— Acho que Jasper Tudor ficaria feliz em voltar com Henrique — digo cautelosamente.

— Ele pode voltar para o tronco — replica meu marido, sem rodeios. — Tudor fez a escolha errada e se aferrou a ela durante toda a derrota. Devia ter pedido perdão depois de Tewkesbury, como todos os outros, mas foi teimoso como um pônei galês. Não usarei minha influência para restaurá-lo, nem você. Além do mais, acho que nutre por ele um afeto que não admiro e do qual não compartilho.

Olho para ele, perplexa.

— Ele é meu cunhado.

— Estou ciente disso. O que só piora a situação.

— Não está imaginando que fui apaixonada por ele durante todos esses anos de ausência?

— Não penso absolutamente nisso. Não quero pensar nisso. Não quero que você pense nisso. Não quero que ele pense nisso e especialmente não quero que o rei e a mulher mexeriqueira dele pensem nisso. Portanto, que Jasper fique onde está, não vamos interceder por ele, e você não precisa mais lhe escrever. Não precisa nem mesmo pensar nele. Ele está morto para nós.

Estou trêmula de indignação.

— Não pode ter a menor dúvida sobre a minha honra.

— Não, não quero pensar em sua honra tampouco.

— Como não tem o menor desejo por mim, não entendo que importância teria para você ser verdade ou não! — digo-lhe bruscamente.

Não consigo irritá-lo. Seu sorriso é frio.

— A falta de desejo, deve se lembrar, foi requerida em nosso contrato de casamento. Uma cláusula estipulada por você. Não tenho o menor desejo por você, milady, mas lhe sou útil, assim como é útil para mim. Vamos manter nosso acordo sem o confundir com palavras românticas que nenhum de nós dois jamais dirigiria ao outro. Você não faz o meu tipo de mulher, e só Deus sabe que tipo de homem despertaria desejo em você. Se é que existe algum. Duvido que até o pobre Jasper tenha causado mais do que uma comoção frígida.

Dirijo-me rapidamente à porta, mas paro com a mão no ferrolho e me viro para falar com ressentimento:

— Estamos casados há dez anos e tenho sido uma boa esposa para você, não tem nenhum motivo de queixa. Não sente a menor afeição por mim?

Ele ergue o olhar da mesa, sua pena colocada sobre o tinteiro de prata.

— Quando nos casamos, você me disse que havia se devotado a Deus e a sua causa. Eu lhe disse que me devotara ao progresso, meu e de minha família. Você desejava uma vida casta, e aceitei isso em uma esposa que tinha uma fortuna, um nome nobre e um filho pretendente ao trono da Inglaterra. Não há, portanto, nenhuma necessidade de afeição. Compartilhamos o mesmo interesse. Você é mais fiel a mim por nossa causa do que seria por qualquer afeição, eu sei disso. Se fosse uma mulher que pudesse ser controlada por sentimentos, teria ido para junto de Jasper e de seu filho há 12 anos. Afeição não é importante para você, nem para mim. Você quer poder, Margaret, poder e riqueza. E eu também. Nada é mais importante para nenhum de nós dois, e sacrificaremos qualquer coisa por isso.

— Sou guiada por Deus! — protesto.

— Sim, porque acha que Deus quer que seu filho seja rei da Inglaterra. Não creio que seu Deus alguma vez a tenha aconselhado de outra maneira. Você ouve só o que quer ouvir. Ele apenas ordena suas preferências.

Oscilo como se ele tivesse batido em mim.

— Como se atreve! Passei minha vida a serviço Dele!

— Ele sempre lhe diz para lutar por poder e riqueza. Tem certeza de que não está ouvindo sua própria voz, falando através do tremor de terra, do vento e do fogo?

Reajo com fúria.

— Pois eu lhe digo que Deus colocará meu filho Henrique no trono da Inglaterra, e aqueles que riem de minhas visões e duvidam da minha vocação me chamarão de "Milady, Mãe do Rei", e assinarei Margaret Regina, Margaret R...

Há uma batida urgente na porta e a maçaneta faz barulho.

— Milorde!

— Entre! — grita Stanley, reconhecendo a voz de seu secretário pessoal.

Ponho-me de lado quando James Peers abre a porta e entra, faz uma mesura a mim e se aproxima da escrivaninha de meu marido.

— É o rei. Estão dizendo que está doente.

— Ele passou mal ontem à noite. Apenas comeu demais.

— Está pior hoje. Chamaram mais médicos e o estão sangrando.

— É grave?

— Parece que sim.

— Irei imediatamente.

Meu marido larga a pena e vem em minha direção, ao lado da porta semiaberta. Chega bem junto de mim, como um amante, e põe a mão em meu ombro para falar intimamente ao meu ouvido.

— Se ele adoecer, morrer e for preciso uma regência e seu filho retornar e servir no conselho, então ficará a apenas dois passos do trono. Se for um servidor bom e leal, e atrair a atenção de todos, poderão preferir um jovem e a Casa de Lancaster a esse filhinho da mamãe imaturo e a Casa de York. Quer ficar aqui e falar de sua vocação e discutir se quer ou não afeição, ou quer vir comigo agora e ver se o rei York está morrendo?

Nem mesmo respondo. Deslizo a mão para o braço dele e nos apressamos, nossos rostos pálidos de preocupação pelo rei que todos sabem que amamos.

~

A vida do rei se prolonga por dias. A agonia da rainha é extraordinária. Apesar de suas infidelidades a ela e apesar de toda a sua inépcia com os aliados, é um homem que inspirou afeto apaixonado. A rainha passa dia e noite em sua câmara, médicos entram e saem, trocando com frequência a medicação. Os rumores pairam pela corte como corvos que procuram uma árvore à noite. Diz-se que ele se resfriou com o vento frio que soprava na margem do rio quando insistiu em pescar na época da Páscoa, que está doente por comer e beber demais. Há quem diga que suas muitas prostitutas lhe passaram sífilis, que o está consumindo. Alguns pensam, como eu, que é a vontade de Deus e castigo por traição à Casa de Lancaster. Acredito que Deus esteja limpando o caminho para a vinda de meu filho.

Stanley permanece nos aposentos do rei, onde homens reunidos pelos cantos murmuram seus receios de que a boa sorte de Eduardo, que foi invencível durante toda a sua vida, tenha se esgotado. Passo o tempo todo nos aposentos da rainha, esperando que chegue para trocar o toucado e pentear o cabelo. Observo sua expressão apática no espelho enquanto deixa a criada prender seu cabelo como quiser. Vejo seus lábios brancos se movendo constantemente em preces. Se ela fosse a mulher de qualquer outro homem, eu teria pena e também rezaria por ela. Elizabeth está sofrendo o medo da perda do homem que ama e que está acima de nós todos, inquestionavelmente o maior homem da Inglaterra.

— O que ela diz? — pergunta-me meu marido quando nos encontramos para as refeições no salão, tão silencioso quanto se uma mortalha já tivesse recaído sobre nós.

— Nada. Ela não fala. Está emudecida diante da ideia de perdê-lo. Tenho certeza de que ele está morrendo.

Nessa tarde, o Conselho Privado é convocado à cabeceira do rei. Nós, as mulheres, esperamos na grande sala de audiências, do lado de fora dos aposentos privados, ansiosas por notícias. Meu marido aparece após uma hora, com expressão sombria.

— Ele nos fez jurar uma aliança — informa. — Hastings e a rainha: o melhor amigo e a esposa. Pediu para agirmos juntos pela segurança de seu filho. Nomeou seu filho Eduardo o próximo rei, uniu as mãos de William Hastings e da rainha. Disse que deveriam servir ao novo governante sob a regência de seu irmão Ricardo até o menino atingir a maioridade. Então, o padre entrou para ministrar-lhe os ritos finais. Estará morto ao anoitecer.

— Você jurou lealdade?

Seu sorriso torto me disse que isso nada significava.

— Meu Deus, sim. Todos juramos. Todos juramos trabalhar juntos pacificamente, juramos amizade eterna. Portanto, acho que a rainha está armando soldados e mandando buscar seu filho em Gales com o maior número de homens que pôde reunir. Estão armados para a guerra. Eu diria que Hastings está mandando buscar Ricardo, advertindo-o contra os Rivers e o conclamando a liderar os soldados de York. A corte vai se fragmentar. Ninguém pode resistir à ascendência dos Rivers. Eles têm certeza de que governarão a Inglaterra por intermédio de seu menino. Voltará a ser como com Margarida de Anjou, uma corte governada por uma mulher. Todos estão convocando Ricardo para detê-la. Você e eu devemos nos separar e agir. Vou escrever a Ricardo e lhe garantir minha lealdade, enquanto você assegura à rainha que está ao lado dela e de sua família, os Rivers.

— Um pé em cada campo — murmuro. É a maneira de agir de Stanley. Por isso me casei com ele. Foi exatamente por isso.

— Meu palpite é que Ricardo espera governar a Inglaterra até que o príncipe Eduardo chegue à maioridade. E, depois, governará por intermédio do menino, se puder dominá-lo. Será outro Warwick. Um Fazedor de Reis.

— Ou será um rei rival? — falo em voz baixa, pensando, como sempre, em meu próprio filho.

— Um rei rival — concorda ele. — O duque Ricardo é um Plantageneta de York, maior de idade, cujo direito ao trono é inquestionável. Não precisa de uma regência nem de uma aliança dos lordes para governar por ele. Muitos o considerarão uma escolha mais segura do que um garoto inexperiente. Alguns o verão como herdeiro. Precisa mandar um mensageiro a Jasper imediatamente para que mantenha Henrique em segurança até sabermos o que vai acontecer. Eles não podem vir para a Inglaterra até sabermos quem irá reivindicar o trono.

Stanley faz menção de sair, mas o detenho.

— E o que você acha que vai acontecer agora?

Seus olhos não encaram os meus. Ele olha para longe.

— Acho que a rainha e o duque Ricardo brigarão como cães por um osso, que é o pequeno príncipe. Acho que vão destroçá-lo.

Maio de 1483

Londres

Apenas quatro semanas depois dessa conversa apressada, escrevo a Jasper lhe dando notícias extraordinárias.

Ricardo, duque de Gloucester, o próprio irmão do rei, após jurar absoluta lealdade a seu sobrinho, o príncipe Eduardo, levou-o para Londres e o instalou, com toda a honra, nos aposentos reais na Torre para sua coroação, que deverá ser no próximo mês. Houve uma certa disputa entre os guardiões do jovem príncipe, e Anthony Rivers, seu tio, e Richard Grey, seu meio-irmão, foram levados pelo duque. Elizabeth, a rainha, buscou refúgio no santuário com seus outros filhos, dizendo que Ricardo é um falso amigo, inimigo seu e dos seus, exigindo que seu filho, o príncipe, seja libertado e entregue a ela.

A cidade está em alvoroço, sem saber em quem acreditar ou em quem confiar. Muitos acham que a rainha está tentando roubar o tesouro real (ela levou para o santuário tudo que pôde carregar) para defender seu próprio poder e família. O irmão dela partiu com a frota e roubou o restante das riquezas do reino e, provavelmente, entrará em guerra com Londres pelo rio. Da noite para o dia, ela se tornou inimiga do reino e até mesmo de seu próprio filho, já que tudo está sendo preparado para a coroação do jovem príncipe e ele mesmo está publicando decretos sob o selo conjunto dele como herdeiro e do tio como seu protetor. O irmão da rainha vai bombardear seu sobrinho real na Torre? Ela se ausentará de sua coroação?

Escreverei de novo assim que souber mais notícias. Stanley diz para esperar e observar, talvez esta seja a nossa hora.

Margaret Stanley.

Junho de 1483

Londres

Meu marido, lorde Stanley, é agora o conselheiro de confiança do duque Ricardo, como foi do rei Eduardo. É como deve ser. Ele serve ao rei, e Ricardo agora é lorde protetor durante essas poucas semanas até o príncipe Eduardo ser coroado. Depois, Ricardo terá de abrir mão de tudo, do trono e do poder, e o menino governará como rei da Inglaterra. Veremos, então, quem será capaz de sobreviver ao reinado de um filho da família Rivers, que deterá a coroa mais importante do mundo e será completamente controlado por sua mãe: uma bruxa descrente refugiada. Poucos homens confiarão nesse menino, e ninguém confiará na mãe dele.

De qualquer maneira, que filho da Casa de York abriria mão do poder? Que filho da Casa de York conseguiria entregar o trono? Ricardo passaria a coroa e o cetro ao filho de uma mulher que o odeia? Independentemente das dúvidas que temos, todos nós tiramos as medidas para a confecção de novas roupas para a coroação, e estão construindo uma passagem na Abadia de Westminster para a procissão real — a rainha viúva Elizabeth deve ouvir os ruídos do martelo e da serra acima dela, escondida em seu santuário nas câmaras baixas ao lado da abadia. O Conselho Privado a procurou formalmente e exigiu que enviasse seu filho Ricardo, de 9 anos, para ficar com o irmão de 12 na Torre. Ela não pôde recusar, e não havia razão para que recusasse, exceto seu próprio ódio do duque Ricardo, e ela cedeu. Agora, os dois meninos esperam, nos apartamentos reais, o dia da coroação.

Sou responsável pelas vestimentas para a coroação e me reúno com a encarregada do guarda-roupa e suas criadas para ver que traje seria dado à rainha viúva, às princesas e às outras damas da corte. Devemos preparar os vestidos supondo que a rainha sairá do santuário para a coroação e que se vestirá com requinte, como sempre. Estamos supervisionando a escovação da pele de arminho do manto da rainha e observando as costureiras pregarem um botão de madrepérola quando a encarregada do guarda-roupa comenta que a duquesa de Gloucester, Anne Neville, esposa de Ricardo, não encomendou nenhum vestido.

— Sua encomenda deve ter se extraviado — observo —, pois ela não deve ter em seu Castelo de Sheriff Hutton o que precisa para a coroação. E ela não pode encomendar algo... que nunca ficará pronto a tempo.

Ela dá de ombros enquanto separa um manto debruado de veludo, retira sua capa de linho e o estende para eu ver.

— Não sei. Mas não recebi nenhuma encomenda de vestido para ela. O que devo fazer?

— Prepare um de seu tamanho — respondo, como se não estivesse muito interessada, e me viro para falar com outra pessoa.

Corro de volta para casa e procuro meu marido. Ele está redigindo convocações a todos os corregedores da Inglaterra para que venham a Londres a fim de assistir à coroação do jovem rei.

— Estou ocupado. O que foi? — pergunta, ríspido, quando abro a porta.

— Anne Neville não encomendou vestido para a coroação. O que acha disso?

Ele pensa o mesmo que eu, tão rapidamente quanto eu. Larga a pena e me faz sinal para entrar. Fecho a porta atrás de mim com uma pontinha de alegria por conspirar com ele.

— Ela nunca age por conta própria. Seu marido deve ter lhe ordenado não comparecer. Por que ele faria isso? — Não respondo. Sei que está pensando rápido. — Se não tem vestido, não poderá vir à coroação. Ele deve ter dito a ela para não vir, pois decidiu que não haverá coroação — murmura ele. — E tudo isso — faz um gesto na direção das pilhas de papéis —, tudo isso é apenas para nos manter ocupados e com a ilusão de que a cerimônia vai acontecer.

— Talvez tenha dito para ela não vir porque acha que Londres vai se rebelar; talvez a queira em segurança em casa.

— Quem se rebelaria? Todos querem o príncipe York coroado. Só uma pessoa o impediria de se tornar rei, assim como só uma pessoa se beneficiaria disso.

— O próprio duque Ricardo de Gloucester?

Meu marido confirma com a cabeça.

— O que podemos fazer com essa preciosa informação? Como vamos usá-la?

— Vou contar à rainha viúva — decido. — Se ela vai reunir forças, deveria fazê-lo agora. Seria melhor tirar seus filhos da guarda de Ricardo. E, se eu conseguir persuadir a rainha York a combater o regente York, então haverá uma chance para Lancaster.

— Diga-lhe que o duque de Buckingham talvez esteja disposto a mudar de lado — diz ele, em voz baixa, quando estou a caminho da porta. Paro imediatamente.

— Stafford? — repito, incrédula. É o sobrinho do meu segundo marido, o menino que herdou o título quando seu avô morreu, que foi obrigado a se casar com a irmã da rainha. Odeia a família Rivers desde que o forçaram a esse casamento. Ele não os suporta. Foi o primeiro a apoiar Ricardo, foi o primeiro a ficar a seu lado. Estava presente quando Ricardo prendeu Anthony Rivers. Sei que deve ter adorado ver a humilhação do homem a quem foi obrigado a chamar de cunhado. — Mas Henry Stafford detesta a rainha. Ele a odeia, e odeia a irmã dela, sua esposa, Katherine. Eu sei. Lembro-me de quando se casaram. Ele nunca se voltaria contra Ricardo a favor deles.

— Ele tem suas próprias ambições — observa meu marido de maneira enigmática. — Tem sangue real em sua linhagem. Deve estar pensando que, se o trono pode ser tirado do príncipe Eduardo, também pode ser tirado de Ricardo. Ele se unirá à rainha, fingindo defender o filho dela, e, depois, quando tiverem a vitória, se apossará do trono.

Penso rapidamente. A família Stafford, com exceção de meu fraco e modesto marido Henry, sempre foi pouco comedida em seu orgulho. Stafford apoiou Ricardo por rancor aos Rivers e agora pode, de fato, fazer valer seus direitos.

— Direi à rainha, se assim quer, mas eu o considero totalmente indigno de confiança. Será loucura ela o aceitar como aliado.

Meu marido sorri, mais como lobo do que como raposa, apelido pelo qual é conhecido.

— Ela não tem muitos amigos para escolher como aliados. Eu diria que ficará feliz com ele.

Uma semana depois, ao alvorecer, meu marido bate na porta do meu quarto e entra, fazendo minha criada gritar e se levantar de sua cama num salto.

— Deixe-nos a sós — ordena ele, e ela sai rapidamente enquanto eu me sento na cama e puxo a coberta ao redor de meu corpo.

— O que houve? — Meu primeiro receio é de que meu filho esteja doente, mas então percebo que Stanley está lívido como um fantasma, e suas mãos, trêmulas. — O que aconteceu com você?

— Tive um sonho. — Senta-se pesadamente na cama. — Meu Deus, que sonho. Margaret, não faz ideia...

— Uma visão?

— Como vou saber? Foi como ficar preso no inferno.

— O que sonhou?

— Eu estava em um lugar rochoso frio e escuro, algum lugar ermo, que desconheço. Olhei em volta: ninguém estava comigo, nenhum de meus aliados, nenhum de meus homens, nem mesmo meu estandarte, nada. Eu estava completamente só, sem meu filho, sem meu irmão... sem você.

Espero que continue. A cama estremece com seu tremor.

— Um monstro vem na minha direção — prossegue, a voz muito baixa. — Uma criatura horrível, terrível, vem na minha direção, sua boca aberta para me devorar, seu hálito fedendo como o inferno, seus olhos vorazes e vermelhos, olhando de lá para cá; um monstro que atravessou o país para me buscar.

— Que tipo de monstro? Uma serpente?

— Um javali. Um porco selvagem com sangue em suas presas, com sangue em suas narinas, baba escorrendo de sua boca, a cabeça baixa, rastreando-me. — Arrepia-se. — Eu o ouvia bufar.

O porco selvagem é o símbolo de Ricardo, duque de Gloucester, nós dois sabemos. Levanto-me da cama e abro a porta para me certificar de que a criada não está ali e de que não há ninguém nos escutando. Fecho-a bem e atiço as brasas na pequena lareira do quarto, como se precisássemos de calor nessa noite quente de junho. Acendo velas, como se elas pudessem afugentar as trevas do javali caçador. Toco o crucifixo que pende de meu pescoço. Faço o sinal da cruz. Stanley introduziu em meu quarto seus terrores noturnos. É como se a respiração do javali sibilasse ali, com ele, como se nos farejasse nesse instante.

— Imagina que Ricardo desconfia de você?

Ele olha para mim.

— Não tenho feito nada a não ser demonstrar meu apoio a ele. Mas foi um sonho... Não o posso negar. Margaret, despertei tomado pelo terror, como uma criança. Acordei com meu próprio grito de socorro.

— Se desconfia de você, vai desconfiar de mim. — O medo de Stanley é tão forte que me contagiou. — E enviei mensagens à rainha, como combinamos. Ele teria como saber que sou sua inimiga?

— É possível que sua mensagem tenha se extraviado?

— Tenho confiança em meu homem. E ela não é tola. Mas por que outra razão ele desconfiaria de você?

Ele balança a cabeça.

— Nada fiz além de falar com Hastings, que é leal até o fundo da alma. Ele só está interessado em assegurar a sucessão, o trono, para o príncipe. É seu último ato de amor a Eduardo, o rei. Ele está extremamente receoso da deslealdade de Ricardo. Desde que o duque de Gloucester levou o príncipe para a Torre, ele teme alguma complicação. Perguntou-me se eu me uniria a ele em uma reunião do Conselho Privado para insistir que o príncipe apareça em público, visite sua mãe, que mostre ser livre em todos os aspectos. Penso que enviou um mensageiro à rainha para tranquilizá-la quanto a sua segurança e pedir que saia do refúgio.

— Hastings sabe que Ricardo ordenou à própria esposa que ficasse em casa? Ele acredita que Ricardo pode adiar a coroação? Prolongar a regência?

— Eu disse a ele que Anne Neville não tinha nenhum vestido para a coroação, e Hastings admitiu na mesma hora que Ricardo pode realmente estar planejando não coroar seu sobrinho. É o que todos começam a pensar. É o que todos nós começamos a recear. Não consigo, entretanto, ver nada mais grave do que Ricardo adiar a coroação, talvez por anos, talvez até o menino completar 21 anos. Adiá-la para que possa governar como regente. — Stanley fica de pé em um pulo e atravessa, descalço, o quarto. — Pelo amor de Deus, Ricardo foi o irmão mais leal que Eduardo poderia ter! Ele não fez nada além de afirmar sua lealdade ao príncipe. Seu próprio sobrinho! Toda sua hostilidade foi dirigida à rainha viúva, não ao filho de Eduardo. Mas ele tem o menino completamente sob seu poder. Coroado ou não, o príncipe Eduardo só pode ser uma marionete se Ricardo conseguir mantê-lo afastado de sua mãe e de seus parentes.

— Mas o sonho...

— O sonho foi com um javali obcecado por poder e morte. Foi um aviso, com certeza foi só um aviso.

Nós dois nos calamos. Uma tora de lenha estala na lareira, e nós dois nos retraímos, assustados com o ruído.

— O que vai fazer? — pergunto.

— O que você faria? Acredita que Deus fala com você e a adverte em sonhos. O que faria se sonhasse que um javali aparece para pegá-la?

Hesito.

— Não está pensando em fugir, está?

— Não, não.

— Rezarei por orientação.

— E o que o seu Deus diria? — insiste meu marido com um leve toque de seu sarcasmo habitual. — Ele geralmente é confiável ao aconselhá-la a buscar poder e segurança.

Sento-me no banco ao lado do fogo e olho para as chamas, como se fosse uma pobre mulher lendo a sorte, como se fosse a rainha Elizabeth na prática de sua feitiçaria.

— Se Ricardo se voltar contra o sobrinho, contra os dois sobrinhos e, de alguma maneira, se apossar da herança deles se colocando no trono... — Faço uma pausa. — Eles não têm mais defensores poderosos. A frota se amotinou contra o tio Rivers deles, sua mãe está no refúgio, seu tio Anthony está preso...

— E então...?

— Se Ricardo se apossar do trono e deixar seus sobrinhos trancafiados na Torre, acha que o país se levantaria contra ele e haveria outra guerra?

— York contra York. É possível.

— E nessas circunstâncias haveria uma grande chance para a Casa de Lancaster.

— Para seu filho, Henrique.

— Para Henrique ser o vencedor, quando os York se fizerem em pedaços, uns aos outros, em uma luta até a morte.

Faz-se silêncio em meu quarto. Meus olhos procuram os dele, receando ter ido longe demais.

— Há quatro vidas entre Henrique e o trono — observa ele. — Os dois príncipes York, Eduardo e Ricardo, o próprio duque Ricardo, e, então, seu filho.

— Mas podem lutar uns contra os outros.

Ele assente com a cabeça.

— Se escolherem se destruir, não será pecado Henrique ocupar o trono vazio — digo com firmeza. — E, finalmente, a casa legítima assumirá o trono da Inglaterra, o que é a vontade de Deus.

Ele sorri de minha certeza, mas dessa vez não me ofendo. O que importa é que podemos ver nosso caminho, e, como sei que ele é iluminado pela luz de Deus, não me preocupo se ele pensa que ela é apenas a chama de uma ambição pecaminosa.

— Então, você vai à reunião do Conselho Privado hoje?

— Sim, será na Torre. Mas enviarei uma mensagem a Hastings contando sobre meus temores. Se ele vai se opor a Ricardo, é melhor fazer isso agora. Ele pode forçar o duque a revelar suas intenções; pode exigir ver o príncipe. Seu amor pelo falecido rei o tornará o defensor de Eduardo. Posso recuar e deixá-lo avançar. O Conselho está decidido a coroar o príncipe. Hastings pode exigi-lo. É capaz de suportar o risco de mostrar a Ricardo que desconfia dele. Posso instigar Hastings contra Ricardo e me afastar para ver o que acontece. Posso ser alertado por isso, posso alertar Hastings, e deixar que ele se arrisque.

— Mas de que lado você está?

— Margaret, permaneço leal àquele que tem mais probabilidade de triunfar e, neste momento, o homem que tem o apoio do exército do norte, o controle da Torre e o rei legítimo sob sua guarda é Ricardo.

~

Espero o retorno de meu marido da reunião do Conselho ajoelhada em meu genuflexório. Nossa conversa ao amanhecer me deixou inquieta e assustada, ajoelhei-me então para rezar e pensar em Joana, que deve ter-se visto em perigo muitas vezes e, ainda assim, partiu em seu cavalo branco com seu estandarte de lírios e não precisou travar suas batalhas em segredo e em silêncio.

Chego a pensar momentaneamente que os sons fazem parte de minha prece quando ouço a marcha de muitos soldados na rua e o estrépito no pavimento de pedras no momento em que uma centena de lanceiros depõe suas lanças. Eles então batem forte na grande porta principal de nossa casa em Londres. Estou na metade da escada quando o filho do porteiro chega correndo, mandando as criadas me chamarem. Seguro-o pelo braço.

— Quem é?

— Homens do duque Ricardo — responde com a fala engrolada. — Fardados, eles estão com o senhor, seu marido. O rosto machucado, sangue em seu gibão, sangra como um porco...

Empurro-o para o lado; o que ele diz não faz sentido. Atravesso depressa a entrada pavimentada de pedra, no mesmo instante em que o guarda está abrindo o portão e os soldados do duque Ricardo entram. No meio deles está meu marido, cambaleando, o sangue escorrendo de um ferimento na cabeça. Ele olha para mim, e seu rosto está lívido, seus olhos estão apáticos por causa do choque.

— Lady Margaret Stanley? — pergunta o comandante da guarda.

Mal consigo tirar os olhos do símbolo do javali em sua farda. Um javali com grandes presas, exatamente como meu marido sonhou.

— Sou Lady Margaret.

— Seu marido está sob prisão domiciliar, e nem ele nem a senhora podem sair. Haverá guardas posicionados em todas as entradas, em sua casa, nas portas e janelas de seus aposentos. Seus criados podem sair para fazer seus serviços, mas serão parados e revistados por minha ordem. Está claro?

— Sim — sussurro.

— Darei uma busca na casa, examinando cartas e documentos. Entende isto também?

Não há nada em meus aposentos que possa incriminar nenhum de nós dois. Queimo tudo o que é perigoso assim que o leio e não guardo cópia de minhas cartas. Toda a minha ação por Henrique é entre mim e Deus.

— Entendo. Posso levar meu marido para meu gabinete? Ele está ferido.

Ele dá um sorriso sinistro.

— Quando chegamos para prender lorde Hastings, seu marido se jogou para debaixo da mesa e quase perdeu a cabeça em uma lança. Parece pior do que está.

— Prenderam lorde Hastings? — pergunto, incrédula. — Qual a acusação?

— Senhora, nós o decapitamos — responde ele abruptamente, afastando-me e entrando em minha casa; seus homens se espalham por meu pátio e assumem suas posições. Somos prisioneiros em nosso próprio lar.

Stanley e eu vamos para meu gabinete cercados de lanceiros, que só recuam quando veem que a janela é pequena demais para uma fuga. Eles saem e fecham a porta, deixando-nos a sós.

Stanley joga, com um arrepio, seu gibão e sua camisa sujos de sangue no chão e se senta em um banco, nu da cintura para cima. Ponho água em uma bacia e começo a lavar o corte. É superficial e comprido, um golpe oblíquo, sem intenção de matar; fosse porém um pouco mais baixo, ele teria perdido o olho.

— O que está acontecendo? — sussurro.

— Ricardo chegou no começo da reunião para determinar as normas da coroação e, sorrindo, esfuziante, pediu ao bispo Morton para enviar-lhe os morangos de seu pomar, muito afável. Iniciamos as deliberações sobre a cerimônia, a distribuição de lugares, a precedência, as medidas usuais. Ele saiu outra vez e, enquanto estava fora, alguém deve ter lhe transmitido alguma notícia ou mensagem, e ele voltou completamente mudado, com uma expressão furiosa. Os soldados entraram atrás dele como se estivessem tomando um forte, batendo a porta com força, as armas apontadas. Eles as brandiram contra mim, joguei-me no chão, Morton deu um pulo para trás, Rotherham se escondeu atrás da cadeira. Levaram Hastings antes de ele ter tempo de se defender.

— Mas por quê? O que disseram?

— Nada! Nada foi dito. Foi como se Ricardo de súbito liberasse seu poder. Simplesmente agarraram Hastings e o levaram.

— Levaram-no para onde? Qual foi a acusação? O que disseram?

— Não disseram nada. Não entende? Não foi uma detenção. Foi um ataque surpresa. Ricardo gritava como louco, afirmando que era vítima de um feitiço, que seu braço estava enfraquecendo e que Hastings e a rainha estavam destruindo-o com bruxaria.

— O quê?

— Levantou a manga e nos mostrou seu braço. O braço que empunha a espada... Sabe como seu braço direito é forte. Ele diz que está enfraquecendo, paralisando.

— Meu Deus, ele está louco? — Interrompo a limpeza do ferimento. Não consigo acreditar no que estou ouvindo.

— Arrastaram Hastings para fora. Sem uma palavra. Empurraram-no para fora, embora esperneasse, praguejasse e se recusasse a ir. Havia restos de pranchas de madeira da construção e simplesmente derrubaram uma viga, baixaram-no à força sobre ela, e arrancaram sua cabeça com um único golpe.

— Havia um padre?

— Sem padre. Não ouviu o que eu disse? Foi sequestro e assassinato. Ele não teve tempo nem mesmo de pronunciar suas preces. — Stanley começa a tremer. — Meu Deus, achei que tinham vindo atrás de mim. Acho que serei o próximo. Foi como no sonho. O cheiro de sangue e ninguém para me salvar.

— Eles o decapitaram diante da Torre?

— Sim, como eu disse, como eu disse.

— Então, se o príncipe olhou pela janela ao ouvir o barulho, deve ter visto o melhor amigo de seu pai ser degolado sobre um tronco, não? O homem que ele chamava de tio William.

Stanley fica em silêncio, olhando para mim. Uma gota de sangue corre por seu rosto e ele, com as costas da mão, a detém, deixando sua bochecha vermelha.

— Ninguém teria conseguido detê-los.

— O príncipe passará a ver Ricardo como seu inimigo — insisto. — Não vai mais conseguir chamá-lo de lorde protetor depois disso. Vai considerá-lo um monstro.

Stanley sacode a cabeça.

— O que vai acontecer conosco?

Seus dentes começam a bater. Largo a bacia e ponho um cobertor ao redor de seus ombros.

— Só Deus sabe, só Deus sabe — murmura. — Estamos em prisão domiciliar por traição, somos suspeitos de tramar com a rainha e Hastings. Seu amigo Morton também, e levaram Rotherham. Não sei quantos mais. Suponho que Ricardo vá se apossar do trono e prender todos os que acredita que discordarão.

— E os príncipes?

Ele gagueja por causa do choque.

— Não sei. Ricardo pode simplesmente matá-los, como matou Hastings. Pode invadir o santuário e assassinar toda a família real: a rainha, as meninas, todos eles. Hoje ele nos mostrou que pode fazer qualquer coisa. Quem sabe já não estão mortos?

~

As notícias chegam em fragmentos trazidos pelas criadas, como mexericos do mercado. Ricardo declara que o casamento da rainha, Elizabeth Woodville, com o rei Eduardo nunca foi válido, pois Eduardo estava comprometido com outra dama antes de se casar em segredo. Declara bastardos todos os frutos desse casamento, e a si mesmo o único herdeiro York. O covarde Conselho Privado, que observa o corpo sem cabeça de Hastings ser sepultado do lado do rei que ele amava, nada faz para defender sua rainha e seus príncipes; há uma pressa generalizada e um acordo unânime de que só há um único herdeiro, e esse é Ricardo.

Ricardo e meu parente Henry Stafford, o duque de Buckingham, começam a divulgar a informação de que o próprio rei Eduardo era bastardo, filho ilegítimo de um arqueiro inglês com a duquesa Cecily quando ela estava com o duque de York na França. O povo ouve essas acusações, e o que faz com elas só Deus sabe; não há dúvida, porém, quanto à chegada de um exército vindo dos condados do norte, ávido por recompensa, leal a ninguém mais a não ser Ricardo. Ninguém nega que todos os homens que porventura tivessem sido leais ao príncipe Eduardo estão presos ou mortos. Todos cuidam da própria segurança. Ninguém se manifesta.

~

Pela primeira vez em minha vida, penso com generosidade na mulher a que servi por quase dez anos, Elizabeth Woodville, que foi rainha da Inglaterra e uma das soberanas mais belas e amadas que o país já teve. Jamais a considerei bela, e ela nem foi amada por mim, exceto nesse momento de sua derrota definitiva. Penso nela na penumbra úmida do santuário em Westminster; Elizabeth nunca mais triunfará. Pela primeira vez em minha vida, posso me ajoelhar e rezar, verdadeiramente, por ela. Agora só lhe restam suas filhas. A vida de festas e diversão acabou, e seus dois filhos são prisioneiros de seu inimigo. Penso nela derrotada e assustada, viúva, temendo por seus filhos e, pela primeira vez em minha vida, sinto meu coração se enternecer em relação a ela: uma rainha trágica derrubada não por culpa sua. Rezo para que Nossa Senhora, rainha do Paraíso, socorra e conforte essa Sua filha infeliz, desgraçada, nesses dias de humilhação.

A menina York mais velha, princesa Elizabeth, está na idade de se casar, e só está solteira aos 17 anos devido à mudança de sorte de sua casa. Enquanto estou de joelhos rezando pela saúde e segurança da rainha, penso na bela Elizabeth e na esposa que seria para meu filho Henrique. O filho de Lancaster e a filha de York curariam, juntos, as feridas da Inglaterra, e resolveriam os conflitos de duas gerações. Se Ricardo morrer depois de tomar o trono, seu herdeiro será uma criança, um filho Neville doentio, tão incapaz de defender seu direito quanto os príncipes York, e tão fácil de ser eliminado como eles foram. Se meu filho, então, ocupar o trono e se casar com a princesa York, o povo o aceitará como herdeiro Lancaster e marido da herdeira York.

Mando chamar meu médico, Dr. Lewis de Carleon, homem tão interessado em conspiração quanto em medicina. A rainha sabe que ele é o meu médico e abrirá a porta para ele, percebendo que foi mandado por mim. Ordeno que prometa a ela o nosso apoio, que lhe diga que Buckingham está pronto para ser persuadido contra o duque Ricardo, que meu filho Henrique pode sublevar um exército na Bretanha. E o instruo a, acima de tudo, tentar descobrir quais os planos dela, o que seus partidários lhe prometeram. Meu marido pode achar que ela não tem nenhuma esperança, mas já vi Elizabeth Woodville sair do refúgio uma vez e assumir o trono com uma alegria despreocupada, esquecendo toda a vergonha que Nosso Senhor tinha, com justiça, lhe enviado. Digo a Lewis que não deve falar nada sobre meu marido estar em prisão domiciliar, mas, como um amigo bondoso, contará sobre o assassinato de Hastings, a súbita visibilidade da ambição de Ricardo, a declaração da condição de bastardos de seus filhos, e a ruína de seu nome. Vai dizer-lhe, com compaixão, que sua causa estará perdida a não ser que ela aja. Tenho de fazê-la reunir os amigos que tiver, sublevar o exército que conseguir reunir e travar uma batalha contra Ricardo. Se eu puder encorajá-la a um longo e sangrento combate, meu filho poderá desembarcar com soldados descansados e atacar os vencedores exaustos.

Lewis vai procurá-la no dia em que ela mais deve estar desesperada por um amigo: o dia marcado para a coroação do seu filho. Não creio que alguém a tenha informado de que ele não seria coroado. Lewis segue pelas ruas; as portas e janelas estão fechadas, e as pessoas não se demoram pelos cantos conversando. Ele retorna logo em seguida. Usa sua máscara contra a praga, uma máscara comprida e cônica forrada de ervas e perfumada com óleos, que lhe confere um perfil aterrador, um rosto não humano, branco como o de um fantasma. Só a retira quando está em meu quarto, com a porta fechada atrás de si, e faz uma reverência profunda.

— Ela está ansiosa por ajuda — diz sem preâmbulos. — É uma mulher em desespero, eu diria quase enlouquecida de desespero. — Faz uma pausa. — Vi a jovem princesa York também...

— E?

— Estava perturbada. Foi profética. — Estremece ligeiramente. — Assustou-me, e, sendo médico, já vi de tudo.

Ignoro seus comentários.

— Por que ela o assustou?

— Ela apareceu do escuro, seu vestido molhado da água do rio, a barra se arrastando como se ela fosse metade peixe. Declarou que o rio tinha lhe contado as notícias que eu ia transmitir a sua mãe: que o duque Ricardo havia reivindicado o trono alegando sua legitimidade e que os príncipes foram declarados bastardos.

— Ela já sabia? Elas têm espiões? Não imaginei que pudessem estar tão bem-informadas.

— Não foi a rainha. Ela não sabia. Foi a jovem, e ela disse que o rio havia lhe contado tudo. Disse também que ele a avisara de uma morte na família, e a mãe soube na mesma hora que se tratava de seu irmão Anthony e de seu filho Grey. Elas escancararam as janelas para escutar o rio passar. Pareciam duas bruxas da água. Qualquer homem teria sentido medo.

— Ela disse que Anthony Rivers está morto?

— As duas pareciam ter certeza disso.

Faço o sinal da cruz. Elizabeth Woodville já foi acusada de trabalhar com forças obscuras antes, mas adivinhar a verdade no santuário de solo sagrado certamente é obra do diabo.

— Deve ter espiões trabalhando para ela, deve estar mais preparada e armada do que imaginamos. Como, porém, teria recebido notícias de Gales antes de mim?

— Ela disse mais.

— A rainha?

— A princesa. Revelou ter sido amaldiçoada a ser a próxima rainha da Inglaterra e ocupar o trono de seu irmão.

Olhamos um para o outro, atônitos, sem compreender.

— Tem certeza?

— Ela estava aterrorizada. Queixou-se da ambição da mãe, e que era uma maldição lançada sobre a família o fato de ela ter de ocupar o trono de seu irmão. Segundo ela, isso, pelo menos, agradaria sua mãe, embora deserdasse Eduardo.

— O que ela pode ter querido dizer?

O médico dá de ombros.

— Ela não explicou. Cresceu e se tornou uma jovem bonita, mas está aterrorizada. Acredito nela. Tenho de admitir que acredito em cada palavra que ela disse. Foi como um profeta revelando a verdade. Acredito que, de alguma maneira, ela será rainha da Inglaterra.

Respiro fundo. Coincide de tal modo com minhas preces que tem de ser a vontade de Deus, embora manifestada através de um instrumento pecador. Se Henrique ocupar o trono e se eles se casarem, ela será rainha de fato. De que outra maneira isso aconteceria?

— E há mais — prossegue Lewis, com prudência. — Quando perguntei à rainha quais eram seus planos em relação aos príncipes na Torre, Eduardo e Ricardo, ela disse: "Não é Ricardo."

— Ela disse o quê?

— "Não é Ricardo."

— O que quis dizer?

— Foi então que a princesa entrou com o vestido encharcado da água do rio, sabendo de tudo: a aclamação pelo duque, a deserdação da família. E então declarou que seria rainha.

— Perguntou à Elizabeth Woodville o que ela quis dizer com "não é Ricardo"? — Ele nega com a cabeça, esse homem que viu tudo e a quem não ocorreu fazer a pergunta-chave! — Não achou que isso poderia ser importante? — insisto, ríspida.

— Desculpe. A chegada da princesa foi tão... ela não parecia deste mundo. E sua mãe, então, disse que agora estavam na vazante, mas que retornariam em tempo de maré cheia. Foi aterrador. Sabe o que dizem sobre a ancestralidade delas, que vieram de uma deusa da água. Se estivesse lá, acharia que a deusa da água tinha se erguido do próprio Tâmisa.

— Sim, sim — retruco sem simpatia. — Entendo que estivessem assustadoras, mas ela falou mais alguma coisa? Falou de seus irmãos que escaparam? Disse onde estão ou o que estão fazendo? Os dois têm poder para sublevar metade do reino.

— Ela não disse nada. Mas ouviu muito bem quando eu afirmei que a senhora ajudaria os príncipes a escapar. Ela está planejando alguma coisa, tenho certeza. Estava planejando algo antes de perceber que Ricardo se apossaria do trono. Agora, ficará desesperada.

Faço um gesto com a cabeça e lhe faço sinal para que saia. Vou imediatamente para nossa capela me ajoelhar e rezar. Preciso da paz de Deus para clarear a mente, cessar esse remoinho de pensamentos. O fato de Elizabeth, a princesa, conhecer seu destino só confirma minha convicção de que ela será esposa de Henrique e de que assumirá o trono. A fala de sua mãe "não é Ricardo" deixa-me, entretanto, profundamente apreensiva.

O que pode significar "não é Ricardo"? Não é Ricardo, seu filho, que está na Torre? Ou ela simplesmente quis dizer que não é Ricardo, duque de Gloucester, que ela teme? Não posso saber, e esse tolo deveria ter lhe perguntado. Eu suspeitava de algo semelhante, contudo. Atormentava-me essa possibilidade. Nunca a achei tola a ponto de entregar um segundo filho para o inimigo que sequestrou o primeiro. Conheço-a há dez anos; não é o tipo de mulher que não prevê o pior. O Conselho Privado se reuniu para ir a seu encontro, os membros se enfileiraram para lhe dizer que não tinha escolha e saíram com o pequeno príncipe Ricardo segurando a mão do arcebispo. Sempre acreditei, no entanto, que ela teria se preparado para eles. Sempre soube que ela mandaria o filho que estava livre para um abrigo seguro. Qualquer mulher faria o mesmo, e ela é determinada e inteligente; e é louca por seus meninos. Nunca os colocaria em perigo. Nunca deixaria seu filho mais novo ir para onde o mais velho corria perigo.

Mas o que fez? Se o segundo príncipe na Torre não é Ricardo, quem é, então? Terá mandado algum miserável disfarçado? Algum pupilo inferior que faria qualquer coisa por ela? E pior: se o príncipe Ricardo, herdeiro legítimo do trono da Inglaterra, não está na Torre de Londres, trancafiado, onde está? Se o tem escondido em algum lugar, então ele é o herdeiro do trono York, mais um obstáculo para a sucessão de meu filho. Teria dito isso para que eu soubesse? Estaria fingindo? Ou me atormentando, triunfando sobre mim ao dizer a meu incompetente mensageiro uma charada para que ele a passasse adiante? Teria falado o nome de seu filho de propósito para rir de mim com sua presciência? Ou simplesmente teria deixado escapar seu plano? Falou de seu filho Ricardo para me avisar de que, independentemente do que acontecer com Eduardo, ainda tem um herdeiro?

Espero horas, de joelhos, que Nossa Senhora me diga o que a rainha está fazendo, se está me enganando deliberadamente, usando seus feitiços mais uma vez, triunfando sobre mim até mesmo neste momento de grande terror e derrota. Nossa Senhora, porém, não fala comigo. Joana não me aconselha. Deus cala-se, sem me responder, a mim, sua serva. Nenhum deles me diz o que Elizabeth Woodville está fazendo no abrigo do santuário sob a abadia, e mesmo sem a ajuda divina sei que ela sairá de novo vitoriosa.

Não mais do que um dia depois disso, minha dama de companhia entra com os olhos vermelhos e anuncia que Anthony, o conde de Rivers, o irmão fidalgo e deslumbrante da rainha, está morto, executado por ordem de Ricardo no Castelo de Pontefract. Traz-me a informação assim que chega a Londres. Ninguém pode ter tomado conhecimento disso tão rapidamente. Fico sabendo que o relatório oficial só chega ao Conselho Privado uma hora depois que recebo a notícia. Aparentemente, a rainha e sua filha falaram com o Dr. Lewis na mesma noite em que a execução aconteceu, talvez no momento da morte. Como é possível?

Pela manhã, meu marido me encontra no desjejum.

— Fui convocado a comparecer a uma reunião do Conselho Privado. — Ele me mostra uma intimação com o selo do javali. Nenhum de nós dois encara o lacre, e a carta fica na mesa, entre nós, como uma adaga.

— E você tem de preparar o traje da coroação para Anne Neville. Roupas para uma rainha. Você será dama de companhia da rainha Anne. Fomos libertados da prisão domiciliar sem uma palavra. E voltamos ao serviço real sem uma palavra.

Balanço a cabeça. Farei para o rei Ricardo o mesmo trabalho que fazia para o rei Eduardo. Usaremos as mesmas roupas, mas o vestido de ouro e arminho que estava pronto para a rainha viúva Elizabeth, será ajustado para sua cunhada, a nova rainha, Anne.

Minhas damas de companhia e os soldados de Stanley estão por toda parte, de modo que meu marido e eu apenas trocamos um olhar triunfante por nossa sobrevivência. Essa será a terceira casa real a que sirvo, e a cada vez faço uma reverência profunda e penso em meu filho como herdeiro.

— Será uma honra servir à rainha Anne — digo calmamente.

~

É meu destino sorrir para as mudanças do mundo e aguardar minha recompensa no paraíso, mas até mesmo eu estaco à entrada dos aposentos da rainha quando vejo a pequena Anne Neville — filha do Fazedor de Reis Warwick, bem-nascida, casada na realeza, viúva, e agora promovida de novo ao trono da Inglaterra — em seu manto de viagem, de pé ao lado da grande lareira, cercada de suas damas do norte, como um acampamento cigano dos mouros. Elas me veem, o mordomo diz em voz alta "Lady Margaret Stanley!" com tal sotaque, incompreensível para qualquer um que viva no sul de Hull. As mulheres se afastam, de modo que eu possa me aproximar. Entro e me ajoelho, humilho-me para mais um usurpador, e ergo as mãos no gesto de lealdade.

— Vossa Graça — digo à mulher que foi escolhida, na pobreza e desgraça, pelo jovem duque Ricardo porque ele sabia que poderia reivindicar a fortuna Warwick de sua noiva desventurada. Agora ela vai ser rainha da Inglaterra e tenho de me ajoelhar diante ela. — Fico feliz em oferecer-lhe meu serviço.

Ela sorri para mim. Está pálida como mármore, seus lábios lívidos, suas pálpebras de um rosa descorado. Certamente não está bem. Ela põe a mão na pedra da lareira e se apoia ali, como se estivesse exausta.

— Agradeço seu serviço, e a terei como minha principal dama de companhia — sua voz está baixa, levemente ofegante. — Carregará a cauda de meu vestido na coroação.

Baixo a cabeça para ocultar minha alegria. Isso é honrar minha família, é colocar a Casa de Lancaster a um passo da coroa no momento em que ela for colocada sobre uma cabeça ungida. Estarei apenas um passo atrás da rainha da Inglaterra e — só Deus sabe — pronta para ascender.

— Fico feliz em aceitar — replico.

— Meu marido admira muito a sabedoria de lorde Thomas Stanley — diz ela.

O rei deve admirá-lo tanto que os lanceiros quase lhe cortaram a cabeça e o deixaram em prisão domiciliar por uma semana.

— Servimos há muito tempo à Casa de York — observo. — Todos sentiram com pesar sua ausência e a do duque da corte quando estavam no norte. Fico feliz com seu retorno a sua capital.

Ela faz um gesto discreto, e seu pajem traz um banco em que ela possa se sentar diante do fogo. Fico de pé a sua frente e observo seus ombros se sacudirem quando tosse. Essa é uma mulher que não vai envelhecer; que não vai conceber herdeiros para York, não como a fértil rainha Elizabeth. Essa mulher está doente e fraca. Duvido que viva mais cinco anos. E depois? E depois?

— E seu filho, príncipe Eduardo? — pergunto, afetadamente discreta. — Virá para a coroação? Devo dar ordens a seu mordomo para preparar aposentos para ele?

Ela nega balançando a cabeça.

— Sua Graça não está bem. Permanecerá no norte, por enquanto.

Não está bem? Penso. Se não se sente bem o bastante para vir à coroação de seu próprio pai, não está realmente nada bem. Sempre foi um menino frágil, com a constituição frágil de sua mãe, raramente visto na corte. É mantido longe de Londres, por medo da peste. Será que não superou a fragilidade da infância e, de um menino debilitado, se tornará um adulto doente? O duque Ricardo não conseguiu gerar um herdeiro que lhe sobreviva? Haverá agora apenas um regente entre meu filho e o trono?

Domingo, 6 de julho de 1483

Estamos onde planejamos estar, a um passo da coroa. Meu marido segue o rei, com o bastão de condestável da Inglaterra na mão. Eu sigo a rainha Anne segurando a cauda de seu vestido. Atrás de mim vem a duquesa de Suffolk, e, atrás dela a duquesa de Norfolk. Sou eu, porém, que ando a um passo da rainha e, quando ela é ungida com o óleo sagrado, estou tão perto que sinto seu cheiro forte de almíscar.

Não fizeram economia para essa cerimônia. O rei está usando um manto de veludo púrpura, e um baldaquino dourado é transportado acima de sua cabeça. Meu parente Henry Stafford, o jovem duque de Buckingham, está de azul; seu brasão com uma roda bordada com fios de ouro se sobrepõe ao seu manto. Com uma das mãos, segura a cauda do manto do rei e, com a outra, o bastão do alto comissário da Inglaterra, sua recompensa por apoiar e conduzir o duque Ricardo ao trono. O lugar de sua esposa, Katherine Woodville, irmã da rainha viúva, está vazio. A duquesa não vem celebrar o usurpador do trono de sua família. Ela não está com seu marido traidor. Ele a odeia por sua família, por seu triunfo sobre ele, quando era jovem e ela era a cunhada do rei. Essa é a primeira das muitas humilhações pelas quais ela passará no futuro.

Ando um passo atrás da rainha durante todo o dia. Quando ela entra no salão de Westminster para o magnífico jantar, sento-me à mesa de suas damas de companhia enquanto ela é servida. O guerreiro campeão do rei em pessoa faz uma reverência a nossa mesa e a mim depois de gritar seus protestos ao rei Ricardo. É um jantar tão majestoso e tão presunçoso como qualquer uma das grandes ocasiões da corte de Eduardo. O jantar e a dança prosseguem até a meia-noite, e, às primeiras horas da manhã, Stanley e eu vamos embora para a nossa casa, nosso barco nos conduzindo rio acima. Quando me sento na parte de trás da embarcação, abrigada em minhas peles, vejo uma pequena luz acesa em uma janela à beira da água, embaixo da massa escura da abadia. Tenho certeza de que é a rainha Elizabeth, não mais rainha, considerada agora uma prostituta e nem mesmo reconhecida como viúva. Sua vela brilha pouco acima da água escura, e ela escuta o triunfo de seu inimigo. Penso nela me observando passar em meu belo barco, partindo da corte do rei, da mesma forma que me observou há alguns anos, quando conduzi meu filho à corte do rei Henrique. Naquela ocasião, ela também estava refugiada.

Eu deveria me deleitar em meu triunfo, mas sinto um arrepio e ajeito as peles ao redor de meu corpo, como se o feixe de luz fosse um olhar maligno me observando por cima das águas escuras. Ela saiu do santuário uma vez antes para a vitória. Sei que está planejando a queda de Ricardo, que está tramando sair do refúgio vitoriosa mais uma vez.

Para o meu cunhado Jasper Tudor e Henrique Tudor, meu filho,

Espero que estejam bem. Tenho notícias. Ricardo foi coroado rei da Inglaterra, e sua mulher é a rainha Anne. Temos os favores do rei e somos dignos de sua confiança. A ex-rainha Elizabeth convocou seus simpatizantes que atacarão a Torre de Londres e libertarão os príncipes assim que o casal real partir em viagem, imediatamente após a coroação. Prometi-lhe meu apoio, e ela me confiou seus planos secretos.

Comece a recrutar seus homens. Se a rainha conseguir retirar seus filhos da Torre, sublevará seus soldados e marchará contra Ricardo.

Quando ela ou Ricardo vencer, o vitorioso terá de enfrentar você e sua força desembarcada, a insurreição de Lancaster. Será uma segunda batalha, e ele ou ela terá de lutar contra seus soldados descansados.

Acho que nossa hora está chegando. Acho que nossa hora é agora.

Margaret Stanley

No mesmo dia que envio a carta a meu filho, recebo outra, longa, entregue secretamente, de meu velho amigo bispo John Morton, libertado da Torre e sob os cuidados do duque de Buckingham em sua casa em Brecknock.

Minha querida filha em Cristo,

Estive lutando com a consciência do jovem duque. Ele me tem sob sua custódia como prisioneiro, mas acabou sendo capturado por mim, pois o dissuadi de sua amizade com Ricardo, agora chamado rei. O jovem duque está em conflito com sua consciência por ter elevado Ricardo ao trono com base em fundamentos insuficientes e começa a perceber que teria servido melhor a Deus, a seu país e a si mesmo se tivesse apoiado os príncipes York e se tornado tutor deles ou se tivesse reivindicado o trono para si mesmo.

Ele está disposto a se voltar contra Ricardo e se unirá a uma rebelião contra ele. Como prova de sua boa-fé, você poderá convocar os homens dele para atacar a Torre e resgatar os príncipes. Enviarei a você a senha dele sob o meu lacre. Acho que deveria encontrá-lo e ver que aliança pode ser feita nestes tempos conturbados. Ele vai para Brecon depois de deixar Ricardo em Worcester, e prometi que você iria a seu encontro, como se acidentalmente, na estrada.

Seu amigo de sempre,

John Morton, bispo de Ely.

Ergo o olhar e me deparo com uma de minhas damas de companhia me encarando.

— Está bem, milady? — pergunta ela. — Empalideceu muito e agora está ruborizada.

— Não, não me sinto nada bem. Chame o Dr. Lewis.

~

Meu marido me encontra na capela na noite seguinte à da coroação.

— Estou indo selecionar os homens que se unirão aos soldados da rainha no ataque à Torre, antes de eu partir de Londres em viagem com a família real — diz ele, deixando-se cair sem-cerimônia em um banco. Stanley ergue a cabeça apressadamente na direção do altar, onde uma única vela queima contra a escuridão, e faz um sinal da cruz sem demonstrar nenhum respeito. — Estão pegando armaduras e armas no arsenal neste exato momento. Preciso saber qual é a sua vontade.

— Minha vontade? — pergunto. Não me levanto, mas viro a cabeça a fim de olhar para ele, minhas mãos juntas em oração. — Minha vontade é sempre a vontade de Deus.

— Se meus homens derrubarem os portões da Torre, como estou planejando, se forem os primeiros a entrar, como ordenei, se abrirem a porta dos aposentos dos príncipes e se eles estiverem sós, a não ser por alguns criados, é sua vontade, ou melhor, a vontade de Deus que eles os peguem como cordeiros perdidos e os devolvam à mãe?

Olho assustada para ele. Nunca pensei que seria tão objetivo.

— Essas são suas ordens para seus homens. — Tento ganhar tempo. — Não posso mandar neles. É você quem deve fazer isso. E, de qualquer maneira, outro pode entrar antes de seus soldados e fazer isso.

— Esse é o seu plano para pôr seu filho no trono. — Ele reage com firmeza. — Se os príncipes estiverem mortos, então dois pretendentes rivais deixarão de existir, e seu filho ficará dois passos mais perto do trono. Se os príncipes forem devolvidos à mãe, ela será capaz de mobilizar todo o sul da Inglaterra em sua defesa. Homens que permaneceriam em casa se eles estivessem mortos lutarão pelos herdeiros. Não há razão para lutar por Elizabeth Woodville, mas é causa gloriosa fazê-lo pelo jovem rei Eduardo e seu irmão, o príncipe Ricardo. Esses dois meninos a tornam duas vezes mais forte contra o rei. Duas vezes mais forte contra Henrique.

— Obviamente, não se pode deixar que os príncipes York reivindiquem o trono.

— Evidentemente — retruca meu marido. — Mas quer também impedi-los de respirar?

Percebo que minhas mãos se apertam com força uma na outra.

— A vontade de Deus — murmuro, ansiando pela certeza que Joana teve ao partir para matar ou morrer, quando soube que a vontade de Deus era uma estrada difícil e violenta. Joana, porém, não atacou crianças, meninos inocentes. Joana jamais mandou assassinos ao quarto de crianças.

Meu marido se levanta.

— Tenho de inspecionar as tropas. Qual é o seu desejo? Preciso dar as ordens aos capitães. Não posso pedir-lhes que esperem até Deus decidir.

Também me levanto.

— O menor só tem 9 anos.

Ele balança a cabeça.

— Mas é um príncipe. A guerra é dura, milady. Quais são suas ordens?

— Esse é um negócio arriscado e grave, muito grave — sussurro. Aproximo-me e ponho a mão em seu braço, como se o calor de seu corpo, que atravessa o gibão elegantemente cortado, pudesse me confortar. — Ordenar a morte de dois meninos, de 9 e 12 anos, príncipes de sangue azul... Dois meninos inocentes...

Ele me oferece seu sorriso implacável.

— Oh, ordene e os salvaremos de seu perverso tio e desse aprisionamento, e salvaremos também a mãe deles. Quer ver a família real de York restaurada, com seu príncipe Eduardo no trono, como rei? Talvez possamos realizar isso hoje à noite. É essa a sua vontade? Colocar o príncipe Eduardo no trono? Executar um ato misericordioso?

Contorço minhas mãos.

— É claro que não!

— Pois bem, tem de decidir. Quando os nossos homens entrarem na Torre, eles salvarão os meninos ou os matarão. A escolha é sua.

Não vejo o que mais posso fazer. Joana brandiu sua espada sem medo, sem hesitação. Tenho de brandir a minha.

— Terão de matá-los. — Meus lábios estão frios, mas tenho de proferir as palavras. — Obviamente, os meninos têm de morrer.

~

Do pequeno portão de nossa casa que dá para as ruas da cidade, vejo os homens de Stanley saírem furtivamente na escuridão. Meu marido partiu de Londres com o rei Ricardo e a rainha Anne na viagem triunfante geralmente feita após a coroação. Estou sozinha. Os homens não levam tochas, saem em silêncio, iluminados somente pela lua. Não estão usando nosso uniforme: os distintivos de seus chapéus e cintos trabalhados foram postos de lado. Não estão usando nada que os identifique com a nossa casa, e todos deverão jurar que foram recrutados pela rainha e que servem apenas a ela. Assim que desaparecem, o irmão de meu marido, Sir William Stanley, escreve um aviso ao condestável da Torre, Sir Robert Brackembury, alertando-o do perigo de ataque. Será entregue momentos depois de o ataque ser iniciado.

— Esteja sempre dos dois lados, Margaret — diz-me William, animado, ao lacrar a carta com o brasão de nossa casa, de modo que todos possam verificar nossa lealdade. — É o que meu irmão diz. No mínimo, pareça sempre estar dos dois lados.

E então tenho de esperar.

Ajo com tranquilidade, passando a impressão de ser uma noite comum. Sento-me no salão durante algum tempo após o jantar, diante dos criados da casa, depois me recolho aos meus aposentos. Minhas criadas me despem para eu me deitar e as dispenso, até mesmo a jovem que dorme em meu quarto, alegando que talvez reze a noite toda. Como isso faz parte de minha rotina não provoca nenhum comentário, e realmente rezo durante certo tempo. Então visto meu robe grosso, puxo minha cadeira para perto do fogo, sento-me e espero.

Penso na Torre de Londres como um grande poste de sinalização que aponta para Deus. Os homens da rainha entrarão no terreno por uma pequena porta que foi deixada aberta. Meus homens os seguirão. O duque de Buckingham enviou um pequeno grupo de soldados treinados. Forçarão a porta da Torre Branca; os criados foram subornados para deixá-la aberta. Nossos homens entrarão furtivamente — poderão subir a escada antes de serem localizados. Então avançarão até os aposentos dos príncipes, arrombarão a porta e, quando os meninos estiverem prestes a ganhar a liberdade, enfiarão as adagas em suas barrigas. O príncipe Eduardo é um menino valente e treinado nas armas por seu tio Anthony, e pode enfrentar uma luta. Ricardo só tem 9 anos, mas pode gritar um alerta, pode até lançar-se na frente de seu irmão para sofrer o golpe — ele é um príncipe York, sabe o seu dever. Deve haver, porém, um breve momento de matança, e então será o fim da Casa de York, exceto pelo duque Ricardo, e meu filho estará dois passos mais perto do trono. Devo ficar feliz com isso. Devo torcer por isso.

Nas primeiras horas da manhã, quando o céu começa a ficar cinzento, alguém arranha a porta. Meu coração se sobressalta, e corro para abri-la. O capitão da guarda está do lado de fora, seu gibão preto está rasgado e há uma grande contusão roxa em seu rosto. Deixo que entre sem falar nada, e lhe sirvo um copo de cerveja. Faço sinal para que se sente perto do fogo, mas permaneço de pé atrás de minha cadeira, minhas mãos apertando firmemente a madeira esculpida para atenuar o forte tremor. Estou assustada como uma criança com o que fiz.

— Fracassamos — diz ele bruscamente. — Os meninos estão mais bem-guardados do que imaginamos. O homem que deveria nos deixar entrar foi morto quando removia a tranca. Nós o ouvimos gritar. Tivemos, portanto, de forçar a porta, e, enquanto tentávamos soltá-la das dobradiças, os guardas da Torre apareceram por trás de nós e tivemos de lutar. Ficamos presos entre a Torre e os guardas, e precisamos abrir caminho à força. Não chegamos nem a entrar na Torre Branca. Era possível ouvir as portas batendo com força lá dentro e os gritos, enquanto os príncipes eram levados para alguma outra parte da Torre. Quando o alarme soou, não havia mais nenhuma possibilidade de chegarmos até eles.

— Eles foram prevenidos? O rei sabia que haveria um ataque? — E se sabia, sabia também quem estava envolvido na conspiração, imagino. O javali vai se voltar contra nós de novo?

— Não, não foi uma emboscada. Eles reuniram a guarda rapidamente e fecharam a porta, e o espião da rainha que estava lá não conseguiu abri-la. Quando chegamos, nós os pegamos de surpresa. Lamento, milady.

— Alguém foi capturado?

— Tiramos todos os nossos homens; um se feriu e está sendo cuidado agora; um ferimento superficial. E dois homens York foram mortos; deixei-os onde caíram.

— Os York estavam lá, todos eles?

— Vi os irmãos da rainha, Richard e Lionel, e seu filho Thomas Grey, que era considerado desaparecido; todos tinham uma boa guarda, bem-armada. Pareceu-me que também havia homens de Buckingham. Estavam lá em grande número e lutaram bem. Mas a Torre foi construída pelos normandos para resistir contra Londres. Depois que a porta é fechada, pode resistir a um exército por meio ano. Quando deixamos de ser surpresa, fomos derrotados.

— E ninguém reconheceu vocês?

— Dissemos que éramos York, usamos rosas brancas, e tenho certeza de que fomos convincentes.

Entrego ao capitão um saco com dinheiro, que eu já havia reservado para isso.

— Distribua entre os homens e se assegure de que não comentem sobre a noite de hoje, nem entre si. Isso lhes custaria a vida. Foi traição, já que fracassaram. Quem se vangloriar de ter estado lá vai morrer. E nenhuma ordem foi dada por mim ou por meu marido.

O capitão se levanta.

— Sim, milady.

— Os parentes da rainha conseguiram fugir?

— Sim. Mas o irmão dela jurou que voltariam. Gritou alto para que os meninos escutassem, que fossem corajosos e esperassem, pois ele recrutaria toda a Inglaterra para libertá-los.

— Mesmo? Bem, você fez o possível. Pode ir.

Ele faz uma mesura e sai.

Ajoelho-me diante do fogo.

— Nossa Senhora, se é a Sua vontade que os meninos sejam poupados, envie-me, a mim, Sua serva, um sinal. A segurança deles esta noite não pode ser um sinal. Com certeza não é a Sua vontade que eles vivam, é? Não pode ser a Sua vontade que herdem o trono. Sou Sua filha obediente, em todos os sentidos, mas não posso acreditar que vá preferi-los no trono em vez do legítimo herdeiro Lancaster, meu filho Henrique.

Espero. Espero durante muito tempo. Nenhum sinal. Entendo, portanto, que os meninos York não devem ser poupados.

~

Parto de Londres no dia seguinte. Não me convém ser vista na cidade enquanto a vigilância é redobrada e todos perguntam quem atacou a Torre. Decido visitar a Catedral de Worcester, o que há muito tempo quero fazer. É uma catedral beneditina, um centro de erudição. Elizabeth, a rainha, me envia uma mensagem que recebo quando estamos selando os cavalos. Informa que seus parentes se esconderam em Londres e nos campos vizinhos, e que estão organizando uma insurreição. Respondo lhe garantindo meu apoio e anunciando que estou indo ver o duque de Buckingham para recrutá-lo, com seus simpatizantes, para nosso lado em uma rebelião franca.

Faz calor, mas as estradas estão secas e a viagem é tranquila. Meu marido vem da corte em Worcester para me encontrar uma noite, na estrada. O novo rei, Ricardo, feliz e confiante, saudado com entusiasmo em todo lugar por que passa, concede a lorde Stanley licença para se ausentar por uma noite, supondo que ficaríamos juntos como marido e mulher. Milorde, entretanto, é tudo menos amoroso quando entra nos aposentos para hóspedes na abadia.

Nem sequer perde tempo com saudações de cortesia.

— Então fracassaram.

— Seu capitão me disse que não conseguiram, mas que a Torre não foi avisada.

— Não; o rei ficou assustado, foi um choque para ele. Tomou conhecimento do aviso enviado por meu irmão e isso vai ser muito bom para nós. Os príncipes, porém, serão levados para outros aposentos no interior da Torre, a fim de serem mais facilmente protegidos do que nos aposentos reais, e não terão permissão para sair até ele retornar a Londres, quando vai então tirá-los da cidade. Vai estabelecer uma corte para todos os jovens reais. Os filhos do duque de Clarence, seu próprio filho, todos os filhos York serão mantidos no norte, em Sheriff Hutton, longe de qualquer região em que Elizabeth Woodville exerça qualquer influência. Ela nunca os resgatará das terras de Neville, e ele provavelmente a casará com um lorde nortista que a leve embora também.

— Ele pode ter mandado alguém envenená-los? — pergunto. — Para tirá-los do caminho?

Meu marido balança a cabeça.

— Ele os declarou ilegítimos; portanto, não podem herdar o trono. Seu próprio filho será investido príncipe de Gales assim que chegarmos a York. Os Rivers foram derrotados. Ele só quer garantir que não sejam representantes de uma esperança perdida. Além do mais, seria pior para ele que os sobrinhos se tornassem mártires mortos em vez de pretendentes fracos. Os únicos que ele de fato quer ver mortos são os Rivers: os Woodville e todos os seus parentes, que recobrariam as forças com a ascensão dos príncipes. O melhor deles, entretanto, está morto, e o restante será capturado. O país inteiro aceita Ricardo como rei e legítimo herdeiro York. Você teria de ver para acreditar, Margaret, mas, em todas as cidades por que passamos, todos saem para celebrar sua coroação. Todos preferem ter um usurpador forte no trono a um menino fraco, ser governados pelo irmão do rei a ter de guerrear outra vez pelo filho dele. E Ricardo promete ser um bom rei; é o retrato de seu pai, é um York e é amado.

— Ainda assim, há muitos que se insurgiriam contra ele. Eu sei, eu os estou reunindo.

Ele dá de ombros.

— Sim... você deve saber melhor do que eu, mas, em todos os lugares em que estivemos, o povo deu boas-vindas ao rei Ricardo como herdeiro e irmão leal de um grande rei.

— Os Rivers ainda podem vencê-lo. Os irmãos da rainha e seu filho Grey têm assegurado o apoio de Kent e Sussex. Hampshire é deles. Todo homem que já serviu na casa real ficará do lado deles. Há o apoio de minha casa em Cornwall, e o nome Tudor mobilizará Gales. Buckingham tem uma enormidade de terras e milhares de arrendatários, e foi prometido a meu filho Henrique um exército de 5 mil homens do duque de Bretanha.

— Pode ser, mas só se puder de fato contar com Buckingham. Vocês não são suficientemente fortes sem ele.

— Morton me disse que conseguiu jogar Buckingham contra Ricardo. Meu administrador, Reginald Bray, falou com os dois. Saberei mais quando o vir.

— Onde se encontrarão?

— Na estrada, por acaso.

— Buckingham vai enganá-la — adverte meu marido. — Como enganou Ricardo. O pobre e tolo Ricardo até hoje acredita que ele o ama como um irmão, mas no fim é sempre sua ambição que prevalece. Ele vai concordar em apoiar a reivindicação de Henrique ao trono, mas deixará que Tudor lute por ela. Buckingham espera que Tudor e a rainha derrotem Ricardo e deixem o caminho livre para ele.

— Todos nós fingimos apoio. Estamos todos lutando por nossa própria causa, todos nós prometemos lealdade aos príncipes.

— Sim, só os meninos são completamente inocentes — observa ele. — E Buckingham vai planejar a morte deles. Ninguém na Inglaterra apoiará sua pretensão ao trono se eles continuarem vivos. E, é claro, como alto comissário da Inglaterra, com a Torre sob comando, está mais bem-posicionado do que qualquer um de nós para providenciar o assassinato deles. Seus criados já estão lá dentro.

Permaneço um momento em silêncio enquanto tento entender o que diz.

— Acha que ele fará isso?

— Em breve. — Sorri. — E, quando fizer, poderá dar as ordens em nome do rei. Vai parecer ter sido ordem de Ricardo. Ele próprio fará parecer um ato do rei.

— Ele está planejando isso?

— Não sei se já pensou nessa possibilidade. Certamente alguém vai providenciar que esse pensamento lhe ocorra. Certamente qualquer um que queira os meninos mortos não poderia consegui-lo de uma melhor maneira do que fazendo com que seja uma tarefa de Buckingham.

Há uma batida na porta e os guardas de Stanley anunciam o mordomo da abadia.

— O jantar está servido, milady, milorde.

— Que Deus o abençoe, meu marido — digo formalmente. — Aprendo tanto com você.

— Que Deus abençoe seu encontro com Sua Graça, o duque. Que boas coisas resultem disso.

~

Ouço Buckingham se aproximando pela sinuosa estrada de terra antes mesmo de vê-lo. Cavalga com séquito numeroso como o de um rei, com batedores à frente tocando cornetas para avisar a todos que liberem o caminho para o grande duque. Mesmo que não haja nada em nosso campo de visão além de um menino pastoreando ovelhas junto de uma árvore e um povoado a distância, os corneteiros tocam, e os cavalos, mais de cem, estrondeiam atrás, levantando a poeira de verão na estrada, soprada como uma nuvem atrás das bandeiras que ondulam.

O duque está à frente dos cavaleiros, em um grande cavalo baio de batalha, arreado com uma sela de couro vermelho debruada de tachas douradas, seu estandarte pessoal na frente, e três soldados cavalgando a seu redor. Está vestido para a caça, mas suas botas, também de couro vermelho, são tão elegantes que um homem de posição inferior as teria guardado para bailes. Seu manto jogado sobre os ombros está preso por um grande broche de ouro. A insígnia de seu chapéu é de ouro e rubis. Há uma fortuna em joias bordada em seu gibão e colete, seu calção é de tecido macio, adornado com couro vermelho. Ele era um menino vaidoso e violento quando Elizabeth Woodville assumiu sua tutela e o humilhou, casando-o com sua irmã; agora, é um homem vaidoso, violento, que ainda não completou 30 anos e se vinga de um mundo que nunca, em sua cabeça, lhe demonstrou respeito suficiente.

Eu o conheci quando me casei com Henry Stafford, e ele era, na época, um menino mimado pelo indulgente duque, seu avô. As mortes de seu pai e depois a de seu avô lhe deram o ducado quando ainda era criança, e ele foi ensinado a se considerar bem-nascido. Três de seus avós descendiam de Eduardo III, e, por isso, ele se acreditava mais régio do que a família real. Agora se considera o herdeiro Lancaster. Julga sua reivindicação mais justa do que a de meu filho.

Ele finge surpresa ao ver, de súbito, minha comitiva mais modesta, embora se tenha de admitir que sempre viajei com cinquenta bons soldados, além de meu próprio estandarte e a bandeira Stanley à minha frente. Ele ergue a mão para que sua tropa pare. Aproximamo-nos devagar, como se para conferenciar, e seu sorriso jovem e encantador é radiante como o nascer do sol.

— Que surpresa, milady prima! — diz ele, em voz alta, e todas as bandeiras de suas tropas se inclinam em sinal de respeito. — Não esperava vê-la tão longe de casa!

— Tenho de ir a minha casa em Bridgnorth — retruco claramente para qualquer espião que porventura esteja por perto. — Pensei que estivesse com o rei.

— Estou voltando de minha casa em Brecon para ir ao encontro dele — replica Buckingham. — Quer fazer uma pausa em sua viagem? Tenbury fica logo à frente. Me daria a honra de jantar comigo? — Faz um gesto casual em direção a seus soldados. — Trouxe meus criados de cozinha e provisões. Poderíamos jantar juntos.

— Seria uma honra para mim — respondo e conduzo meu cavalo para o lado dele. Enquanto isso, minha guarda, em menor número, abre caminho se pondo na margem da estrada e, depois, segue os soldados de Buckingham até Tenbury.

A estalagem simples tem uma sala pequena com uma mesa e alguns bancos, o que convém a nosso propósito, e os homens descansam seus cavalos no campo próximo e acendem suas próprias fogueiras para assar a carne. O cozinheiro de Buckingham assume a modesta cozinha da estalagem, e logo seus criados tratam de matar duas galinhas e pegar ingredientes na carroça. O mordomo do duque nos traz duas garrafas de vinho da carroça transformada em adega e nos serve nas taças de cristal do duque, com seu selo gravado na borda. Observo toda a sua extravagância e frivolidade mundana e penso: esse jovem acredita que vai me enganar.

Espero. O Deus a que sirvo é paciente e me ensinou que, às vezes, a melhor coisa a fazer é esperar e ver o que acontece. Buckingham sempre foi um menino impaciente, e mal consegue se conter até a porta ser fechada, depois que o mordomo sai.

— Ricardo é intolerável. Eu lhe disse apenas que deveria nos proteger contra a ambição dos Rivers e o adverti contra eles. Ele, porém, foi longe demais. Tem de ser derrubado.

— Ricardo agora é rei — observo. — Você o advertiu no começo e lhe serviu tão bem que ele se tornou o tirano que você temia que os Rivers fossem. E meu marido e eu juramos servir a ele, assim como você jurou.

Ele agita a mão e derrama um pouco de vinho.

— Voto de lealdade a um usurpador não é voto. Ele não é o rei legítimo.

— Quem é, então?

— O príncipe Eduardo, suponho — declara ele rapidamente, como se a pergunta não fosse importante. — Lady Stanley, a senhora é mais velha e mais sábia do que eu; confiei em seu sagrado julgamento durante toda a minha vida. Certamente acha que devemos libertar os príncipes da Torre e lhes restituir sua posição. A senhora foi uma dama tão amorosa para a rainha Elizabeth. Evidentemente acredita que os meninos devem ser libertados, e o príncipe Eduardo, ocupar o trono de seu pai, não?

— É claro. Se fosse filho legítimo. Ricardo, porém, afirma que não é. Você mesmo o proclamou bastardo, e seu pai, antes dele, também.

Buckingham parece perturbado, como se não tivesse sido ele a jurar a todos que Eduardo já era casado quando pediu Elizabeth em casamento.

— De fato, receio que seja verdade.

— E, se colocar o pretenso príncipe no trono, se arriscará a perder toda a riqueza e as posições que Ricardo lhe deu.

Faz um gesto de desdém à menção ao posto de alto comissário da Inglaterra, como se não fosse uma grande honra.

— As dádivas de um usurpador não são o que quero para a minha casa — declara, imponente.

— E eu não ganharia absolutamente nada — observo. — Continuaria a ser dama de companhia da rainha. Voltaria ao serviço da rainha viúva Elizabeth, após ter servido à rainha Anne. Portanto, continuaria servindo. Você teria arriscado tudo para recolocar a família Rivers no poder. E sabemos o quanto essa família é gananciosa e numerosa. Sua mulher, a irmã da rainha, voltaria a dominá-lo. Revidaria por tê-la mantido em casa, na desgraça. Todos ririam de você, como faziam quando era menino.

Seu ódio pelos Rivers flameja em seus olhos, os quais ele desvia rapidamente para a lareira, onde um fogo baixo lambe a lenha.

— Ela não me domina — retruca, irritado. — Independentemente de quem a irmã dela seja. Ninguém ri de mim.

Ele aguarda. Não ousa dizer-me o que quer. O criado entra com pequenas tortas, que comemos com o vinho, pensativamente, como se tivéssemos nos reunido para jantar e estivéssemos saboreando a refeição.

— Realmente temo pela vida dos príncipes — digo. — Como a tentativa de libertá-los quase teve êxito, não posso deixar de pensar que Ricardo talvez os mande para longe, ou coisa pior. Certamente o rei não pode tolerar o risco de eles permanecerem em Londres, um centro de conspirações. Todo mundo deve pensar que Ricardo os destruirá. Talvez os leve para suas terras, no norte, e eles não sobrevivam. O príncipe Ricardo tem dificuldade para respirar, me parece.

— Se Ricardo, que Deus não permita, os matar em segredo, então a linhagem dos Rivers se encerraria e nos livraríamos deles — diz o duque, como se isso tivesse lhe ocorrido naquele momento.

Concordo com um gesto de cabeça.

— E, então, qualquer rebelião que destruísse Ricardo deixaria o trono livre para um novo rei.

Ele ergue o rosto do fogo e me olha com esperança vívida, franca.

— Refere-se a seu filho, Henrique Tudor? Pensa nele, milady? Ele assumiria o desafio e recolocaria Lancaster no trono da Inglaterra?

Não hesito nem por um instante.

— Já fomos prejudicados o bastante por York. Henrique é o herdeiro Lancaster direto. E espera a vida toda pela oportunidade de retornar a seu país e reivindicar seu direito inato.

— Ele tem armas?

— Pode recrutar milhares de homens — prometo. — O duque da Bretanha prometeu seu apoio, e ele tem mais de uma dúzia de navios, mais de 4 mil homens, um exército sob seu comando. Só o seu nome pode sublevar Gales, e seu tio Jasper seria seu comandante. Se você e ele se unissem para lutar contra Ricardo, acho que seriam invencíveis. E, se a rainha viúva convocar seus aliados para lutar, pelos filhos, não há como perdermos.

— E quando ela descobrir que os filhos estão mortos?

— Contanto que só descubra depois da batalha, não fará diferença para nós.

Ele assente com a cabeça.

— E, então, ela simplesmente se retirará.

— Meu filho Henrique está comprometido com a princesa Elizabeth — digo. — Elizabeth Woodville seria mãe da rainha. Isso será o bastante para ela, se seus filhos desaparecerem.

Ele sorri, radiante, ao compreender meu plano.

— E ela imagina que a tem como aliada! — exclama ele. — Que suas ambições e as dela são uma só.

Sim, eu penso. E você também imagina ter-me como aliada e que trarei meu filho para matar Ricardo para você. Que usarei meu precioso Henrique como arma para alguém como você para lhe oferecer uma passagem segura para o trono.

— E se — ele finge uma expressão aflita —, se, que Deus não permita, seu filho Henrique for morto em batalha?

— Então, você será rei — respondo. — Tenho somente um filho, ele é o único herdeiro da minha casa. Ninguém pode negar que, se Henrique for morto, a sua reivindicação ao trono será suprema. E, se ele viver, você terá sua gratidão e as terras que quiser para comandar. Certamente, posso prometer em nome dele que todas as terras de Bohun lhe seriam devolvidas. Você e Henrique promoveriam assim a paz, finalmente, na Inglaterra e livrariam o país de um tirano. Henrique seria rei, e você o duque mais importante. E, se ele morrer sem descendentes, você será seu herdeiro.

Ele desce do banco e se ajoelha diante de mim, ergue as mãos no antigo gesto de lealdade. Sorrio para ele, para esse belo rapaz, tão bonito quanto um ator em uma mascarada, expressando com o movimento mudo dos lábios palavras em que certamente ninguém acreditaria, oferecendo lealdade ao mesmo tempo que persegue apenas seu próprio interesse.

— Aceita minha lealdade a seu filho? — pergunta ele, com os olhos brilhando. — Aceita meu juramento e promete que ele se unirá a mim contra Ricardo? Nós dois juntos?

Pego suas mãos com as minhas, frias.

— Em nome de meu filho, Henrique Tudor, o legítimo rei da Inglaterra, aceito sua lealdade — digo solenemente. — E juntos, você, ele e a rainha viúva Elizabeth, derrubarão o Javali e trarão a alegria, mais uma vez, para a Inglaterra.

Parto depois do jantar de Buckingham experimentando estranha infelicidade, nada se aproximando do que sentiria uma mulher em triunfo. Eu deveria estar exultante: ele pensa que meu filho caiu em sua armação, que se armará e lutará por sua rebelião, mas, na verdade, nós o apanhamos em uma armadilha. A tarefa que me impus foi realizada: a vontade de Deus foi feita. E ainda assim... ainda assim... Suponho que seja a imagem daqueles dois meninos na Torre, dizendo suas orações e se deitando em sua cama grande, esperando ver sua mãe no dia seguinte, confiando que seu tio os libertará, sem saber que agora há uma aliança poderosa feita por mim mesma, meu filho e o duque de Buckingham que espera a notícia da morte dos dois. E nossa aliança não precisará esperar muito mais tempo.

Setembro de 1483

Finalmente, consegui o que é meu por direito. Herdei o reino com que sonhei enquanto rezava para a Donzela de Orléans e desejava ser ela, a única mulher a ver que seu reino cresceria, a saber, pelo próprio Deus, o que devia ser feito. Meus aposentos na casa de Londres são meu quartel-general secreto da rebelião. Todos os dias, mensageiros vêm e vão com notícias de armamentos, pedidos de dinheiro e doação de armas, além de contrabandeá-las para fora da cidade. Minha mesa de trabalho, antes empilhada de livros religiosos para meus estudos, está agora coberta de mapas cuidadosamente copiados, e em suas gavetas se escondem códigos para mensagens secretas. Minhas damas abordam seus maridos, irmãos e pais, fazem-nos jurar segredo e os vinculam a nossa causa. Meus amigos na igreja, na cidade e em minhas terras se comunicam e procuram apoio em uma rede de conspiração. Avalio quem merece e quem não merece confiança, e os abordo pessoalmente. Três vezes ao dia, ajoelho-me para rezar, e meu Deus é o Deus das batalhas dignas.

O Dr. Lewis faz a conexão entre mim e a rainha quase diariamente, e ela, por sua vez, arregimenta aqueles que continuam leais aos príncipes York, os homens eminentes e criados leais da antiga casa real. Seus irmãos e seu filho passam secretamente por todos os condados nos arredores de

Londres, convocando seus aliados, enquanto eu reúno os que lutarão por Lancaster. Meu administrador, Reginald Bray, vai a toda parte, e meu querido amigo John Morton, como hóspede e prisioneiro, mantém contato diário com Henry Stafford, o duque de Buckingham. Conta-lhe sobre nosso recrutamento e me relata que os milhares de homens que Buckingham pode comandar estão se armando secretamente. Asseguro a meus aliados que Henrique se casará com a princesa Elizabeth, e que unirá o país com sua vitória. Isso os atrai ainda mais para mim. Porém, os York e as pessoas comuns não ligam a mínima para meu Henrique. Só estão ansiosos por libertar os príncipes. Estão desesperados pela liberdade de seus meninos; estão unidos contra Ricardo e se juntariam a qualquer aliado, ao próprio diabo, contanto que pudessem libertar os meninos York.

O duque de Buckingham parece ser fiel a meu plano, embora eu não duvide de que tenha outro, só seu. Ele promete que reunirá seus homens e os legalistas Tudor nas fronteiras de Gales, atravessará o rio Severn e entrará na Inglaterra pelo oeste. Ao mesmo tempo, meu filho vai desembarcar no sul e conduzir suas tropas para o norte. Os homens da rainha sairão de todos os condados do sul, onde está sua força, e Ricardo, ainda no norte, terá de se empenhar para conseguir recrutas no meio do caminho a fim de enfrentar não um, mas três exércitos e escolher o lugar de sua morte.

Jasper e Henrique formam suas tropas com homens vindos das prisões e das ruas das piores cidades no norte da Europa. Pagarão guerreiros e prisioneiros desesperados, que só serão libertados para ir à guerra sob a bandeira Tudor. Não se espera que resistam a mais de um ataque, e eles têm qualquer lealdade ou noção do que é uma causa legítima. Porém, estão em número suficiente para uma batalha. Jasper recrutou 5 mil deles, e os está treinando para se tornarem uma força que infundiria horror em qualquer país.

Ricardo, ignorante e distante, em York, deleitando-se com a lealdade dessa cidade a seu filho favorito, não faz ideia dos planos que elaboramos no coração de sua capital, mas é astuto o bastante para saber que Henrique representa perigo. Está tentando persuadir o rei Luís da França a uma aliança que incluiria a entrega de meu filho. Espera fazer uma trégua com a Escócia, sabe que meu Henrique está reunindo tropas, tem conhecimento do noivado e da aliança que meu filho fez com a rainha Elizabeth e sabe que os exércitos virão nos ventos do outono ou na primavera. Tendo todas essas informações, deve estar com medo. Desconhece, porém, meu papel nisso; não tem certeza se sou a fiel esposa de um súdito leal que ele comprou com terras e posições ou a mãe de um pretendente ao trono. Ele tem de observar, esperar, se questionar.

O que ele ignora completamente é que uma grande sombra caiu sobre suas esperanças e sua segurança. Que seu maior aliado e melhor amigo, o duque de Buckingham, que o pôs no trono, que lhe jurou lealdade, que seria carne de sua carne e sangue de seu sangue, um irmão tão digno de confiança quanto os da descendência York, se virou contra ele e jurou destruí-lo. Pobre Ricardo, ignorante e inocente, celebra em York, alegra-se com o orgulho e o amor de seus companheiros do norte. Desconhece que seu melhor amigo, o homem que ele ama como irmão, se tornou de fato igual a um irmão: falso como qualquer irmão York, invejoso e competitivo.

~

Meu marido, lorde Thomas Stanley, chega à noite, uma hora antes do jantar, em licença de três dias de seus deveres na corte de Ricardo, em York. Sem me dirigir uma palavra de cortesia, sinaliza com um gesto que minhas damas saiam da sala. Ergo as sobrancelhas diante dessa grosseria e espero.

— Só tenho tempo para uma pergunta — diz ele rispidamente. — O rei me mandou nesta missão privada, embora só Deus saiba como ele parece não confiar muito em mim. Tenho de retornar depois de amanhã, e Ricardo me olha como se fosse me prender outra vez. Sabe que há uma rebelião em andamento e suspeita de você; portanto, de mim também. Não sabe mais em quem confiar. Responda-me apenas isto: você ordenou a morte dos príncipes? E foi feito?

Olho instintivamente para a porta fechada e fico de pé.

— Marido, por que a pergunta?

— Porque o administrador de minhas terras me perguntou hoje se eles estavam mortos. O comandante de minha cavalaria me perguntou se tinha ouvido a notícia. E meu fornecedor de vinhos afirmou que metade do país acredita que eles de fato estão mortos, e a maioria supõe que o assassinato tenha sido ordenado por Ricardo.

Oculto o meu prazer.

— Como poderia eu fazer algo assim?

Segurando meu rosto com uma das mãos, ele estala os dedos.

— Acorde — diz, rudemente. — Está falando comigo, não com um de seus acólitos. Você tem dezenas de espiões, controla uma grande fortuna e agora tem os homens do duque de Buckingham sob seu controle, assim como sua própria guarda. O que quiser que seja feito pode ser feito. Acabou?

— Sim — respondo em voz baixa. — Está feito. Acabou. Os príncipes estão mortos.

Ele fica em silêncio por um momento, quase como se estivesse rezando pelas almas dos meninos. E então pergunta:

— Viu os corpos?

Fico chocada.

— Não, é claro que não.

— Então, como sabe que estão mortos?

Aproximo-me mais dele.

— O duque e eu concordamos que tinha de ser feito, e seu criado me procurou tarde da noite para me informar de que o ato tinha sido executado.

— Como fizeram?

Não consigo encará-lo.

— Disse que ele e mais dois homens pressionaram o rosto deles contra a cama enquanto dormiam, sufocando-os com o colchão.

— Três homens!

— Três — digo defensivamente. — Acho que seriam necessários três... — Interrompo-me quando percebo que ele está se imaginando, tanto quanto eu, aliás, segurando um menino de 9 anos e seu irmão de 12 com o rosto virado para a cama, pressionando-os contra um colchão. — Homens de Buckingham — lembro-lhe. — Não meus.

— Suas ordens e três testemunhas. Onde estão os corpos?

— Escondidos sob uma escada na Torre. Quando Henrique for proclamado rei, poderá descobri-los e declarar que os meninos foram mortos por Ricardo. Mandará celebrar uma missa, preparar um funeral.

— E como você sabe que Buckingham não a enganou? Como pode ter certeza de que ele não deu um sumiço neles, mas que continuam vivos em algum lugar?

Hesito. De repente, me pergunto se eu teria cometido um erro, delegando o trabalho sujo para outra pessoa. Mas eu quis que fossem homens de Buckingham e que a culpa recaísse nele.

— Por que ele faria isso? É de seu interesse que estejam mortos. Tanto quanto do nosso. Você mesmo disse isso. E, se o pior acontecer, e ele estiver mentindo e os meninos estiverem vivos na Torre, alguém poderá matá-los depois.

— Você confia demais em seus aliados — observa meu marido, de maneira desagradável. — Mantém sempre as mãos limpas. Mas, se não golpear, não tem como saber se atingiu o alvo. Só espero que o trabalho tenha sido feito. Seu filho nunca ficará seguro no trono se houver um príncipe York escondido em algum lugar. Ele passará a vida desconfiado. Haverá um rei rival esperando por ele na Bretanha, assim como aconteceu com Eduardo. Da mesma forma que aterroriza Ricardo, seu precioso filho será assombrado pelo medo de um rival. Tudor jamais terá um momento de paz. Se você falhou, seu filho será perseguido por um espírito turbulento, e a coroa nunca se assentará com firmeza em sua cabeça.

— Cumpro a vontade de Deus — afirmo veementemente. — E foi feito. Não serei questionada. Henrique ficará seguro no trono que é seu. Não será atormentado. Os príncipes estão mortos, e não tenho culpa. Foi Buckingham.

— Por sua sugestão.

— Foi Buckingham quem os matou.

— E você tem certeza de que os dois foram mortos?

Hesito por um momento enquanto penso nas estranhas palavras de Elizabeth Woodville: "Não é Ricardo." E se ela pôs um substituto na Torre para que eu o matasse?

— Os dois — respondo com firmeza.

Meu marido me oferece seu sorriso mais frio.

— Ficarei feliz ao ter certeza.

— Quando meu filho entrar em Londres, triunfante, e descobrir os corpos, culpará Buckingham ou Ricardo e lhes providenciará um enterro santo; então você verá que fiz a minha parte.

Deito-me, inquieta, e, no dia seguinte, logo após as matinas, o Dr. Lewis vem a meus aposentos, tenso e apreensivo. Alego imediatamente não estar passando bem e dispenso minhas damas. Ficamos a sós em meus aposentos privados e permito que pegue um banco e se sente diante de mim, quase como um igual.

— A rainha Elizabeth me chamou ao santuário ontem à noite, e ela estava perturbada — murmura.

— Estava?

— Disseram-lhe que os príncipes estavam mortos, e ela me suplicou para lhe dizer que não era verdade.

— E o que respondeu?

— Sem saber o que você me mandaria dizer, respondi o que todos na cidade estão dizendo: que estão realmente mortos. Que Ricardo mandou matá-los ou no dia de sua coroação, ou quando partiu de Londres.

— E ela?

— Ficou profundamente chocada; não conseguiu acreditar, mas, Lady Margaret, ela disse uma coisa terrível... — interrompe-se, como se não se atrevesse a proferir as palavras.

— Continue. — Sinto um arrepio de horror percorrendo meu corpo. Temo ter sido traída. Receio que algo tenha dado errado.

— Primeiro ela gritou, depois suspirou e disse: "Pelo menos Ricardo está seguro."

— O príncipe Ricardo, o filho mais novo?

— O que levaram para a Torre a fim de fazer companhia ao irmão.

— Sim! Mas o que ela quis dizer?

— Foi o que lhe perguntei imediatamente. Ela sorriu de modo assustador e respondeu: "Doutor, se tivesse duas joias preciosas e raras que temesse serem roubadas, colocaria os dois tesouros na mesma caixa?"

Ele faz um movimento com a cabeça diante de minha expressão aterrorizada.

— O que ela quis dizer? — repito.

— Ela não disse mais nada. Perguntei se o príncipe Ricardo não estava na Torre quando os dois meninos foram mortos. Ela simplesmente respondeu que eu lhe pedisse para colocar seus próprios guardas na Torre para manter o filho dela a salvo. Não falou mais nada e me mandou sair.

Levanto-me do banco. Essa mulher maldita, essa bruxa, esteve em meu caminho desde que eu era menina e agora, neste exato momento, quando a estou usando, usando sua venerável família e partidários leais para lhe arrancar o trono e destruir seus filhos, ela talvez vença, talvez faça alguma coisa que estrague todos os meus planos. Como consegue fazer isso sempre? Como é possível que, mesmo no momento de maior humilhação, mesmo quando até eu rezo por ela, Elizabeth consiga mudar sua sorte? Deve ser bruxaria, só pode ser. Sua felicidade e seu sucesso assombram minha vida. Sei que fez pacto com o diabo, tenho certeza. Gostaria que ele a levasse para o inferno.

— Terá de ir vê-la outra vez — determino, virando-me para ele, que faz menção de recusar. — Algum problema? — falo bruscamente.

— Lady Margaret, juro-lhe que me causa pânico voltar lá. Ela parece uma bruxa aprisionada. Parece um espírito apanhado em uma armadilha, uma deusa da água em um lago congelado, aguardando a chegada da primavera. Ela vive na escuridão do santuário com o rio fluindo ao lado de seus aposentos e escuta seu murmúrio como se ele fosse um conselheiro. Ela tem conhecimento de coisas impossíveis de se ter ciência por meios terrenos. Ela me aterroriza, e sua filha também.

— Vai ter de reunir coragem — retruco, cáustica. — Seja corajoso, está realizando uma obra de Deus. Deve procurá-la e dizer que precisa ser valente. Diga-lhe que tenho certeza de que os príncipes estão vivos. Lembre que, quando atacamos a Torre, ouvimos os guardas os afastando da porta. Eles estavam vivos então; por que Ricardo os mataria agora? Ricardo tomou o trono sem matá-los, por que faria isso agora? Ricardo não é homem de mandar outra pessoa fazer seu trabalho e ele está a centenas de milhas de distância. Diga-lhe que duplicarei meu pessoal na Torre e que juro, por minha honra, que os protegerei. Lembre que a insurreição vai ter início no próximo mês. Assim que derrotarmos Ricardo, o rei, libertaremos os meninos. Então, quando ela estiver mais tranquila, em seu primeiro momento de alívio, quando você perceber que a cor voltou ao rosto dela e que conseguiu convencê-la... nesse momento, pergunte subitamente se seu filho, príncipe Ricardo, está seguro. Se ela o mantém escondido.

Ele assente com um movimento de cabeça, embora esteja pálido de medo.

— E eles estão a salvo? Posso sinceramente lhe assegurar que esses pobres meninos estão em segurança e que os resgataremos? Que os rumores, até mesmo em sua casa, são falsos? Sabe se estão vivos ou mortos, Lady Margaret? Falarei a verdade ao dizer à mãe deles que estão vivos?

— Eles estão nas mãos de Deus — replico com voz firme. — Como todos nós. E meu filho também. Estes são tempos perigosos, e os príncipes estão nas mãos de Deus.

~

Nessa noite, temos notícias da primeira rebelião. Acontece na hora errada, cedo demais. Os homens de Kent estão avançando para Londres, exigindo que o duque de Buckingham assuma o trono. O condado de Sussex se arma, acreditando que não pode adiar nem mais um momento, e os homens de Hampshire também se insurgem; a revolta se espalha como um incêndio na floresta seca. O comandante mais leal de Ricardo, Thomas Howard, recentemente nomeado duque de Norfolk, parte de Londres e avança pela estrada a oeste. Ele ocupa Guildford, luta em escaramuças em todo o país, controlando os rebeldes em seus próprios condados, e manda um aviso desesperado ao rei: os condados do sul se sublevaram em nome da antiga rainha e de seus filhos aprisionados, os príncipes.

Ricardo, o experiente comandante de batalha, vai para o sul tão rápido quanto o exército York, estabelece seu centro de comando em Lincoln e alista soldados em todos os condados, sobretudo naqueles que o aclamaram com tanta alegria em sua viagem. Toma conhecimento da traição do duque de Buckingham por homens vindos de Gales, os quais lhe dizem que o duque já está em marcha para o norte, pela fronteira, recrutando homens e planejando claramente atravessá-la em Gloucester, talvez em Tewkesbury, para entrar no coração da Inglaterra com seus próprios homens e seus recrutas galeses. Henry Stafford, o querido amigo do rei, está marchando sob seu estandarte tão orgulhosa e bravamente quanto antes marchou por Ricardo. Só que agora o está fazendo contra ele.

Lívido de raiva, sustenta seu braço direito, o que empunha a espada, acima do cotovelo. Ele treme de ódio ao tentar firmá-lo. "Um homem que teve a melhor causa à qual ser leal", exclama ele. "A mais desleal das criaturas vivas. Um homem que teve tudo o que pediu. Nunca um traidor foi mais bem-tratado. Um traidor, um traidor."

Imediatamente o rei despacha ordens de recrutamento para cada condado da Inglaterra, exigindo lealdade, armas e homens. Essa é a primeira e a maior crise de seu reinado recém-iniciado. Convoca-os para apoiar um rei York, exige a mesma lealdade devotada a seu irmão, a lealdade que todos lhe prometeram. Adverte aqueles que o aclamaram quando foi coroado há menos de 16 semanas que defendam essa decisão ou a Inglaterra sucumbirá a uma aliança profana entre o falso duque de Buckingham, a rainha feiticeira e o pretendente Tudor.

Chove a cântaros, e um vento forte sopra do norte. Não são condições naturais, trata-se de um temporal provocado por uma bruxa. Meu filho deve zarpar agora para chegar a tempo de acompanhar a rebelião dos partidários da rainha e os avanços de Buckingham. Se, entretanto, o clima está tão adverso aqui no sul da Inglaterra, receio que na Bretanha esteja igual. Ele tem de chegar no momento adequado para capturar o vencedor exausto da primeira batalha e fazê-lo lutar novamente, ainda exausto. Fico na minha janela e observo a chuva pesada e o vento açoitando as árvores em nosso jardim, e sei que ele não pode zarpar com esse tempo, o vento uivando na direção do sul. Acho que ele nem consegue sair do porto.

~

No dia seguinte, a chuva se intensifica, e o rio começa a subir. Cobre a escada de desembarque em meu jardim, e os barqueiros arrastam o barco de Stanley até o pomar, longe da enchente, pois receiam que seja levado de sua amarração pela correnteza. Não creio que Henrique possa navegar assim e, mesmo que conseguisse sair da enseada, não creio que pudesse atravessar com segurança os mares ingleses até o litoral sul.

Minha rede de informantes, espiões e conspiradores está pasma com a ferocidade da chuva, que é como uma arma contra nós. As estradas para Londres estão intransitáveis, ninguém tem como receber mensagens. Um cavaleiro em sua montaria não consegue ir de Londres a Guildford, e na medida em que o rio enche há notícias de inundações e afogamentos. As marés estão extraordinariamente altas, e, todos os dias e noites, a cheia se derrama na preamar, provocando ondas violentas que destroem casas às margens do rio, cais, píeres e docas. Ninguém se lembra de algo semelhante, uma tormenta que se estende ao longo de dias seguidos e que faz os rios destruírem suas margens por toda a Inglaterra.

Não tenho com quem falar a não ser o meu Deus e, ainda assim, nem sempre ouço Sua voz, como se a chuva estivesse apagando Seu rosto, e o vento, soprando para longe Suas palavras. Por isso tenho certeza de que é um vento soprado por uma bruxa. Passo o dia à janela olhando o jardim, observando o rio cobrir a murada, subir pelo pomar, até as próprias árvores parecerem se esticar na direção das nuvens pesadas, pedindo ajuda. Quando uma de minhas damas se aproxima de mim, ou o Dr. Lewis bate à minha porta, ou um dos conspiradores em Londres pede para ser recebido, todos sempre querem saber o que está acontecendo, como se eu soubesse mais do que eles, quando tudo aquilo que ouço é a chuva, como se eu pudesse prever o futuro no céu rasgado pela ventania. Porém, nada sei, e qualquer coisa pode estar se passando lá fora. Pode estar ocorrendo um massacre em meio ao temporal, até mesmo a meia milha de distância, sem que nenhum de nós perceba — não ouviríamos nenhuma voz acima do som da tormenta, nenhuma luz se mostraria através da chuva.

Passo as noites em minha capela e rezo pela segurança de meu filho e o êxito de nosso plano. Porém, não ouço nenhuma resposta de Deus, apenas a batida regular da chuva no telhado e a lamúria do vento levantando as telhas, e me questiono se o próprio Deus teria sido varrido dos céus da Inglaterra pelo vento feiticeiro e se alguma vez voltarei a ouvi-lo.

Finalmente, recebo uma carta que meu marido me envia de Coventry.

O rei ordenou minha presença e receio que suspeite de mim. Também mandou buscar meu filho, lorde Strange, e se mostrou muito aborrecido quando soube que ele estava fora, com um exército de 10 mil homens em marcha, sem ter dito a ninguém para onde ia. Seus criados juram que só o ouviram dizer que estava recrutando homens para a causa legítima. Assegurei ao rei que meu filho, leal ao trono, marchará para se juntar a nós, mas ele ainda não chegou aqui, em nosso quartel-general, no Castelo de Coventry.

Buckingham está detido em Gales por causa da cheia no rio Severn. Henrique, creio, deve estar detido no porto por causa da tormenta no mar. Os homens da rainha não terão como atravessar as estradas inundadas, e o duque de Norfolk os está esperando. Parece-me que sua rebelião foi encerrada, Margaret. Você foi vencida pela chuva e pela enchente, que estão sendo chamadas de As Águas do duque de Buckingham, pois o arrastaram, com as suas ambições e suas esperanças para o inferno. Ninguém tinha visto tempestade assim desde quando a rainha Elizabeth evocou uma neblina para ocultar o exército de seu marido na batalha de Barnet ou convocou o vento para conduzi-lo em segurança para casa. Ninguém duvida de que ela é capaz de algo assim, e a maioria de nós só espera que ela pare antes que a água carregue todos nós. Por que, entretanto, estará fazendo isso contra você? E, se for assim, por quê? Por meio de suas visões, o que aconteceu com seus filhos e quem fez isso? Será que ela pensa que foi você? Estaria afogando seu filho por vingança?

Destrua todos os papéis que guardou e negue o que quer que tenha feito. Ricardo está vindo para Londres e estão construindo um cadafalso na Torre. Se ele acreditar em metade do que ouviu, é lá que ele a colocará e nada poderei fazer para salvá-la.

Stanley.

Outubro de 1483

Passei a noite toda de joelhos, mas não sei se Deus conseguiu me ouvir com o barulho infernal da chuva. Meu filho zarpou da Bretanha com 15 excelentes navios e um exército de 5 mil homens, e os perdeu, todos eles, na tormenta no mar. Só duas naus conseguiram chegar ao litoral sul e, no mesmo instante, seus ocupantes ficaram sabendo que Buckingham tinha sido derrotado pela cheia do rio, que a rebelião fora destruída pelas águas e que Ricardo aguardava, com seus pés completamente secos, para executar os sobreviventes.

Meu filho virou as costas ao país que deveria ser seu e retornou à Bretanha, fugindo como um covarde, deixando-me aqui desprotegida, evidentemente culpada de tramar a rebelião. Separamo-nos novamente, meu herdeiro e eu, sem nem mesmo nos encontrarmos, e tenho a impressão de que desta vez será para sempre. Ele e Jasper me deixaram sozinha para enfrentar o rei que marcha para Londres sedento de vingança, como um invasor tomado pela fúria. O Dr. Lewis escapou para Gales, o bispo Morton embarcou no primeiro navio que zarpou depois da tormenta rumo à França, os homens de Buckingham fugiram da cidade em silêncio, sob o céu ameaçador. Os parentes da rainha se puseram a caminho da Bretanha e do que restou da corte improvisada e esfarrapada de meu filho, e meu marido chegou em Londres no séquito do rei Ricardo, cujo rosto bonito está velado pelo ódio taciturno de um traidor traído.

— Ele sabe — diz abruptamente meu marido quando vem a meu quarto, sua capa de viagem ainda sobre seus ombros, sua expressão não muito simpática. — Ele sabe que você estava agindo junto com a rainha e vai levá-la a julgamento. Ele tem provas e meia dúzia de testemunhas. Rebeldes de Devon a East Anglia conhecem seu nome e têm cartas suas.

— Marido, certamente ele não fará isso.

— Você é claramente culpada de traição, um crime punido com a morte.

— Mas se ele pensa que você é leal...

— Eu *sou* leal — corrige-me. — Não se trata de opinião, mas de fato. Não do que o rei pensa... mas do que ele pode ver. Quando Buckingham partiu, enquanto você estava convocando seu filho para invadir a Inglaterra e pagando rebeldes, e a rainha sublevava os condados do sul, eu estava ao lado dele, aconselhando-o, emprestando-lhe dinheiro, convocando meus próprios aliados para defendê-lo, leal como qualquer nortista. Ele confia em mim agora como nunca confiou antes. Meu filho recrutou um exército para ele.

— O exército do seu filho era para mim! — interrompo.

— Meu filho negará isso, eu negarei, nós a chamaremos de mentirosa, e, de qualquer maneira, ninguém pode provar nada.

Faço uma pausa.

— Marido, vai interceder por mim?

Ele olha para mim pensativamente, como se a resposta pudesse ser não.

— Bem, é uma consideração, Lady Margaret. Meu rei Ricardo é intransigente, não consegue acreditar que o duque de Buckingham, seu melhor amigo, seu único amigo, tenha sido capaz de traí-lo. E você? Ele ficou consternado com sua deslealdade. Você carregou a cauda do vestido da rainha na coroação, foi sua amiga, deu-lhe as boas-vindas a Londres. Ele se sente traído. Não conseguirá perdoá-la. Ele a considera tão desleal quanto seu parente Buckingham, e Buckingham foi executado imediatamente.

— Buckingham está morto?

— Cortaram-lhe a cabeça na praça do mercado de Salisbury. O rei nem mesmo foi vê-lo. Estava furioso demais, e agora voltará todo o ódio para você.

Você disse que a rainha Anne era bem-vinda à cidade, que ela tinha deixado saudades. Você se ajoelhou diante dele e lhe desejou felicidades. E depois enviou mensagens para cada família lancastriana descontente no país para dizer que a guerra entre os primos havia recomeçado e que, dessa vez, vocês venceriam.

Trinco os dentes.

— Devo fugir? Devo ir para a Bretanha também?

— Minha cara, como conseguiria chegar lá?

— Tenho dinheiro. Tenho minha guarda. Posso subornar um navio para me levar. Se eu descer agora para as docas de Londres, conseguirei fugir. Ou Greenwich. Ou posso cavalgar até Dover ou Southampton...

Ele sorri para mim e me lembro de que o chamam de "raposa" por sua capacidade de sobreviver, voltar atrás, escapar aos cães.

— Sim, na verdade, tudo isso seria possível. Mas, lamento lhe dizer, fui nomeado seu carcereiro e não posso deixá-la escapar. O rei Ricardo decidiu que todas as suas terras e a sua riqueza são minhas, que serão transferidas para mim, apesar de nosso contrato de casamento. Tudo o que você possuía na infância é meu, tudo o que possuía como uma Tudor é meu, tudo o que ganhou de seu casamento com Stafford agora é meu, tudo o que herdou de sua mãe é meu. Meus homens estão agora em seus aposentos recolhendo suas joias, papéis e a caixa de dinheiro. Seus homens já foram presos, e suas damas estão confinadas em seus quartos. Seus arrendatários serão informados de que você não poderá convocá-los, de que agora respondem a mim.

Respiro fundo. Por um instante, perco a fala e fico apenas olhando para ele.

— Você me roubou? Aproveitou essa oportunidade para me trair?

— Você vai viver na propriedade de Woking, que agora é minha. Não poderá deixar seus limites. Será servida por meu pessoal; seus criados serão dispensados. Não verá nem suas damas de companhia, nem seus criados, nem seu confessor. Não verá ninguém e não enviará mensagem alguma.

Mal consigo respirar, chocada com a profundidade e a extensão de sua traição. Ele tirou tudo de mim.

— Foi você que me entregou a Ricardo! — acuso-o sem rodeios. — Foi você que traiu a conspiração. Foi você, interessado em minha fortuna, que me levou a fazer isso e agora lucra com minha destruição. Você disse ao duque de Norfolk para ir a Guildford reprimir a rebelião em Hampshire. Você disse a Ricardo para ter cuidado com o duque de Buckingham. Você disse que eu e a rainha estávamos tramando contra ele!

— Não, eu não sou seu inimigo, Margaret. Eu lhe servi bem como marido. Ninguém mais poderia tê-la salvado da morte por traição, que você merece. Esse foi o melhor acordo que consegui para você. Salvei-a da Torre, do cadafalso. Evitei que suas terras fossem confiscadas. O rei poderia tomá-las imediatamente. Salvei-a ao conseguir que vivesse em minha casa, como minha mulher, em segurança. E continuo no centro dos acontecimentos, onde poderemos obter informações sobre os planos dele contra seu filho. Ricardo vai querer a morte de Tudor; enviará espiões com ordens de assassinar Henrique. Ao fracassar, você assinou a pena de morte de seu filho. Só eu posso salvá-lo. Deveria estar grata a mim.

Não consigo raciocinar, não consigo pensar com clareza em meio a esse misto de ameaças e promessas.

— Henrique?

— Ricardo não vai parar até ele estar morto. Só eu posso salvá-lo.

— Serei sua prisioneira?

Ele confirma com um movimento da cabeça.

— E terei sua fortuna. Não se trata de nós dois, Margaret. Pense na segurança de seu filho.

— Vai permitir-me alertar Henrique do perigo?

Ele se levanta.

— É claro. Pode lhe escrever, como quiser. Mas todas as suas cartas passarão por mim, serão transportadas por meus homens. Tenho de manter a aparência de controlá-la completamente.

— Aparência? — repito. — Se bem o conheço, parecerá estar dos dois lados.

Ele sorri, genuinamente divertido.

— Sempre.

Inverno de 1483-84

É longo e escuro o inverno que enfrento sozinha em Woking. Minhas damas foram dispensadas, acusadas de tramar uma conspiração, e todos os meus amigos fiéis e mensageiros foram afastados. Nem sequer posso vê-los. A criadagem é selecionada por meu marido — meu carcereiro — e é composta de homens e mulheres leais apenas a ele. Olham-me de esguelha, como a mulher que traiu lorde Stanley e seus interesses, uma esposa desleal. Estou outra vez vivendo entre estranhos, longe da vida da corte, isolada de meus amigos, e longe — tão longe — de meu filho derrotado. Às vezes receio nunca mais revê-lo. Às vezes temo que ele desista de sua grande causa, que se estabeleça na Bretanha, case-se com uma jovem comum e se torne um rapaz comum — não um eleito por Deus para a grandeza, trazido ao mundo pela agonia de sua mãe. Ele é filho de uma mulher chamada à grandeza pela própria Joana d'Arc. Será possível que ele se torne um preguiçoso? Um beberrão? Um rapaz que anuncia, nas tavernas, que poderia ter sido rei, mas que a má sorte e o vento de uma bruxa o impediram?

Consigo enviar-lhe uma carta antes do Natal. Não se trata de uma mensagem de bons votos, nem desejo um feliz Natal. Os dias são sombrios demais para a troca de felicitações. Foi um mau ano para a Casa de Lancaster. Não tenho alegria nenhuma a partilhar com ninguém. Temos um longo e árduo trabalho a fazer se ele quiser chegar ao trono, e o Dia de Natal é uma data para recomeços.

Meu cunhado Jasper e meu filho Henrique,

Espero que estejam bem.

Sei que Elizabeth, a falsa rainha, e Ricardo, o usurpador, têm conversado sobre as condições que ela impôs para sair do refúgio.

Meu desejo é que Henrique anuncie publicamente seu noivado com a princesa Elizabeth de York. Isso impediria qualquer outro casamento para ela, lembraria aos nossos aliados nosso direito ao trono, faria com que demonstrassem seu apoio anterior e restabeleceria a reivindicação de Henrique ao trono da Inglaterra.

Ele deve fazer isso no Natal, na Catedral de Rennes, como Joana d'Arc proclamou o rei da França na Catedral de Reims. Essa é a minha ordem como sua mãe e chefe de sua casa.

Minhas saudações,

Margaret Stanley.

~

Nas longas noites de inverno de um Natal infeliz e um Ano-Novo desalentador, enquanto a escuridão impenetrável cede vagarosamente às manhãs cinzentas e frias, tenho tempo para meditar sobre a vaidade da ambição e o pecado de destronar um rei ordenado. Permaneço de joelhos para meu Deus e Lhe pergunto por que o esforço de meu filho para conquistar sua posição legítima no mundo não é abençoado. Por que a chuva age contra ele, por que o vento sopra seus navios para longe, por que o Deus do terremoto, do vento e do fogo não abranda a tormenta para Henrique, como fez para Si mesmo na Galileia? Pergunto-Lhe como Elizabeth Woodville, rainha viúva da Inglaterra, que é uma bruxa, sairá do refúgio e fará um acordo com um rei usurpador? Como ela pode seguir seu caminho no mundo, se o meu está bloqueado, entravado? Estendo-me no frio ladrilho dos degraus do altar e me entrego ao sofrimento sagrado e cheio de remorsos.

Então, acontece. Afinal, depois de muitas longas noites de jejum e oração, ouço uma resposta. Descubro que sei o motivo. Compreendo.

Finalmente, reconheço que o pecado da ambição e da ganância atrapalhou nossos esforços, que nossos planos foram ofuscados pelo desejo de vingança de uma pecadora; planos traçados por uma mulher que se considerou mãe de um rei, que não se satisfez em ser uma pessoa comum. Nossa ruína residiu na vaidade de uma mulher que seria rainha e acabaria com a paz motivada por seu próprio desejo egoísta. Conhecer-se é conhecer todos, e confessarei meu próprio pecado e o papel que ele desempenhou em nosso fracasso.

De nada sou culpada a não ser de uma legítima ambição e de um potente desejo de ocupar minha posição por direito — um furor justo. Elizabeth Woodville é a culpada de tudo. Ela trouxe a guerra à Inglaterra, motivada por vaidade e vingança. Foi ela que veio a nós, coberta de ambição por seu filho, cheia de orgulho, cheia de si, convicta de sua própria beleza. Eu deveria ter me recusado a estabelecer uma aliança com ela e sua ambição pecadora. Foi o desejo de Elizabeth pelo triunfo de seu filho que fez com que Deus não fosse paciente conosco. Eu deveria ter percebido sua vaidade e me afastado.

Errei, agora me dou conta, e peço a Deus que me perdoe. Meu erro foi me aliar a Buckingham, cuja ambição fútil e cobiça ímpia do poder provocaram a chuva sobre nós e à rainha Elizabeth, cuja vaidade e desejo foram ofensivos aos olhos de Deus. Além disso, quem sabe o que ela fez para provocar a chuva?

Eu deveria, como Joana, ter cavalgado sozinha, guiada por minha própria visão. Aliei-me, porém, a pecadores — e que pecadores! Uma mulher que foi a viúva de Sir John Grey. Um rapaz que foi casado com Katherine Woodville. Recebi a punição por seus pecados. Eu mesma não fui pecadora — como Deus sabe, pois Ele sabe tudo —, mas cedi à tentação de me unir a eles. E eu, a devota, partilhei o castigo dos pecadores.

É uma agonia para mim pensar que os maus atos de meus antigos aliados podem destruir a legitimidade de minha causa. Ela, uma bruxa declarada, filha de outra feiticeira; ele, um exibido durante toda sua breve vida. Eu não deveria ter me rebaixado à aliança com eles. Deveria ter mantido minha própria orientação e deixado que eles preparassem a própria rebelião, realizassem os próprios assassinatos. Deveria ter me mantido livre de tudo isso. Mas, do jeito que foi, o fracasso deles me derrubou, a chuva deles destruiu minhas esperanças, o pecado deles também me foi atribuído. E aqui estou eu, cruelmente castigada pelos crimes dos outros.

Primavera de 1484

Durante todo o inverno e toda a primavera medito sobre a conduta equivocada de meus antigos aliados e me sinto feliz pelo fato de a rainha continuar confinada no santuário. Prisioneira em minha própria casa, penso nela, na cripta sombria à margem do rio, enfrentando sua derrota na escuridão. Então, na primavera, recebo uma carta de meu marido.

O rei Ricardo e Elizabeth Woodville chegaram a um acordo. Ela aceitou o veredicto do Parlamento de que nunca foi casada com o falecido rei, e Ricardo jurou que ela e suas filhas poderão sair do santuário em segurança. Ela ficará sob os cuidados de John Nesfield e viverá na casa dele em Heytesbury, em Wiltshire. As meninas irão para a corte e servirão como damas de companhia da rainha Anne até que seus casamentos sejam arranjados. Ele sabe que seu filho está comprometido com a princesa Elizabeth, mas vocês são desprezados na corte. Elizabeth Woodville parece ter aceitado a derrota e se resignado com a morte de seus dois meninos. Ela não fala a respeito de nenhum dos dois.

Nestes tempos de reconciliação, ordenei uma busca privada da Torre, de modo que os corpos dos príncipes fossem encontrados e que o duque de Buckingham (e não você) fosse considerado culpado de suas mortes. Mas a escada em que disse que os meninos se encontravam não foi mexida, e não há vestígio deles. Deixei que se espalhasse a informação de que seus corpos tinham sido enterrados e depois levados por um padre que, tomado pelo remorso, jogou-os nas águas profundas do Tâmisa, o que me parece apropriado para filhos da Casa dos Rivers. Isso parece encerrar a história, assim como qualquer outra versão, e ninguém contestou com detalhes inconvenientes. Seus três assassinos, se realmente cometeram o ato, permanecem calados.

Eu a visitarei em breve — a corte está alegre e triunfante com o bom tempo, e a recém-libertada princesa Elizabeth de York é a pequena rainha da corte. É uma menina encantadora, bonita como a mãe era. Metade da corte está fascinada com ela, e certamente estará muito bem-casada dentro de um ano. Uma jovem tão refinada não terá dificuldades de encontrar um partido.

Stanley

A carta me irrita de tal modo que não consigo nem mesmo rezar durante o restante do dia. Tenho de montar meu cavalo, ir até o final do gramado e contornar todo o perímetro — o limite de minha liberdade — para recuperar o controle. Mal vejo os narcisos amarelos que oscilam nos campos, nem os cordeiros. A sugestão de que os príncipes não estão mortos e enterrados, o que indubitavelmente estão, e as mentiras sobre a exumação dos corpos e o sepultamento nas águas do Tâmisa — o que simplesmente dá margem a mais perguntas — já seriam suficientes para provocar minha raiva, mas acrescentar a isso a notícia da libertação da rainha Elizabeth e o triunfo de sua filha na corte do homem que deveria ser inimigo de ambas até a morte me choca no fundo da alma.

Como a rainha foi capaz de fazer um acordo com o homem que ela deveria estar acusando de matar seus filhos? É um mistério para mim, uma abominação. E como essa jovem pode se divertir e encantar a corte de seu tio como se ele não fosse o assassino de seus irmãos e carcereiro de sua infância? Não consigo compreender. A rainha, como sempre, foi dominada pela vaidade e vive apenas para seu próprio conforto e prazer. Não me surpreende o fato de ela ter feito um acordo em troca de uma bela mansão, uma vida agradável e — sem a menor dúvida — uma boa pensão. Não deve ter sofrido absolutamente nada por seus filhos, pois aceita a liberdade vinda das mãos do assassino deles.

Heytesbury Manor! Conheço essa casa, ela ficará luxuosamente confortável lá, e não duvido de que John Nesfield lhe permita encomendar o que quiser. Os homens sempre fazem qualquer coisa para agradar Elizabeth Woodville, porque são loucos por um rosto bonito. E, apesar de ela ter liderado uma rebelião em que homens bons morreram e que me custou tudo, ao que parece sairá impune.

A filha dela deve ser mil vezes pior, para aceitar a liberdade nesses termos, ir para a corte, encomendar belos vestidos, servir como dama de companhia a uma rainha usurpadora, sentada no trono que foi de sua mãe! As palavras me faltam, minhas preces me faltam, calo-me, desconcertada, com a falsidade e a vaidade da rainha York e da princesa York, e a única coisa em que consigo pensar é que preciso puni-las de alguma forma por terem sido libertadas, quando eu estou arruinada e aprisionada. Não pode ser justo, depois de tudo por que passamos, que a rainha York escape, mais uma vez, do perigo e do refúgio, e viva em uma bela casa no coração da Inglaterra; que crie suas filhas e as veja casadas bem, no círculo de seus amigos e vizinhos. Não é certo a princesa York ser uma favorita na corte, a preferida de seu tio, a mais amada pelo povo, e eu em desgraça. Deus não pode realmente querer que essas mulheres levem vidas pacíficas, felizes, enquanto o meu filho está no exílio. Essa não pode ser Sua vontade. Ele tem de querer justiça. Tem de querer vê-las punidas. Tem de querer ver sua queda. Tem de ansiar pelo estigma. Tem de desejar a fumaça de seu sacrifício. E só Deus sabe como eu seria instrumento de Sua vontade, se ele simplesmente colocasse as armas certas em minha mão obediente.

Abril de 1484

Meu marido vem me visitar quando o rei faz uma viagem na primavera rumo ao norte, onde estabelecerá seu quartel-general para se preparar para a invasão de meu filho, que deve acontecer neste ano, no próximo ou no ano seguinte. Thomas Stanley cavalga por minhas terras diariamente, ávido por caça, como se os animais lhe pertencessem — e, então, me lembro de que de fato lhe pertencem. Agora, tudo é dele. Come bem à noite e bebe os vinhos raros deixados na adega por Henry Stafford para mim e meu filho, e que agora são seus. Agradeço a Deus não ser apegada a bens terrenos como outras mulheres; caso contrário, olharia para as garrafas ao longo da mesa com profundo ressentimento. E agradeço a Nossa Senhora a bênção de minha mente estar concentrada na vontade de Deus e no êxito de meu filho.

— Ricardo conhece os planos de Henrique? — pergunto certa noite antes de ele se embebedar com o vinho que minhas adegas são obrigadas a lhe fornecer.

— Ele tem espiões por toda a pequena corte de Henrique, é claro. E uma rede de espionagem que leva notícias de um extremo a outro do país. Nenhum barco de pesca consegue atracar em Penzance sem que Ricardo seja informado no dia seguinte. Mas seu filho se tornou um rapaz cauteloso e inteligente. Até onde sei, guarda para si suas intenções e só faz planos com

Jasper. Não confidencia nada a ninguém. Ricardo nunca menciona nenhuma informação secreta da Bretanha que não seja uma notícia óbvia. É evidente que seu filho e o tio equiparão navios e retornarão assim que estiverem prontos. O fracasso do ano passado, porém, vai atrapalhá-los. Perderam uma pequena fortuna de seu protetor, que talvez não queira mais arriscar uma frota por eles. Quase todos acreditam que o duque da Bretanha vai desistir deles e entregá-los à França. Uma vez em poder do rei francês, poderão estar perdidos ou ter êxito. Ricardo não sabe mais do que isso.

Faço um gesto de compreensão com a cabeça.

— Sabia que Thomas Grey, filho de Elizabeth Woodville, fugiu da corte de seu filho e tentou voltar para a Inglaterra?

— Não! — exclamo, chocada. — Por que ele faria isso? Por que abandonaria Henrique?

Meu marido sorri para mim por cima de seu copo de vinho.

— Aparentemente a mãe dele mandou que voltasse e fizesse as pazes com Ricardo, como as meninas e ela fizeram. Ela parece não acreditar que Ricardo tenha matado os meninos, não é? Aparentemente ela não considera Henrique um cavalo em que ainda vale a pena apostar. Por que mais ela desejaria uma completa reconciliação com o rei? Tenho a impressão de que ela quer romper seus vínculos com Henrique Tudor.

— Quem pode saber o que ela pensa? — retruco com irritação. — É uma mulher volúvel, não é leal a nada a não ser a seu próprio interesse. E não tem nenhum juízo.

— Henrique Tudor capturou Thomas Grey na estrada e o levou de volta — observa meu marido. — De modo que agora ele é um prisioneiro. É mais um refém do que propriamente um adepto de sua corte. Não é um bom agouro para o noivado de seu filho com a princesa, é? Suponho que ela vá repudiar seu compromisso, assim como o irmão repudiou sua lealdade. Isso deve abalar sua causa, Margaret, e humilhar Henrique. É como se a Casa de York tivesse se voltado contra você.

— Ela não pode renegar o noivado — retruco abruptamente. — A mãe dela jurou, e eu também. E Henrique deu sua palavra diante de Deus, na

Catedral de Rennes. Ela terá de obter uma dispensa do papa pessoalmente se quiser se isentar.

O sorriso de meu marido se amplia.

— Ela tem um pretendente.

— Ela não tem esse direito; é noiva de meu filho.

— Ainda assim, ela tem.

— Algum pajem desprezível, provavelmente.

Ele dá um risinho, divertido

— Oh, não. Não exatamente.

— Nenhum nobre se rebaixaria a se casar com ela. Foi declarada bastarda, comprometeu-se publicamente com meu filho, e seu tio lhe prometeu apenas um dote moderado. Por que alguém iria desejá-la? Foi humilhada três vezes seguidas.

— Por sua beleza? Ela é belíssima, sabe. E seu encanto... Tem o sorriso encantador, é impossível desviar os olhos dela. É alegre e de alma pura. Uma jovem adorável, uma princesa de verdade, em todos os aspectos. É como se saísse do santuário e simplesmente despertasse para o mundo. Acho que ele simplesmente está apaixonado por ela.

— Quem é o tolo?

Sua expressão é divertida.

— O pretendente, sobre o qual estou lhe falando.

— Então, quem é o idiota perdidamente apaixonado?

— O próprio rei Ricardo.

Por um momento, fico muda. Não consigo imaginar tamanha imoralidade, tamanha luxúria.

— Ele é tio dela!

— Podem conseguir uma dispensa do papa.

— Ele é casado.

— Você mesma disse que a rainha Anne é estéril e que provavelmente não viverá muito tempo. Ele pode pedir para ela sair do caminho, o que seria razoável. Ele precisa de outro herdeiro. Seu filho adoeceu outra vez. Ele precisa de outro filho para garantir sua linhagem, e as Rivers são renomadamente férteis. Pense só no desempenho da rainha Elizabeth no leito nupcial da Inglaterra!

Minha expressão mal-humorada lhe diz o que penso.

— Ela tem idade para ser filha dele!

— Como você mesma sabe, isso nunca foi obstáculo, mas de qualquer maneira não é verdade. Há apenas 14 anos de diferença entre eles.

— Ele é o assassino de seus irmãos e a destruição de sua casa!

— Ora, você sabe melhor do que ninguém que isso não é verdade. Nem mesmo o povo acredita que Ricardo matou os meninos, agora que a rainha, reconciliada com ele, vive no campo e sua filha está na corte.

Levanto-me da mesa tão desnorteada que me esqueço até de pronunciar a oração de ação de graças.

— Ele não deve ter a intenção de se casar com ela; pretende apenas seduzi-la e envergonhá-la, torná-la indigna de Henrique.

— Indigna de Henrique! — Lorde Stanley dá uma gargalhada. — Como se Henrique estivesse em posição de escolher! Como se fosse um bom partido! Como se você não o tivesse amarrado à princesa, exatamente como diz que ela está presa a ele.

— Ricardo vai torná-la sua prostituta, para envergonhá-la e a toda a família.

— Não acredito. Penso que ele a ama sinceramente. Parece-me que o rei está apaixonado pela princesa Elizabeth, e é a primeira vez na vida que sente algo assim. Seu olhar ao vê-la transborda veneração. É algo extraordinário de ver, como se ele tivesse descoberto nela o significado da vida. Como se ela realmente fosse a sua rosa branca.

— E ela? — pergunto com desprezo. — Ela demonstra uma distância apropriada? É uma princesa que mantém seu orgulho? Deveria se preocupar apenas com sua pureza e virtude, se é uma princesa e espera ser rainha.

— Ela o adora. Isso é evidente. Ilumina-se quando ele entra na sala e, quando dança, ela lhe lança um sorriso discreto. Ele não consegue tirar os olhos dela. Um casal apaixonado, e ninguém, a não ser um tolo, deixaria de ver que é simplesmente isso, nada além disso... e certamente nada aquém disso.

— Então ela não é melhor do que uma prostituta — digo, dirigindo-me à porta, não suportando escutar mais uma palavra. — E vou escrever para a mãe dela e lhe oferecer minha simpatia e minhas orações por sua filha que caiu em desonra. Mas não me admira o comportamento das duas. A mãe é uma prostituta, e a filha não demonstra ser melhor.

Fecho a porta em meio à risada debochada de meu marido e percebo, para a minha surpresa, que estou tremendo, e que há lágrimas em meu rosto.

~

No dia seguinte, chega da corte uma mensagem para meu marido, que não tem a gentileza de me informar seu conteúdo; tenho, portanto, de descer ao pátio das cavalariças, como uma dama de companhia, e encontrá-lo convocando seus homens e ordenando que selem seu cavalo.

— O que está acontecendo?

— Vou voltar para a corte. Recebi uma mensagem.

— Fiquei esperando que você me enviasse o mensageiro.

— Trata-se de assunto meu. Não seu.

Comprimo os lábios com força para não responder de maneira inadequada. Já que tem minhas terras e minha fortuna, não hesita em se comportar como meu senhor. Submeto-me à sua grosseria com a graça de Nossa Senhora, e sei que Ela notará isso.

— Marido, pode por favor me dizer se há perigo ou distúrbio no país? Devo ter direito a uma resposta.

— Há uma perda — murmura ele brevemente. — Há uma perda no país. O filho do rei Ricardo, o pequeno príncipe Eduardo, está morto.

— Que sua alma descanse em paz — digo piamente, enquanto minha cabeça gira, em excitação.

— Amém. Por isso tenho de retornar à corte. Ficaremos de luto. Isso vai atingir Ricardo com força, não tenho dúvida. Um único filho gerado por eles, que agora está morto.

Agora só resta o próprio Ricardo entre meu filho e o trono. Não há outro herdeiro a não ser Henrique. Um dia conversamos sobre os herdeiros que bloqueavam o caminho de meu filho ao trono, e agora todos os meninos de York estão mortos. Chegou a hora do filho de Lancaster.

— Então, Ricardo não tem nenhum herdeiro — falo baixo. — Servimos a um rei sem filhos.

Os olhos escuros de meu marido se fixam em mim. Ele sorri, divertido com minha ambição.

— A menos que ele se case com a princesa York — provoca-me. — E elas são de uma estirpe fértil, não se esqueça. Elizabeth Woodville deu à luz quase anualmente. Digamos que Elizabeth de York dê ao rei uma porção de príncipes e o apoio da família Rivers, e o amor dos aliados de York? Ele não tem filhos com Anne; o que, agora, o impediria de descartá-la? Talvez ela lhe conceda o divórcio imediatamente e se retire para um convento.

— Por que você não volta logo para a corte? — pergunto, irritada demais para me preocupar com minha língua. — Volte para seu senhor desleal e sua prostituta York.

— Voltarei. — Ele monta o cavalo. — Mas a deixarei aos cuidados de Ned Parton. — Aponta para um jovem ao lado de um grande cavalo negro. — É o meu mensageiro. Fala três línguas, inclusive bretão, para o caso de querer enviá-lo à Bretanha. Ele tem um salvo-conduto para transitar por este país, pela França e por Flandres, assinado por mim como condestável da Inglaterra. Pode confiar nele para mandar mensagens para quem quiser, e ninguém poderá detê-lo ou tirá-las dele. É possível que o rei Ricardo pareça ser meu senhor, mas não me esqueço de seu filho e suas ambições, e, nesta manhã, ele ficou a apenas um passo do trono. É meu querido enteado, como sempre.

— Mas de que lado você está? — pergunto, frustrada, quando seus homens montam e erguem seu estandarte.

— Do lado vencedor — responde com uma risada curta, bate no peito para se despedir, como um soldado, e desaparece.

Verão de 1484

Espero. Tudo o que posso fazer é esperar. Envio cartas por intermédio de Ned Parton, e Jasper responde cortesmente, como se o fizesse para uma mulher impotente, distante, que nada compreende. Vejo que a rebelião fracassada, que lhes custou um exército e toda a frota, também abalou sua fé em mim como conspiradora, como mulher capaz de exercer influência no país que esperavam tomar. Nos dias quentes de verão, quando a safra amadurece nos campos e os ceifadores partem com suas foices e cortam o feno, dou-me conta de que me tornei tão sem importância quanto as lebres, que fogem das lâminas para cair em outras armadilhas porque nada compreendem.

Escrevo, envio mensagens, repreendo Elizabeth Woodville, a antiga rainha, em relação ao comportamento de suas filhas, que me é relatado cada vez com mais detalhes: as belas roupas, a importância na corte, a beleza, a alegria despreocupada, ou encanto Rivers, a preocupação apenas com a diversão. Muitos diziam que a avó delas Jacquetta era uma bruxa, descendente de Melusina, a deusa da água, e agora muitos dizem que essas jovens também praticam magia. A mais bela de todas é a prometida a Henrique, que, no entanto, se comporta como se tivesse esquecido completamente seu compromisso com ele. Escrevo para Elizabeth Woodville pedindo-lhe explicações. Escrevo à frívola menina Elizabeth de York a repreendendo. Escrevo a Henrique, lembrando-lhe seu dever — e ninguém, ninguém se dá ao trabalho de me responder.

Estou sozinha em casa e, apesar de ter ansiado durante toda a vida por uma rotina reclusa de orações, sinto-me terrivelmente só, extremamente solitária. Começo a pensar que nada vai mudar, que passarei a vida aqui, sendo visitada ocasionalmente por um marido soberbo, que beberá vinho da minha adega e comerá caça de meus campos com o apetite de um larápio. Ele me trará notícias da corte, pois ninguém se lembrará de mim ou de minha importância no passado. Receberei notícias de meu filho distante; ele cortesmente me transmitirá seus votos de felicidades e, no dia de seu aniversário, seu reconhecimento de meu sacrifício por ele. Mas nunca me enviará seu amor nem me dirá quando poderei estar com ele.

Em minha solidão, penso em como fomos separados quando ele era pequeno, e desde então não nos aproximamos mais — não como mãe e filho, não como Elizabeth Woodville e seus filhos, os quais criou sozinha e amou tão francamente. Agora que já não lhe sou útil, ele me esquecerá completamente. A verdade, a triste verdade, é que, não fosse ele o herdeiro de minha casa e pináculo de todas as minhas ambições, eu também já o teria esquecido.

Minha vida se resume a uma corte que me esqueceu, um marido que zomba de mim, um filho sem utilidade e um Deus que se calou. Não representa conforto para mim o fato de eu desprezar a corte, de nunca ter amado meu marido, de meu filho só ter nascido para cumprir meu destino — e, se ele não pode fazer isso, não sei que utilidade temos um para o outro. Sem saber o que fazer além disso, continuo a rezar.

Pontefract,
Junho de 1484
Milady,

Escrevo para alertá-la do tratado assinado entre o rei Ricardo e o atual governante da Bretanha, que é o tesoureiro e primeiro-ministro local, pois o duque está atualmente fora de seu juízo normal. O rei

Ricardo e a Bretanha fizeram um acordo. A Inglaterra fornecerá arqueiros ao ducado para ajudá-lo na luta contra a França e, em troca, aprisionarão Henrique Tudor e o enviarão de volta para ser executado. Achei que gostaria de estar informada disso.

Seu marido leal,

Stanley

Não tenho ninguém mais em que confiar a não ser Ned Parton; tenho de assumir o risco. Envio uma nota a Jasper.

Stanley me informou de que Ricardo fez um acordo com a Bretanha para prender Henrique. Cuidado.

Depois, vou para a minha capela e me ajoelho diante do altar, meu rosto voltado para a cruz de Cristo agonizante.

— Proteja-o — murmuro repetidamente. — Proteja meu filho. E lhe dê a vitória.

Dali a um mês tenho a resposta. É de Jasper; e concisa, como sempre.

França, julho de 1484

Obrigado pelo aviso que foi confirmado por seu amigo, bispo Morton, que o ouviu na França. Reuni alguns de nossos homens e atravessei a fronteira para Anjou, procurando atrair o máximo de atenção enquanto Henrique pegava a estrada para Vannes com uma guarda de apenas cinco homens. Disfarçou-se de criado e se dirigiu à fronteira, atravessando-a um dia antes da guarda bretã. Foi uma corrida desenfreada, e seu filho permaneceu calmo diante do perigo. Rimos de tudo isso quando ficamos a salvo.

Fomos recebidos pela corte francesa, que prometeu nos apoiar com um exército e fundos. Abrirão os portões da prisão para nós, a fim de que possamos recrutar um exército de tratantes, e tenho um plano para treiná-los. Tenho esperança, Margaret.

JT.

Inverno de 1484

A corte passa o Natal em Westminster, e os mexericos da criadagem me dizem que Ricardo preparou uma comemoração tão grandiosa quanto as de seu irmão. As notícias sobre música, representações, roupas e banquetes circularam por todo o reino, tornando-se mais gloriosas à medida que eram recontadas. Minha criadagem trouxe lenha, visco e azevinho, e se divertiu, sem mim, na cozinha e no salão.

O piso de mármore da capela me parece muito frio sob meus joelhos. Estou desolada, deslocada, sem esperança. Em Westminster, na glória do poder York, Ricardo é orgulhosamente invulnerável a meu filho e a meu cunhado, pobres dependentes da magnanimidade do inimigo da Inglaterra: a França. Vejo-os definhando no exílio, humilhados e desprezados. Receio que desperdicem tempo na corte da França pelo resto da vida de Henrique, que ele seja visto como um pretendente de segunda classe, jogado como uma carta em um jogo de paz, sem nenhum valor próprio.

Meu marido escreve uma de suas raras cartas de Westminster, e a ela me lanço como um mendigo a um pedaço de pão. As notícias são muito escassas para que eu me dê o luxo de me mostrar orgulhosa.

A princesa York está no auge, sua beleza manda na corte, e o rei a segue como um cãozinho. A rainha a veste com seus próprios vestidos — ambas se vestem iguais. A velha e magra Neville e essa jovem viçosa aparecem para jantar com roupas do mesmo belo modelo e cor, como se quisessem incitar a comparação.

A rainha deve ter recebido ordens do rei para ser tão complacente. Faz tudo, exceto pôr a sobrinha do marido na cama dele. Alguns partilham sua opinião de que Ricardo só quer seduzir a sobrinha para insultar seu filho, para mostrá-lo como um corno impotente. Se for assim, ele conseguiu de maneira magnífica. Henrique Tudor é alvo de chacota nesta corte agitada. Há, porém, quem considere simplesmente que os amantes são apenas descuidados com as aparências, esquecendo-se de tudo, exceto um do outro, e só pensam em seus próprios desejos.

A corte está maravilhosa. Lamento muito você não poder estar aqui. Não via tanta riqueza e glamour desde o tempo de Eduardo, e no centro de tudo está a filha dele, como se tivesse recuperado tudo que lhe pertence. Está claro que este é o lugar dela. As York são realmente radiantes, e ver Elizabeth de York nos deslumbra.

A propósito, tem notícias de seu filho? Os espiões de Ricardo se encontram com ele confidencialmente, não sei o que dizem, só sei que o rei parou de recear Henrique e seu pobre aliado, o louco duque da Bretanha. Quase o capturaram em junho, sabia? Muitos dizem que Henrique não encontrará refúgio na França. Ele será simplesmente mantido pelo rei francês como peça de negociação, até perder todo valor. Talvez a sua última derrota tenha sido sua última oportunidade. O que acha? E, se assim for, você desistirá da esperança de promover Henrique e pleitearia o perdão de Ricardo? Talvez eu possa interceder por você, se jurar que se submeterá humildemente.

Receba meus votos de Feliz Natal e esse livro como presente. Foi impresso por um tal de Thomas Caxton em uma máquina que ele mesmo elaborou e trazido para a Inglaterra por Anthony Rivers, irmão da rainha, cuja morte é muito sentida. Achei que se interessaria mais por um livro impresso do que por um manuscrito copiado à mão. Todos dizem que Rivers foi um homem de grande visão ao patrocinar tal obra. E sua própria irmã, Elizabeth, a rainha, editou o primeiro texto. Ela é uma erudita, além de uma beldade, é claro.

O que aconteceria se todos soubessem ler e pudessem comprar essas obras? Abririam mão de professores e reis? Não dariam a mínima para as Casas de Lancaster e York? Refletiriam sobre suas próprias lealdades? Rogariam praga às duas casas? É divertido especular, não é?

Stanley

Jogo o livro no chão, irritada ao pensar em Elizabeth de York e seu tio-amante incestuoso dançando na festa de Natal, enquanto a pobre Anne Neville sorri para eles, como se fizesse parte de uma família feliz se divertindo. Quanto ao silêncio de Henrique, com que Stanley me atormenta, não tenho resposta. Na verdade, não sei o que meu filho está fazendo. Não recebo notícias desde sua fuga para a França, quando Jasper disse que mantinha a esperança, mas não onde estavam. Suponho que Jasper tenha aconselhado Henrique a não escrever para mim. Talvez não confiem no mensageiro de Stanley, Ned Parton, imaginando que ele se dirija antes a meu marido. Estão cercados de espiões e precisam ser desconfiados, mas receio que suspeitem de mim também. Essa já foi a nossa batalha, a nossa rebelião: nós, os Tudor, contra os York. Agora não confiam em ninguém, nem mesmo em mim. Vivo longe de todos, de tudo, nada sei, a não ser o que meu marido me escreve, o que ele faz como um homem vitorioso que atormenta o inimigo derrotado.

Março de 1485

Mais um dia em que me levanto para as matinas; rezo, como sempre, pedindo paciência para suportar meu aprisionamento e o silêncio forçado, rezo pelo sucesso de meu filho e pela queda de seus inimigos. Minha mente vagueia quando penso em como a queda de Ricardo pode acontecer e sonho com a humilhação da princesa York e de sua mãe bruxa. Volto à realidade com um sobressalto e percebo que as velas queimaram até o fim no altar, que estive de joelhos duas horas seguidas e que minhas damas estão irrequietas atrás de mim, dando suspiros teatrais, como o de mulheres que se imaginam maltratadas.

Levanto-me e vou tomar o desjejum. Observo com que prazer minhas damas se lançam à comida, esfomeadas devido ao atraso de apenas uma hora. São realmente criaturas venais. Se eu tivesse podido viver em um convento durante esse tempo de aprisionamento, teria pelo menos convivido com mulheres santas e não com esse bando de tolas. Vou para meus aposentos tratar dos negócios de minhas terras e aluguéis, mas não há quase nada a fazer. Tudo agora vai para o administrador de meu marido, e sou como uma inquilina na casa que já me pertenceu.

Forço-me a caminhar no jardim uma hora todas as manhãs, para o bem de minha saúde, mas não consigo ter prazer com os brotos nas macieiras nem com o amarelo dos narcisos. O sol começa a esquentar em mais um ano de meu cativeiro, e é difícil para mim sentir qualquer alegria nisso. Deve ser o começo da temporada de campanhas — meu filho certamente está recrutando soldados e arrendando navios, mas não sei quase nada sobre isso. É como se eu estivesse presa em um inverno de solidão e silêncio, enquanto o resto do mundo desperta para a vida, as oportunidades e o pecado.

De súbito, o mundo parece estranhamente encoberto, e chego a pensar que isso é um reflexo de meu humor; a luz do sol que ainda agora era tão intensa e calorosa começa a parecer fria, a lembrar a luz de velas, como se todo o pomar estivesse iluminado por elas. Todos os pássaros que cantavam nas árvores silenciam, e as galinhas do outro lado do pomar seguem alvoroçadas para o galinheiro, como se a noite estivesse se aproximando, embora ainda não seja meio-dia.

Paraliso-me: finalmente meu pedido foi atendido. Aconteceu, por fim. Uma visão, uma visão está surgindo em plena luz do dia! Verei um anjo, talvez a bendita Virgem Maria, que me dirá quando meu filho vai invadir a Inglaterra e triunfar. Caio de joelhos, pronta para a manifestação que esperei durante toda a minha vida. Finalmente verei o que Joana, a Donzela de Orléans, viu. Finalmente ouvirei a voz dos anjos nos sinos da igreja.

— Lady Margaret! Lady Margaret! — Uma mulher sai da casa, correndo, seguida por um soldado. — Venha! Entre! Algo terrível está acontecendo!

Abro os olhos com sobressalto e me viro para trás, para essa tola que grita ao atravessar correndo o pomar, as saias se agitando, o toucado torto. Não pode ser uma visão, caso contrário uma idiota como essa não seria capaz de vê-la. Levanto-me. Não será hoje que presenciarei uma aparição. O que vi é apenas o que todo mundo vê; não um milagre, mas algo mundano e estranho.

— Lady Margaret! Entre! Deve ser uma tempestade ou coisa pior!

É uma tola, mas tem razão: algo terrível está acontecendo, embora eu não consiga entender o que é. Olho para o céu e vejo a cena mais estranha e agourenta: o sol sendo devorado por um objeto circular, grande e escuro.

Aos poucos, enquanto protejo meus olhos com as mãos e espio por entre os dedos, um disco passa diante do sol e o encobre completamente. O mundo escurece.

— Entre! — implora a mulher. — Lady Margaret, pelo amor de Deus, entre!

— Entre você — replico. Estou completamente fascinada. É como se a escuridão e o desespero de minha aflição tivessem soldado o sol, tornando, de repente, o dia escuro como a noite. Talvez passe a ser sempre noite, sempre escuridão enquanto Ricardo estiver no trono da Inglaterra e meu filho estiver apagado do mundo como o sol do céu. Minha vida tem sido escura como a noite desde que a campanha dele fracassou, e agora todos devem partilhar as trevas comigo, pois não lutaram por meu filho. Viveremos todos para sempre na noite desse reino abandonado, sem rei legítimo. Não é nada mais do que todos merecem.

A mulher treme e volta para dentro de casa. O soldado permanece, em posição de atenção, a certa distância de mim, dividido entre seu dever de me proteger e seu medo, e nós dois esperamos, na misteriosa penumbra, o que vai acontecer — se é que algo vai acontecer. Eu me pergunto se é o fim do mundo, e se finalmente uma grande trombeta ressoará e Deus me chamará para Si, a mim que servi a Ele com tanta devoção durante tanto tempo, sem reconhecimento qualquer neste vale de lágrimas.

Caio de joelhos de novo e sinto meu rosário em meu bolso. Estou pronta para o chamado. Não tenho medo, sou uma mulher de coragem, favorecida pelo Senhor. Estou pronta para os céus se abrirem e Deus me convocar. Sou Sua serva fiel, talvez Ele me chame primeiro, mostrando a todos que duvidaram de minha vocação que Ele e eu nos entendemos de maneira especial. Em vez disso, porém, a luz natural retorna; abro os olhos e vejo o mundo se restaurar lentamente, a luz se intensificando, o disco se afastando do sol, o sol voltando a ofuscar a vista, e os pássaros começando a cantar, como no alvorecer.

Acabou. A sombra malévola se desfez. Tem de ser um sinal — mas de quê? O que aprenderei com isso? O soldado, tremendo de medo, olha para mim e, esquecido de sua posição, fala comigo diretamente.

— Pelo amor de Deus, o que foi isso?

— Um sinal — respondo, sem o repreender por se dirigir a mim nessa ocasião tão singular. — Um sinal de Deus. O reinado de um rei está terminando, e o novo sol está vindo. O sol de York vai se apagar, e o novo sol virá como um dragão.

— Tem certeza, milady? — gagueja ele.

— Você mesmo viu.

— Vi as trevas...

— Viu o dragão sair do sol?

— Acho que sim...

— Era o dragão Tudor, vindo do oeste. Como meu filho virá.

Ele cai de joelhos e ergue as mãos para mim, em um gesto de lealdade.

— A senhora me chamará para servir a seu filho — diz ele. — Sou seu vassalo. Vi o sol escurecer, como diz, e o dragão aparecer do oeste.

Pego suas mãos e sorrio para mim mesma. É assim que nascem as trovas: ele dirá que viu o dragão Tudor de Gales surgir do oeste e escurecer o sol de York.

— O sol não está mais no esplendor — digo. — Todos o vimos escurecer e se anular. O reino todo viu o sol escurecer. Este será o ano em que o sol York se apagará para sempre.

Março de 1485

Para minha mulher, Lady Margaret Stanley

Esta carta é para lhe dizer que a rainha morreu. Estava doente desde o Natal e faleceu praticamente sem assistência, de fraqueza dos pulmões, no mesmo dia que o sol se apagou acima do castelo.

Creio que lhe interessa saber que Ricardo vai renunciar publicamente a qualquer intenção de se casar com a sobrinha. Rumores alcançaram um nível de tal modo escandaloso que os senhores do norte deixaram claro que tal insulto à memória da rainha — um dos seus — não seria aceito. A verdade é que muitos estão aterrorizados com a ideia de Elizabeth Woodville ser restaurada como Milady, a Mãe da Rainha, pois permitiram a execução do irmão dela e do filho Grey e trancafiaram os príncipes. Talvez tivesse sido melhor você ter resistido à tentação de repreendê-la. Se tivesse defendido o casamento da jovem York com Ricardo, poderia ter causado a queda do rei! Mas não pensou nisso em seu orgulho por seu filho. Tenho certeza.

Para mostrar sua indiferença à princesa York, o rei decidiu pô-la aos cuidados de uma lady de reputação irrepreensível, de modo que o mundo possa ver que ela é casta — e não, como todos pensamos, loucamente apaixonada por ele, deitando-se com ele enquanto a rainha agonizava.

Talvez você se surpreenda ao saber que a escolha de Ricardo para acompanhante... governanta... e posso dizer até mesmo de mãe, recaiu em você, como a dama mais apropriada para defender a reputação da jovem, uma vez que ela está noiva de seu filho.

Ergo a cabeça, quase ouço sua risada zombeteira e vejo seu sorriso frio. Percebo que também estou sorrindo. É impossível prever a roda da fortuna, e agora caberá a mim ser a guardiã da filha de uma mulher que odeio. Odeio essa jovem também.

A princesa chegará para ficar com você em uma semana. Tenho certeza de que se deleitarão na companhia uma da outra. Pessoalmente, não consigo imaginar moradoras mais díspares de uma mesma casa. Mas sem dúvida a sua fé será seu sustento e, é claro, Elizabeth não tem absolutamente nenhuma escolha.

Stanley

Abril de 1485

Contrariada, ordeno que preparem um quarto para uma princesa e confirmo para minhas agitadas damas que a princesa de York ou, como a chamo de maneira mordaz, Lady Elizabeth — não lhe dou o nome de família, pois, tendo sido declarada bastarda, ela não o detém —, chegará em poucos dias. É grande a movimentação quanto à qualidade da roupa de cama e, em particular, da jarra e da bacia para seu quarto, as quais eu já usei, mas que elas consideram muito simples para uma jovem tão importante. Encerro essa questão afirmando que, tendo ela passado metade de sua vida no refúgio e a outra metade usando bens emprestados, sobre os quais não tinha absolutamente nenhum direito, não era tão importante o fato de sua jarra ser de estanho ou não, tampouco estar com um pequeno amassado.

Empenhei-me, entretanto, para garantir que houvesse um bom genuflexório em seu quarto, um crucifixo simples, mas grande, a fim de que sua mente pudesse se concentrar em seus pecados e uma coleção de textos religiosos, de modo que refletisse sobre sua vida e quisesse melhorar no futuro. Também incluí uma cópia da árvore genealógica de nossa família, de modo que constate que o direito de nascimento de meu filho é tão bom quanto o dela — na verdade, melhor do que o dela. Enquanto a espero chegar, recebo uma brevíssima carta de Jasper.

O rei da França nos ofereceu ajuda, e zarparemos assim que o vento for propício. Você tem de manter a princesa Elizabeth em segurança, pois os York só nos apoiarão se a tivermos, e os Lancaster são lentos demais para se comprometerem conosco. Reze por nós. Estaremos a caminho assim que o vento mudar.

J.

Ofegante devido ao choque, jogo a carta no fogo e, nesse exato momento, ouço o ruído de cascos de cavalos. Uma guarda de cerca de cinquenta homens se aproxima. Vou até a janela do salão e olho para fora. Vejo o estandarte de meu marido e os homens usando seu libré. Ele monta seu grande cavalo, à frente de todos eles. Do seu lado, em um grande cavalo de caça, de lustrosa pelagem alazã, o capitão da guarda traz na garupa, sentada em sela feminina, uma jovem em um traje de montaria de veludo escarlate. Ela sorri, como se metade da Inglaterra lhe pertencesse.

É a cor de sua veste que me faz chiar como um gato e recuar, para que ela não perceba minha palidez nem meu choque quando olha criticamente a casa, de cima a baixo, como se a estivesse avaliando para comprar. É o vermelho vivo de sua roupa que me choca. Ainda nem mesmo vi seu rosto, embora tenha entrevisto o cabelo louro preso sob o capelo de veludo vermelho. É essa cor que me enche de irritação antes mesmo de ela permitir que meu marido — sorrindo, aliás, como jamais vi — a ajude a descer da sela.

Então, repentinamente, me vem à memória o ano em que fui à corte pela primeira vez. Esse foi o ano em que Margarida de Anjou, rainha de Henrique VI, mostrou ao mundo um novo tom de vermelho: esse mesmo escarlate. Lembro-me da rainha Margarida percorrendo o olhar pelo salão da corte, passando direto por mim como se eu não merecesse sua atenção. Lembro-me da altura do toucado em sua cabeça e do escarlate de seu vestido. Lembro-me de sentir, como sinto agora, o ressentimento de alguém que merece toda a atenção, todo o respeito e que, ainda assim, está sendo negligenciado. Lady Elizabeth ainda nem atravessou o limiar da porta e, no entanto, usa a cor de uma mulher que quer a atenção de todos para si.

Antes mesmo de pisar o chão de minha casa, já tenho certeza de que desviará todos os olhos de mim. Estou determinada, entretanto, a fazê-la aprender a me respeitar. Ela vai saber quem é a melhor, juro. O poder do Senhor é meu, passei a vida orando e estudando. Ela passou a vida na frivolidade e na ambição, e sua mãe não passa de uma bruxa com sorte. Ela vai me honrar em nome de Deus. Vou me assegurar de que assim seja.

Meu marido lhe abre a porta e recua para que ela tenha precedência no salão. Saio da sombra e ela imediatamente se retrai, como se eu fosse um fantasma.

— Oh, Milady Margaret! Deu-me um susto! Não a vi! — diz ela em voz alta e faz uma reverência precisamente calculada, não tão profunda quanto para uma rainha, respeitosa o bastante para a mulher de um grande lorde do reino, uma mulher que poderia ser sua sogra. Porém, ela ainda permanece um pouco erguida, como se para me lembrar de que estou em desgraça perante seu tio e em prisão domiciliar por ordem dele, o rei, de quem ela é a favorita.

Em troca, faço um movimento discreto, muito discreto, com a cabeça, e me dirijo a meu marido; trocamos nosso beijo gelado de sempre.

— Marido, seja bem-vindo — minto, cordial.

— Esposa, trouxe-lhe alegria — replica ele. Pela primeira vez, seu sorriso é radiante. Está se divertindo muito ao trazer essa flor para desabrochar no frio deserto que é a minha casa. — Estou feliz por lhe trazer uma companhia que aliviará sua solidão.

— Estou satisfeita com minha própria companhia, com meus estudos e minhas orações — retruco imediatamente e, quando ele ergue as sobrancelhas para mim, viro-me para Lady Elizabeth. — Mas é claro que estou feliz com a sua visita.

— Não serei uma intrusa por muito tempo, tenho certeza — diz ela, enrubescendo um pouco diante da rudeza da acolhida gélida. — Lamento. Mas o rei ordenou.

— Não escolhemos, mas foi um feliz acordo — intervém meu marido, conciliador. — Vamos para os aposentos privados tomar um vinho?

Faço um sinal para o mordomo. Ele sabe que é para trazer as melhores garrafas. Meu marido, agora que é o dono de tudo, conhece bem minha adega e sempre se serve do melhor. Sigo na frente e ouço os passos dela atrás de mim, seus saltos altos batendo nas pedras que pavimentam o salão, o próprio andar da vaidade. Ao chegarmos a minha sala, indico-lhe um banco para se sentar, acomodo-me na cadeira esculpida e a olho de cima a baixo.

Ela é linda, isso é inegável. Tem o rosto em formato de coração, a compleição clara, sobrancelhas retas castanhas, e grandes olhos acinzentados. Seu cabelo é louro e liso, com as pontas onduladas, a julgar pela única mecha que escapou do chapéu e cai sobre seu ombro. É alta e tem a elegância de sua mãe, mas também tem um encanto que inspira afeição, o que sua mãe nunca teve. Elizabeth Woodville fazia todos virarem a cabeça para olhá-la, mas essa jovem enternece o coração. Entendo o que meu marido quis dizer com radiante. Ela é extremamente atraente. Mesmo agora, enquanto retira as luvas e leva as mãos ao fogo para aquecê-las, sem perceber que a examino atentamente, como faria com um cavalo que eu quisesse comprar, ela tem o poder de atrair pela vulnerabilidade — como um filhote, um corço órfão ou um potro, que não se pode ver sem se ter vontade de acariciar.

Ela sente meu olhar sobre ela e se volta para mim.

— Lamento perturbar seus estudos, Lady Margaret — repete. — Escrevi para minha mãe, talvez eu tenha permissão para ficar com ela.

— Por que foi retirada da corte? — pergunto. Procuro sorrir para encorajá-la a se abrir comigo. — Meteu-se em alguma enrascada tola? Estou em desgraça por ter apoiado meu filho, como sabe.

Ela faz um movimento com a cabeça, e uma ligeira sombra passa por seu rosto.

— Acho que o rei quis que eu ficasse em uma casa onde não houvesse nenhuma dúvida sobre minha reputação. Circulam alguns comentários... Não ouviu nada sobre isso?

Balanço a cabeça, indicando que vivo tão quieta, tão distante, que as notícias não me alcançam.

— O rei é muito bom para mim e me favorece em meio às damas da corte — continua ela, mentindo, como só as belas mulheres sabem fazer. — Houve comentários; a senhora sabe como a corte adora mexericos, e com Vossa Graça, a rainha agonizando de maneira tão triste, o rei quis deixar claro que eram infundados. De modo que me mandou para cá. Sou muito grata por me aceitar em sua casa.

— E qual era o rumor? — pergunto e a observo mexer-se constrangida.

— Ah, Lady Margaret, sabe como a sociedade gosta de cochichar.

— E o que cochichavam? — insisto. — Se vou reparar sua reputação, devo saber pelo menos o que foi dito contra ela.

Ela me olha francamente, como se quisesse me tornar sua amiga e aliada, se pudesse.

— Dizem que o rei me tomaria como sua mulher.

— E você teria gostado disso? — pergunto sem titubear, mas ouço meu coração latejar em meus ouvidos. Sinto raiva do insulto a meu filho e a nossa casa.

Ela se ruboriza, ficando da cor de sua capa.

— Não cabe a mim decidir — murmura. — Minha mãe é quem deve arranjar meu casamento. Além disso, já estou comprometida com seu filho. Essas são decisões de minha mãe e de meus tutores.

— Sua obediência virginal pesa a seu favor, tenho certeza. — Percebo que não consigo abandonar o tom de frio escárnio, e ela o ouve, retrai-se e volta a me encarar. Ao se dar conta da raiva em meu rosto, sua cor desaparece; ela empalidece como se fosse desmaiar.

Nesse preciso momento, meu marido chega acompanhado do mordomo com o vinho e três taças. Ele compreende imediatamente a situação e, cortês, observa:

— Estão se conhecendo? Excelente.

~

— Quando ela acaba de tomar sua taça de vinho, meu marido lhe recomenda que vá para seus aposentos e descanse da árdua viagem. Em seguida, serve-se outra vez, senta-se em uma cadeira igual a minha, estende as botas na direção do fogo e recomenda:

— É melhor não intimidá-la. Se Ricardo vencer seu filho, ele se casará com ela. O norte não se rebelará contra ele depois que conquistar uma grande vitória; então ela será rainha e você nunca mais sairá deste buraco.

— Isto não é um buraco, e eu não a estou intimando. Simplesmente perguntei por que tinha sido mandada para mim, e ela quis me contar parte da verdade e alguma mentira, como qualquer jovem faria, sem saber distinguir uma e outra.

— Talvez ela seja mentirosa e, de fato, em seus termos, talvez seja uma prostituta, mas será a próxima rainha da Inglaterra. Se seu filho chegar como um dragão de Gales... sabia que circula uma nova balada sobre o dragão de Gales? Bem, se seu filho chegar como um dragão de Gales, terá de se casar com ela para garantir a lealdade dos York, independentemente de seu passado. Se Ricardo derrotar seu filho, o que parece provável, ele se casará com ela por amor. De qualquer maneira, ela será rainha da Inglaterra e você seria mais inteligente se não a tornasse sua inimiga.

— Eu a tratarei com toda a cortesia.

— Faça isso — recomenda —, mas faça algo além...

Aguardo por um momento.

— Não aproveite a oportunidade para pisoteá-la, para que, quando o vento mudar, ela não arremesse seus cavalos para cima de você. Tem de dar a impressão de estar do lado dela, Margaret. Não seja uma Beaufort impregnada de orgulho ferido. Seja uma Stanley: continue no lado vencedor.

Maio de 1485

Desconsidero o conselho de meu marido e vigio Lady Elizabeth que, por sua vez, me vigia também. Convivemos em um estado de silêncio armado, como dois exércitos em formação antes da batalha.

— Como dois gatos no telhado de um estábulo — diz meu marido, divertindo-se.

Às vezes, ela me pede notícias de meu filho — como se eu fosse lhe confiar a humilhação que ele teve de sofrer na corte francesa a fim de angariar fundos e apoio para sua campanha na Inglaterra. Às vezes lhe pergunto se teve notícias de suas irmãs, que continuam na corte, e ela responde que todos vão para Nottingham, o castelo obscuro no coração da Inglaterra, onde Ricardo decidiu esperar o ataque que, ele sabe, está prestes a acontecer. As princesas York mais novas serão mandadas para Sheriff Hutton, por segurança, e sei que Elizabeth anseia estar com as irmãs. Ela obedece às regras de minha casa sem fazer objeção, e, quando reza, fica tão silenciosa e imóvel quanto eu. Eu a mantive durante horas em minha capela, sem que tivesse tomado seu desjejum, e não proferiu uma palavra sequer de queixa. Simplesmente está ficando cada vez mais pálida e mais cansada no silêncio devocional de meus aposentos privados, e imagino que considere os dias muito longos. A rosa que ela era ao atravessar meu portão em seu traje de montaria desbotou e se tornou, de fato, uma rosa branca realmente. Continua bela, mas voltou a ser a menina calada que sua mãe criou no santuário escuro. A pobrezinha teve apenas um curto período de glória — um momento muito breve em que foi a rainha não oficial de uma corte alegre. Agora voltou à sombra e ao silêncio.

— A vida de sua mãe deve ser parecida com a minha — comento com Lady Elizabeth, certo dia. — Também ela vive sozinha no campo, sem terras para administrar e sem pessoal para supervisionar. Suas terras lhe foram roubadas e está só, como eu. Deve ser penitente, triste e calada.

Para a minha surpresa, ela cai na risada, embora logo encubra a boca com a mão e peça desculpas. Seus olhos, porém, ainda se inflamam, divertidos.

— Ah, não, minha mãe é uma mulher muito alegre. Tem música e dança todas as noites, há pantomima e atores, e os arrendatários têm seus festivais. Ela celebra os dias santos, sai a cavalo quase todas as manhãs e frequentemente faz piqueniques na floresta. Há sempre algo acontecendo em sua casa, e ela recebe muitos convidados.

— Parece uma pequena corte. — Percebo a inveja em minha voz e tento sorrir para ocultá-la.

— É uma pequena corte. Muitas pessoas que a amam ainda se lembram dos velhos tempos e ficam felizes em visitá-la, em vê-la em uma casa adorável e novamente em segurança.

— Mas não é a casa dela — insisto. — E antes ela comandava palácios.

Elizabeth dá de ombros.

— Ela não liga para isso. Sua maior perda foi meu pai e meus irmãos. — Ela desvia o olhar ao mencioná-los e reprime sua dor. — Quanto ao resto, palácios, roupas e joias não importam tanto para ela.

— Sua mãe foi a mulher mais venal que conheci — digo rudemente. — Por mais que finja, essa é a sua queda, sua pobreza, sua derrota. Ela está no exílio da corte real, e não é ninguém.

Ela sorri, mas nada responde. Há algo tão definitivamente desafiador em seu silêncio sorridente que minhas mãos apertam com força os braços de minha cadeira. Minha vontade é esbofetear seu belo rosto.

— Você não acha? — pergunto com irritação. — Fale, menina.

— Minha mãe poderia ter ido à corte quando quisesse, como a convidada mais ilustre de seu cunhado, o rei Ricardo da Inglaterra. — Sua voz é calma. — Ele a convidou e prometeu que seria a segunda lady no reino, depois da rainha. Mas ela não quis. Penso que ela deixou a vaidade mundana para trás.

— Não, fui eu quem deixou a vaidade mundana para trás — corrijo-a. — É uma luta dominar a ganância e o desejo de notoriedade, meta só conquistada com anos de estudos e oração. Sua mãe nunca fez nada parecido. Não é capaz disso. Ela não abriu mão da vaidade mundana. Ela simplesmente não quis ver Anne Neville em seu lugar.

A jovem ri de novo, dessa vez para mim.

— Tem toda razão! Ela disse quase exatamente a mesma coisa: que não conseguia suportar ver seus lindos vestidos ajustados para o corpo de Anne Neville! Sinceramente acredito que ela não voltaria para a corte de maneira nenhuma, mas está certa quanto aos vestidos. Pobre rainha Anne.

— Que sua alma descanse em paz — digo piamente, e a garota tem o atrevimento de responder:

— Amém.

Junho de 1485

Meu filho deve chegar em breve. Do castelo em Nottingham, Ricardo envia um edital a todos os condados da Inglaterra, lembrando-lhes seu dever com ele e a ameaça de Henrique Tudor. Ordena que ponham de lado todas as disputas legais e estejam prontos para lutar por sua causa.

O rei ordena que Elizabeth saia de minha casa e vá para Sheriff Hutton com suas irmãs, reunindo-se aos filhos órfãos de George, duque de Clarence, em um lugar seguro. Está colocando todas as crianças York no local mais seguro que pode encontrar, o seu castelo no norte, enquanto luta pela herança deles contra meu filho. Tento mantê-la comigo — os homens de York só apoiarão meu filho se acreditarem que está noivo dela —, mas Elizabeth faz as malas imediatamente e veste sua roupa vermelha de montaria em um segundo. Em uma hora está pronta para partir e, quando a escolta chega, ela praticamente salta para o pátio.

— Creio que nos reencontraremos quando tudo isso terminar — comento, quando ela vem se despedir de mim. Deixo que me encontre no salão e fico sentada em minha cadeira, fazendo com que fique em pé diante de mim como uma criada sendo dispensada.

Ela não fala, apenas me observa com seus belos olhos cinzentos, como se esperando que eu acabe meu sermão e a libere.

— Se meu filho vier como um dragão de Gales e vencer o rei Ricardo, ele será rei da Inglaterra. Ele a tomará como esposa, e você será rainha. O poder de escolha será dele. Você, hoje, não tem nome; ele lhe dará um, se assim quiser. Você não tem título; ele poderá torná-la rainha. Ele será seu salvador; ele a salvará da vergonha e de não ser nada.

Ela assente com a cabeça, como se vergonha não fosse uma maldição para uma mulher.

— Se, porém, Ricardo vencer meu filho Henrique, então ele a tornará sua prostituta e limpará sua reputação com um casamento tardio. Você será rainha, mas casada com o homem que matou seu tio e seus irmãos, que traiu a vontade de seu pai, seu inimigo. Um destino vergonhoso. Seria melhor que tivesse morrido com os príncipes.

Por um momento, suponho que não me ouviu, pois seus olhos estão baixos e ela não se abala. Permanece completamente impassível diante da ameaça de se casar com um jovem que deve odiá-la ou com um homem acusado do assassinato de sua família. Então, bem devagar, ergue o olhar para mim e vejo que está sorrindo, um belo sorriso, como se estivesse feliz.

— De qualquer maneira, estará desgraçada — prossigo, ríspida. — Deve estar ciente disso. Humilhada em público para que todos vejam.

A felicidade radiante em seu rosto, entretanto, não vacila.

— Sim, mas, desgraçada ou não, serei rainha da Inglaterra, e esta é a última vez que você permanece sentada na minha presença — retruca de maneira desconcertante. Sua confiança é extraordinária, sua impertinência é imperdoável, suas palavras são terrivelmente verdadeiras.

Então, faz-me uma reverência breve, vira-se com absoluto desdém e sai do salão para o pátio ensolarado, onde os soldados esperam para escoltá-la em segurança.

Tenho de admitir que ela me deixou estupefata, sem palavras.

~

Meu marido volta para casa com a expressão austera.

— Não posso me demorar. Vim reunir meu exército. Estou convocando meus arrendatários e os levando para a guerra.

Mal consigo respirar.

— De que lado? — É tudo o que consigo perguntar.

Ele me olha de relance.

— O rei Ricardo fez-me essa pergunta também. Ele duvida de mim de tal modo que fez meu filho refém. Só me deixou sair para recrutar homens com George ficando em meu lugar, como refém. Tive de concordar. Tenho de pôr meus aliados em campo. Será a batalha que decidirá qual será o próximo rei da Inglaterra, a bandeira Stanley terá de estar lá.

— Mas de que lado? — insisto.

Ele sorri para mim, como se para me tranquilizar depois de tanto tempo de espera.

— Ah, Margaret, que homem resistiria a ter seu enteado como rei da Inglaterra? Por que acha que me aliei a você, que fiquei casado com você esse tempo todo, se não para chegar aqui, hoje? Vou armar meus homens para colocar seu filho no trono.

Sinto a cor subir e esquentar meu rosto.

— Vai formar seu exército para lutar por Henrique? — pergunto. O exército Stanley tem vários milhares de homens, o bastante para determinar o curso de uma batalha. Se Stanley lutar por Henrique, certamente meu filho vencerá.

— Sim. Alguma vez duvidou disso?

— Supus que simplesmente ficaria do lado vencedor.

Pela primeira vez em nosso casamento, ele abre seus braços e me aproximo voluntariamente. Ele me abraça com afeto por um momento, sorri para mim.

— Se estou lutando por ele, ele será o lado vencedor. Não é o seu desejo, milady?

— Minha vontade é a vontade de Deus.

— Então será feita a vontade de Deus.

Julho de 1485

A rede de espiões e informantes que tive ao meu redor durante a rebelião fracassada aos poucos reaparece, e meu marido me dá autorização para me encontrar com quem eu quiser, sob minha única responsabilidade. O Dr. Lewis retorna de Gales com a promessa de que os galeses serão leais ao nome Tudor; o Castelo de Pembroke abrirá seus portões para seu antigo dono, Jasper. Rhys ap Thomas, o maior líder de Gales, deu sua palavra a Ricardo, mas o trairá; ele se sublevará por Henrique. Reginald Bray, homem de minha confiança, percorre sorrateiramente as grandes casas inglesas prometendo que Henrique Tudor trará um exército invencível e que tomará o trono, fazendo justiça, finalmente, à Casa de Lancaster e promovendo a reconciliação com a Casa de York.

Recebo uma carta de Jasper:

Para Lady Margaret Stanley

Será no final deste mês ou no início do próximo. Temos 15 navios e cerca de 2 mil homens. Essa será nossa última oportunidade, acredito. Dessa vez, teremos de vencer, Margaret. Pelo bem de seu filho, precisa conseguir que seu marido tome posição. Não poderemos vencer sem ele. Henrique e eu contamos com você para nos garantir as forças de Stanley. Queira Deus que eu a veja na coroação de nosso menino ou nunca mais nos veremos. Deus a abençoe. Essa tem sido uma longa e boa causa, e tenho orgulho de tê-la servido e a seu filho.

Jasper.

Agosto de 1485

Os 15 navios zarpam de Harfleur, financiados pelos franceses para a destruição da Inglaterra. Eles trazem os piores homens da Europa, que foram treinados por instrutores suíços para se tornarem algo parecido com um exército, comandado por Jasper, liderado por Henrique, mais assustado do que jamais se sentiu em toda a sua vida.

Henrique já alcançou o litoral inglês antes e desviou o curso, temeroso demais de enfrentar esse inimigo, certo de que seria derrotado. Agora tem sua outra chance e sabe que será a última. Os bretões o apoiaram antes, mas ele nem chegou a desembarcar. Os franceses agora o apoiam, mas não farão isso outra vez. Se fracassar, ninguém mais se unirá a ele. Se falhar, passará o resto da vida no exílio, um pretendente ao trono digno de pena, vivendo de favor.

Navegam por mares de verão, ventos quentes, água calma, noite curta e amanhecer claro. Os condados do sul são controlados por Ricardo; portanto, não se atrevem a desembarcar nesta região. Atracam o mais a oeste possível, em Dale, Gales ocidental, torcendo para que os espiões de Ricardo não os vejam, esperando alistar um grande número de recrutas ávidos por marchar contra o tirano antes mesmo de ele saber que estão em seu país.

Isso, porém, não acontece. São recebidos, de modo geral, com indiferença. Os homens que marcharam com o duque de Buckingham e foram derrotados pela chuva não querem lutar agora. Muitos deles são leais a Ricardo, alguns podem até mesmo alertá-lo de sua chegada. Henrique, um estranho no país que reivindica como seu, não entende a língua galesa com seu áspero sotaque ocidental. Nem fala inglês com o sotaque bretão — esteve fora tempo demais. É um estrangeiro, e os galeses não gostam de estrangeiros.

Marcham para o norte com cautela. As antigas cidades de Jasper abrem seus portões, por amor e lealdade antigos; de outras, eles passam ao largo. Henrique convoca os galeses para apoiarem um príncipe galês. Mas não se mobilizam com o chamado de um jovem que passou a maior parte de sua vida na Bretanha e que marcha com um exército de condenados franceses.

Cruzam o rio Severn em Shrewsbury. Henrique confessa que tem medo de o rio subir — como já ocorreu destruindo outro opositor que se rebelou contra Ricardo —, mas a travessia é tranquila, a noite amena. Por fim, chegam à Inglaterra, um exército composto de condenados franceses, mercenários alemães e alguns aventureiros galeses. Não conseguem nem mesmo decidir em que direção marchar.

Põem-se a caminho de Londres. Será uma longa marcha, que atravessará o oeste do país e, depois, seguirá ao longo do vale do Tâmisa, mas tanto Jasper quanto Henrique acreditam que podem tomar Londres, e então ter o coração da Inglaterra. Eles sabem que Ricardo está ao norte, reunindo seus exércitos em Nottingham.

A Jasper Tudor e a meu filho Henrique Tudor

Espero que estejam bem.

Meu marido e seu irmão Sir William Stanley agruparam, separadamente, dois exércitos poderosos, e estão prontos para encontrá-los perto de Tamworth na terceira semana de agosto. Mantenho contato com o conde de Northumberland, que, creio eu, também se mostrará leal a nós.

Mandem-me notícias. Respondam a esta.

Lady Margaret.

Em Nottingham, Ricardo, o rei, ordena que lorde Stanley retorne à corte imediatamente e traga seu exército. Espera a resposta e, quando chega, deixa a carta na mesa à sua frente e olha para o papel dobrado e o selo vermelho com o brasão Stanley. Ele a abre como se já soubesse o que iria ler.

Na mensagem, Stanley envia ao rei seu amor e lealdade. Menciona seu dever com o rei e seu desejo urgente de lhe servir imediatamente. Informa, porém, que está doente, gravemente doente, mas assim que estiver bem o bastante para montar, irá para Nottingham pronto para cumprir seu dever.

Ricardo ergue os olhos da carta e se depara com a expressão aturdida de seu amigo Sir William Catesby.

— Traga o filho de Stanley. — É tudo o que diz.

Trazem George, lorde Strange, ao rei; ele arrasta os pés como um prisioneiro. Quando vê a expressão de Ricardo e a carta com o lacre de seu pai sobre a mesa, começa a tremer.

— Por minha honra...

— Não se trata de sua honra, mas a de seu pai — interrompe-o Ricardo. — A honra de seu pai é que nos preocupa. A você em particular, pois pode morrer por uma falta dele. Lorde Stanley diz estar doente. Vai se encontrar com Henrique Tudor? Entrou em acordo com a esposa, Lady Margaret, para retribuir minha generosidade com traição?

— Não! Nunca! Não! Meu pai é leal, Vossa Graça. Sempre foi, desde o começo, desde os primeiros dias. Sabe disso. Sempre me falou de Vossa Graça como a maior devoção e...

— E seu tio, Sir William?

O jovem gagueja ao responder.

— Meu tio, não sei. Talvez ele... mas eu não sei. Somos todos leais... nosso lema é *Sans Changer*...

— O velho jogo Stanley? — pergunta Ricardo em voz alta. — Um de um lado, o outro do outro. Lembro-me deles dizendo a Margarida de Anjou para esperar seu pai chegar e lutar por ela. Lembro-me dela perdendo a batalha enquanto esperava.

— Meu pai virá a tempo de defendê-lo, Vossa Graça! — promete o pobre jovem. — Se eu puder escrever a ele e pedir que venha em sua defesa...

— Pode escrever-lhe e dizer que você será morto sem julgamento e sem cerimônia se ele não estiver aqui depois de amanhã. E chame um padre e se confesse. Será um homem morto caso seu pai não venha.

Levam-no para seu quarto e o trancafiam. Entregam-lhe papel e pena, e ele treme tanto que mal consegue escrever. Então espera que seu pai venha buscá-lo. Certamente virá. Certamente um homem como seu pai não deixaria de vir para salvar seu filho e herdeiro, deixaria?

~

Henrique Tudor e seu exército marcham para o leste, para Londres. O feno brota nos campos. As plantações de trigo, cevada e centeio estão douradas. Os franceses, em particular, têm de marchar em colunas estreitas. Veem as aldeias prósperas e pensam em pilhagem e roubo. Marcham há três semanas e estão cansados, mas os capitães os mantêm unidos, e há poucas deserções. Jasper reflete sobre a vantagem de tropas de mercenários: não têm para onde fugir; sua única possibilidade de voltar para casa reside em seus comandantes. Seu pensamento, entretanto, é amargo. Contara com seu povo acorrendo ao estandarte Tudor; imaginara que homens cujos pais tinham morrido por Lancaster se uniriam para a vingança, mas não foi o que aconteceu. Ao que parece ele esteve longe por tempo demais, e o povo se acostumou com a paz trazida por Ricardo III. Ninguém quer outra guerra, só Jasper, Henrique e seu exército de estrangeiros. Sentando-se pesadamente na sela, Jasper pensa que essa é uma Inglaterra que ele não conhece. Passaram-se muitos anos desde que comandou um exército inglês. Talvez o mundo tenha mudado. Talvez — pensa consigo mesmo — sirvam a Ricardo como a um rei legítimo e vejam esse rapaz, esse Lancaster, o jovem Tudor, como nada além de um pretendente.

A promessa de um encontro com os Stanley, os primeiros grandes recrutas de sua causa, faz com que parem sua marcha em direção ao leste, a Londres, e se voltem para o norte. Sir William Stanley vem ao encontro deles quando chegam à cidade de Stafford com apenas uma pequena escolta pessoal.

— Vossa Graça — diz ele a Henrique, e leva o punho ao peito na saudação típica dos soldados. Henrique lança um rápido olhar de relance a Jasper. Esse é o primeiro nobre inglês em solo inglês a saudá-lo como a um rei. Henrique foi bem-treinado, não dá um sorriso largo, mas retribui a saudação com afeto.

— Onde está o seu exército, Sir William?

— A apenas um dia de distância, aguardando suas ordens, sire.

— Traga-os para se juntarem a nós. Estamos marchando para Londres.

— Será uma honra — replica William Stanley.

— E seu irmão, lorde Thomas Stanley? — pergunta Jasper.

— Está reunindo seus homens e se unirá a nós depois. Ele está em Lichfield, um pouco mais ao sul. Ele os trará para Tamworth. Pensamos que Vossa Graça marcharia para Nottingham e combateria Ricardo imediatamente.

— E por que não marcharíamos para Londres? — estranha Jasper.

— Londres é toda a favor de Ricardo — informa Sir William. — Os portões serão fechados e terão de enfrentar um cerco difícil. Os soldados de Ricardo estão bem-armados e o rei os preparou. Se se posicionar diante de Londres, Ricardo o atacará por trás.

O rosto jovem de Henrique permanece impassível — não demonstra medo, embora suas mãos apertem as rédeas.

— Vamos conversar — sugere Jasper, e faz sinal para Henrique desmontar. Os três saem da estrada para um campo de trigo. Os homens do exército desfazem a formação e se acomodam na beira da estrada, bebendo cerveja de seus cantis, cuspindo e praguejando contra o calor.

— Atacará Londres conosco? Lorde Stanley também?

— Nenhum de nós dois o aconselharia a isso — diz Sir William. Henrique percebe que isso não responde à pergunta.

— Onde se uniria a nós? — pergunta ele.

— Tenho de ir para Tamworth, prometi encontrar-me com meu irmão lá. Não posso seguir com vocês agora.

Jasper assente com um movimento da cabeça.

— Iremos depois — garante-lhe Sir William. — Seremos a sua vanguarda na marcha para Londres, se está determinado a seguir para lá. Mas o exército de Ricardo virá pela retaguarda...

— Nós nos aconselharemos com você e lorde Stanley em Tamworth — determina Jasper. — E decidiremos o que fazer. De qualquer maneira, ou marcharemos todos juntos, ou não marcharemos.

Sir William assente com a cabeça.

— E seus soldados? — pergunta, cauteloso, indicando o bando heterogêneo de 2 mil homens dispersos na estrada.

— Eles a chamam de "A Aventura Inglesa" — retruca Jasper com um sorriso inquietante. — Não estão aqui por amor, mas por dinheiro. Estão, contudo, bem-treinados e nada têm a perder. Verá que eles resistirão a um ataque e avançarão quando receberem ordens. Constituem certamente um bando tão forte quanto de arrendatários convocados em seus campos. Serão libertados e ficarão ricos se vencermos. Lutarão por isso.

Sir William assente com um gesto, mas parece não aprovar totalmente um exército de condenados. Ele faz uma reverência a Henrique.

— Em Tamworth, então — diz ele.

Henrique estende a mão. Sir William se curva para beijar a manopla, sem um instante de hesitação. Retornam à estrada, e Sir William faz um sinal para sua guarda trazer seu cavalo. Seu pajem se ajoelha na lama e ele pisa, regiamente, nas costas do menino para alcançar o estribo, e monta. Uma vez na sela, vira-se para Henrique.

— Meu sobrinho, lorde Strange, herdeiro de nossa família, é mantido refém por Ricardo — informa. — Não podemos arriscar ser vistos com vocês antes do combate. Ricardo o mataria. Enviarei um criado para guiá-los até nós à noite.

— O quê? — pergunta Jasper incisivamente. — Ações secretas?

— Ele lhes mostrará meu anel. — Sir William mostra-lhes o anel sobre sua luva, dá meia-volta com seu cavalo e parte, sua guarda seguindo atrás dele.

— Pelo amor de Deus! — exclama Jasper.

Ele e Henrique se olham apáticos.

— Não temos escolha — pondera Henrique com austeridade. — Precisamos dos Stanley. Sem eles, fracassaremos; não temos homens suficientes.

— Eles não vão se declarar do nosso lado. — Jasper mantém a voz baixa, olhando de relance, para os homens armados. Qualquer um deles pode ser um espião em vez de um voluntário. — Estão procurando meios de prorrogar uma decisão.

— Contanto que estejam conosco quando a batalha for deflagrada...

Jasper balança a cabeça.

— Isso não basta. Se todos souberem que os Stanley o defendem, então saberão que somos o lado vencedor. Se o encontram na escuridão da noite, ou aqui, semioculto em um maldito trigal, não estão se declarando do seu lado. Ainda podem se revelar a favor de Ricardo, e todo mundo tomará conhecimento disso. Maldição. Maldição. Esperava que sua mãe tivesse assegurado o apoio do marido, mas, com o filho nas mãos de Ricardo, ele pode passar o combate todo indefinido, sem nada fazer por nós, e se unir a Ricardo no ataque final. Maldição.

Henrique toma o braço de seu tio e o leva para longe, evitando que alguém os escute.

— O que devemos fazer? Temos de prosseguir.

— Sim, não podemos recuar agora sem ter enfrentado Ricardo, mas estamos em piores condições do que eu esperava, meu rapaz.

— Devemos atacar Londres?

— Não, ele falou a verdade ao dizer que a cidade está toda do lado de Ricardo, e agora os Stanley seguem atrás de nós, sem que saibamos se eles são amigos ou inimigos. O rei vem em seguida. Até onde sabemos, não são nossa vanguarda, mas os batedores reais. E lhe dissemos que estávamos indo para Londres. Maldição.

— E agora? — insiste Henrique. Está pálido, seu rosto jovem marcado por linhas de preocupação.

— Vamos para o norte enfrentá-los. Faremos o possível para convencê-los de que podemos vencer. Faremos o possível para obter seu compromisso. E então prosseguiremos para o norte e escolheremos o melhor campo de batalha, pois Ricardo, em Nottingham, saberá amanhã nossa localização, quantos somos e o estado de espírito de nosso exército. Não descarto a possibilidade de Stanley passar todas essas informações a Ricardo hoje à meia-noite.

— Concordamos em nos encontrarmos com os Stanley em segredo? E se for uma cilada? E se servirem a Ricardo e me entregarem a ele?

— Temos de arriscar. Faremos qualquer coisa para trazê-los para o nosso lado — retruca Jasper. — Não acredito que possamos vencer Ricardo sem eles. Lamento, meu rapaz.

— Vossa Graça — lembra-lhe Henrique, insinuando um sorriso.

Jasper põe o braço ao redor dos ombros do sobrinho.

— Vossa Graça, Vossa Graça, e a Inglaterra nunca teve um rei mais valente.

De Lady Margaret Stanley

Marido, espero que esteja bem.

Ned Parton disse-me que pode ir ao seu encontro, que sabe onde está. Nesse caso, sabe mais do que sua esposa ou seu aliado, meu filho.

Marido, de todo coração, peço que não se esqueça de que pode ser o padrasto do rei da Inglaterra daqui a uma semana. Ricardo pode tê-lo tornado condestável do reino, mas isso não será nada em comparação ao futuro que podemos ter. Seremos a família real, e nosso neto será rei. Nada pode ser maior do que isso. Deve valer todo e qualquer risco.

Sei que lorde Strange, seu filho, está com Ricardo e é mantido preso por ele, como garantia de sua lealdade. Marido, em nosso benefício, ordene que escape, de modo que você possa estar livre para apoiar o rei legítimo e possamos seguir nosso destino como governantes da Inglaterra.

O conde de Northumberland não convocou o norte para apoiar Ricardo; ele servirá a meu filho. Os nobres da Inglaterra estão se reunindo para lutar por ele. Você não será o primeiro?

Peço que sirva a seus melhores interesses.

Sua esposa,

Lady Margaret Stanley

~

A marcha de Henrique o leva a Lichfield, cidade ocupada pelo exército de lorde Stanley. Ele espera que seu padrasto lhe abra os portões e traga seu exército para se unir à marcha, mas isso não acontece. Assim que os batedores de Stanley o informam de que as tropas de Henrique Tudor se aproximam da cidade, ele simplesmente se retira e aconselha os cidadãos a abrir seus portões para evitar o derramamento de sangue. Em Nottingham, Ricardo, assim como Henrique nos portões de Lichfield, não tem como saber se se trata de um gesto de rebelião ou de lealdade. O exército de lorde Stanley parte e se aquartela em Atherstone, Sir William, seu irmão, mais ao norte. Parecem exércitos escolhendo o campo de batalha. Lorde Stanley envia mensagens diárias a Ricardo, dizendo-lhe para onde o exército Tudor se dirige, o número de homens, sua disciplina. Ele não se apresenta pessoalmente, como deveria, mas aparenta ser leal.

Ricardo ordena que seu exército parta do Castelo de Nottingham e siga a estrada para o sul. Ordena a formação quadrangular — como seu irmão Eduardo teria feito, com homens em fileiras e a cavalaria as percorrendo, em guarda. O rei em pessoa e sua guarda cavalgam na frente: todos podem ver o estandarte real, todos sabem que Ricardo está determinado a esmagar essa ameaça à paz de uma vez por todas. Será a última rebelião de seu reino, o fim da longa guerra entre primos.

Antes de deixarem Nottingham, Catesby atrasa o rei com uma pergunta:

— E o filho de Stanley?

— Pode vir conosco. Vigiado.

— Não devemos matá-lo já?

Ricardo nega balançando a cabeça.

— Não posso fazer de Stanley um inimigo na véspera da batalha. Se matarmos seu filho, garantiremos que ele procure Tudor para se vingar. Traga lorde Strange conosco, em meu séquito, e, se Stanley agir contra nós, o decapitaremos imediatamente.

~

O exército real e o exército Tudor não são as únicas forças em marcha. Os dois exércitos Stanley estão posicionados e aguardando.

O conde de Northumberland conduz uma força de cavalaria na retaguarda de Ricardo e promete lealdade a ambos os lados. O maior exército único a ocupar o campo é sem dúvida o do rei, mas as forças de Stanley e Northumberland equilibrarão a balança.

19 de agosto de 1485

Jasper, com seu grande cavalo de guerra galopando ao lado do de seu sobrinho, debruça-se sobre a sela e aperta a mão enluvada nas rédeas.

— Coragem, meu menino.

Henrique lhe lança um sorriso breve e tenso.

— Que eles sigam na frente. — Jasper inclina a cabeça na direção de seu próprio exército, que avança lentamente: — Quando estiverem fora de vista, retrocederão. Eu os assentarei para a noite e, depois, voltarei para o seu lado. Faça tudo o que puder com os Stanley. Não aparecerei a menos que tenha problemas.

— Supõe que me matarão? — pergunta Henrique, como se fosse uma questão tática.

Jasper suspira.

— Não. Considero mais provável que apresentem seus termos. Devem estar acreditando que têm uma boa oportunidade; nem mesmo se encontrariam conosco se não tivessem a intenção de apoiá-lo. Não gosto da ideia de você enfrentá-los sozinho, mas, com seu filho como refém, Stanley tem de tomar cuidado. Sua faca está na bota?

— É claro.

— Não ficarei muito atrás de você. Eu estarei, durante a maior parte do tempo, a uma distância em que poderei ouvi-lo.

— Que Deus nos ajude — murmura Henrique sombriamente. Verifica a estrada à frente e constata que os retardatários de seu exército dobraram uma curva e já não o podem ver. Então dá meia-volta com seu cavalo e parte ao encontro do criado de Stanley, que espera, coberto por seu manto, em seu próprio cavalo, à sombra de árvores.

Cavalgam em silêncio, Henrique inspecionando a paisagem escura para memorizar o caminho de volta de seu exército. O criado faz um gesto indicando uma pequena hospedaria à beira da estrada, um ramo de azevinho amarrado acima da porta sinalizando que está aberta. Henrique desmonta, e seu cavalo é levado para os fundos do edifício. Ele baixa a cabeça, respira fundo e empurra a porta.

Hesita, a sala está tomada pela fumaça das velas e do fogo da lareira, mas consegue distinguir Sir William e três homens. Não enxerga mais ninguém: não há como saber se é uma emboscada ou uma boa acolhida. Com um dar de ombros típico dos bretões, Henrique Tudor entra na sala escura.

— Uma honra, Vossa Graça, meu filho. — Um estranho alto se levanta e se ajoelha diante de Henrique, que estende a mão levemente trêmula. O homem beija a luva; outros dois e Sir William também se ajoelham, tirando a boina.

Henrique percebe que está sorrindo, aliviado.

— Lorde Stanley?

— Sim, Vossa Graça, e meu irmão, Sir William, que já conhece. E esses são homens de meu pessoal, para nossa segurança.

Henrique estende a mão a Sir William e faz um movimento com a cabeça para os outros homens. Experimenta a sensação de ter caído de uma grande altura e felizmente, sem saber como, ter atingido o solo de pé.

— Está sozinho?

— Estou — mente Henrique.

— Trago as saudações de sua milady mãe, que defendeu sua causa comigo com paixão e determinação desde o primeiro dia, quando me concedeu a honra de aceitar se casar comigo.

Henrique sorri.

— Não duvido. Ela reconheceu meu destino desde meu nascimento.

Os Stanley se levantam e o criado anônimo serve vinho para Henrique e depois para seu patrão. Henrique aceita o copo que está mais afastado e se senta em um banco junto da lareira.

— Quantos homens tem sob seu comando? — pergunta abruptamente a Stanley, que também segura um copo de vinho.

— Cerca de 3 mil sob meu comando. Meu irmão tem mais mil.

Henrique mantém uma expressão impassível ao tomar conhecimento de um exército com mais soldados do que o seu — precisamente o dobro.

— E quando vai se unir a mim?

— Quando vai enfrentar o rei?

— Ele está marchando para o sul? — responde Henrique com uma pergunta.

— Ele partiu de Nottingham hoje. Convocou-me para me unir a ele. Meu filho escreveu informando-me de que pagará minha ausência com sua vida.

Henrique balança a cabeça.

— Então ele nos encontrará em... uma semana?

Os Stanley não comentam a falta de conhecimento de Henrique de seu próprio país.

— Talvez em dois dias — replica Sir William.

— Então é melhor unir suas tropas à minha, para que possamos escolher o campo de batalha.

— Certamente faríamos isso — argumenta lorde Stanley —, se não fosse a segurança de meu filho. Ele é mantido refém por Ricardo em troca de nosso apoio. É claro que mandei que fugisse, e assim que estiver em segurança uniremos nosso exército ao seu.

— E se ele escapar sem avisá-lo? O atraso pode ser grave...

— Não fará isso. Ele compreende a situação. Ele me avisará.

— E se ele não conseguir escapar?

— Então nos uniremos a sua causa e terei de prantear meu filho, um homem de coragem e o primeiro de nossa família a morrer a seu serviço — responde Stanley, a expressão grave.

— Farei com que seja honrado. Eu o recompensarei.

Stanley faz uma reverência.

— Ele é meu filho e herdeiro — murmura.

Faz-se silêncio na pequena sala. A lenha se desloca no fogo e, ao clarão da chama, Henrique examina o rosto de seu padrasto.

— Seu exército é duas vezes maior do que o meu — declara com franqueza. — Com seu apoio, tenho certeza de que vencerei. Nossas forças combinadas excederão as de Ricardo. Você detém as chaves da Inglaterra para mim.

— Eu sei. — A voz de Stanley é branda.

— Terá a minha gratidão. Preciso de sua palavra de que, quando eu estiver no campo de batalha para enfrentar Ricardo, poderei contar com as suas forças.

— É claro. Dei minha palavra a sua mãe e a dou agora a você. Quando estiver no campo de batalha, pode ter certeza de que meu exército estará sob o seu comando.

— E você marchará ao campo de batalha comigo?

Com tristeza, Stanley balança a cabeça.

— Assim que meu filho estiver livre. Tem minha palavra. E se a batalha for travada antes de George poder escapar, então me unirei a você e farei o maior sacrifício que um homem pode fazer por seu rei legítimo.

E Henrique tem de se satisfazer com isso.

~

— Algum progresso? — pergunta Jasper quando Henrique sai da pobre hospedaria e leva seu cavalo pelas rédeas para montá-lo na estrada.

O sobrinho faz uma careta.

— Afirmou que estará no campo para combater por mim, mas que não pode se unir a nós enquanto o filho for mantido preso por Ricardo. Disse que assim que lorde Strange estiver livre, ele se juntará a nós.

O tio assente com a cabeça, como se já esperasse isso, e os dois cavalgam em silêncio. O céu começa a clarear no amanhecer do começo do verão.

— Vou seguir na frente — decide Jasper. — Veja se consegue entrar no acampamento sem ninguém notar.

Henrique detém seu cavalo e espera Jasper entrar no acampamento. No mesmo instante, há um alvoroço. Obviamente já sentiram a falta de Henrique e estão em pânico, temendo que ele tenha fugido. Henrique vê o tio descer de seu cavalo e gesticular como se explicasse que esteve cavalgando por ali. O conde de Oxford sai de sua tenda para se juntar ao grupo. Henrique esporeia sua montaria e cavalga em direção ao acampamento.

Jasper se vira.

— Graças a Deus está aqui, Vossa Graça! Estávamos todos apreensivos. Seu pajem disse que sua cama não foi desfeita. Saí a sua procura, mas estava agorinha mesmo dizendo a milorde de Vere que certamente Vossa Graça tinha ido se encontrar com alguns partidários que lutarão por nossa causa.

Um olhar cortante de Jasper o induz a assumir a história.

— Sim, fui. Não posso dizer seus nomes por enquanto, mas asseguro que cada vez mais pessoas aderem a nossa causa. E esse novo alistamento nos trará muitos homens.

— Centenas? — pergunta o conde de Oxford, preocupado, olhando em volta, para seu pequeno exército.

— Milhares, se Deus quiser — responde o jovem Henrique Tudor, sorrindo, confiante.

20 de agosto de 1485

Mais tarde nesse mesmo dia, com o exército novamente em marcha, arrastando-se pelas terras ressequidas das estradas e se queixando do calor, Jasper emparelha seu cavalo com o de Henrique.

— Vossa Graça, permita-me partir.

— O quê? — Henrique desperta de um devaneio. Está pálido, as mãos tensas nas rédeas. Jasper percebe a tensão em seu rosto jovem e se pergunta, não pela primeira vez, se seu sobrinho é forte o suficiente para cumprir o destino que sua mãe previu para ele.

— Quero fazer o caminho de volta para encontrar esconderijos seguros, providenciar que haja cavalos preparados para nós, nos estábulos. Talvez vá até o litoral, contratar um barco para nos aguardar...

Henrique se vira para seu mentor.

— Não está me abandonando?

— Filho, seria mais fácil eu abandonar minha própria alma. Mas quero preparar uma rota de fuga para você.

— Para quando perdermos.

— Se perdermos.

É um momento doloroso para o rapaz.

— Não confia em Stanley?

— Não muito.

— E se ele não ficar do nosso lado, perderemos?

— É uma questão de número — replica Jasper calmamente. — O exército do rei Ricardo talvez seja o dobro do nosso, e agora estamos com cerca de 2 mil homens. Se Stanley se unir a nós, teremos um exército de 5 mil. Então, provavelmente venceremos. Mas se Stanley lutar pelo rei, e seu irmão com ele, ficaremos com um exército de 2 mil e o rei com um exército de 7 mil. Você pode ser o cavaleiro mais valente de toda a história e o rei mais legítimo que já existiu, mas, se combater 7 mil com um exército de 2 mil, provavelmente perderá.

Henrique assente com um movimento da cabeça.

— Eu sei. Tenho certeza de que Stanley foi sincero comigo. Minha mãe jurou que ele seria, e ela nunca se engana.

— Concordo. Mas me sentirei melhor se souber que poderemos escapar, caso algo dê errado.

Mais uma vez, Henrique anuiu.

— Voltará assim que puder?

— Eu não perderia isso por nada neste mundo. — Jasper lhe oferece seu meio sorriso. — Que Deus o proteja, Vossa Graça.

Henrique reprime a sensação de terrível perda quando o homem que praticamente nunca saiu de seu lado nos 28 anos de sua vida vira, dá meia-volta e se afasta lentamente na direção oeste, para Gales.

Quando o exército de Henrique parte no dia seguinte, ele cavalga à frente, sorrindo à direita e à esquerda, informando que Jasper foi se encontrar com novos recrutas, um exército de novos recrutas, e que ele, Henrique, os levará para Atherstone. Os galeses e ingleses que se apresentaram como voluntários se acalmam, pois acreditam no jovem lorde a quem juraram lealdade. Os oficiais suíços são indiferentes — instruíram todos esses soldados e é tarde demais para treinar outros. Qualquer ajuda será válida, de qualquer maneira são pagos para lutar. Homens a mais, entretanto, significa dividir o espólio em partes menores. Os condenados franceses, que lutam apenas para conquistar sua liberdade e pela chance do saque, não se importam com mais nada. Com seu sorriso valente, Henrique olha para seus soldados e se dá conta da terrível indiferença que eles sentem.

20 de agosto de 1485

Leicester

O conde de Northumberland, Henry Percy, chega ao acampamento de Ricardo em Leicester com seu exército de 3 mil guerreiros. É imediatamente levado ao rei, que está jantando sob o dossel cerimonial, em seu grande trono.

— Sente-se, jante comigo. — Ricardo indica um assento a sua mesa.

Radiante com a deferência, Henry Percy se senta.

— Está pronto para partir amanhã?

O conde parece surpreso.

— Amanhã?

— Por que não?

— Em um domingo?

— Meu irmão se pôs em marcha em um Domingo de Páscoa, e Deus sorriu para ele em sua batalha. Sim, amanhã.

O conde estende a mão para o criado verter a água sobre seus dedos e enxugá-los com uma toalha. Depois, parte um pouco de pão branco e tira o miolo macio de dentro da casca crocante.

— Lamento, milorde. Levei tempo demais para trazer meus homens. Não estarão dispostos a marchar amanhã. Tive de conduzi-los às pressas, por estradas difíceis. Estão exaustos e não têm condições de lutar por Vossa Graça.

Ricardo lhe lança um olhar demorado sob as sobrancelhas escuras.

— Veio de tão longe só para assistir?

— Não, milorde. Jurei unir-me ao senhor quando se puser em marcha. Mas amanhã seria cedo demais. Tenho de conseguir voluntários para a retaguarda. Eles não podem seguir na dianteira, estão exaustos.

Ricardo sorri como se tivesse certeza de que Henry Percy prometera a Henrique Tudor ficar na retaguarda do rei e nada fazer.

— Então, assumirá a retaguarda — determina Ricardo. — E me sentirei seguro com você ali. Portanto — o rei se dirige a todos os presentes, que erguem a cabeça —, amanhã de manhã, milordes. — Sua voz e suas mãos são firmes. — Amanhã de manhã marcharemos e esmagaremos esse garoto.

Domingo, 21 de agosto de 1485

Henrique espera Jasper retornar. Enquanto isso, ordena que os lanceiros se exercitem. É um novo procedimento introduzido pelos oficiais suíços contra a extraordinária cavalaria borgonhesa, apenas nove anos antes, e ensinado por eles aos indisciplinados recrutas franceses. Com a prática regular, conseguiram aperfeiçoá-lo.

Henrique e alguns de seus cavaleiros desempenham o papel da cavalaria inimiga.

— Cuidado — diz Henrique ao conde de Oxford, em seu cavalo grande, a sua direita. — Se forçá-los demais, eles o derrubarão.

De Vere ri.

— Então, terão aprendido bem sua tarefa.

Uns poucos homens montados dão meia-volta e aguardam. À ordem de ataque, eles avançam, primeiro a trote, em seguida a trote largo e depois o galope aterrador da cavalaria.

O que acontece em seguida, nunca foi visto na Inglaterra. Até então, um homem, enfrentando um ataque de cavalaria, sempre fincava a haste de sua lança no solo e a apontava para cima, esperando perfurar a barriga do cavalo, ou a agitava selvagemente na direção do cavaleiro, ou a impelia para cima desesperadamente e recuava, ajoelhando, os braços ao redor da cabeça em um único movimento aterrorizado. Um grande número de combatentes simplesmente abandonava suas armas e fugia. Um ataque de cavalaria bem-comandado sempre rompe uma fileira de soldados. Poucos eram capazes de enfrentar tal terror. Não conseguiam resistir.

Dessa vez, os lanceiros se espalham como sempre, veem o ataque ganhar velocidade na direção deles e, obedecendo ao grito de seus oficiais, recuam e formam um quadrado — dez homens por dez na fileira externa, dez homens por dez na parte interna, mais quarenta apinhados no interior, quase sem espaço para se mexer, muito menos fugir. A fileira da frente cai de joelhos, fincando a haste de suas lanças diante deles, apontada para cima e para a frente. A fileira do meio se apoia com firmeza, inclinando-se sobre os ombros dos soldados à frente, suas lanças apontando para fora, e a terceira fileira resiste, em forma de cunha, com suas lanças escoradas na altura dos ombros. O quadrado é como uma arma de quatro lados, um bloco cravado de lanças, homens comprimidos uns contra os outros, segurando-se uns nos outros, impenetráveis.

Entram rapidamente em formação e estão posicionados antes de a cavalaria alcançar; então Henrique refreia o ataque diante da parede absolutamente sólida. Em meio à precipitação de lama e torrões de grama levantados pelos cascos dos animais, detém seu cavalo e trota de volta.

— Muito bem-feito — diz ele aos oficiais suíços. — Muito bem. E resistirão se os cavalos se lançarem diretamente contra eles? Resistirão quando for para valer?

O comandante suíço sorri.

— Essa é a beleza — observa em tom baixo, de modo que os homens não ouçam. — Eles não têm como escapar. Uma fileira segura a outra, e, mesmo que todos morram, suas armas continuarão no lugar. Nós os transformamos em uma arma. Não são mais lanceiros que podem escolher entre lutar ou fugir.

— Então, vamos nos pôr em marcha? — pergunta Oxford, dando tapinhas no pescoço de seu cavalo. — Ricardo está a caminho, e queremos estar em Watling Street antes dele.

Henrique experimenta uma sensação de náusea ao pensar em dar a ordem sem Jasper a seu lado.

— Sim! — diz com determinação. — Dê ordens para entrarem em formação. Vamos partir.

~

Ricardo é informado de que o pequeno exército de Henrique está em Watling Street, talvez procurando um campo de batalha, talvez esperando pegar rapidamente a estrada e chegar a Londres. Os exércitos de Sir William Stanley e lorde Thomas Stanley estão seguindo Tudor. Estariam prontos para atacá-lo? Ou se unirão a ele? Ricardo não tem como saber.

O rei dá ordem a seus soldados para entrar em formação e avançar, partindo de Leicester. Mulheres escancaram as janelas superiores das casas, de modo a poder ver o exército real passar, como se fosse um desfile de verão. Primeiro é a cavalaria, cada cavaleiro com seu pajem na frente, carregando seu estandarte que se agita ao vento como em um torneio, seus soldados seguindo atrás. O ruído dos cascos dos cavalos no pavimento de pedras é ensurdecedor. As jovens gritam e jogam flores. Em seguida, a infantaria marcha sob o peso de suas armas nos ombros. Os arqueiros vêm atrás, seus arcos compridos também sobre os ombros e suas aljavas com flechas a tiracolo. As jovens mandam beijos — os arqueiros têm a reputação de serem amantes generosos. Então há gritos e aclamações, pois o rei em pessoa se aproxima, em sua armadura belamente cinzelada, lustrosa como prata, em um cavalo branco, com uma coroa de ouro fixada em seu elmo. Seu estandarte com o javali branco é carregado com orgulho na frente e atrás dele, com a cruz vermelha de São Jorge do lado, pois esse é um rei da Inglaterra ungido, marchando para a guerra a fim de defender seu país. Os tambores mantêm o rufar regular, as cornetas ressoam uma melodia — é como no Natal, melhor até. Leicester nunca viu algo parecido antes.

Com o rei, cavalga seu amigo fiel duque de Norfolk e o duvidoso conde de Northumberland, um à direita, o outro à esquerda, como se o rei pudesse confiar na defesa de ambos. O povo de Leicester, desconhecendo as dúvidas de seu soberano, aclama os dois nobres e o exército que os acompanha: homens de toda parte da Inglaterra, obedientes a seus lordes, acompanham o rei que marcha para defender seu reino. Atrás deles, um comboio desordenado de carroças com armas, armaduras, tendas, fogareiros e cavalos extras; uma cidade em mudança. Logo em seguida, extraviando-se para demonstrar cansaço ou contrariedade, encontra-se o exército do conde de Northumberland, com seus pés feridos.

Marcham o dia todo, parando para uma refeição ao meio-dia. Espiões e batedores seguem na frente para conhecer os paradeiros de Tudor e dos dois exércitos Stanley, e, ao anoitecer, Ricardo ordena que suas tropas parem no lado de fora da aldeia de Atherstone. Ricardo é um comandante experiente e seguro. As probabilidades desse conflito são iguais para ambos os lados. Tudo dependerá dos exércitos Stanley — se estarão a seu lado ou contra ele — e de Northumberland mandar seu exército avançar ou não no campo de batalha. Sempre que Ricardo lutou, as lealdades estiveram na corda bamba. Ele é um comandante forjado no fogo da guerra civil. Nunca soube com certeza, em nenhuma batalha, quem era amigo e quem era inimigo. Viu seu irmão George passar para o outro lado; viu seu irmão Eduardo vencer por bruxaria. Posiciona seu exército cuidadosamente, disperso no planalto, de modo que possa observar a antiga estrada romana para Londres, Watling Street, e também comandar a planície. Se Henrique Tudor pensar em passar rapidamente ao alvorecer e prosseguir para Londres, Ricardo se arremessará colina abaixo e o atacará. Se Tudor desviar e combater, Ricardo estará bem-posicionado. Chegou primeiro e escolheu o terreno.

Não precisa esperar muito tempo. Quando escurece, o exército real vê as tropas Tudor se afastarem da estrada e armarem acampamento. Vê as fogueiras cintilando. Não há nenhuma tentativa de se ocultar. Henrique Tudor vislumbra o exército real no terreno elevado a sua direita, e é visto por quem está lá. Ricardo se sente estranhamente nostálgico dos dias em que estivera sob o comando de seu irmão e da vez que marcharam sob a proteção da noite e acenderam fogueiras meio quilômetro atrás de suas tropas silenciosas e, assim, confundiram o inimigo, que os atacou pela manhã. Ou de quando marcharam envoltos pela bruma e ninguém sabia onde os outros — companheiros ou não — estavam. Essas, porém, foram batalhas sob o comando de Eduardo, que contava com a ajuda da esposa, capaz de convocar o mau tempo. Agora tudo é mais prosaico, e Tudor conduz seu exército para fora da estrada pelo trigal, completamente visível, e ordena que acendam fogueiras e estejam prontos pela manhã.

Ricardo envia um mensageiro a lorde Stanley com a ordem de que traga suas forças para alinhar-se com o exército real. O mensageiro retorna com a mera promessa de que chegarão mais tarde, bem antes do alvorecer. Lorde George Strange, nervoso, perscruta o duque de Norfolk, que está disposto a decapitá-lo assim que lhe for dada a ordem, e declara ter certeza de que seu pai chegará assim que amanhecer. Ricardo assente.

Jantam bem. Ricardo ordena que os homens sejam bem-alimentados e os cavalos supridos com forragem e água. Não teme um ataque surpresa do jovem Tudor, mas posiciona vigias antes de se recolher a sua tenda para dormir. Não sonha, puxa as cobertas para cobrir a cabeça e dorme bem, como sempre antes da luta. Fazer qualquer outra coisa seria tolice. Ricardo não é tolo, e esteve em lugares mais perigosos, em campos de batalha piores, enfrentando inimigos mais temíveis do que esse novato com seu exército híbrido.

No lado oposto da planície de Redmore, Henrique Tudor percorre o acampamento, irrequieto como um leão jovem, até ficar escuro demais para enxergar o chão que pisa. Aguarda Jasper. Não tem a menor dúvida de que seu tio está cavalgando o mais rápido possível em meio à escuridão da noite, atravessando córregos que mal enxerga, pegando atalhos através de charcos sinistros. Nunca duvida da lealdade e do amor de Jasper, mas não consegue suportar pensar na batalha de amanhã sem ele a seu lado.

Aguarda, igualmente, uma palavra de lorde Stanley. O conde dissera que chegaria com sua força maciça assim que as linhas da batalha fossem traçadas, mas agora o mensageiro retorna e informa que Stanley só virá ao amanhecer — armou seu próprio acampamento, seus homens se instalaram para passar a noite, e seria insensato perturbar-lhes o repouso. Virá pela manhã, à primeira luz da alvorada. Quando a batalha for travada, estará lá; que Henrique tenha certeza disso.

Henrique, entretanto, não pode ter certeza de nada, embora também nada possa fazer. Relutante, olha para o oeste mais uma vez, ansiando ver a tocha acesa de Jasper contra a escuridão, e segue para sua tenda. É jovem, essa é sua primeira batalha por conta própria. Não consegue dormir profundamente.

É atormentado por terríveis pesadelos. Sonha que sua mãe lhe aparece e declara ter cometido um erro, que Ricardo é de fato o rei legítimo e que a invasão, a linha de batalha, e o acampamento são pecados contra a ordem do reino e a lei de Deus. Seu rosto pálido se mostra severo e ela o amaldiçoa por ser um pretendente tentando derrubar um rei legítimo, rebelando-se contra as leis divinas. Ricardo é um rei ordenado, foi ungido no peito com o óleo sagrado. Como poderia levantar a espada contra ele? Henrique acorda do sono agitado e volta a cochilar. Sonha então com Jasper navegando de volta à França, sem ele, chorando sua morte no campo de batalha; e, depois, com Elizabeth, a princesa de York, a jovem que lhe foi prometida em casamento e que ele nunca viu: no sonho ela lhe diz que ama outro homem, que nunca será sua esposa voluntariamente, que ele será ridicularizado diante de todos. Olha para ele, seus belos olhos cinzentos soldados pela tristeza e afirma que todos vão saber que ela teve um amante, de quem ainda sente falta, um homem forte e belo, e despreza Henrique, um fugitivo. Sonha que a batalha começou e que ele dormiu demais e salta da cama aterrorizado, bate a cabeça na viga que sustenta a tenda, e se vê, nu e trêmulo, despertado por seu próprio medo — e ainda faltam muitas horas para amanhecer.

Henrique acorda seu pajem com o pé e manda que lhe traga água quente e um padre para rezar a missa. É cedo demais, porém: as fogueiras ainda não foram acesas, não há água quente, o pão ainda não foi assado, não há carne pronta. Não conseguem encontrar o padre, e, quando o encontram, ele ainda está dormindo e tem de se preparar. Não pode vir imediatamente e rezar com Henrique Tudor. A hóstia ainda não está pronta e o crucifixo deve ser montado e erguido ao alvorecer e não agora, na escuridão. As vestes estão na carroça que traz as bagagens. As tropas estiveram em marcha por tanto tempo que terão de procurá-las. Henrique tem de se aconchegar em suas roupas, que cheiram a seu próprio suor frio, esperar o amanhecer e o resto do mundo se levantar vagarosamente, como se hoje não fosse o dia provável de sua morte.

No acampamento real, Ricardo participa de uma cerimônia em que declara a gravidade da batalha e renova os votos de lealdade de sua coroação, uma solenidade realizada apenas em momentos de crises muito graves, quando um rei precisa reafirmar sua aliança com o povo. Ninguém ali havia presenciado algo assim, e os rostos estão brilhantes com a importância da ocasião. Primeiro vêm os padres e um coro, que passam diante dos homens, depois, os lordes e os nobres eminentes do reino, vestidos para a batalha, com seus estandartes à frente; em seguida, o rei em sua pesada armadura de guerra, a cabeça exposta à cálida luz do alvorecer. Nesse momento de reivindicação de seu trono, ele parece muito mais jovem do que seus 32 anos e esperançoso, como se a vitória nesse dia fosse trazer a paz a seu reino, a possibilidade de se casar outra vez, de conceber um herdeiro, de estabelecer para sempre os York no trono da Inglaterra — um novo começo para Ricardo e para a Inglaterra.

Ele se ajoelha diante do padre, que ergue a coroa sagrada de Eduardo, o Confessor, e a pousa na cabeça do rei; Ricardo lhe sente o peso, tão intenso quanto o da culpa. Logo em seguida a coroa é erguida, simbolizando que ele foi redimido de todos os pecados. Ricardo se levanta e encara seus homens.

— Deus salve o rei! — gritam mil vozes. — Deus salve o rei!

Ricardo sorri ao ouvir o grito que já ouvira ser dirigido a seu irmão e a si mesmo. É mais do que uma renovação dos votos de sua coroação de servir a seus compatriotas e ao reino; é sua reconsagração. Independentemente do que tenha sido feito para chegar a esse ponto, foi perdoado. O que acontecer em seguida será a base para seu julgamento. E agora ele está convicto de seu direito, o direito de um rei ordenado e coroado, marchando para atacar um presunçoso, um pretendente, cuja causa foi perdida no reinado anterior, cujos aliados permaneceram em casa, cujo apoio depende de condenados e mercenários estrangeiros, e que só atraiu para seu lado os lordes mais desleais e oportunistas — e, quem sabe, talvez nem mesmo esses.

Ricardo ergue a mão para seu exército e sorri sob os ruidosos aplausos. Vira-se para o lado, retira a coroa sagrada e lhes mostra seu elmo de combate com o diadema fixado no alto. Irá para a batalha coroado, lutará sob seu estandarte real. Se Henrique Tudor tiver coragem de desafiá-lo pessoalmente, não precisará procurá-lo. Ricardo estará tão visível no campo de batalha quanto os três sóis de York que simbolizaram os três irmãos de sua casa. Ele lutará e matará o jovem Tudor em apenas um combate. Esse é um rei militante, o paladino da paz da Inglaterra.

Os corneteiros o chamam às armas, e, agora, todas as tropas estão se armando, bebendo o último gole de cerveja, verificando as alabardas, as espadas, as lanças, dedilhando as cordas dos arcos. Está na hora. O rei foi perdoado de todos os seus pecados. Consagrou-se outra vez ao reinado sagrado. Está coroado e armado. Chegou a hora.

No acampamento Tudor, ouvem-se as cornetas, selam-se os cavalos e atam-se os peitorais. Henrique Tudor está em toda parte, em meio aos oficiais, perguntando se estão prontos, certificando-se de que têm seu plano de batalha. Não procura Jasper. Não se permitirá nenhum momento de apreensão ou dúvida. Agora tem de pensar apenas na batalha prestes a ser travada. Manda uma mensagem para lorde Stanley. "Virá agora"? Não recebe resposta.

Recebe uma carta de sua mãe, colocada em sua mão por um mensageiro enquanto atam a parte superior de sua armadura.

Meu filho,

Deus esteja com você, não pode fracassar. Não penso em nada nem em ninguém em minhas preces a não ser em você. Nossa Senhora vai me ouvir quando eu rezar por meu filho.

Conheço a vontade de Deus, e sei que Ele está do seu lado.
Sua mãe,
Margaret Stanley

Ele lê a letra familiar, dobra a carta e a põe no peitoral de sua armadura, sobre o coração, como se o bilhete fosse capaz de bloquear o golpe de uma espada. A visão que sua mãe teve de seu futuro dominou sua vida. A convicção de sua mãe em seus direitos o levou a isso. Desde sua infância, quando viu seu guardião York, que sua mãe detestava, ser arrastado do campo de batalha para uma morte vergonhosa, nunca mais duvidou das visões dela. Nunca duvidou da Casa de Lancaster. Agora, a fé que sua mãe depositou sempre nele e sua convicção de que ele vencerá constituem sua única certeza. Pede seu cavalo, que lhe trazem selado e pronto.

~

Os dois exércitos formam suas linhas de batalha e marcham vagarosamente para o confronto. As armas de Ricardo, posicionadas na parte mais elevada do terreno, miram a ala direita de Henrique, e os oficiais ordenam que os homens se movam ligeiramente para a esquerda, de modo que possam se desviar de Ricardo e evitar a linha de tiro. O sol da manhã bate em suas costas, o vento também sopra por trás, parecendo impulsioná-los. O exército real, ofuscado pela luz do sol refletida em suas lanças erguidas, parece contar com mais homens do que tem de fato. Os soldados de Henrique disparam em uma corrida cega, e Tudor detém seu cavalo para observar o campo. Olha para trás. Não há sinal de Jasper. Olha para a esquerda. O exército de Stanley, duas vezes maior do que o seu, está em formação de batalha, precisamente no meio do caminho entre o rei e seu adversário. Stanley está em condições de descer rapidamente entre eles. Caso vire à esquerda, atacará Ricardo e ficará na dianteira dos homens de Henrique; caso opte por virar à direita, destruirá o exército de Tudor. Ordena, então, a seu pajem, sem rodeios.

— Vá até lorde Stanley e diga-lhe que, se não vier agora, saberei o que pensar.

Então olha para trás, para seus próprios soldados. Obedientes às ordens gritadas por seus oficiais, iniciam uma corrida, avançam a toda velocidade em direção ao exército real e o impacto é terrível quando os dois lados se encontram. No mesmo instante, surge o caos da batalha: o medonho som da matança e a absoluta confusão da luta. Um membro da cavalaria real percorre a linha agitando sua alabarda, como se ceifasse urtigas, deixando um rastro de homens cambaleando e agonizando atrás dele. Então um lanceiro do exército Tudor avança e, com um golpe de sorte, aponta sua lança para cima e atinge a axila do cavaleiro, derrubando-o do cavalo em meio a soldados que caem sobre ele como cães rosnando e o fazem em pedaços.

Atiradores reais atacam com violência os mercenários do exército de Henrique, que recuam, reagrupam-se e se movem para a esquerda outra vez. Seus oficiais não conseguem fazê-los avançar contra o fogo. Balas de canhão zunem na direção deles e mergulham nas fileiras como pedras em um riacho — em vez do som alegre da água, entretanto, o que se ouve é o grito de homens sobreposto ao desesperado relincho de cavalos. Ricardo, a coroa reluzindo em seu elmo como um halo, está no meio da luta em seu cavalo branco, seu estandarte diante dele, seus nobres ao seu redor. Seus olhos percorrem a colina e lá estão os homens de Northumberland, tão imóveis quanto os de Stanley, à esquerda. Ele dá uma gargalhada amarga ao pensar que há mais homens assistindo à batalha do que lutando e distribui golpes a esmo com sua grande maça, arrancando cabeças, fraturando ombros, pescoços, ossos, como se os soldados fossem bonecos a sua volta.

A pausa acontece naturalmente, no momento em que os homens estão exaustos demais para continuar. Recuam, cambaleando, e se apoiam em suas armas, ofegantes. Olham, inquietos, para as fileiras imóveis de Stanley e Northumberland, e alguns agonizam, tentando respirar, ou vomitam sangue.

Ricardo examina o campo além da linha de frente, segura-se em seu cavalo e acaricia o pescoço suado do animal. Olha para as forças inimigas, do outro lado, e vê, ligeiramente afastado de seus soldados, o estandarte do dragão vermelho e a insígnia da porta levadiça Beaufort. Henrique se separou de seu exército. Está recuado com sua guarda pessoal a seu redor, seu exército mais à frente, distanciando-se dele. Inexperiente no campo de batalha, deixou-se afastar de seus soldados.

Por um momento, Ricardo mal acredita na oportunidade à sua frente, e então ri de maneira repulsiva. Vê sua chance, sua sorte no campo de batalha lhe ser oferecida pela hesitação momentânea de Henrique, que, ao se distanciar de seu exército, se tornou extremamente vulnerável. Ricardo se ergue em seus estribos e empunha a espada.

— York! — grita, como se convocasse seu irmão e seu pai de seus túmulos. — York! Por mim!

Sua cavalaria avança ao chamado. Cavalgam em formação cerrada, os cascos estrondeando no solo, saltando por alguns cadáveres, pisoteando outros. Um batedor é derrubado, mas a força central, fortemente agrupada, dispara como uma flecha na retaguarda do exército Tudor, que percebe o perigo, hesita e tenta se virar, mas não consegue outra coisa senão observar o ataque a galope na direção de seu líder. Os cavalos York avançam na direção de Henrique Tudor, irrefreáveis, as espadas empunhadas, as lanças baixadas, os rostos nos elmos pontiagudos, aterradores em sua velocidade estrondosa e desenfreada. Os lanceiros Tudor, vendo o ataque, rompem suas fileiras e recuam, fazendo Ricardo supor que estão fugindo:

— York! E Inglaterra! Ele grita mais uma vez.

Tudor desmonta de súbito — por que teria feito isso, pensa Ricardo, sua respiração acelerada, debruçado sobre a crina de seu cavalo; por que desmontar? Tudor avança correndo na direção de seus lanceiros, que também correm a seu encontro. Ele brande sua espada, o porta-estandarte a seu lado. Henrique já não pensa, está além até mesmo do medo, nessa que é sua primeira batalha na idade adulta. Sente o solo estremecer quando os cavalos vêm para cima dele, similares a uma onda muito alta; ele parece uma criança encarando uma tormenta na praia. Vê Ricardo se curvando na sela, a lança estendida a sua frente, o fulgor do diadema de ouro no elmo prateado. A respiração de Henrique se acelera ainda mais, de medo e excitação, e ele grita aos lanceiros franceses:

— Já! *À moi! À moi!*

Precipitam-se para Henrique, viram-se, caem de joelhos e apontam as lanças para cima. A segunda fileira inclina suas lanças sobre os ombros de seus camaradas, a terceira fileira, comprimida no interior, como um escudo humano para Henrique Tudor, aponta suas lanças diretamente à frente, como uma parede de adagas, contra a qual os cavalos se arremessam.

A cavalaria de Ricardo nunca viu algo parecido antes. Ninguém jamais presenciou uma coisa assim na Inglaterra. Não podem refrear o ataque, não podem desviá-lo. Um ou dois no centro empurram o cavalo para o lado, mas com isso apenas bloqueiam a arremetida de seus vizinhos e todos caem, em um caos de tropeços, gritos e ossos fraturados sob os cascos de seus próprios cavalos. Os demais se precipitam na direção dos lanceiros, velozes demais para conseguirem deter seus cavalos e se lançam nas lâminas inclementes; os lanceiros cambaleiam sob o impacto, mas a formação é tão coesa que permanecem em suas posições.

O cavalo de Ricardo se choca com um homem morto e cai de joelhos, projetando o rei por cima de sua cabeça; ele se levanta cambaleante, empunha a espada. Os demais cavaleiros saltam para o solo a fim de atacar os lanceiros, e o impacto das espadas nos punhos de madeira, da investida das lâminas e das lanças quebradas é como o som de uma forja. Os homens leais a Ricardo se agrupam ao seu redor em ordem de batalha, mirando o centro da formação quadrangular e, gradativamente, começam a ganhar terreno. Os lanceiros da primeira fileira não conseguem se levantar sob o peso dos outros que neles se apoiam. São mortos onde estão. A fileira do meio recua ao ataque feroz, mas não tem alternativa a não ser ceder terreno, e Henrique Tudor, no centro, fica cada vez mais exposto.

Ricardo, sua espada vermelha de sangue, se aproxima cada vez mais, sabendo que a batalha se encerrará com a morte de Tudor. Os dois estandartes estão a pequena distância um do outro, e Ricardo ganha terreno, abrindo caminho através de uma parede de homens até Tudor. Pelo canto do olho, vê o vermelho do dragão; furioso, ele o golpeia e atinge também com um único movimento o porta-estandarte, William Brandon. O estandarte está prestes a cair, mas um dos guarda-costas de Henrique se arremete e o segura pelo mastro quebrado, erguendo-o. Sir John Cheney, um gigante, se lança entre Henrique e Ricardo, que o golpeia também, cortando-lhe a garganta. O cavaleiro Tudor cai, certo de que foram derrotados.

— Fuja, sire! Salve-se! — grita a Henrique, até suas últimas palavras serem abafadas pelo próprio sangue.

Henrique ouve o aviso e sabe que tem de se virar e fugir. É o fim para ele. E, então, ouve. Ricardo e Henrique, os dois erguem a cabeça diante do rumor grave e estrondoso de um exército a todo galope. As forças dos Stanley se arremessam na direção deles, as lanças baixadas, as azagaias preparadas, espadas empunhadas. Cavalos descansados se precipitam sobre eles com violência, como se ávidos de sangue. Quando chegam, o porta-estandarte real tem as pernas cortadas por uma alabarda; Ricardo gira, o braço direito falha, fatalmente enfraquecido. Naquele instante singular em que vê mil homens vindo em sua direção, ele se põe a golpear a esmo.

— Traição! — grita. — Traição!

— Um cavalo! — suplica alguém em desespero. — Um cavalo! Um cavalo para o rei!

Mas tudo já estava perdido.

~

Sir William Stanley retira o elmo da cabeça sem vida de Ricardo, percebe que o cabelo do rei ainda está molhado de suor e deixa o resto do saque de sua bela armadura para os outros. Com a ponta de uma lança retira o diadema de ouro, símbolo de sua condição de rei, e se dirige a Henrique Tudor, ajoelha-se na lama e lhe oferece a coroa da Inglaterra.

Ainda aturdido pelo choque, Henrique Tudor a aceita com as mãos cobertas de sangue e a coloca em sua própria cabeça.

— Deus salve o rei! — grita Stanley a seu exército descansado e ileso, alguns rindo da batalha que venceram gloriosamente no momento decisivo sem sujar as espadas. Ele é o primeiro inglês a saudar o coroado Henrique Tudor e se certificará de que o rei não se esqueça disso. Lorde Thomas Stanley desmonta de seu cavalo ofegante diante de seu exército, que definiu a batalha no último momento, e sorri para seu enteado.

— Eu disse que viria.

— Será recompensado — diz Henrique. Está lívido pelo choque, o rosto lustroso pelo suor frio e o sangue de outros homens. Ele olha de relance quando alguns soldados removem a bela armadura do rei Ricardo e até mesmo sua roupa de baixo, e jogam seu corpo nu sobre o dorso de seu desastrado cavalo, que inclina a cabeça como se estivesse envergonhado. — Todos vocês serão muito bem-recompensados, todos os que lutaram comigo hoje.

~

Dão-me as notícias quando estou rezando, de joelhos, em minha capela. Ouço o bater da porta e passos no piso de pedras, mas não viro a cabeça. Abro os olhos e os mantenho fixos na imagem de Cristo crucifixado, e me pergunto se estou prestes a iniciar meu próprio martírio.

— Qual é a notícia? — pergunto. Cristo me olha, ergo os olhos para Ele. — Dê-me boas notícias — digo, tanto a Ele quanto à mulher que está atrás de mim.

— Seu filho venceu uma importante batalha — gagueja minha dama de companhia com voz trêmula. — Ele é rei da Inglaterra, aclamado no campo de batalha.

Falta-me o ar.

— E Ricardo, o usurpador?

— Morto.

Encaro Cristo, o Senhor, e quase pisco para Ele.

— Graças a Deus — retruco, como se assentisse para um conspirador aliado. Ele cumpriu a Sua parte. Agora cumprirei a minha. Levanto-me, ela estende uma carta para mim, um pedaço de papel, de Jasper.

Nosso menino conquistou seu trono. Podemos entrar em nosso reino. Iremos vê-la imediatamente.

Releio o bilhete. Experimento a sensação estranha de ter realizado o desejo do meu coração e de que, a partir de agora, tudo será diferente. Tudo será comandado por mim.

— Temos de preparar os aposentos para meu filho. Ele virá me visitar imediatamente — digo com frieza.

A dama de companhia fica ruborizada, tendo suposto talvez que nos lançaríamos uma nos braços da outra e dançaríamos, celebrando a vitória.

— A senhora venceu! — exclama. Espera que eu chore com ela.

— Obtive o que era meu por direito — corrijo-a. — Realizei meu destino. É a vontade de Deus.

— É um dia glorioso para a sua casa!

— Nada mais do que o que merecemos.

Ela faz uma leve reverência.

— Sim, milady.

— Sim, Vossa Graça — corrijo-a outra vez. — Sou Milady, Mãe do Rei, e deve me fazer uma reverência tão profunda quanto a uma rainha de sangue real. Este era meu destino: colocar o meu filho no trono da Inglaterra. Aqueles que riram de minhas visões e duvidaram de minha vocação me chamarão de Milady, a Mãe do Rei, e assinarei "Margaret Regina", "*Margaret R.*".

Nota do autor

Foi extremamente interessante escrever este livro sobre uma mulher que triunfou no mundo material servindo simultaneamente a Deus. Ela é lembrada por historiadoras feministas como uma "dama erudita", uma das poucas que lutaram pelo privilégio de estudar. Para os historiadores dos Tudor, ela é a matriarca que fundou esta casa e, por memorialistas menos reverentes, Margaret Beaufort é conhecida como uma velha mandona e uma sogra infernal. A tentativa de criar para o leitor uma personagem que, de criança dotada com o senso de um destino santo, se transformou na mulher que ousou reivindicar o trono da Inglaterra para seu filho foi um desafio e um grande prazer. Algumas partes deste romance são baseadas em fatos históricos, outras, especulação, e há também as que são pura ficção. Em particular, não sabemos quem matou os príncipes na Torre, nem mesmo se eles morreram lá. Obviamente, os reivindicadores do trono — Ricardo III, o duque de Buckingham, Margaret Beaufort e seu filho — eram as pessoas que mais se beneficiariam com a morte das crianças.

Registro minha dívida com os historiadores que pesquisaram Margaret Beaufort e sua época, especialmente Linda Simon, por sua biografia, e Michael K. Jones e Malcolm G. Underwood, cuja biografia foi o ponto de partida de meu trabalho. Sou muito grata a Michael Jones pela leitura de meu original.

Há material de pesquisa e mais anotações em minha página na internet, PhilippaGregory.com, e os leitores podem acompanhar ocasionais seminários on-line.

~

Segue a relação dos livros que mais me foram úteis:

Baldwin, David. *Elizabeth Woodville: Mother of the Princes in the Tower.* Stroud, Gloucestershire: Sutton Publishing, 2002.

_______. *The Lost Prince: The Survival of Richard of York.* Stroud, Gloucestershire: Sutton Publishing, 2007.

Bramley, Peter. *The Wars of the Roses: A Field Guide and Companion.* Stroud, Gloucestershire: The History Press, 2007.

Castor, Helen. *Blood & Roses: The Paston Family in the Fifteenth Century.* Londres: Faber & Faber, 2004.

Cheetham, Anthony. *The Life and Times of Richard III.* Londres: Weidenfeld & Nicolson, 1972.

Chrimes, S. B. *Henry VII.* Londres: Eyre Methuen, 1972.

_______. *Lancastrians, Yorkists, and Henry VII.* Londres: Macmillan, 1964.

Cooper, Charles Henry. *Memoir of Margaret: Countess of Richmond and Derby.* Cambridge University Press, 1874.

Crosland, Margaret. *The Mysterious Mistress: The Life and Legend of Jane Shore.* Stroud, Gloucestershire: Sutton Publishing, 2006.

Fields, Bertram. *Royal Blood: Richard III and the Mystery of the Princes.* Nova York: Regan Books, 1998.

Gairdner, James. "Did Henry VII Murder the Princes?" *English Historical Review VI* (1891): 444-464.

Goodman, Anthony. *The Wars of the Roses: Military Activity and English Society, 1452-97.* Londres: Routledge & Kegan Paul, 1981.

_______. *The Wars of the Roses: The Soldiers' Experience.* Londres: Tempus, 2006.

Hammond, P. W., e Anne F. Sutton. *Richard III: The Road to Bosworth Field.* Londres: Constable, 1985.

Harvey, Nancy Lenz. *Elizabeth of York, Tudor Queen.* Londres: Arthur Baker, 1973.

Hicks, Michael. *Anne Neville: Queen to Richard III.* Londres: Tempus, 2007.

_______. *The Prince in the Tower: The Short Life & Mysterious Disappearance of Edward V.* Londres: Tempus, 2007.

_______. *Richard III.* Londres: Tempus, 2003.

Hughes, Jonathan. *Arthurian Myths and Alchemy: The Kingship of Edward IV.* Stroud, Gloucestershire: Sutton Publishing, 2002.

Jones, Michael K., e Malcolm G. Underwood. *The King's Mother: Lady Margaret Beaufort, Countess of Richmond and Derby.* Cambridge University Press, 1992.

Kendall, Paul Murray. *Richard the Third.* Nova York: W.W. Norton, 1975.

Mac Gibbon, David. *Elizabeth Woodville (1437-1492): Her Life and Times.* Londres: Arthur Baker, 1938.

Mancinus, Dominicus. *The Usurpation of Richard the Third: Dominicus Mancinus ad Angelum Catonem de occupatione Regni Anglie per Ricardum Tercium Libellus,* tradução e introdução de C. A. J. Armstrong. Oxford: Clarendon Press, 1969.

Markham, Clements, R. "Richard III: A Doubtful Verdict Reviewed", *English Historical Review VI* (1891): 250-283.

Neillands, Robin. *The Wars of the Roses.* Londres: Cassell, 1992.

Plowden, Alison. *The House of Tudor.* Londres: Weidenfeld & Nicolson, 1976.

Pollard, A. J. *Richard III and the Princes in the Tower.* Stroud, Gloucestershire: Sutton Publishing, 2002.

Prestwich, Michael. *Plantagenet England, 1225-1360.* Oxford: Clarendon Press, 2005.

Read, Conyers. *The Tudors: Personalities and Practical Politics in Sixteenth Century England.* Oxford University Press, 1936.

Ross, Charles. *Edward IV.* Londres: Eyre Methuen, 1974.

_______. *Richard III.* Londres: Eyre Methuen, 1981.

Royle Trevor. *The Road to Bosworth Field: A New History of the Wars of the Roses.* Londres: Little Brown, 2009.

Seward, Desmond. *The Hundred Years War: The English in France, 1337-1453.* Londres: Constable, 1978.

_______. *Richard III, England's Black Legend.* Londres: Country Life Books, 1983.

Sharpe, Kevin. *Selling the Tudor Monarchy: Authority and Image in Sixteenth Century England.* New Haven, CT: Yale University Press. 2009.

Simon, Linda. *Of Virtue Rare: Margaret Beaufort, Matriarch of the House of Tudor.* Boston: Houghton Mifflin, 1982.

St. Aubyn, Giles. *The Year of Three Kings, 1483.* Londres: Collins, 1983.

Vergil, Polydore. *Three Books of Polydore Vergil's English History Comprising the Reigns of Henry VI, Edward IV, and Richard III,* organizado por Sir Henry Ellis. 1844. Reimpressão Whitefish, MT: Kessinger Publishing, 1977.

Weir, Alison. *Lancaster and York: The Wars of the Roses.* Londres: Jonathan Cape, 1995.

_______. *The Princes in the Tower.* Londres: Bodley Head, 1992.

Williams, Neville. *The Life and Times of Henry VII.* Londres: Weidenfeld & Nicolson, 1973.

Williamson, Audrey. *The Mystery of the Princes: An Investigation into a Supposed Murder.* Stroud, Gloucestershire: Sutton Publishing, 1978.

Wilson-Smith, Timothy. *Joan of Arc: Maid, Myth and History.* Stroud, Gloucestershire: Sutton Publishing, 2006.

Wroe, Ann. *Perkin: A Story of Deception.* Londres: Jonathan Cape, 2003.

Este livro foi composto na tipografia
Minion Pro, em corpo 11,5/15, e impresso em
papel off-white no Sistema Digital Instant Duplex
da Divisão Gráfica da Distribuidora Record.